Ein Roman
von
Anja Langrock

MUSS ICH
DICH LIEBEN?

© Anja Langrock
Deutsche Erstausgabe November 2020

Impressum:
Anja Langrock
Östlefeldweg 31
86859 Igling

hallo@anja-langrock.de
facebook.com/AnjaLangrockAutorin
www.anja-langrock.de

Lektorat/Korrektorat: Daniela Seiler
© Cover- und Umschlaggestaltung: LoreDana Arts - loredanaarts.de
© Buchsatz: LoreDana Arts - loredanaarts.de

Bibliografische Informationen der Deutschen Nationalbibliothek:
Die Deutsche Nationalbibliothek verzeichnet diese Publikation
in der Deutschen Nationalbibliografie, detaillierte bibliografische
Daten sind im Internet über http://dnb.bnb.de abrufbar.
Herstellung und Verlag: BoD - Books on Demand, Norderstedt

ISBN: 9-783-751-97814-9

PROLOG

Vier Jahre zuvor …

Isabell hatte das grauenhafte Gefühl zu ersticken. Sie griff sich instinktiv an den Hals und öffnete den Mund, um den notwendigen Sauerstoff einzuatmen. Aber vergeblich. Das hilflose Gefühl blieb. Dabei wusste sie, dass es sich lediglich um eine Schockreaktion handelte. Als Ärztin sollte sie in der Lage sein, das zu beurteilen. Sie war gesund und körperlich in einem fitten Zustand. Die Atemlosigkeit war zwar von außen hervorgerufen worden, aber eigentlich war sie tief in ihrem Inneren entstanden. Die Worte ihres Ehemannes hatte sie gehört, aber bis sie die Aussage wirklich wahrgenommen und begriffen hatte, hatte es einige Momente gedauert, in der die Welt still zu stehen schien. Die ganze Zeit starrte Isabell ihren Mann an, als wäre er ein Fremder. Aber genau zu dem war er geworden, als sie endlich begriffen hatte, was er ihr gebeichtet hatte. Und diese unbarmherzige Wirklichkeit war in sie eingedrungen und hatte jede Pore in Besitz genommen. Zerrte munter an ihrem Herzen, verätzte ihre Seele, schaltete ihre Gehirnfunktion aus.

Endlich schaffte sie es, ein paar Mal tief einzuatmen, und der lebenswichtige Sauerstoff schaffte es, die qualvollen Schmerzen für einen Moment zu verdrängen und sie machten einer gewaltigen Leere Platz. Das Einzige, was unaufhörlich in ihrem Kopf hallte, waren die grausamen Worte: *Ich werde Vater.*

„Schatz, bitte sag doch was. Du bist ganz blass. Setz dich doch. Du hast ja noch gar nichts gegessen."

Sein besorgter und zugleich ängstlicher Gesichtsausdruck reizte Isabell bis aufs Blut. War das wirklich sein Ernst? Wie konnte er in diesem Augenblick an Essen denken? Er war verrückt geworden!

Als Jürgen nach ihrem Arm griff, um sie dazu zu bewegen, sich wieder auf ihren Stuhl an den Esstisch zu setzen, riss sie so aggressiv daran, dass der glühende Schmerz durch ihren Arm bis in ihren Kopf schoss.

„Lass mich los!" Ihr eiskalter Tonfall brachte Jürgen dazu, sie hastig loszulassen, und Isabell nutzte die Gelegenheit, ein paar Schritte rückwärts zu gehen.

„Was hast du gesagt?" Es kostete Isabell alle Kraft, diese Frage zu stellen, aber sie musste es noch einmal aus seinem Mund hören, sonst würde sie es für einen schlechten Scherz halten. Sie verschränkte die Arme vor der Brust und versuchte, das Zittern zu unterdrücken, das sie überfallen hatte.

Jürgen schloss die Lücke, die sie zwischen sich gebracht hatten und bekannte: „Vor einiger Zeit fing bei uns eine neue Kollegin an und ich war zuständig, sie einzuarbeiten. Dabei sind wir uns nähergekommen."

In Isabells Kopf rauschte es so laut, dass sie Schwierigkeiten hatte, einen klaren Gedanken zu fassen und ihr entschlüpfte: „Anscheinend hast du es mit der Einarbeitung ein wenig zu körperlich genommen."

„Isabell, ich bitte dich. Das ist doch unter deinem Niveau."

„Wage es ja nicht, mir zu sagen, was mein Niveau ist." Wieder ging sie ein paar Schritte rückwärts. Jürgens Nähe konnte sie nicht ertragen und sie befürchtete, sich augenblicklich zu übergeben.

„Es ist einfach so passiert. Das Kind war natürlich nicht geplant, aber es ist wohl Schicksal. Und irgendwie bin ich auch froh, dass es so gekommen ist."

Isabell brannte vor Wut, in ihren Ohren rauschte es und sie gab Jürgen eine schallende Ohrfeige. Ihr Innerstes glühte so lichterloh, dass es sie furchtbar schmerzte. Die Wut überlagerte alles und ließ nicht zu, dass der Schmerz über seinen Verrat erneut an der Oberfläche kratzen konnte. Am liebsten hätte sie auf ihn eingeprügelt, um ihn für das, was er ihr gedankenlos antat, leiden zu lassen. Ein One-Night-Stand oder eine Affäre waren eine Sache, aber ein Kind?! Wie konnte er es nur soweit kommen lassen? Isabell wagte es nicht, den Ge-

danken weiterzuverfolgen, denn das hätte ihr Herz unweigerlich in tausend Stücke zerfetzt und jegliches Gefühl in ihr ge-
tötet. Sie musste jetzt stark bleiben, um einen klitzekleinen
Rest ihrer Würde zu behalten.

„Ich habe mich getäuscht. In dir. In unserer Beziehung.
In unserer Liebe. Denn all das gab es nie. Ich hasse dich."
Ihre Stimme überschlug sich fast und zum Ende hin schrie
sie ihn an.

„Jetzt reg dich doch bitte nicht so auf, Liebling. Ich
möchte dich nicht verlieren, denn ich liebe dich. Was bin ich
denn ohne dich?" Bittend streckte er ihr die Hände entgegen
und trat einen Schritt auf sie zu.

Abscheu überkam sie und sie musste sich beherrschen,
ihm nicht vor die Füße zu spucken.

„Du hast jetzt genügend Zeit, es herauszufinden", meinte
sie spitzfindig und ihr eisiger Tonfall, ließ ihre Haare am eigenen Körper zu Berge stehen.

„Was soll das heißen?" Sein fassungsloser Gesichtsausdruck zerrte am letzten Rest ihrer Selbstbeherrschung. Isabells Muskeln verkrampften sich, so sehr kämpfte sie darum,
sich nicht zu vergessen. Anscheinend hatte er nicht im Traum
daran gedacht, dass sie ihn verlassen könnte. Wahrscheinlich
war er in seiner grenzenlosen Selbstüberschätzung überzeugt
gewesen, dass sie ihm für seine selbstlose Haltung um den
Hals fallen würde. Für wie bedürftig hielt er sie eigentlich,
wenn er davon ausging, dass sie seinem Plan zustimmte? Sie
starrte ihn kopfschüttelnd an. Nicht nur ihr Mann war innerhalb von Sekunden zu einem völlig Fremden für sie geworden, sondern er hatte sie scheinbar ebenfalls nie wirklich
gekannt. Schlagartig verrauchte die immense Wut, die sie
zuvor eisern im Griff gehalten hatte, und sie spürte nur noch
Resignation. Keine Trauer, keine Tränen, das würde später
kommen. Wortlos, ohne ihn eines weiteren Blickes zu würdigen, ging sie an ihm vorbei, um einen Koffer zu packen. Sie
würde zu ihrer Freundin fliehen und bei Julia Trost suchen,
den ihr Mann ihr nie mehr schenken würde. Ihr Fels in der

Brandung war zerbrochen und untergegangen. Ihr Halt war ihr entrissen worden und Isabell hatte keine Ahnung, wie sie jemals der gefährlichen Flut entkommen sollte, ohne hoffnungslos darin zu versinken.

1

„Wo ist denn das Bier?", brüllte Mila durch das Wohnzimmer. Die laute Musik schluckte beinah ihre Worte, aber Tommy ahnte, was sie von ihm wollte und bedeutete ihr, kurz zu warten.

Gerade war er damit beschäftigt, dem Catering zu zeigen, wo sie die bestellten Köstlichkeiten abstellen sollten. Er unterdrückte seinen Unmut, weil der Lieferservice sich um über eine Stunde verspätet hatte. Hastig wies er auf die vorgesehenen Tische, um anschließend Mila behilflich zu sein.

Tommy legte ihr den Arm um die Schultern und meinte beruhigend: „Warum bist du denn so aufgeregt? Ich habe alles im Griff, du und Leo, ihr könnt euch einfach gemütlich zurücklehnen und genießen."

Mila gestattete es sich für einen Moment, sich an der Schulter ihres besten Freundes anzulehnen. Tommy zog sie noch ein wenig näher zu sich heran.

„Ich weiß, du hast alles wunderbar im Griff, aber dennoch hoffe ich, dass es allen gefällt. Ich bin nicht so gut im Loslassen." Mila grinste etwas schief und Tommy wusste, dass sie vor allem auf den bevorstehenden Abschied anspielte.

„Das musst du ja auch gar nicht. Schau dich doch mal um, alle Anwesenden werden dir erhalten bleiben, nicht nur im Herzen, sondern auf persönliche Weise."

Mila sah sich um und er wusste genau, was ihr gerade durch den Kopf schwirrte. Obwohl sie sich sehr auf die bevorstehende Auswanderung nach Schweden freute, hielt sie der Kummer fest im Griff, ihre Freunde und Familie für dieses Abenteuer zurückzulassen.

„Habe ich mich überhaupt schon bei dir für diese grandiose Überraschung bedankt? Du bist der beste Freund, den ich je hatte." Dankbar lächelte sie ihn an und sein Herz zog sich schmerzhaft zusammen. Er drückte ihr einen zarten Kuss auf die Stirn und löste sich aus der Umarmung. Es kostete ihn alle Willenskraft, Mila loszulassen, aber er wollte es sich selbst nicht unnötig schwer machen. Immerhin war Mila die Freundin seines besten Kumpels und auch wenn er noch Gefühle für sie hatte, fiel es ihm immer leichter, diese Tatsache nicht nur zu akzeptieren, sondern sich innerlich zu distanzieren.

Plötzlich fühlte er sich beobachtet. Hoffentlich hatte Leo ihre innige Umarmung nicht in den falschen Hals bekommen. Sie hatten gerade bestimmt äußerst vertraut miteinander ausgesehen.

Nachdem er Mila verraten hatte, dass sich das gesuchte Bier in der Badewanne befand, sah er sich möglichst unauffällig um. Leo war gerade in ein Gespräch vertieft, aber als er den Blick weiterschweifen ließ, blieb er an einem anderen Augenpaar hängen. Isabell Niedermayer starrte ihn schamlos an. Leos Chefin und somit auch Tommys Vorgesetzte, denn auch wenn sie auf einer anderen Station arbeitete, war sie als Chefärztin über ihn gestellt. Zwar war seine Assistenzzeit bald beendet, aber noch sah sie ihn lediglich als Nachwuchs an, der noch viel zu lernen hatte. In ihren Augen war er ein kleiner Welpe, dem sie regelmäßig gönnerhaft, den Kopf tätschelte oder aber ihn maßregelte, weil er nicht gehorsam zu allem Ja und Amen sagte. Wie lange beobachtete sie ihn wohl schon? Seine Nackenhaare stellten sich auf.

Isabell hatte den Blick nicht abgewandt, obwohl er sie dabei erwischt hatte, dass sie ihn und Mila beobachtet hatte. Sie zog ihre Augenbrauen nach oben und musterte ihn weiterhin kritisch.

Mist, hoffentlich hatte sie nicht erkannt, dass Mila ihm alles andere als gleichgültig war. Isabell und Mila hatten sich in den letzten Monaten angefreundet, dennoch glaubte er kaum, dass Mila es ihr verraten hatte. Bisher war er für alle einfach Milas bester Freund gewesen und Tommy hatte keine Lust, dass das ganze Krankenhaus über ihn tratschte. Frau

Dr. Niedermayer war bekannt für ihre taktlosen Bemerkungen. Ihm wurde ein wenig heiß und er wandte sich ab, als ob er ihren Blick gar nicht wahrgenommen hätte, sondern in Gedanken durch sie hindurchgesehen hätte.

Nachdem er sich eine Weile um Sonja, Leos Schwester gekümmert hatte, die ein wenig verloren alleine herumgestanden hatte, ging er zur Bar hinüber, um sich einen weiteren Drink zu gönnen.

„Eine schöne Abschiedsfeier haben Sie organisiert", ertönte plötzlich eine Stimme hinter ihm.

Seine Hand um die Flasche Bier verkrampfte. Er drehte sich langsam um und konnte sich gerade noch zurückhalten, einen Schritt zurückzuweichen, so dicht stand Isabell hinter ihm. Da er es vermeiden wollte, die ganze Bar abzuräumen, zwang er sich, still zu stehen, auch wenn seine Vorgesetzte ihm unangenehm nah war. Um sich abzulenken, trank er einen Schluck aus der Flasche, während er ihrem eindringlichen Blick standhielt.

„Bekomme ich auch eins?", fragte sie schließlich in die aufgetretene Stille hinein, nachdem er keine Anstalten machte, zu antworten.

Wortlos drehte er sich um, öffnete eine Flasche und reichte sie ihr. Dabei schaffte er es, unauffällig einen Schritt zur Seite zu machen, um etwas Abstand zwischen sich und Frau Doktor Niedermayer zu bringen. Normalerweise hatte er keinerlei Berührungsängste, private Kontakte mit Kollegen zu pflegen, aber Isabell war ihm ein Mysterium, das er noch nicht durchschaut hatte. Obwohl sie zu Milas Freundinnen zählte, hatte er sie selten privat getroffen. Leo verdrehte regelmäßig die Augen, wenn er sie außerhalb des Klinikums traf. Meistens verabredete Mila sich alleine mit ihrer Freundin, denn das verlief deutlich entspannter. Isabell konnte es einfach nicht unterlassen, Leo gegenüber die Vorgesetzte herauszuhängen zu lassen, auch wenn sie ihm Mila zuliebe, das Du angeboten hatte, was einem Ritterschlag gleichkam. Tommy war selbige Ehre bisher nicht zuteilgeworden.

Als Isabell einen Schluck aus der Flasche nahm, konnte er es nicht verhindern, dass sein Blick an ihren Lippen haften blieb. Sie hatte geschwungene, volle Lippen, die zum Küssen einluden. Zum Küssen? Tommy schrak zusammen, herrje, er sollte schleunigst an etwas Unverfängliches denken. Jetzt fuhr sie sich auch noch lasziv durch die kastanienbraunen Locken, was zugegebenermaßen echt heiß aussah. Scheiße, wie viel Drinks hatte er eigentlich schon intus? Es kam ihm vor, als sähe er Isabell zum ersten Mal. Warum war ihm eigentlich noch nie aufgefallen, was für eine gut aussehende Frau sie war? Sein Blick scannte sie unverschämt von oben nach unten. Endlos lange Beine, die heute in einer schwarzen Skinny Jeans steckten. Das eng anliegende dunkelgraue Glitzertop betonte eine schlanke Taille und große Brüste. Ihr wunderschönes, ebenmäßiges Gesicht mit einer edlen, geraden Nase, die ein paar Sommersprossen zierten. Auch das war ihm noch nie aufgefallen, allerdings war er ihr auch noch nie so nah gewesen.

„Verraten Sie mir, wie Ihr Urteil ausfällt?"

Schlagartig riss sie ihn aus den Gedanken und sein Blick wanderte bedauernd von den Brüsten zu ihren Augen, mit denen sie ihn amüsiert und gewohnt herablassend betrachtete.

Tommy fuhr sich durch die blonden Haare und fragte grinsend: „Was für ein Urteil?"

„Ihre Inspektion. Sie haben mich doch gerade gründlich abgecheckt."

Sein Grinsen verging ihm schlagartig, als ihm klar wurde, dass er gerade beim Starren ertappt worden war.

Isabell lehnte sich entspannt mit dem Rücken an die Wand, trank einen Schluck und sah ihn weiterhin auffordernd an.

„Für Ihr Baujahr sehr gut erhalten, gepflegt und in Form gehalten", schoss es aus ihm heraus, bevor er sein Gehirn wieder einschalten konnte.

War er total bescheuert? So etwas konnte er doch nicht zu einer Vorgesetzten sagen. Vor allem nicht zu einer Chefin, die selbst gern verbal austeilte und die er als nachtragend einschätzte. Tommy brach der Schweiß aus, aber entschuldigen wollte er sich nicht, damit würde er nur Schwäche zeigen. Und er hegte die untrügliche Befürchtung, dass Frau Doktor Niedermayer jedes Zeichen von Schwäche besonders verabscheute.

„Es freut mich, Ihnen mitteilen zu dürfen, dass die Inspektion sehr positiv verlaufen ist. Gut in Schuss, keinerlei Mängel. Ich würde sagen, eins a." Gott, er redete sich noch um Kopf und Kragen.

Isabell schien im ersten Moment wie erstarrt zu sein, als er weitersprach, verzogen sich ihre Mundwinkel ein wenig und es sah so aus, als verkniff sie sich ein Lachen.

„Herr Doktor Sander, Sie flirten doch nicht etwa mit mir?", revanchierte sie sich in entsetztem Tonfall. Für einen Moment wusste Tommy nicht, ob sie es ernst meinte. Er musterte sie eindringlich und erkannte an dem Schalk, der ihr aus den Augen blitzte, dass das Gespräch sie amüsierte.

„Hätten Sie damit denn ein Problem?", setzte er noch eins oben drauf. Langsam sollte er zusehen, dass er unbeschadet aus der Nummer herauskam.

Isabells Gesichtsausdruck verschloss sich mit einem Mal und sie sah unnahbar und reserviert aus. Anscheinend war er jetzt doch übers Ziel hinausgeschossen.

„Sollten Sie sich Ihre Komplimente nicht lieber für eine andere aufheben?"

Tommy folgte ihrem vielsagenden Blick, der auf Mila gerichtet war, und er versuchte, cool zu bleiben.

„Mila mache ich gerne Komplimente wie jeder gut aussehenden Frau." Seinen heftig pochenden Herzschlag würde sie hoffentlich nicht erahnen können. Seine Stimme hatte er zu seiner Erleichterung vollkommen ruhig gehalten.

„Sie ist ja schließlich Ihre *beste* Freundin."

Ihr sarkastischer Tonfall machte ihm deutlich, dass sie ihn genau durchschaut hatte.

„So wie Leo mein bester Freund ist. Deshalb habe ich heute die Party organisiert. Um mich von den wichtigsten

Menschen in meinem Leben zu verabschieden und ihnen eine Freude zu bereiten."

„Ach, da wird Ihre Freundin aber enttäuscht sein", erwiderte sie überrascht und zugleich ein wenig ironisch, während sie theatralisch die Hand auf die Brust legte. Fast so, als täte sie ihr wirklich leid.

Tommy wäre fast herausgerutscht, welche Freundin sie meinte, als ihm auffing, dass sie anscheinend über seine Affäre mit Alisa Bescheid wusste, die er immer noch nicht beendet hatte. Zwar arbeitete Alisa als Intensivschwester auf derselben Station wie Isabell, dennoch überraschte es ihn, dass sie über sein Privatleben so gut Bescheid wusste. Und noch viel mehr überraschte ihn ihre provokante Feststellung. Was ging sie sein Privatleben an?

„Lassen Sie das meine Sorge sein. Ich habe da gewisse Mittel, wie ich sie ihre Enttäuschung vergessen lassen kann", konterte er geschickt und zwinkerte ihr noch zu, bevor er sich auf die Suche nach seinem besten Kumpel machte.

„Und du möchtest mein bester Freund sein?", maulte Tommy beleidigt, als er endlich mit Leo sprechen konnte, der sich gerade von seiner Schwester verabschiedet hatte, die nach Hause fahren wollte.

„Wie bist du denn drauf? Vorhin hattest du bessere Laune", stellte Leo amüsiert fest.

„Da hatte mich Frau Doktor Oberdrachen auch noch nicht in ihren Fängen. Du hättest mir ja wirklich mal zu Hilfe eilen können", stöhnte Tommy genervt.

Leo warf seiner ehemaligen Chefin einen skeptischen Blick zu, die gerade in ein Gespräch mit Mila vertieft war und ihr ein liebevolles Lächeln schenkte, während sie ihr über die Schulter strich.

„Die sieht doch gerade richtig zahm aus", meinte er achselzuckend, während er einen riesigen Bissen seines Burgers in den Mund stopfte.

„Zahm? Diese Frau hätte mich gerade beinah mit Haut und Haaren als kleinen Mitternachtssnack verspeist. Wie hast du es nur ausgehalten, mit ihr als direkte Vorgesetzte zusammenzuarbeiten?", fragte er ehrlich interessiert.

„Was hat sie denn getan, dass du derart aus der Fassung gerätst? Du bist doch sonst nicht so leicht zu verunsichern."

„Ich bin nicht verunsichert", gab Tommy empört zurück. Als Leo daraufhin zu prusten begann, knickte er ein. „Na gut, ich gebe es zu, *sie* hat mich verunsichert. Irgendwie hat sie es geschafft, dass ich nun wie der letzte Idiot vor ihr dastehe", murmelte er undeutlich, weil es ihm vor Leo peinlich war, zuzugeben, was er zu ihr gesagt hatte.

Leo verschränkte die Arme vor der Brust und hatte sogar vergessen, seinen Burger weiter zu essen. „Jetzt machst du mich aber neugierig."

Zähneknirschend gab er seine verbale Entgleisung wieder.

Leo starrte ihn mit offenem Mund an. „Bist du vollkommen wahnsinnig geworden? Das wirst du büßen müssen. Lange und schmerzhaft! Vielleicht sollten wir Mila bitten, ein gutes Wort für dich einzulegen", meinte er mitleidig.

Tommy winkte ab. „Das wirst du ganz sicherlich nicht tun. Mila muss das nicht auch noch erfahren. Außerdem sähe es wohl ziemlich komisch aus, wenn ich sie vorschicken würde und ich mich wie ein kleiner Bengel hinter ihr verstecke."

„Stimmt, das kommt bei Isabell bestimmt nicht gut an. Aber du solltest dir beizeiten eine gute Entschuldigung einfallen lassen."

Tommy beschlich das ungute Gefühl, dass Isabell es nicht darauf beruhen lassen würde, immerhin kannte Leo sie viel besser als er.

2

Isabell

Was zum Teufel hatte sie vorhin geritten? Isabell hatte sich kurz nach dem Gespräch mit Tommy von Mila und Leo verabschiedet, mit der Ausrede, Kopfschmerzen zu haben. Mila hatte sie komisch gemustert, aber ihre Begründung ohne Nachfrage akzeptiert und ihr lediglich gute Besserung gewünscht. Wahrscheinlich hatte sie gespürt, dass Isabell nicht darüber sprechen wollte, was sie bedrückte.

Nach dem kleinen Flirt mit Tommy war sie plötzlich so niedergeschlagen. Es hatte sich gut angefühlt, mit ihm herumzualbern. Im Nachhinein betrachtet war sie allerdings der Ansicht, sich total lächerlich gemacht zu haben. Als ob ein junger, sehr attraktiver Kerl Anfang dreißig mit ihr flirten würde. Immerhin war sie über zehn Jahre älter als er und streng genommen seine Vorgesetzte. Eine tiefe Müdigkeit nahm ihre Glieder in Besitz, während sie aus dem Aufzug ihres Wohnhauses trat.

Gedankenverloren trank sie ein Glas Wasser. Da ihre Lüge inzwischen zur Wahrheit geworden war, nahm sie eine Kopfschmerztablette und versuchte, sich zusammenzureißen. Was war nur los mit ihr? Sie war sonst auch nicht auf den Mund gefallen und hatte schon den einen oder anderen Kollegen mit einem lockeren Spruch schockiert. Warum hatte sie plötzlich ein Problem damit, dass Dr. Sander schlecht von ihr denken könnte? Solche Befürchtungen waren ihr doch ansonsten auch gänzlich fern. Im Gegenteil, es machte ihr sogar richtiggehend Spaß, ihre zumeist männlichen Kollegen in Verlegenheit zu bringen, wie sie es schon manches Mal mit Leo, seinem besten Freund getan hatte.

Wahrscheinlich hatte sie lediglich zu lange keinen Sex mehr gehabt. Seit der Trennung von ihrem Mann hatte Isabell keine Beziehung mehr geführt. Auf diese Art von Stress hatte sie keine Lust mehr. Lieber vergnügte sie sich in regelmäßigen Abständen mit unterschiedlichen Männern. Der Vorteil daran war, dass sie zum einen keine Forderungen stellten und zum anderen bemüht waren, ihr schöne Komplimente zu machen. Sie hatte einfach zu lange keine Schmeicheleien mehr zu hören bekommen, nur deshalb hatte Doktor Sander sie aus der Fassung bringen können. Zufrieden über ihre Erklärung nickte Isabell und stellte das Glas auf der Küchenzeile ab. Das heutige Gespräch würde sie Tommy Sander sicherlich noch büßen lassen.

Wohlig streckte sich Isabell und schlug kurz darauf die Augen auf. Ein Lächeln zierte ihre Lippen, sie fühlte sich ausgeruht und gut gelaunt. Sie hatte etwas Schönes geträumt, sinnierte sie nachdenklich, während sie noch einen Moment liegen blieb. Ein abwesender Blick auf den Wecker ließ sie aufschrecken. Ihr Traum war vergessen und worum auch immer er sich gedreht hatte, er hatte ihr gute Laune beschert. Aber nun musste sie sich beeilen, denn sie hatte sich zum Brunch mit ihrer besten Freundin verabredet. Gestern war sie wohl zu abgelenkt gewesen und hatte vergessen, einen Wecker zu stellen.

Nach einer raschen Dusche nahm sie sich kurz Zeit, sich zu schminken, und zog anschließend ein locker geschnittenes Kleid an, über das sie einen Bolero trug, da es morgens im Mai doch noch recht frisch war.

Da sie mit ihren 1,75 Metern recht groß war, verzichtete sie auf Absätze und trug Ballerinas. Sonntagmorgen war auf den Berliner Straßen noch nicht viel los, deshalb nahm sie das Auto. Während sie die letzten Meter zu Fuß lief, fiel ihr der bewundernde Blick eines Mannes auf, der ihr entgegenkam. Isabell tat es gut, immer noch als attraktive Frau wahrgenommen zu werden. Älterwerden war nicht immer einfach. Auch wenn der Spiegel ihr gnädigerweise mitteilte, dass sie deutlich jünger aussah, war das Geburtsjahr in ihrem Ausweis eine Tatsache, die sie nicht leugnen konnte.

Im Café entdeckte sie ihre Freundin, die natürlich pünktlich gewesen war. Sie begrüßte Julia mit einem Wangenküsschen und meinte zerknirscht: „Sorry, Süße, ich habe verschlafen. Gut, dass du pünktlich warst, nicht, dass sie unseren Tisch anderweitig vergeben hätten."

„Kein Problem, ich habe es mir schon mal mit einem Latte macchiato gemütlich gemacht, aber jetzt lass uns das Büffet stürmen, ich bin halb am Verhungern."

Nachdem sie mit gutgefüllten Tellern mit allerlei Köstlichkeiten an ihren Platz zurückkehrten, fragte Julia mit vollem Mund: „Wie war die Party gestern? Wann werden Mila und Leo nach Schweden ziehen?"

„Ganz nett, nur waren die meisten Gäste doch deutlich jünger als ich. Ich kam mir ein wenig fehl am Platz vor." Isabell trank einen Schluck Cappuccino, während sie mit den Achseln zuckte, als ob ihr diese Tatsache egal wäre.

„Ich dachte immer, nur ich hätte ein Problem mit dem Älterwerden." Julia lachte kurz auf. „Du wirkst immer, als stehst du über den Dingen, als wäre es dir vollkommen egal." Julia sah ihre Freundin verblüfft an.

Isabell rutschte ein wenig auf ihrem Sitz hin und her und erwiderte unbehaglich Julias eindringlichen Blick.

„Ich weiß auch nicht, was mit mir los ist. Neulich erst habe ich mich über dich lustig gemacht, als du deinen 40. Geburtstag gefeiert hast und dabei getan hast, als würde die Welt untergehen. Und jetzt sehe ich mich mit demselben selbstmitleidigen Gesichtsausdruck im Spiegel an, den du auf deiner Party zur Schau gestellt hast."

Julia zog eine Schnute und gab beleidigt zurück: „Habe ich gar nicht. Übertreibe doch nicht immer so. Vielleicht habe ich einmal erwähnt, dass ich meinen Geburtstag am liebsten gar nicht feiern würde."

Als sie Isabells Grinsen sah, brach sie ab und wurde ein wenig kleinlaut. „Egal." Sie winkte ab und fragte neugierig: „Was ist passiert, dass du plötzlich unter einer Midlife-Crisis leidest"?

Isabell rang ein wenig mit sich, aber Julia war ihre beste Freundin, ihr vertraute sie normalerweise alles an, was sie belastete.

„Einer der jungen Ärzte hat mit mir geflirtet und das hat mich irgendwie aus dem Konzept gebracht. Anschließend hatte ich das Gefühl, mich vollkommen lächerlich gemacht zu haben. Er hat es nur lustig gemeint und ich habe seine Worte wie ein Junkie aufgesaugt. Süchtig nach Komplimenten, noch peinlicher geht es doch nicht."

Julia musterte sie so eindringlich, dass ihr ein wenig heiß wurde. Sie zog die Augenbrauen nach oben und fragte herausfordernd: „Den Blick kenne ich. Möchtest du mir etwas sagen?"

„Isabell", begann Julia mit fester Stimme. „Ich kenne dich jetzt schon so lange. Kann es sein, dass es gar nicht um den Flirt an sich geht, sondern ganz speziell um den Arzt, mit dem du geflirtet hast?"

„Ich habe gar nicht geflirtet! Er hat mich herausgefordert. Doktor Sander ist mir völlig gleichgültig, mir geht es nur um meinen Ruf", gab Isabell ein wenig bockig zurück.

Julia bemühte sich um einen ernsten Gesichtsausdruck, aber nach ein paar Sekunden gab sie auf und prustete los.

„Du wirst die Eisprinzessin genannt und das zu Recht. Dich bringt nichts und niemand aus der Fassung. Und jetzt willst du mir allen Ernstes weismachen, dass dir dieser Arzt gleichgültig ist? Vergiss es!"

Auf der einen Seite fühlte Isabell wie Wut in ihr aufstieg, als sie feststellte, dass sie ihre Freundin nicht täuschen konnte, andererseits war da auch noch ein anderes Gefühl, das ihren Ärger verdrängte. Erleichterung! Sie fühlte sich durcheinander und ungewohnt verletzlich, vielleicht würde es ihr guttun, sich mit jemandem auszusprechen.

„Tommy ist nicht nur über zehn Jahre jünger als ich, sondern Milas bester Freund, in die er seit Langem verliebt ist", erklärte sie ein wenig verbittert, was ihr im selben Moment unglaublich peinlich war.

„Soweit ich weiß, ist Mila seit über einem Jahr glücklich mit Leo zusammen. Tommy hat das bestimmt längst überwunden. Und falls nicht, benötigt er eben ein wenig Starthilfe." Julia zwinkerte ihr zu.

Isabell verschluckte sich beinah an ihrem Brötchen, als sie antworten wollte.

„Julia, ich bitte dich. Selbst wenn er interessiert wäre, ich fange ganz sicherlich nichts mit einem Kollegen an und schon gar nicht mit solch einem Jungspund. Dann denkt jeder, dass ich es nötig haben muss, wenn ich mir einen Toyboy anlache. Außerdem hat er eine Freundin."

Als Julia erneut etwas einwenden wollte, stoppte Isabell sie resolut: „Schluss jetzt mit dem Thema. Ich war gestern einfach ein wenig sensibel und habe da viel zu viel hineininterpretiert. Ich bin einfach ausgehungert nach ein paar Komplimenten und Zärtlichkeiten, vielleicht sollten wir abends mal wieder ausgehen." Diesmal war es Isabell, die ihrer Freundin vielsagend zuzwinkerte. „Du weißt genau, dass ich seit meiner Scheidung keine Lust mehr auf diese Beziehungsscheiße habe. Ich bin einmal auf die Nase gefallen, das reicht mir. Ein wenig unverbindlicher Spaß, das ist alles, was ich suche. Auch wenn du das anders siehst. Und jetzt lass uns anstoßen." Sie hob ihr Proseccoglas und prostete Julia zu.

Während Isabell einer festen Partnerschaft abgeschworen hatte, sah es bei Julia anders aus. Isabell wusste, dass ihre Freundin gern eine Familie gründen würde. Nun war Julia vierzig und hatte begründete Panik, dass ihr Traum platzen würde, während Isabell mit dem Thema vor vier Jahren abgeschlossen hatte.

3

TOMMY

Freitags war Schnitzeltag und genau das ließ Tommy sich gerade in der Kantine schmecken, während er Alisas Ausführungen nur mit halbem Ohr folgte. Erst als sie fragte, ob sie heute Abend vorbeikommen sollte, schenkte er ihr mehr Aufmerksamkeit als seinem Schnitzel.

„Ich weiß es noch nicht, vielleicht treffe ich mich heute Abend noch einmal auf ein Bier mit Leo. Kann ich dir später Bescheid geben?" Alisa war wie immer so nah wie nur irgend möglich an ihn herangerutscht. Am liebsten hätte er sie ein wenig weggeschoben, weil sie ihm derart auf die Pelle rückte.

Alisa sah ihn mit einem verführerischen Lächeln an und hauchte in sein Ohr: „Vielleicht habe ich gute Argumente, um dich zu überzeugen." Während sie noch sprach, wanderte ihre Hand an seiner Oberschenkelinnenseite nach oben und Tommy spürte, wie ihre Hand sein bestes Stück umfasste. Als sie ein wenig zudrückte, entfuhr ihm ein leises Stöhnen. Ja, es war heiß, was Alisa da gerade tat, aber sie saßen in der Krankenhauskantine und er musste das schleunigst unterbinden, bevor sie noch jemand erwischte. Außerdem hatte er sich fest vorgenommen, die Affäre endlich zu beenden. Außer Sex verband ihn nichts mit Alisa, er hatte es schon viel zu lang einfach laufen lassen. Er schwor sich, nicht rückfällig zu werden, nur weil der Sex hervorragend war. Denn Alisa wurde langsam ungeduldig und forderte mehr von ihm, als lediglich ein wenig Spaß im Bett. Auf eine Beziehung hatte er keine Lust. Er mochte das Mädel, aber er war nicht bereit, mehr zu investieren. Und wenn er ehrlich war, hatte er vor einigen Monaten ihren Avancen nur nachgegeben, um sich von Mila abzulenken.

„Was tust du da, Alisa?", knurrte er zwischen zusammengekniffenen Lippen, denn er wollte unter allen Umständen vermeiden, dass ihm ein erneutes Stöhnen entwich.

„Dich ein wenig verwöhnen und für Entspannung sorgen." Alisa kicherte albern, während sie ihn weiterhin bearbeitete.

„Lass das!", fuhr er sie unbeherrscht an, so laut, dass sich die Kollegen am Nachbartisch umdrehten. Prima, eigentlich wollte er nicht noch für Aufmerksamkeit sorgen.

„Alisa. Hör sofort auf!", zischte er etwas leiser, als sie nicht aufhörte.

Sie zog ihre Hand zurück und warf ihm einen beleidigten Blick zu. „Spielverderber."

„Ich möchte einfach in Ruhe essen." Hoffentlich verschwand sie endlich, gerade war er so genervt von ihr, dass er am liebsten gleich Schluss gemacht hätte. Aber er wollte keine Szene riskieren.

Alisa schob lautstark ihren Stuhl zurück, stand auf und fauchte ihn an: „Ich bin schon weg. Du kannst dich bei mir melden, wenn du bessere Laune hast."

Sie verharrte einen ganz kurzen Moment. Anscheinend wollte sie ihm eine letzte Chance geben, es noch einmal geradezurücken, aber als er ungerührt weiter aß, ohne sie zu beachten, schnaubte sie entrüstet und rauschte ab.

Endlich Ruhe, dachte er erleichtert und wandte den Blick von Alisa ab, um ihn durch den Raum wandern zu lassen.

Isabell kam gerade mit einem gefüllten Tablett auf seinen Tisch zu. Seine Laune hob sich bei ihrem Anblick rasant und sein Herz klopfte ein wenig schneller. Bevor er darüber nachdenken konnte, hob er die Hand und rief: „Frau Doktor Niedermayer, wollen Sie sich nicht zu mir setzen?"

Tommy beobachtete sie, wie sie sich neben einen Kollegen aus der Chirurgie setzte, ohne ihm Beachtung zu schenken. Zum Glück war er mit einem hervorragenden Selbstbewusstsein ausgestattet und musste sich ein Grinsen verkneifen. Isabell hatte ihn ganz gewiss gehört. Vielleicht war das ihre Art, ihn für sein ungehöriges Benehmen zu maßregeln. Immerhin hatte sie es bisher unterlassen, ihn darauf anzusprechen. Wahrscheinlich dachte sie, anders als er überhaupt nicht mehr daran.

„Dürfen wir uns zu dir setzen?"

Tommy sah auf und erkannte seine Kolleginnen Michaela und Birgit, die ebenfalls auf der Gynäkologie arbeiteten. Michaela war Oberärztin und ein wenig älter als er, Birgit arbeitete als Krankenschwester und war Anfang zwanzig.

Einladend wies er auf die freien Plätze neben sich und sagte: „Gern."

Während Michaela ihn in ein Gespräch über eine Patientin verwickelte, verhielt sich Birgit ziemlich still, wahrscheinlich fühlte sie sich in seiner Gesellschaft gehemmt. Bisher hatte er selten mit ihr geredet, da sie ziemlich schüchtern und noch neu auf der Station war.

„Wie gefällt es dir eigentlich bei uns?", fragte er sie schließlich, um sie ein wenig ins Gespräch mit einzubinden.

Birgit wurde augenblicklich rot und senkte den Blick. „Gut, Herr Doktor Sander", murmelte sie fast unhörbar.

„Tommy. Sag einfach Tommy", bot er ihr unkompliziert an und reichte ihr die Hand, die sie schüchtern ergriff.

„Danke, das ist sehr nett von Ihnen", erwiderte sie.

„Von dir. Jetzt hast du es schon wieder getan. Lass uns doch Brüderschaft trinken, damit du es zukünftig nicht vergisst", schlug er vor.

Sie starrte ihn nur aus großen Augen an und Tommy grinste. Die Kleine war wirklich süß. Ein wenig geistesabwesend sah er durch den Raum und erstarrte, als er bemerkte, dass Isabell ihn beobachtete. Er fühlte sich an ihren Blickwechsel auf der Party erinnert. Dort hatte sie ihn ebenso kritisch und leicht herablassend gemustert. Tommy riss sich zusammen, grinste frech und nickte ihr zu, was sie dazu veranlasste, die Augen zusammenzukneifen, um ihn mit finsterer Mimik zurechtzuweisen.

„Mit der ist heute wohl nicht zu spaßen", tat Michaela ihre Meinung kund, die seinen Blickwechsel verfolgt hatte.

Tommy wandte sich ihr zu und zog spöttisch die Augenbraue hoch. „Ist mit Frau Doktor Niedermayer jemals zu spaßen?"

„Heute sieht sie besonders furchteinflößend aus. Was hast du angestellt, Tommy?", fragte sie neugierig.

Er winkte ab und sagte abwehrend: „Gar nichts, vielleicht habe ich sie einfach zu lange angekuckt." Nun lachte er wieder charmant und wendete das Gespräch geschickt in andere Bahnen und erzählte Michaela, dass er es endlich geschafft hatte, sich bei der Ärztekammer zur Facharztprüfung anzumelden, die in ein paar Monaten stattfinden würde. Bisher hatte ihm noch ein Ultraschallkurs gefehlt, jetzt waren alle Bedingungen erfüllt. Tommy war froh, wenn er die Prüfung hinter sich gebracht hatte und seine lange Ausbildungszeit endlich beendet war.

Nachdem sie aufgegessen und die Tabletts weggeräumt hatten, wollten sie sich auf den Weg zurück zur Station machen. „Herr Doktor Sander. Hätten Sie einen Moment Zeit?"

Der herrische Tonfall zwang Tommy, stehen zu bleiben. Er verdrehte die Augen, was Michaela ein Kichern entlockte.

„Du Armer. Viel Glück", wisperte sie ihm aufmunternd zu, bevor sie mit Birgit die Cafeteria verließ.

Tommy drehte sich langsam um und stieß dabei fast mit Isabell zusammen, die unbemerkt nähergetreten war.

„Müssen Sie sich so anschleichen? Wollten Sie etwa lauschen?" Wieder war ihm etwas rausgerutscht, bevor er nachdenken konnte. Er sollte langsam mal lernen, seine lockere Zunge im Zaum zu halten.

„Hätte ich denn einen Grund dazu?" Sie hatte die Arme vor der Brust verschränkt und zog eine Augenbraue nach oben.

„Wenn ich Ihnen etwas zu sagen habe, tue ich das. Darauf können Sie sich verlassen. Ehrenwort." Theatralisch legte er die Hand auf seine Brust und schenkte ihr sein charmantestes Lächeln, gegen das sie leider immun zu sein schien.

„Sie grinsen wie ein Pferd." Noch herablassender hätte sie ihn gar nicht ansehen können. Als wäre er eine lästige Bremse, die das eben genannte Tier umkreiste. „Lenken Sie nicht ab. Damit wickeln Sie mich nicht um den Finger. Auch wenn das anscheinend bei anderen Kolleginnen wunderbar funktioniert", stichelte sie gekonnt.

„War es das? Ich müsste mich nämlich um meine Patientinnen kümmern."

Isabell wartete, bis ein paar Kollegen an ihnen vorbeigingen. „Hören Sie auf, mich ständig dermaßen unverschämt anzugrinsen. Die Kollegen werden schon aufmerksam. Ich habe keine Lust zum Gesprächsthema zu werden", fuhr sie ihn plötzlich an und Tommy zuckte zusammen. So unbeherrscht hatte er sie noch nie erlebt. Er hatte keine Ahnung, was ihr Problem war.

„Sind Sie etwa immer noch sauer über das, was ich auf der Party gesagt habe?", fragte er sie verblüfft.

„Was?!" Schlagartig wurde sie ruhiger und nahm sich ein wenig zusammen. „Ich gehe mal davon aus, dass ich Ihre verbale Entgleisung auf den Kummer über den Verlust Ihrer großen Liebe und Ihres besten Freundes zurückführen darf."

Tommy zuckte zusammen, als sie mit ihren Worten unbarmherzig in seiner schlecht verheilenden Wunde herumbohrte. Sein Pulsschlag beschleunigte sich und wieder konnte er sich nicht zurückhalten. „Da scheinen Sie ausnahmsweise schlecht informiert zu sein. Alisa war zwar vorhin sauer auf mich, aber wir haben uns nicht getrennt. Sie frisst mir weiterhin aus der Hand." Ganz sicherlich würde er sich nicht auf eine Diskussion über seine Gefühle für Mila einlassen. Das ging wirklich zu weit.

Isabell funkelte ihn wütend an, er wusste genau, dass sie seine Worte verärgert hatten. Sollte sie ruhig in ihrer Meinung bestärkt werden, dass er sich selbst für den unwiderstehlichsten Typen schlechthin hielt.

„Beim nächsten Mal wird es eine Verwarnung geben", blaffte sie ihn plötzlich an und ließ ihn einfach stehen. Für was denn, wollte er ihr schon hinterherrufen, aber das konnte er sich gerade noch verkneifen. Stattdessen rief er provokant: „Isabell?"

Sie blieb stehen und er konnte sehen, wie sich ihr gesamter Körper versteifte. Es dauerte einen Moment, bis sie sich zu ihm umdrehte. Ihr Gesicht verriet nichts.

„Herr Doktor Sander?!"

Er gab sich wirklich größte Mühe, aber er konnte sich ein leichtes Lächeln einfach nicht verkneifen. Irgendwie sah sie echt süß aus, wie sie ihn gerade maßregelte.

„Ich wollte Ihnen nur sagen, dass das neulich kein Spaß war. Ich habe jedes Wort ernst gemeint."

Wieder blieb sie unbeweglich stehen. Für einige Sekunden sagte keiner von ihnen ein Wort. Er fixierte ihre Mimik, die nichts preisgab. Nur ihre Augen verrieten sie, denn sie funkelten für einen winzigen Moment überrascht.

Tommy hielt die Luft an. Gerade war die Spannung zwischen ihnen so extrem, dass sie fast greifbar war.

Isabell drehte sich um und meinte im Gehen. „Haben Sie eigentlich nichts zu tun?"

Tommy blickte ihr noch kurz nach, bevor er seinen Beinen befahl, sich endlich in Bewegung zu setzen, um seinem Job nachzugehen. Er sollte zusehen, dass er Isabell in der nächsten Zeit aus dem Weg ging, denn er hegte die Befürchtung, dass ansonsten ein großer Knall unausweichlich wäre, bei dem er ganz sicher den Kürzeren ziehen würde.

4

ISABELL

Wenn sie so weitermachte, würde ihr der Rauch bald zu den Ohren herausqualmen. Aber sie konnte nicht aufhören, sich über Tommys Verhalten zu ärgern. Was bildete sich dieser Möchtegern-Casanova eigentlich ein? Anscheinend glaubte er allen Ernstes, sie wäre so dumm und fiele auf seine Masche herein. Er hielt sich tatsächlich für so unwiderstehlich, dass er dachte, sie würde ihm seine Schleimerei abkaufen. Isabell schnaubte. Tommy wollte doch lediglich lieb Kind machen. Da war er bei ihr an der falschen Adresse, nicht einmal sein gutes Aussehen würde ihm da weiterhelfen. Von seinem charmanten Lächeln ließ sie sich garantiert nicht beeindrucken. Was man von Michaela und der jungen Schwester, deren Namen sie nicht kannte, wahrlich nicht behaupten konnte. Beide hatten an seinen Lippen geklebt, als würde ihr Leben davon abhängen. Es gab doch keine Frau, mit der er nicht flirtete. Darauf konnte man sich nun wirklich nichts einbilden.

„Frau Doktor Niedermayer, hätten Sie einen Moment Zeit?", brachte Alisa ängstlich hervor.

Die hatte ihr gerade noch gefehlt. Isabell schnalzte mit der Zunge und verdrehte die Augen. Alisa durfte ruhig mitbekommen, was sie von der Störung hielt. Warum verspürte sie diesen merkwürdigen Stich, wenn sie daran dachte, was sie da zwischen der Krankenschwester und Tommy in der Kantine beobachtet hatte? Wahrscheinlich hätte Alisa ihrem Freund noch in aller Öffentlichkeit einen geblasen, wenn er es von ihr verlangt hätte. Alleine dafür hätte sie die beiden eigentlich abmahnen müssen. Aber sie wollte Tommy nicht noch mehr Bestätigung geben, indem sie zugab, die Situation beobachtet zu haben. Dann würde seine Selbstverliebtheit endgültig die Schallmauer durchbrechen.

„Handelt es sich um etwas Lebensbedrohliches?" Sie funkelte Alisa von oben herab an.

„Nein. Ich bräuchte nur eine Unterschrift", stammelte sie leise.

Ohne die Pflegekraft eines weiteren Blickes zu würdigen, verschwand sie in ihrem Büro. Bevor die Tür zuknallte, hörte sie Alisa noch „blöde Kuh" murmeln.

Erschöpft ließ sie sich auf den Bürostuhl fallen und vergrub den Kopf in ihren Armen auf dem Tisch. Was war nur mit ihr los? Sie war gewiss nicht die umgänglichste Chefin und würde wohl niemals den Preis als beliebteste Vorgesetzte gewinnen, aber derart unprofessionell verhielt sie sich normalerweise nicht. Es hätte sie lediglich einige Sekunden gekostet, Alisa die Unterschrift zu geben, aber sie hatte deren frisches und unverbrauchtes Gesicht gerade nicht ertragen können.

Isabell richtete sich auf, als ihr ein unliebsamer Gedanke durch den Kopf schoss. War sie etwa eifersüchtig? Das konnte doch nicht wahr sein.

Natürlich hatte sie Augen im Kopf und hatte schon des Öfteren kundgetan, dass sie Leo und Tommy für die attraktivsten Männer des Krankenhauses hielt, aber niemals hatte sie mehr in einem der beiden gesehen als Kollegen. Was hatte sich also geändert? Warum räumte sie Tommy plötzlich so viel Macht über ihre Gedanken und Handlungen ein? Weil er etwas mit seinem harmlosen Flirt ausgelöst hatte, was sich nicht mehr ungeschehen machen ließ, schoss es ihr durch den Kopf. In dem Moment hatte sie sich wieder wie ein junges Mädchen gefühlt, als sie noch regelmäßig Komplimente zu hören bekommen hatte. Nein, sie war definitiv nicht eifersüchtig auf Alisa, sie war neidisch auf die junge Kollegin, auf ihre Unbeschwertheit, auf ihre Jugend. Nicht auf die Tatsache, dass sie Tommys Auserwählte war. Und Tommy? Tat sie ihm Unrecht? Vorhin in der Kantine hatte er geklungen, als hätte er die Worte von der Party tatsächlich vollkommen ernst gemeint. Vielleicht verrannte sie sich aber auch in etwas.

Denn eigentlich hielt sie ihn bisher für einen ehrlichen Menschen, der ihr nicht nach dem Mund redete. Aber was würde das ändern? Nur weil er sie für ihr Alter noch ganz passabel fand, bedeutete das nicht, dass er an ihr interessiert war.

Über was dachte sie eigentlich gerade nach? Tommy war lediglich ein Kollege und sie noch dazu ihm übergestellt. Mehr nicht. Sie sollte endlich aufhören, ständig über ihn nachzudenken. Das tat ihr definitiv nicht gut. Schließlich befanden sie sich nicht inmitten einer Folge von Greys Anatomy.

Hastig stand sie auf, betrat das Schwesternzimmer und bat Alisa um das Formular, welches sie unterschreiben sollte. Die junge Schwester ließ es beinah fallen, so sehr zitterten ihre Hände vor Furcht, was dazu führte, dass Isabell ein schlechtes Gewissen verspürte.

Anschließend sah sie nach einigen Patienten, die sich in akuter Lebensgefahr befanden. Zum Glück stand heute keine Operation mehr auf dem Plan, somit konnte sie hoffentlich pünktlich Feierabend machen, da sie sich von Mila und Leo verabschieden wollte, die übermorgen nach Schweden flogen. Der Abschied lag ihr schwer im Magen und führte nicht dazu, dass sich ihre Laune hob.

„Mila, wie schön, dass wir uns noch einmal sehen, bevor ihr abreist", begrüßte sie ihre junge Freundin, während sie Mila fest in die Arme nahm.

„Natürlich wollte ich mich von dir verabschieden, auf der Party haben wir ja kaum drei Sätze gewechselt." Mila sah sie aufmerksam an. „Du siehst müde aus", stellte sie fest.

„Ach was. Mir geht's gut. Im Krankenhaus herrscht nur wieder einmal Personalmangel. Leos Stelle wurde immer noch nicht nachbesetzt und ich mache gerade einen Haufen Überstunden", wiegelte sie schnell ab, bevor Mila näher nachforschte.

„Ich dachte, die Bewerbungsgespräche sind schon lange vorüber", gab Leo erstaunt seinen Senf dazu.

„Da war aber niemand dabei, der einen Goldschatz wie dich ersetzen könnte", gab Isabell trocken zurück und Leo blinzelte sie erheitert an.

„Dann gebt euch eben mit dem Zweitbesten zufrieden."

„Ich gebe es an Professor Dressler weiter", brummte Isabell.

„Oder wir schicken Mila mal wieder bei ihm vorbei. Vor dir hat er gehörig Angst", scherzte Leo und spielte darauf an, wie seine Freundin es geschafft hatte, seine damalige Suspendierung aufzuheben.

„Hör bloß auf, mich daran zu erinnern. Ich habe vor Angst geschlottert, aber anscheinend konnte ich an sein Mitleid appellieren", gab Mila lachend zurück.

Isabell betrachtete sie eingehend, aber Mila schien es gut zu gehen. Nicht einmal die Erinnerung an die schwere Zeit brachte sie durcheinander.

Während sie Kuchen aßen, erzählten Mila und Leo ein wenig von ihrer neuen Heimat, die sie vor Kurzem besucht hatten, um ein Häuschen zu mieten. Schließlich stand Leo auf und wandte sich an Isabell. „Ich hoffe, du wirst uns bald in Göteborg besuchen kommen. Wir würden uns sehr freuen. Leider muss ich los, ich treffe mich noch mit Tommy. Alles Gute."

Isabell konnte sich nur unter Darbietung aller Willenskraft beherrschen, bei Tommys Namen nicht zusammenzuzucken. Herrje, sie benahm sich schlimmer als jeder Teenager.

„Bitte richte ihm liebe Grüße von mir aus", gab Mila in Auftrag.

Als Leo verschwunden war, meinte Isabell neugierig: „Wolltest du nicht mitgehen? Tommy ist doch auch dein Freund."

Mila schüttelte lächelnd den Kopf. „Ich würde nur stören. Die beiden benötigen die Zeit zu zweit, wahrscheinlich besaufen sie sich hoffnungslos. Auf den Anblick kann ich gern verzichten. Ich werde mich morgen von Tommy verabschieden. Bis dahin ist er hoffentlich wieder halbwegs nüchtern."

Sie stockte kurz, seufzte einmal tief auf, bevor sie weitersprach. „Tommy wird mir sehr fehlen, er war immer für mich da, egal wie schlecht es mir ging. Aber für ihn ist es doppelt hart …" Wieder unterbrach sich Mila kurz, bevor sie fortfuhr: „Ich meine, natürlich ist es für ihn nicht leicht, dass ich wegziehe, aber dass er Leo verliert, ist für ihn ein herber Schlag. Die beiden sind seit ihrer Schulzeit befreundet und auch wenn Tommy einen echt großen Freundeskreis hat, verbindet ihn mit niemandem so viel wie mit Leo. Die beiden sind durch dick und dünn gegangen und würden alles für den anderen tun."

Isabell fühlte Mitleid für Tommy aufsteigen, und wies sich innerlich für die unangebrachten Gefühle zurecht. Tommy sollte ihr egal sein, sie sollte sich lediglich für seine fachliche Kompetenz im Krankenhaus interessieren. Sonst nichts.

„Fast alles", rutschte ihr heraus.

Milas Augen weiteten sich ein wenig und sie starrte Isabell perplex an. „Von was sprichst du?"

Isabell lachte ein wenig, um ihre Verlegenheit zu überspielen: „Ich rede von dir. Es ist doch ein offenes Geheimnis, dass Tommy in dich verliebt ist."

Jetzt blieb Mila der Mund offenstehen. „Du wusstest davon?"

„Ich bin nicht blind." Isabell zwinkerte ihrer Freundin zu. „Damals im Krankenhaus habe ich ihm schon angesehen, dass er verrückt nach dir ist. Und dann hat sein bester Kumpel dem smarten Sonnyboy einfach die Frau weggeschnappt. Das muss ihn in seiner Eitelkeit hart getroffen haben", erklärte Isabell wenig mitfühlend.

„Isabell!" Ihre jüngere Freundin sah sie schockiert an. „Du redest gerade von meinem besten Freund, als wäre er der größte Arsch auf Erden."

Isabells Magen hob sich unangenehm und sie verfluchte sich, vorhin so gierig gewesen zu sein und gleich zwei Stück Kuchen gegessen zu haben. Sie wusste nicht einmal selbst, was mit ihr los war, was also sollte sie Mila sagen?

„Du weißt doch, dass ich gerne mal übertreibe. Aber immer, wenn ich Tommy begegne, sehe ich ihn mit mindestens einer Frau flirten. Er ist der geborene Herzensbrecher."

Mila schwieg einen Augenblick und Isabell war versucht, sich über die Stirn zu fahren, weil ihr gerade unter Milas eindringlichem Blick der Schweiß ausbrach.

„Ich glaube, du hast ein völlig falsches Bild von Tommy. Ja, er verteilt gerne Komplimente, ist immer nett und gut gelaunt und hat für alle ein freundliches Wort übrig, aber er ist kein Aufreißer. Vielleicht ist es mit Alisa von seiner Seite aus nichts Ernstes, aber er hat keine anderen Frauen nebenher. So ist er nicht."

„So nah steht ihr euch?" Isabell konnte sich ein Schmunzeln nicht verkneifen, als sie Milas leidenschaftliche Fürsprache hörte.

„So gut kenne ich ihn", verbesserte Mila sie ebenfalls lächelnd. „Sei nett zu ihm, Isabell. Lass ihn bitte leben, denk dran, er macht jetzt eine schwere Zeit durch."

Insgeheim genoss Isabell es, mit Mila über Tommy zu sprechen, dennoch fand sie, dass sie Tommy schon wieder viel zu viel Aufmerksamkeit schenkte.

„Schon gut. Ich werde ihn umhegen wie einen schutzbedürftigen Säugling", gab sie spöttisch von sich. Schlagartig wurde sie ernst und sie griff nach Milas Hand. „Wie geht es dir denn? Bist du arg nervös?"

Mila lächelte ein wenig traurig. „Einerseits freue ich mich sehr auf unser neues Leben, aber es jagt mir auch gehörig Angst ein. Ich muss mich an der neuen Universität zurechtfinden, einen neuen Praktikumsplatz suchen, dabei fällt es mir einfach immer noch sehr schwer, auf andere Menschen zuzugehen."

„Ich bin sehr stolz auf dich und die Schweden werden dich lieben. Jeder mag dich, Mila."

„Danke, das ist lieb von dir." Mila lächelte sie dankbar an.

„Hast du dich schon nach einer neuen Therapeutin umgehört?"

Mila schüttelte vehement den Kopf, sodass ihre Locken wild umherflogen. „Nein, darum kümmere ich mich vor Ort. Aber deine Schwester hat sich bei ihren schwedischen Kollegen umgehört und mir einige Kontakte verschafft. Ich glaube, in den ersten Wochen habe ich so viel zu tun, da hätte ich sowieso keine Zeit."

„Aber es ist wichtig, dass du einen Ansprechpartner hast, wenn es dir einmal nicht so gut geht. Unterschätze das nicht, auch wenn du gerade stabil bist. Deine Freunde, deine Familie sind weit weg und Leo hat nicht immer Zeit für dich."

„Du weißt es, mich aufzubauen, Isabell", stöhnte Mila ein wenig theatralisch.

Bevor sich Isabell für ihre direkte Art entschuldigen konnte, stoppte Mila sie mit erhobener Hand und fuhr fort: „Ich weiß, dass du recht hast. Sobald ich Zeit finde, werde ich mich darum kümmern. Versprochen." Sie drückte der überraschten Isabell ein Küsschen auf die Wange. „Danke."

Isabell unterdrückte ein wehmütiges Gefühl. Sie würde Mila sehr vermissen, denn sie war ihr nicht nur eine gute Freundin geworden, sondern war für sie wie eine Tochter, die sie nie haben würde.

5

Müde bestrich er sich um fünf Uhr morgens ein Nutell-
abrot. Zwar hatte er keinen Appetit, aber irgendwie
musste er sich den Umstand schönreden, gleich zur Arbeit
fahren zu müssen. Seit einer Woche befand er sich im Trau-
ermodus. Es wurde Zeit, dass er langsam seinen Arsch hoch-
bekam. Tatsächlich hatte ihn der Abschied von Mila und Leo
mehr mitgenommen als vermutet. Er vermisste es, Leo im
Krankenhaus über den Weg zu laufen, mit ihm seine Mittagspause zu verbringen, mit ihm zu fachsimpeln. Und natürlich
vermisste er es noch viel mehr, seine Freizeit mit ihm zu teilen. Normalerweise würde er sich jetzt mit Leo verabreden,
um sich von ihm aufmuntern zu lassen. Und genau das wäre
in den nächsten Jahren unmöglich. Vielleicht blieben die beiden auch für immer im Norden, falls es ihnen dort gut gefiel.
Leo war eine feste Konstante in seinem Leben, auf die er sich
immer verlassen konnte. Und an Mila wagte er gar nicht erst
zu denken. Er wollte sich nicht ausmalen, wie lange es dauerte, bis er sie wiedersehen würde.

Mechanisch biss er von seinem Brot ab, ohne irgendetwas zu
schmecken, und spülte es einfach mit Unmengen Kaffee runter.

Seine sensible Seele litt und Tommy ärgerte sich über sich
selbst. Es war ja nicht so, als hätte er keine Freunde. Und
Mila und Leo waren schließlich nicht aus der Welt. Wenn ihm
danach war, könnte er sie für einen Wochenendtrip besuchen. Er benötigte lediglich ein wenig Zeit, um sich an die
neue Situation zu gewöhnen, anschließend wäre er wieder
der Alte. Vielleicht sollte er sich heute Abend mit einem
Kumpel verabreden. In den letzten Tagen hatte er viel gear-
beitet, um sich abzulenken. Und da er sowieso schon
schlecht drauf war, hatte er gleich die Gelegenheit ergriffen
und endlich mit Alisa Schluss gemacht. Die Kleine hatte ihm

leidgetan, als sie in Tränen ausgebrochen war und sich für ihr unmögliches Verhalten in der Cafeteria entschuldigt hatte. Tommy hatte ihr nicht begreiflich machen können, dass es keine Rolle spielte. Möglichst sanft und einfühlsam hatte er versucht, ihr zu erklären, dass sie nicht zusammenpassten, dass seine Gefühle nicht groß genug waren. Nun war Alisa zwar am Boden zerstört, aber sie würde schnell darüber hinwegkommen. Ein hübsches lebenslustiges Mädel wie sie würde schnell einen Neuen finden. Zumindest hoffte er es, damit sie aufhörte, ihm aufzulauern. Im Krankenhaus versuchte er, ihr aus dem Weg zu gehen, aber sie hatte ihn schon zweimal abgepasst. Er wollte wirklich nicht gemein sein, aber wenn sie es weiterhin nicht kapierte, würde er ihr klarmachen müssen, dass er sie nie geliebt hatte. Hoffentlich würde sie vorher begreifen, dass sie sich lächerlich machte, indem sie ihm hinterherrannte.

Nach einem turbulenten Vormittag, an dem zwei operative Eingriffe auf dem Plan gestanden hatten, machte er sich nun auf den Weg zur Intensivstation, um nach einer Patientin zu sehen, deren Zustand ihnen für die normale Station zu instabil erschien.

Nachdem er sich überzeugt hatte, dass es der Patientin den Umständen entsprechend gut ging und sich mit einer Kollegin ausgetauscht hatte, wollte er erleichtert den Rückzug antreten, als er plötzlich Alisa gegenüberstand. Sie sah sich rasch um, und als sie feststellte, dass sie niemand beobachtete, warf sie sich Tommy völlig unerwartet an den Hals und küsste ihn. Sie drückte ihn so fest an sich, dass er kaum Luft bekam. Nachdem er es nicht schaffte, sich sanft zu befreien, packte er sie schließlich etwas grob an den Handgelenken und schob sie von sich.

„Alisa, was soll der Scheiß?"

Weiter kam er nicht, denn eine schneidende Stimme unterbrach ihn. „Herr Doktor Sander hören Sie auf, meine Mitarbeiterin von ihrer Arbeit abzuhalten. Sie gefährden die

Gesundheit meiner Patienten, wenn Sie die Aufmerksamkeit meiner Pflegekräfte derart auf sich lenken."

Das war doch wirklich die Höhe. Hatte Isabell wirklich nicht erkannt, dass er seine liebe Mühe hatte, Alisas Verführungskünste abzuwehren? Er funkelte Alisa wütend an und gab ihr damit zu verstehen, dass er mit ihr noch nicht fertig war. Während er sich langsam umdrehte, nutzte Alisa die Gelegenheit, um zu einem Patienten zu verschwinden.

Isabell machte ihre Fluchtversuche allerdings zunichte, indem sie ihr hinterherrief: „Frau Walter, wir sehen uns in einer halben Stunde in meinem Büro." Ihr Tonfall verhieß nichts Gutes und Alisa nickte lediglich und verschwand mit eingezogenem Kopf.

Isabell sah Tommy herausfordernd an, als warte sie nur darauf, dass er Alisa verteidigte. Einen Teufel würde er tun. Ganz sicherlich würde er sich nicht noch tiefer in die Scheiße reiten, um ihr zu helfen. Okay, vielleicht sollte er es zumindest versuchen. Immerhin war er ja nicht ganz unschuldig an ihrem Zustand.

„Frau Doktor Niedermayer, es ist ganz anders, als es aussah", versuchte er sie zu beschwichtigen.

„Sie haben also nicht gerade die Zunge meiner Mitarbeiterin in Ihrem Hals stecken gehabt?" Isabells Stimme klang eiskalt, sodass ihn fast fröstelte.

„Ich habe vor ein paar Tagen mit Alisa Schluss gemacht, aber sie akzeptiert die Trennung nicht so richtig. Machen Sie es ihr doch bitte nicht unnötig schwer, sie leidet sowieso schon sehr unter der Situation."

Isabell starrte ihn mit leicht geöffnetem Mund an und er würde gerade alles dafür geben, zu erfahren, was ihr gerade durch den Kopf ging.

„Vielleicht würde Sie es eher kapieren, wenn Sie es unterließen, sie zu küssen", äußerte sie sich abfällig.

Tommys Kiefer malmten und es kostete ihn gerade alle Beherrschung, sie nicht zu packen und zu schütteln. Rasch verschränkte er die Arme vor der Brust, um nicht doch noch der Verlockung zu erliegen.

„Wie Sie doch gerade so treffend beobachtet haben, steckte ihre Zunge in meinem Hals, nicht umgekehrt. Sie hat mich geküsst. Ich wollte das nicht."

Isabell lachte nur ungläubig, hatte aber wohl erkannt, dass es nicht anging, dass sie mit einem Assistenzarzt über dessen Küsse diskutierte.

„Wenn so etwas noch einmal vorkommt, bin ich wirklich gezwungen, eine Abmahnung zu veranlassen."

„Es wird nicht wieder vorkommen, ich rede mit Alisa."

„Ich gebe Ihnen einen gut gemeinten Rat, belassen Sie es beim Reden."

Irgendwann würde er sie umbringen. Irgendwann würde ihm etwas wirklich Fieses über die Lippen rutschen. Diese Frau war sein beruflicher Untergang. Gott sei Dank musste er nicht auf derselben Station mit ihr arbeiten.

Er trat unruhig auf der Stelle, weil er endlich von hier verschwinden wollte, bevor er doch noch etwas Dummes tat.

„Kann ich gehen? Ich hätte noch ein paar Patientinnen, um die ich mich kümmern muss", fragte er schließlich, nachdem sie keine Anstalten machte, ihn aus dem Gespräch zu entlassen.

Sie nickte ihm zu, aber gerade, als er die Intensivstation verlassen wollte, hielt sie ihn zurück. „Tommy? Haben Sie schon etwas von Mila gehört?"

Verblüfft drehte er sich um. Mit allem hätte er gerechnet, aber garantiert nicht, dass sie ihn etwas Privates fragte.

Ein kleines Lächeln stahl sich unbewusst auf sein Gesicht, als er an das Telefonat mit seiner Freundin dachte.

„Wir haben gestern telefoniert. Es geht ihr soweit gut. Sie scheinen sich gut einzuleben und nächste Woche beginnt das neue Semester."

Isabells starre Mimik wurde mit einem Mal weich und sie erwiderte sein Lächeln automatisch. Sie sah so anders aus, als sie ihm für einen kurzen Moment ihr wahres Ich präsentierte. Sympathisch, offen und süß. Ja, sie konnte wirklich süß sein, nur schien sie die Rolle der kaltherzigen Eisprinzessin zu bevorzugen. Auch Tommy war ihr nicht ganz so geheimer Spitzname geläufig.

„Mila würde Ihr Zuspruch bestimmt guttun. Sie hat mehrmals von Ihnen gesprochen." Nun erreichte das Lachen auch ihre Augen. Wieder einmal ging ihm auf, wie sehr ihn diese wunderschönen grünen Augen faszinierten. Sie schienen ihn komplett zu durchleuchten, sodass er sich nackt vorkam.

„Das werde ich machen. Danke!"

Bevor er etwas erwidern konnte, hatte sie sich abgewandt und war in ihrem Büro verschwunden. Was war das gerade gewesen? Sie klang wirklich aufrichtig dankbar für seine Worte. Vielleicht wusste sie es zu schätzen, dass er sie ihr trotz seines Ärgers auf sie nicht vorenthalten hatte.

Drei Tage später war er erneut auf dem Weg zur Intensivstation, diesmal aber mit dem Vorhaben, Isabell aufzusuchen. Er wollte Mila eine Freude bereiten, da sie gestern etwas bedrückt nach ihrem ersten Unitag geklungen hatte. Und da kam Isabell ins Spiel. Er wollte sie um Rat fragen, da er sich mit Dekokram überhaupt nicht auskannte. Sie kannte Milas Geschmack ziemlich gut und er schätzte sie selbst als stilsicher ein.

Vielleicht hatte sie ja Lust, sich an dem Geschenk zu beteiligen. Mila würde es sicherlich freuen, wenn sie sich ein wenig zusammenrauften. Und ganz vielleicht suchte er auch nach einem Grund, Isabell aufzusuchen.

Kurz klopfte er an die Bürotür, nahm sich aber nicht die Zeit, das Herein abzuwarten, sosehr hielt ihn der Feuereifer im Griff und seine Worte sprudelten über, bevor er Isabell überhaupt angesehen hatte.

„Isabell, ich wollte Sie fragen, ob Sie Lust hätten, mir bei der Auswahl eines Geschenkes für Mila behilflich zu sein? Sie hat gestern so bedrückt geklungen, da …" Tommy brach mit einem Mal ab, als sein Gehirn endlich das Bild wahrnahm, was sich vor ihm zeigte.

„Isabell, was ist denn passiert? Du weinst ja. Kann ich dir helfen?" Er stürmte fast an ihren Schreibtisch, so groß war sein

Bedürfnis, für sie da zu sein. Am liebsten hätte er sie in den Arm genommen, so traurig und zerbrechlich sah sie gerade aus.

„Rede doch bitte mit mir", bat er leise, als sie keine Anstalten machte, zu reagieren. Sie schien wie erstarrt zu sein. Erst als Tommy ihre Hand berührte und vorsichtig darüberstrich, wachte sie aus ihrer Schockstarre auf.

Hastig zog sie die Hand zurück, nahm ein Taschentuch, um sich die verräterischen Tränen wegzuwischen, und holte tief Luft.

„Was fällt Ihnen eigentlich ein, einfach in mein Büro hereinzuplatzen? Haben Sie noch nie etwas von Anklopfen gehört?"

„Ich habe angeklopft", traute sich Tommy einzuwerfen, was sich als die falsche Reaktion herausstellte.

„Raus! Verlassen Sie auf der Stelle mein Büro", brüllte sie ihn an, sodass er zusammenzuckte.

Hastig zog er sich zurück. Bevor er allerdings die Tür öffnete, wagte er noch einen Vorstoß: „Ich bin jederzeit für Sie da, wenn Sie jemanden zum Reden benötigen." Bevor er dafür verantwortlich war, dass Isabell erneut laut wurde, schlug er so hastig die Tür hinter sich zu, dass es knallte.

Er sah in drei erschrockene Augenpaare von Kollegen, die ihn anstarrten, als wäre er der Teufel persönlich.

„Habt ihr nichts zu tun?", blaffte er sie in bester Isabellmanier an, was augenblicklich blöde Fragen verhinderte. „An eurer Stelle würde ich Frau Doktor Niedermayer nur in dringenden Notfällen stören", schob er geistesgegenwärtig hinterher, um Isabell zu schützen.

Während seiner restlichen Schicht war jeder Gedanke an Milas Geschenk vergessen, er grübelte permanent darüber nach, was Isabell so aus der Fassung gebracht hatte. Sie sah so zerrissen, so unendlich verzweifelt aus, dass es ihn selbst schmerzte, sie so sehen zu müssen. Sein immenser Wunsch für sie da zu sein, erstaunte ihn selbst, aber er wagte es nicht, sich über den wahren Grund nähere Gedanken zu machen. Er hoffte nur, dass er sich mit seinem unbedachten Auftreten nicht jegliche Sympathie bei ihr verspielt hatte.

6

Wie hatte sie so dumm sein können, während ihrer Arbeitszeit ihrem Ex-Mann hinterherzuschnüffeln? Anfänglich hatte sie in den sozialen Netzwerken seine jetzige Frau gestalkt, da Jürgen dort nicht vertreten war. Irgendwann hatte sie entdeckt, dass er mittlerweile ein Facebookprofil besaß. Wo er doch zu ihrer Zeit ein völliger Gegner davon war, Privates zur Schau zu stellen, sah das mit einer über fünfzehn Jahre jüngeren Partnerin natürlich ganz anders aus.

Immer noch saß Isabell auf ihrem Bürostuhl und konnte sich nicht rühren. Nachdem Tommy den Raum verlassen hatte, war sie wie ein nasser Sack auf den Stuhl zusammengesunken und dort saß sie nun gefangen in ihrem Gedankenkarussell.

Heute hatte sie es einfach nicht unterlassen können, Jürgens Facebookseite aufzurufen. Hätte sie doch einfach abends in ihrem einsamen Wohnzimmer nachgesehen, dann hätte sie ihre Ruhe gehabt. Isabell wusste insgeheim, dass sie es in ihrem Büro getan hatte, um genau das zu vermeiden, was eingetreten war. Sie dachte, sie könnte sich in dieser Umgebung eher zusammenreißen. Das hatte ja ganz wunderbar funktioniert, dachte sie zynisch.

Aber das glückliche Familienbild hatte sie komplett aus der Bahn geworfen. Es war einfach so ungerecht! Jürgen lebte weiterhin ein wunderschönes Leben, nur nicht mehr an ihrer Seite, sondern an Sybilles und hatte endlich sein perfektes, immer erwünschtes Familienglück.

Heute wurden die Zwillinge vier Jahre alt. Jedes Jahr an ihrem Geburtstag konnte sie es nicht unterlassen, sich die Bilder der Jungs anzusehen. Nachdem es sie letztes Jahr vollkommen aus der Bahn geworfen hatte, wollte sie sich diesen Kummer eigentlich nicht mehr antun, aber es war wie ein Zwang. Das ganze Jahr über beherrschte sie sich, aber den

Geburtstag der Zwerge musste sie einfach miterleben, auch wenn es weder ihre Familie war, noch sie irgendein Recht darauf hatte.

Jürgen hatte ihr das Herz gebrochen, nein, das war viel zu vorsichtig formuliert, er hatte ihr das Herz brutal aus dem Leib gerissen, als er ihr damals mitteilte, Vater zu werden. Niemals zuvor hatte sie solche Schmerzen erlebt, niemals zuvor hätte sie es für möglich gehalten, dass seelische Schmerzen so eine körperliche Reaktion hervorrufen konnten. Als sie es erfahren hatte, hatte sie sich eisern zusammengerissen, damit Jürgen niemals erfuhr, wie weh er ihr getan hatte. Diesen letzten Rest Würde hatte sie sich um jeden Preis erhalten wollen, und sie war immer noch stolz auf sich, dass sie ihn damals derart kalt absserviert hatte. Anschließend war sie in ein großes Loch gefallen, aus dem sie zwar irgendwann wieder herausgekrabbelt war, aber den Kampf um ihr Herz hatte sie verloren, es kam nur bruchstückhaft zurück. Nun hielt sie die Reste seit über vier Jahren eisern in sich verborgen und hatte sich geschworen, niemals mehr jemanden an sich heranzulassen.

Sie sollte sich endlich zusammenreißen. Jeden Moment konnte ein Kollege hereinkommen. Isabell schnäuzte sich und zwang sich, aufzustehen. Der anschließende Blick in den Spiegel ließ sie erschaudern. Sie sah alt, verbraucht und unattraktiv aus. Plötzlich zuckte sie zusammen. Tommy! Ausgerechnet er hatte sie so gesehen. Gequält stöhnte sie auf und schlug sich kurz darauf erschrocken die Hand vor den Mund. Resigniert benetzte sie ihr Gesicht mit Wasser, was ihren Anblick leider nicht beschönigte, aber wenigstens fühlte sie sich ein wenig erfrischt. Sie griff nach ihrer Handtasche und hatte zum Glück ihren Make-up-Täschchen dabei, was zumindest dafür sorgte, den Totalschaden zu dezimieren.

Jetzt konnte sie sich wenigstens wieder aus ihrem Büro wagen, ohne dass sie Jeder für einen Zombie hielt.

Den restlichen Tag über erledigte sie ihre Aufgaben mechanisch, dennoch professionell und verbat sich jeglichen Gedanken an ihren Ex-Mann oder das Desaster mit Tommy.

Isabell hatte leise Musik angestellt, sich ein Glas Rotwein eingeschenkt und sich eine Badewanne einlaufen lassen. Sie ließ ihre Schultern kreisen und fühlte, wie verspannt sie war. Nach dem hoffentlich erholsamen Bad würde sie Julia anrufen, vielleicht hatte ihre Freundin Lust auf ein gemeinsames Wellnesswochenende. Sie benötigte dringend eine Auszeit und ein wenig Erholung. Der letzte Urlaub lag in weiter Ferne und die Überstunden häuften sich immer mehr an. Während sie sich ins duftende Wasser gleiten ließ und genüsslich die Augen schloss, konnte sie für einen Moment tatsächlich loslassen und fühlte sich entspannt und frei. Bis der unliebsame Gedanke, den sie den restlichen Tag erfolgreich verdrängt hatte, sich hartnäckig den Weg an die Oberfläche bahnte. Isabell kniff die Lippen zusammen und schüttelte unwillig den Kopf. Eine Auszeit wäre genau das Richtige. Gleich morgen würde sie den Urlaub beantragen, falls Julia keine Zeit hätte, würde sie eben alleine verreisen. Am besten sobald wie möglich, dann würde sie auch eine Begegnung mit Tommy vermeiden können. Der unangenehme Klumpen in ihrem Magen wuchs rasant an, als sie sich daran erinnerte, wie er einfach in ihr Büro gestürmt war. Isabell war die Situation dermaßen peinlich, sie hatte keine Ahnung, wie sie auf ein erneutes Aufeinandertreffen reagieren sollte. Der Knoten wuchs nicht nur rasant, sondern wanderte in ihren Hals und sie musste mehrmals schlucken. Hastig setzte sie sich auf und trank einen großzügigen Schluck Wein. Verdammt noch mal, warum konnte sie nicht darüberstehen? Dann hatte sie eben geweint. Na und? Das taten wohl die meisten Menschen in ihrem Leben irgendwann einmal. Aber sie wollte nicht, dass Tommy sie für schwach und bedürftig hielt. Sie spielte eine Rolle, die sie niemals ablegte. Und jetzt hatte ihre Verkleidung Risse bekommen, die niemand sehen durfte, und schon gar nicht so ein unbekümmerter Schönling wie Dr. Sander, der für Perfektion schlechthin stand. Optisch wie charakterlich. Ja, sie musste zugeben, dass Tommy einfach perfekt war.

Egal, wie sie es drehte und wendete, der junge Arzt hatte alles, was eine Frau sich erträumte. Gutes Aussehen, Klasse, Charisma und ein reines Herz.

Was hatte er eigentlich von ihr gewollt? Die ganze Zeit war sie entweder damit beschäftigt gewesen, jeden Gedanken an ihn zu verdrängen oder sich ein Schreckensszenario auszumalen, was er nun von ihr dachte.

Isabell ließ sich erschöpft ins Wasser gleiten und schloss die Augen. Er hatte auf sie eingeredet, als er in ihr Büro geplatzt war. Hatte er von Mila gesprochen? War etwas mit ihr? Hastig riss sie die Augen auf und sah auf die Uhr. Es war schon zu spät, sie anzurufen. Bisher hatte sie es unterlassen, mit ihr zu sprechen, weil sie ihr Zeit geben wollte, sich in Göteborg in ihrem neuen Leben zurechtzufinden. Mila wusste, dass sie sie jederzeit anrufen konnte. Vielleicht war es ein Fehler gewesen, ihr lediglich nichtssagende WhatsApp Nachrichten zu schreiben. Sie seufzte ergeben, am besten sprach sie morgen mit Tommy. Vor dem Gespräch graute ihr schon jetzt, wahrscheinlich würde sie heute Nacht kein Auge zubekommen. Alleine bei dem Gedanken daran beschleunigte sich ihr Herzschlag. Aber ihr seltsames Benehmen ließ sich nicht totschweigen, sie schuldete ihm eine Erklärung und bei der Gelegenheit konnte sie sich nach Mila erkundigen. Und anschließend würde sie ihre Freundin anrufen.

7

Erst der fünfte Schlag auf den Wecker brachte wohltuende Ruhe. Gestern hatte er sich mit seinem Kumpel Jonas auf ein Bier getroffen und sie waren in der Bar versackt. Deshalb war die Nacht heute kurz gewesen, aber er hatte nach dem gestrigen Desaster einfach ein wenig Ablenkung gebraucht. Jonas kannte er seit Jahren, sie waren Mitglied im selben Triathlonverein und trainierten regelmäßig. Während er mit Leo zumeist Mountainbike fahren gewesen war, trainierte er mit Jonas alle drei Sportarten. Nicht nur der Sport verband sie, sondern sie lagen generell auf einer Wellenlänge und somit war Jonas im Laufe der Jahre zu einem guten Freund geworden. Mit seinen neunundzwanzig Jahren war er fast im selben Alter und arbeitete als Zimmermann.

Sein Kumpel hatte sich ebenfalls vor Kurzem von seiner langjährigen Freundin getrennt, was man zwar nur indirekt mit seiner Beziehung zu Alisa vergleichen konnte, aber auch bei ihm siegte die Erleichterung, endlich den Trennungsstrich gezogen zu haben, da sie sich auseinandergelebt hatten.

Als Jonas jedoch vorgeschlagen hatte, einen Club aufzusuchen, um die Gelegenheit zu nutzen, eine Frau aufzureißen, lehnte Tommy ab. Dem fassungslosen Blick seines Freundes konnte er kaum standhalten. Aber er fühlte sich noch nicht bereit, mit ihm über Isabell zu reden. Am liebsten hätte er Leo angerufen, aber da sie seine ehemalige Vorgesetzte war, hielt ihn eine unsichtbare Hemmschwelle davon ab, da er keine Ahnung hatte, was Leo davon halten würde.

Er wusste selbst nicht einmal, was das mit Isabell war. Aber er konnte nicht leugnen, dass sie ihn magisch anzog. Irgendetwas war da zwischen ihnen, auch wenn Isabell das wahrscheinlich niemals zugeben würde. In der letzten Zeit hatte sie sich viel zu oft in seine Gedanken geschlichen, als dass er es als harmlos abtun konnte.

Tommy sprang aus dem Bett und stürmte fast unter die Dusche. Das eiskalte Wasser belebte ihn und er beschloss, sich Isabell aus dem Kopf zu schlagen. Nachdem er ewig seiner unerfüllten Liebe zu Mila hinterhergetrauert hatte, sollte er sich nicht in die nächste unerreichbare Frau verlieben. Es war das erste Mal, dass er dieses Wort mit Isabell in Verbindung brachte, aber was half es, sich ständig etwas vorzumachen? Seine Sorge um sie hatte ihm doch deutlich gemacht, dass ihm mehr an ihr lag, als es eine berufliche Beziehung rechtfertigen würde. Immer noch war sein Wunsch, sie tröstend in den Arm zu nehmen, so groß, dass er Angst hatte, bei der nächsten Begegnung die Kontrolle über seine Handlungen zu verlieren, indem er sie einfach umarmte.

Noch lieber allerdings würde er gern ihre vollen, sinnlichen Lippen küssen. Kurz schloss er die Augen und gestattete sich einen Moment, dieser Vorstellung nachzugehen. Als er spürte, dass er trotz der kalten Dusche hart wurde, sprang er hastig raus, trocknete sich hektisch ab und verbat sich jeden weiteren Gedanken an Isabell. Sie war unerreichbar für ihn, jede weitere Investition würde nur dazu führen, dass seine Gefühle anwuchsen, obwohl die Situation aussichtslos war. Eine weitere Zurückweisung würde er nicht überstehen. Warum konnte er sich nicht einfach in ein unkompliziertes Mädel wie Alisa verlieben? Nein, er liebte es, vor gewaltige Herausforderungen gestellt zu werden. Er suchte sich immer eine Frau aus, die einen Berg Probleme mit sich herumschleppte.

Leo nannte sie die verlorenen Seelen, die er magisch anzog, dachte er grinsend. Die toughe Isabell fände es bestimmt nicht lustig, so bezeichnet zu werden. Aber auch sie war längst nicht so eiskalt, wie sie ständig vorgab.

Während er hastig eine Tasse Kaffee trank, versuchte er, nicht weiter zu grübeln, was Isabell vor ihm verbarg und was sie derart quälte. Sie wollte seine Hilfe, sein Mitgefühl nicht, das sollte er endlich akzeptieren.

Nach einem hektischen Vormittag, der durch einen Notkaiserschnitt gehörig durcheinandergewirbelt worden war, stellte er fest, dass seine Zeit bis zur nächsten Operation nicht ausreichen würde, um die Kantine aufzusuchen. Deshalb würde er rasch ein Sandwich im Ärztezimmer essen, um für den nächsten Eingriff gestärkt zu sein. Trotz des ungeplanten Vorfalls siegte seine gute Laune. Es war jedes Mal ein unglaubliches Gefühl, ein Neugeborenes in Empfang zu nehmen. Trotz der brenzligen Situation war alles gut gegangen und Mutter und Kind wohlauf. Ein wunderbares Bild, für das er unendlich dankbar war, es miterleben zu dürfen. Diese reine unverfälschte Liebe in den Augen einer frischgebackenen Mutter erblicken zu dürfen, war unglaublich berührend. In solchen Momenten wusste er wieder, warum er seinen oftmals kräfteraubenden, anstrengenden Beruf so liebte.

Mit einem immer noch seligen Lächeln öffnete er die Tür des Ärztezimmers und schlagartig entglitten ihm sämtliche Gesichtszüge, als er sah, wer dort am Tisch saß und durch eine Fachzeitschrift blätterte.

Isabell hatte aufgesehen, als sich die Tür öffnete und er war sich sicher, dass sie seinen Stimmungsumschwung erkannt hatte. Denn ganz kurz spannte sich ihre Mimik an, als wappnete sie sich gegen etwas Unerfreuliches.

Tommy war im Türrahmen stehen geblieben und überlegte sich für den Bruchteil einer Sekunde tatsächlich, ob er die Flucht antreten sollte. Was tat Isabell hier?

Auf der einen Seite verfluchte er sich für das wärmende Gefühl, das sich rasend schnell in seinem Bauch ausbreitete, als er sie erblickt hatte. Zugleich wuchs das Unbehagen an, dass es ganz sicherlich nichts Gutes bedeutete, wenn sie hier auf ihn wartete.

„Ihrem Lächeln nach zu urteilen, haben Mutter und Kind alles gut überstanden?", fragte sie ungewohnt warmherzig, nachdem sie die Zeitschrift bedächtig auf dem Tisch abgelegt hatte.

Tommys Augen weiteten sich ein wenig und sein Lächeln kehrte zurück. Warum wunderte es ihn, dass sie natürlich Bescheid wusste, dass er soeben erst auf dem OP kam?

„Zum Glück ist alles gut gegangen. Es war ziemlich knapp, aber es konnte niemand damit rechnen, dass die Sauerstoffsättigung so schnell abfällt. Aber der Kleine ist putzmunter. So ein süßer kleiner Fratz." Isabell erwiderte zu seiner Überraschung sein Lächeln, als sie ihn unverhohlen schwärmen hörte. Für einen Augenblick schien die rasante Welt stehen zu bleiben, der Klinikalltag hinter ihnen zu liegen. Sie waren einfach nur Isabell und Tommy, die sich anlächelten.

Leider war der Moment so schnell vorüber, als hätte jemand einen Lichtschalter betätigt, dessen grelles Licht sie wieder in der Wirklichkeit ankommen ließ. Isabells Miene wurde schlagartig ernst. Fast könnte man es als verkniffen bezeichnen. Tommy hatte keine Ahnung, was nun schon wieder für ihren Stimmungswechsel verantwortlich war. Diesmal war er hoffentlich unschuldig, schließlich hatte er doch gar nichts mehr gesagt.

Das Schweigen drückte wie eine schwere Last auf seine Schultern, deshalb löste er sich endlich vom Türrahmen und ging zur Kaffeemaschine und ließ eine Tasse durchlaufen.

„Möchten Sie auch eine Tasse?", bot er Isabell friedfertig an.

„Nein, danke, meine Pause ist gleich vorüber", gab sie kurzangebunden zurück und versetzte Tommy erneut in einen Schockzustand. Sie war privat hier! Also würde der erwartete Anschiss wohl ausbleiben.

Mit ruhiger Hand gab er einen Schuss Milch hinzu und trank genießerisch einen Schluck Kaffee. Erst danach sah er sich in der Lage, es mit Isabell aufzunehmen.

„Was haben Sie eigentlich mit meinen Kollegen angestellt? Haben Sie die in der Abstellkammer eingesperrt?" Normalerweise betrat ständig ein Arzt das Zimmer oder eine Schwester benötigte einen fachlichen Rat oder wollte ein paar Worte wechseln.

Obwohl Isabell auf einem Stuhl saß, schaffte sie es, den Eindruck zu vermitteln, von oben auf ihn herabzusehen. Sie betrachtete ihn ein wenig mitleidig, bevor sie sprach. „Glauben Sie allen Ernstes, einer der Kollegen würde sich in die Höhle des Löwen wagen?"

Tommy konnte einfach nicht verhindern, dass ihm ein Lachen herausplatzte. Leider hatte das zur Folge, dass er den Kaffee dabei halb durchs Zimmer prustete.

Ein mitleidiger Blick traf ihn, als sie resigniert fragte: „Können Sie sich nicht einmal zusammenreißen?"

Tommy wischte sich über die Lippen und bevor er sich um die Sauerei kümmerte, war er sich sicher, ein amüsiertes Lächeln bei ihr entdeckt zu haben, das ganz kurz aufblitzte.

„Sorry, aber das war echt lustig. Ich glaube, ich will lieber nicht wissen, was Sie zu ihnen gesagt haben."

Während er noch am Boden hockte, um den Kaffee aufzuwischen, schockierte Isabell ihn erneut.

„Eigentlich bin ich hier, um mich bei Ihnen zu entschuldigen. Ich stand gestern etwas neben mir und habe mich gehen lassen."

Tommy richtete sich langsam auf und befand sich nun fast auf Augenhöhe mit Isabell.

„Mir tut es leid, ich hätte abwarten müssen, dass Sie mich hereinbitten. Ich hoffe, es geht Ihnen wieder besser. Mein Angebot steht übrigens noch, falls Sie jemanden zum Reden benötigen."

In Isabells Augen blitzte etwas auf, das er nicht einordnen konnte. Es könnte Freude, Überraschung oder auch Rührung gewesen sein. Kurz darauf hatte sie sich wieder im Griff und sie erwiderte mit frostiger Stimme: „Ich habe gestern den Fehler gemacht, einen Ausflug in die Vergangenheit zu unternehmen. Das hat mir nicht gutgetan, aber jetzt bin ich wieder die Alte."

Ihr Tonfall machte Tommy deutlich, dass er jetzt besser nicht nachfragen sollte, es grenzte schon an ein Wunder, dass sie überhaupt etwas preisgegeben hatte.

Tommy stand auf, legte den Kopf leicht schief und grinste sie schelmisch an. „Da bin ich froh. Ich habe mir ernsthaft Sorgen um Sie gemacht."

Isabell schnappte nach Luft und er amüsierte sich insgeheim darüber, dass es sie verärgerte, eine sichtbare Reaktion gezeigt zu haben. Ihr unsicherer Blick allerdings irritierte ihn, anscheinend konnte sie nicht einordnen, ob er das gerade ernst gemeint hatte.

Bevor er es verdeutlichen konnte, kam sie ihm zuvor und fragte: „Warum sind Sie gestern eigentlich zu mir gekommen? Sie haben von Mila gesprochen. Ist mit ihr alles in Ordnung?" Leichte Sorge trat in ihre schönen Augen, an denen Tommy einen Augenblick zu lange hängen blieb. Sie hatte verdammt lange Wimpern, das war ihm zuvor nie aufgefallen.

„Tommy?!"

Hastig zwinkerte er ein paar Mal, um den magischen Blickwechsel zu unterbrechen.

„Mila geht es gut. Ich wollte Sie nur fragen, ob Sie eine Idee hätten, was ich Mila schenken könnte. Sie klang neulich ein wenig niedergeschlagen. Ihr erster Unitag verlief nicht so positiv, wie sie sich erhofft hatte, da kam mir die Idee, sie ein wenig aufzumuntern."

Nun sprang Isabell von ihrem Stuhl auf und trat auf ihn zu. Diesmal konnte er ihrem eindringlichen Blick kaum standhalten, so nah stand sie vor ihm.

Er hatte das Gefühl, als würde sie ihn wieder einmal komplett durchleuchten, um den Fehler zu finden. Den Fehler, der ihr verdeutlichte, dass sie sich nicht in ihm getäuscht hatte. Sein Puls beschleunigte und am liebsten hätte er Isabell eine Haarsträhne aus dem Gesicht gestrichen, die sich aus ihrem strengen Dutt gelöst hatte.

Plötzlich schüttelte sie den Kopf und sagte im resignierten Tonfall: „Tommy, Sie sind eindeutig zu gut für diese Welt."

Mit diesen Worten ließ sie ihn perplex zurück. Gerade kam er sich vor, als hätte ihm jemand mit einem Vorschlaghammer auf den Kopf gehauen, so laut dröhnte er. War das etwa das erste Positive gewesen, das sie über ihn geäußert hatte? Ihr Tonfall hatte jedoch berechtigten Zweifel gesät, ob es wirklich als Kompliment gedacht war.

Mit hängenden Armen stand er regungslos mitten im Raum und kam sich gerade wie der größte Volltrottel vor.

Da drehte sie sich noch einmal zu ihm um und meinte sanft: „Ich überlege mir etwas. Wenn mir etwas Passendes eingefallen ist, sage ich Ihnen Bescheid."

„Isabell!" Tommy wusste selbst nicht, was in ihn gefahren war, aber er musste sie unbedingt aufhalten.

Sie drehte sich zu ihm um und ihr ungewohnt sanfter Gesichtsausdruck war immer noch vorhanden.

„Wollen wir das nicht in Ruhe besprechen? Wir könnten uns doch morgen auf einen Kaffee treffen."

Diesmal zuckte Isabell leicht zusammen. Tommy triumphierte innerlich, war dabei aber krampfhaft bemüht, ihr das nicht zu zeigen.

„In der Kantine?"

„Nein, das ist ein wenig unromantisch. Ich dachte an das Café um die Ecke. Dort habe ich mich früher regelmäßig mit Leo getroffen."

Bei dem Wort romantisch schnaubte sie entrüstet auf, sagte aber nichts. Isabell rang sichtlich mit sich.

„Bitte! Ich würde mich freuen."

„Wer könnte diesem Welpenblick schon widerstehen? Hören Sie sofort auf, mich derart treu-doof anzukucken, ansonsten überlege ich es mir noch einmal." Trotz ihrer harten Worte konnte sie sich ein kleines Zucken ihrer Mundwinkel nicht verkneifen, als er die Siegerfaust ballte und „Yeah", rief.

„Ein kleiner, unreifer Junge. Was hat ein kleiner Junge wie er nur im OP verloren? Die armen Frauen", hörte er sie vor sich hinmurmeln, bevor sie hinausging. Wieder grinste er, natürlich hatte sie beabsichtigt, dass er sie hörte. Aber er ließ sich von ihrem Ablenkungsversuch nicht täuschen. Sie nahm ihn sehr wohl als Mann wahr. Als einen Mann, der ihr gefiel, auch wenn sie sich eher die Zunge abschneiden würde, als es zuzugeben.

8

ISABELL

Ihre Pause war schon seit zehn Minuten vorbei, normalerweise achtete sie penibel darauf, sich stets als gutes Vorbild zu präsentieren, und erschien immer pünktlich zum Dienst. Heute war es ihr vollkommen gleichgültig. Sie ertappte sich sogar dabei, wie sie vor sich hin summte. Einer von Tommys Kollegen starrte sie mit offenem Mund an, als sie an ihm vorbeiging. Isabell blieb stehen und fragte provokant: „Haben Sie ein Problem, Herr Doktor Reger? Habe ich etwas im Gesicht oder warum starren Sie mich so an?"

Nun lief der junge Mann knallrot an und stammelte: „Nein, alles in Ordnung." Mehr brachte er nicht über die Lippen, sondern sah zu, dass er aus Isabells Blickfeld kam. Isabell sah ihm für einen Moment irritiert hinterher. War sie wirklich so furchteinflößend? Dann schüttelte sie den Gedanken ab und beschloss, sich die gute Laune nicht verderben zu lassen.

Als sie auf Station erschien, erfuhr sie, dass sie einen Notfall übernehmen und in den OP musste. Ihr Adrenalinspiegel stieg schlagartig an und alle Gedanken an Tommy waren erst einmal vergessen.

Als sie einige Stunden später erschöpft aus dem OP kam und ihren Patienten im Aufwachraum den kompetenten Händen eines Kollegen überließ, erschien Tommy wie auf Knopfdruck wieder vor ihrem geistigen Auge. Wieder musste sie lächeln, er war vorhin wirklich süß gewesen. Offensichtlich schien er sich wirklich auf ihr Treffen zu freuen, obwohl sie sich nicht vorstellen konnte, warum das der Fall sein sollte. Tommy könnte jede haben. Die kleine Alisa war mit ihren süßen zweiundzwanzig Jahren zwanzig Jahre jünger als sie, und auch Mila war einige Jahre jünger als Tommy. Sie glaubte kaum, dass er ein Faible für ältere Frauen hegte. Dennoch kam sie nicht umhin, sich zu fragen, warum er das tat. Er hatte ihr gegenüber keinerlei Verpflichtungen. Er musste sich nicht gut mit ihr stellen. Private Kontakte könnten sie ab sofort vermeiden, seitdem Mila in Schweden wohnte, und beruflich wäre es ebenfalls kein Problem, sich aus dem Weg gehen. Sie sollte langsam akzeptieren, dass er sie wirklich mochte. Tommy wollte Zeit mit ihr verbringen. Er wollte sie näher kennenlernen, und wenn sie ehrlich war, gefiel ihr der Gedanke. Zu gut. Sie hatte Angst, sich in etwas zu verrennen. Unter keinen Umständen durfte er noch mehr von ihrer verletzlichen Seite sehen. Damit machte sie sich angreifbar. Aber hatte sie diese Schlacht nicht schon längst verloren? Indem Isabell dem Treffen zugestimmt hatte, überschritt sie eine unsichtbare Grenze, die sie wahrscheinlich bereuen würde. Dennoch ließ sie sich ihre gute Laune nicht verderben. Sie freute sich auf das Treffen. Tommy tat ihr gut und ihre Abwehr begann immer mehr zu bröckeln. Seine Hartnäckigkeit hatte die Mauer porös werden lassen.

Als sie die Intensivstation betrat, waren alle romantischen Gefühle schlagartig verschwunden. „Was ist denn hier los?", fragte Isabell erstaunt, als sie den Tumult auf dem Gang wahrnahm. Mit einem Mal hörten alle zu sprechen auf und die Stille war fast unheimlich.

Die Oberschwester ergriff schließlich das Wort. „Frau Walter findet die Akte von Herrn Müller nicht mehr." Sogar die ansonsten so resolute Frau Hanke fühlte sich gerade alles andere als wohl in ihrer Rolle als Überbringern einer Hiobsbotschaft.

Ausgerechnet die kleine Alisa hatte die Akte verschusselt. Gerade tat ihr das Mädchen richtiggehend leid, als sie sich mühsam die Tränen verkniff.

„Ist das alles? Ich dachte, ein Patient wäre verstorben bei dieser Friedhofstimmung, die Sie hier verbreiten. Das kann doch jedem Mal passieren. Sie wird schon wiederauftauchen und die Daten sind doch alle im Computer erfasst, oder?" Nun warf sie der Stationsleitung einen scharfen Blick zu, die hastig nickte.

Sie wandte sich Alisa zu: „Sie sind vom restlichen Dienst freigestellt und suchen die Akte, denn Sie werden sie wohl kaum gegessen haben."

Isabell musste sich ein Glucksen mit aller Macht verkneifen, als sie die fassungslose Stille, die ihre ungewohnt milde Reaktion ausgelöst hatte, wahrnahm.

Manchmal fühlte es sich richtig gut an, sich als Gutmensch zu präsentieren.

9

Tommy

Er folgte der freundlichen Bedienung durch das Café und ließ sich erleichtert an dem ausgewiesenen Tisch nieder. Zum Glück war Isabell noch nicht da, die Gelegenheit sollte er zum Durchschnaufen nutzen. Jetzt hatte er sich so beeilt, um bloß nicht zu spät zu kommen, dass er sogar einige Minuten vor der vereinbarten Zeit erschienen war. Sein Magen grummelte nervös, was ihm gar nicht gefiel. Er war cool und abgebrüht, es sollte ihm doch leichtfallen, seinem Date mit Isabell locker und wortgewandt zu begegnen. Leider spielte ihm sein Herz da gerade einen infamen Streich, denn er wollte das Treffen heute nicht vermasseln. Und genau dieser Umstand setzte ihn gehörig unter Druck. Immerhin glichen seine Gespräche mit ihr jedes Mal einem Spießrutenlauf.

Kurz ließ er den Blick durch den Raum wandern, aber von Isabell fehlte weiterhin jede Spur. Hastig holte er sein Handy hervor, um sich in der Kamera zu begutachten. Ihm war eingefallen, dass er vorhin ein belegtes Mohnbrötchen gegessen hatte, nicht, dass ihm nun peinlicherweise etwas zwischen den Zähnen hing. Seine Sorge war unbegründet, er strich sich noch einmal durch die perfekt sitzende Frisur, als ihn Isabells Stimme zusammenzucken ließ.

„Sind Sie nicht schon schön genug? Oder benötigen Sie es fürs Ego, Ihr Spiegelbild regelmäßig zu betrachten?" Isabell musterte ihn herablassend. Natürlich ließ sie sich die Gelegenheit, ihn aufzuziehen, nicht entgehen.

„Soll ich mich dafür entschuldigen, dass ich für unser Date das Beste aus mir herausholen möchte?", gab er augenzwinkernd zurück. Tommy wartete schon auf ihr empörtes Prusten, was unweigerlich folgte und er grinste.

„Wollen Sie sich nicht setzen?", fragte er schließlich friedfertig, als sie keine Anstalten machte, sich zu ihm zu setzen.

Isabell ließ sich auf der Bank nieder und im selben Augenblick trat die Bedienung heran und brachte zwei Cappuccino und zwei Gläser Sekt.

Isabell hob gekonnt eine Augenbraue, kommentierte seine aufgegebene Bestellung aber nicht. Schweigend sah sie ihm dabei zu, wie er beide Sektgläser nahm und ihr anschließend eins reichte. Er stieß mit ihr an und trank einen Schluck.

„Auf einen angenehmen Nachmittag."

Er ließ sie nicht aus den Augen, als sie ebenfalls einen Schluck trank und fuhr dann fort: „Lass uns darauf anstoßen, dass wir uns ab heute duzen."

Diesmal war es Isabell, die ihr Getränk fast ausspuckte. Tommy zollte ihr ehrlich Respekt, dass sie es trotz Verschlucken schaffte, den Sekt irgendwie hinunterzuwürgen. Als sie zu husten begann, musste er sich zwingen, nicht aufzuspringen, um ihr sanft auf den Rücken zu klopfen.

Isabell hatte ihr Glas abgestellt und ihr gewitterumwölkter Blick versprach nichts Gutes.

„Komm Isabell, gib dir einen Ruck. Dieses alberne Siezen ist doch lächerlich."

Sein cooler Tonfall verdeckte hoffentlich sein wild pochendes Herz. Er konnte nicht einschätzen, ob er gleich den Inhalt ihres Glases im Gesicht hatte oder ob sie einknicken würde. Mit seinem forschen Vorschlag hatte er sich auf dünnes Eis begeben.

Isabell trank ihr Glas in einem Zug aus, stellte es ab und sah ihm direkt in die Augen. „Okay", meinte sie achselzuckend.

Tommy rieb mit dem Zeigefinger mehrmals über sein Ohr, als hätte er nicht richtig gehört. „Okay? Ich hätte ehrlich gesagt mit mehr Gegenwehr gerechnet."

„Bis du darüber enttäuscht?"

Tommy lehnte sich zurück und verschränkte die Arme vor der Brust. „Enttäuscht? Machst du Witze? Ich bin sprachlos. Du machst mich zu einem glücklichen Mann."

Isabell stützte ihre Ellenbogen auf dem Tisch ab und beugte sich zu ihm vor. „In der Klinik siezen wir uns aber wie gehabt. Ich habe keine Lust auf Gerede und schließlich habe ich einen Ruf zu verlieren. Nicht, dass plötzlich jeder Hinz und Kunz auf die Idee kommt, mich zu duzen." An ihren blitzenden Augen erkannte er, dass sie ihre Aussage nicht ganz so ernst meinte.

„Alles, was du willst." Tommy hob zustimmend sein Sektglas, dabei lächelte er sie liebevoll an. Gerade noch hatte er sich verkniffen zu fragen, ob das bedeutete, dass sie sich privat nun öfter sehen würden. Am Ende würde Isabell in die Defensive geraten und einen Rückzieher machen. Deshalb hielt er die Füße still.

„Was ist denn nun mit Mila? Ich wollte sie heute Abend anrufen, aber vorher hören, was du zu sagen hast", wechselte Isabell zu einem unverfänglicheren Thema.

„Ihre neuen Kommilitonen haben sie wohl ziemlich links liegen gelassen", erzählte Tommy und bemerkte Isabells bestürzten Gesichtsausdruck. „Seit der Geschichte mit Hallinger ist Milas Selbstbewusstsein nicht mehr das allergrößte und es fällt ihr immer noch schwer, auf andere zuzugehen. Aber sie ist eine Kämpferin und wird das sicherlich hinbekommen", beschwichtigte Tommy sie, als er sah, dass Isabell sich alarmiert aufrichtete.

„Mir hat sie geschrieben, dass es ihr gut geht und sie sich wohlfühlt. Das stimmt dann wohl so nicht ganz."

„Du darfst nicht jedes ihrer Worte auf die Goldwaage legen. An dem Abend war sie down, aber das kann heute schon ganz anders aussehen. Sie freut sich bestimmt über deinen Anruf. Frag sie ruhig, wie es mittlerweile in der Uni läuft. Jetzt sind ja schon ein paar Tage vergangen."

Isabell beäugte ihn schon wieder mit ihrem typischen Durchleuchterblick. Wieder schien sie ihm seine geheimen Gedanken entlocken zu wollen.

Ungerührt trank er seinen Cappuccino und zog eine Augenbraue nach oben, während er ihrem Blick standhielt. Dann drehte er den Spieß um und fragte Isabell: „Mich würde wirklich interessieren, worüber du gerade nachdenkst."

Nun stützte er sein Kinn auf die Hand und musterte sie seinerseits kritisch.

Isabell lachte ein wenig verlegen und bemerkte skeptisch: „Ich denke nicht, dass das so eine gute Idee ist."

„Jetzt machst du mich erst recht neugierig."

„Mir schoss nur gerade der Gedanke durch den Kopf, dass ich nicht nachvollziehen kann, warum Mila sich nicht in dich verliebt hat. Du kennst sie in- und auswendig. Du weißt genau, was sie denkt, welche Bedürfnisse sie hat und bist immer für sie da gewesen."

Tommy schoss das Blut in den Kopf und er hoffte inständig, nicht rot geworden zu sein. Er wippte mit dem Fuß auf dem Boden und fühlte sich etwas unbehaglich.

„Himmel, Isabell, musst du immer so direkt sein? Mila liebt nun mal Leo. Und auch wenn es für mich nicht gerade schmeichelhaft ist, Mila hätte sich auch ohne Leo nicht in mich verliebt. Ich bin eben der Kumpeltyp."

Jetzt lachte Isabell lauthals, sodass sich sämtliche Gäste in ihrer Umgebung erstaunt zu ihnen umdrehten.

„Sorry, aber das war jetzt echt ein guter Witz. Kumpeltyp!" Wieder hielt sie sich den Bauch vor lauter Lachen und Tommy konnte nicht anders, als ebenfalls zu grinsen.

„Ich sehe das jetzt mal als Kompliment." Schnell lenkte er ab: „Hättest du denn eine Idee, was ich Mila als Aufmunterung schenken könnte?"

Isabell dachte einen Augenblick nach. „Ich kenne ein kleines Geschäft, das hübsche Dekoartikel führt. Dort war ich schon mit Mila beim Shoppen und weiß zufällig, dass ihr dort einiges gefallen hat."

„Magst du mich begleiten? Falls du Zeit hast?", schob Tommy hastig hinterher.

„Gern", stimmte Isabell zu und war schuld, dass die Schmetterlinge in seinem Bauch aus dem Winterschlaf gerissen wurden.

Tommy forderte rasch die Rechnung und ließ es sich natürlich nicht nehmen, Isabell einzuladen, die es zu seinem Erstaunen ohne Protest annahm.

Nachdem sie mit der U-Bahn ins Nikolaiviertel gefahren waren, wies Isabell nach einigen Gehminuten auf einen Laden.

„Dort ist es. Klein, aber fein. Kein Mainstream, keine Billigware."

Tommy sah sich neugierig um, und er konnte nachvollziehen, dass dieser Laden Isabells und Milas Geschmack getroffen hatte. Nachdem sie eine Weile gestöbert hatten, trat Isabelle an ihn heran, griff ihn am Arm und stellte begeistert fest: „Ich glaube, ich habe das Richtige gefunden." Sie ließ Tommy keine Zeit zu reagieren, sondern zog ihn begeistert mit sich. Tommy fühlte sich von ihrer Nähe so berauscht, er schnupperte vorsichtig ihren blumigen Duft ein und achtete gar nicht darauf, was sie ihm präsentierte. Am liebsten würde er sie einfach zu sich heranziehen, um sie endlich zu küssen. Diese weichen, roten Lippen dicht vor seinen Augen machten ihn wahnsinnig.

„Was meinst du?" Er spürte Isabells Ellenbogen unsanft in seinen Rippen. „Tommy!"

„Was?" Er sah sie verwirrt an.

„Wo warst du denn gerade mit deinen Gedanken?"

„Ich habe deinen Ausführungen so intensiv gelauscht, dass ich gar nicht mitbekommen habe, dass du mich etwas gefragt hast."

„Dann kannst du mir sicherlich sagen, was ich priorisiere."

Isabell sah ihn herausfordernd an.

Tommy kratzte sich verlegen am Kopf und besah sich die Auslage.

„Dir gefällt alles?", meinte er schließlich ratlos.

Isabell nahm zwei hübsche Kerzenständer in die Hand, dazu einen farblich passenden Läufer in Schwarz/Silbertönen gehalten und marschierte zur Kasse.

„Und ich darf nicht mitentscheiden? Immerhin bezahle ich", motzte Tommy, bevor er ihr zur Kasse folgte.

Isabell strich ihm mitfühlend über den Oberarm, was umgehend dazu führte, dass sich seine Härchen aufstellten. Herrje, wenn sie nicht bald aufhörte, ihn ständig zu berühren, würde er für nichts mehr garantieren können.

„Glaub mir, du willst nicht mitreden. Vertrau mir einfach."

Die Verkäuferin hatte ihren Disput lächelnd mitverfolgt und mischte sich nun ungefragt ein, indem sie sich an Tommy wandte: „Ich gebe Ihnen einen gut gemeinten Rat, glauben Sie Ihrer Frau. Bei Dekorationsfragen sollte die Männerwelt uns lieber freie Hand lassen." Tommy grinste Isabell frech an, als die Verkäuferin sie als seine Frau betitelt hatte.

Isabell versuchte, eine ungerührte Miene aufzusetzen, aber er hatte genau gesehen, dass sie sich geschmeichelt gefühlt hatte.

Tommy lächelte die Kassiererin verschwörerisch an. „Ich beuge mich Ihrem Rat. *Meine* Frau hat wirklich einen ganz ausgezeichneten Geschmack. Da übernehme ich die Rechnung doch nur allzu gern."

Wieder spürte er einen verstohlenen Rippenstoß und er verkniff sich ein Lachen.

„Wer träumt nicht von so einem Mann? Sie können sich wirklich glücklich schätzen", quatschte die Verkäuferin vertraulich weiter.

Isabells Miene sah mittlerweile leicht säuerlich aus und Tommy wartete nur darauf, dass eine blöde Antwort folgte, aber anscheinend biss sie die Zähne zusammen.

„Es war reizend, mit Ihnen zu plaudern, aber nun müssen wir weiter. Wir haben noch einige Geschäfte vor uns", säuselte Tommy und zwinkerte der Dame zu.

„Als ob ich meine Einkäufe nicht selbst bezahlen könnte", fauchte Isabell, kaum, dass sie das Geschäft verlassen hatten.

Tommy warf ihr einen unauffälligen Seitenblick zu. Isabell wirkte verärgert. Worüber genau, wusste er allerdings nicht.

„Darf eine Frau sich nicht trotzdem etwas schenken lassen? Das eine schließt das andere doch nicht aus. Es geht doch um die Geste."

„Ich bleibe ungern jemandem etwas schuldig." Isabell

warf ihm einen überheblichen Blick zu und schien dichtgemacht zu haben.

„Außerdem war es ja gar nicht für dich bestimmt, sondern für Mila", fuhr er fort, was ihre Laune nicht zu steigern schien.

Nun stupste er sie mit dem Ellenbogen an. „Komm, ich kaufe dir ein Eis, dann bessert sich deine Laune bestimmt gleich wieder." Er setzte sein charmantestes Lächeln auf.

Erst stemmte sie empört die Hände in die Hüften, dann zuckten ihre Mundwinkel.

„Überredet. Bei Süßem kann ich einfach nicht Nein sagen."

Tommy machte geistig eine Notiz, falls er irgendwann eine kleine Aufmerksamkeit für sie benötigte.

Nachdem sie einträchtig auf einer Bank am Ufer der Spree ein Eis gegessen hatten, warf Isabell einen Blick auf die Uhr und sagte ein wenig bedauernd: „Schon so spät. Ich muss los, meine Freundin wartet auf mich."

Sie wollte schon aufspringen, da lehnte sie sich wieder zurück und wirkte ein wenig angespannt: „Du denkst dran? In der Klinik sind wir wieder per Sie, wir duzen uns nur privat."

„Privat klingt großartig. Bedeutet das, es wird eine Wiederholung geben?" Sein hoffnungsvoller Tonfall schien Isabell zu erweichen, denn sie lächelte ihn so sanft an, wie er es noch nie zuvor erlebt hatte. Was umgehend dazu führte, dass sie sein Innerstes in Aufruhr versetzte.

Seine Hand wanderte wie ferngesteuert zu ihrer, die auf ihrem Schoss lag, und ergriff sie.

Er war sich sicher, dass sie den Stromschlag ebenfalls gespürt hatte, als sich ihre Hände miteinander verbanden. Sein Herz pochte heftiger als bei jedem Wettkampf, den er bisher bestritten hatte.

„Ich werde es in Erwägung ziehen, solange du dich benimmst", mit diesen Worten entzog sie ihm ihre Hand. Ihre Augen sahen aber immer noch sanft und freundlich aus, sodass er sich sicher war, dass auch sie die Berührung genossen hatte.

Spontan beugte er sich vor und gab ihr ein Wangenküsschen. Kurz verharrte er mit der Wange an ihrer, bevor er sich unter Darbietung aller Willenskraft wieder zurückzog.

Isabell stand nun endgültig auf und er sah ihr noch hinterher, bis sie um die Ecke verschwunden war.

10

Die letzten Tage war sie Tommy im Krankenhaus nicht über den Weg gelaufen. Anfänglich hatte sie die Gynäkologie gemieden, aber ein heimlicher Blick in die Dienstpläne hatte ihr verraten, dass sie die Woche sowieso kaum gemeinsame Dienste hatten. Isabell hatte hörbar ausgeatmet, als ihr bewusst wurde, dass sie Tommy die nächste Zeit kaum zu Gesicht bekommen würde. Ein wenig Abstand würde ihr guttun. Sie musste ihm möglichst bald klarmachen, dass es besser wäre, es bei einem dienstlichen Umgang zu belassen.

Ihr blödes Herz sprach leider eine vollkommen andere Sprache. Seit ihrem Treffen konnte sie nachts kaum noch schlafen und war deshalb nicht unglücklich, dass sie für einige Nachtdienste eingeteilt worden war. Dummerweise fand sie trotz der kräfteraubenden Schichten auch tagsüber fast keinen Schlaf.

Gerade lag sie in ihrem abgedunkelten Schlafzimmer und wälzte sich wieder einmal ruhelos hin und her, anstatt zu schlafen. Isabell versuchte sich abzulenken, indem sie an ihren bevorstehenden Kurztrip dachte. Dennoch hatte sie gegen diese immense Macht, die Tommy schon auf sie ausübte, keine Chance. Hartnäckig wie eh und je grub er sich immer tiefer in ihr Gehirn.

Obwohl sie den Gedanken jedes Mal vehement verscheuchte, sobald er ihrem Unterbewusstsein entschlüpfte, wusste sie genau, dass sie sich etwas vormachte, wenn sie behauptete, das Treffen mit Tommy wäre bedeutungslos gewesen.

Es war keine gute Idee gewesen, sich mit ihm zu verabreden. Jetzt war sie wie ein Teenager in ihrem Gefühlschaos gefangen und fand keinen Ausweg aus dem Dilemma. Ihr Herz sehnte sich danach, Tommy endlich wiederzusehen. Jede Sekunde, die ohne ihn verging, erschien ihr eine Verlorene zu sein. An seiner Seite fühlte sie sich jung, attraktiv und begehrenswert. Die gemeinsame Zeit mit ihm hatte sie nicht nur genossen, sondern förmlich inhaliert. Isabell hatte sie möglichst tief in sich eingesaugt, um dieses berauschende Gefühl aufzubewahren für die tristen, einsamen Tage. Und davon wollte sie mehr. Dieser Hunger nach Leben, nach Lust und Leidenschaft ließ sich durch nichts stillen. Nur eine erneute Begegnung mit Tommy würde ihre Not lindern. Aber sie wusste genau, dass es anschließend noch schlimmer werden würde. Ein letztes Mal, eine letzte Begegnung, eine letzte Zigarette. Als sie sich vor ein paar Jahren das Rauchen abgewöhnt hatte, fühlte sie sich genauso zerrissen. Süchtig nach einem letzten Mal. Deshalb durfte sie dem Drang ihrer Sucht nach ihm nicht nachgeben. Sie musste ihm eisern widerstehen, ansonsten würde sie den Entzug niemals durchstehen.

Ihre Sehnsucht nach ihm wurde leider nicht geringer. Je länger sie ihn nicht sah, desto stärker tobte dieser widersprüchliche Sturm in ihrem Herzen.

Eine freundschaftliche Beziehung zu ihm würde sie nicht hinbekommen. Dazu löste er viel zu viele Gefühle in ihr aus. Sie hatte es lange Zeit nicht zugeben wollen, aber ja, ihr verräterisches Herz klopfte dermaßen laut, sobald sie nur an ihn dachte, dass sie sich nicht länger vormachen konnte, dass ihr der draufgängerische Herzensbrecher egal wäre.

„Ich bin so bescheuert. Wie kann man sich in meinem Alter dermaßen albern verhalten?", stöhnte Isabell gequält auf, während sie sich die Augenmaske genervt runterriss.

Es machte keinen Sinn. Tommy hatte mal wieder die Herrschaft über ihre Gedanken übernommen und würde ihr den wohltuenden Schlaf nicht gönnen.

Nach einer belebenden Dusche fühlte sie sich besser und machte sich mit einer Tasse Kaffee in der Hand auf die Suche nach ihrem Handy.

„Hallo Julia. Hättest du Lust, dich mit mir in deiner Mittagspause zu treffen?"

Nachdem sie sich mit ihrer besten Freundin zum Mittagessen verabredet hatte, hob sich ihre Laune schlagartig und die Aussicht, mit ihrer Freundin zu quatschen, verscheuchte die Lethargie aus ihren müden Knochen.

Isabell war übel und ihr Herz raste immer noch dermaßen schnell, dass sie kaum Luft bekam. Vorhin im OP hatte das Adrenalin sie aufrechterhalten, jetzt nach Abschluss sackte sie förmlich in sich zusammen. Sie schlug die Bürotür hinter sich zu und schaffte es gerade noch auf den Besucherstuhl, bevor ihr die Beine den Dienst versagten.

Kurz schloss sie die Augen und versuchte, ihre Atmung zu beruhigen. Verdammt noch mal, so etwas wie gerade eben durfte einfach nicht passieren.

Isabell machte nie Fehler, sie war bekannt für ihre Perfektion, sie war eine Koryphäe auf dem Gebiet der Gehirnchirurgie und dennoch hätte sie vorhin beinahe eine Katastrophe ausgelöst. Nur einem ihrer Kollegen war es zu verdanken, dass der Patient überlebt hatte.

Isabell hatte eine kleine Blutung im Gehirn übersehen und wenn Herr Doktor Mannhart sie nicht darauf hingewiesen hätte, wäre es zum Super-GAU gekommen.

Wie hatte ihr das nur passieren können? Sie war vollständig auf den Fall fokussiert gewesen. Im Operationssaal war ihre Aufmerksamkeit voll da gewesen, sie hatte nichts anderes als den Ablauf des Vorgangs im Kopf. Und dennoch war ihr dieser Fehler passiert. Weil sie vollkommen übermüdet war, weil sie komplett ausgebrannt war. Vorhin hatten ihre Augen getränt, weil sie sich so anstrengen musste, ihren Blick auf die Wunde zu fokussieren.

Sie war eine Gefahr für ihre Patienten. Gut, dass morgen ihr langersehnter Urlaub begann. Sie würde einige Tage mit Julia verreisen, um auf andere Gedanken zu kommen. Etwas Ablenkung würde ihr guttun, sie musste dringend mal abschalten.

Jeder machte mal Fehler. Aber nicht Isabell! Einem Arzt durfte so etwas einfach nicht passieren. Wieder hob sich ihr

Magen, als sie sich ausmalte, was geschehen wäre, wenn Sebastian das Blutgerinnsel nicht entdeckt hätte. Ihren Dank hatte er mit der Begründung abgetan, dass mehrere Augenpaare einfach mehr sahen als eins. Das nächste Mal würde ihm vielleicht so etwas passieren, woraufhin Isabell ihn für diesen Gedanken gemaßregelt hatte. Das tat ihr nun leid, aber sie konnte einfach nicht aus ihrer Haut der strengen Chefärztin. Immerhin hatte er ihr nur die Last der Schuld von den Schultern nehmen wollen.

Seufzend stand sie auf, da sie sich mit einer Kollegin zum Essen in der Kantine verabredet hatte. Zwar stand ihr gerade überhaupt nicht der Sinn nach einem Gespräch, aber die Ablenkung würde ihr helfen, das Ganze abzuhaken. Sie durfte nicht zulassen, dass sie an ihrer Kompetenz zu zweifeln begann.

Als sie die Kantine betrat, konnte sie Claudia nirgends entdecken, obwohl sie selbst spät dran war. Leider blieben ihre Augen, während ihrer Wanderschaft dafür an einem unerfreulichen Bild hängen.

Das durfte doch nicht wahr sein! Was machte Tommy hier? Er musste den Dienst getauscht haben, denn ihre Recherche hatte ergeben, dass er eigentlich heute freigehabt hätte.

Neben ihm saß die anhängliche Alisa, die ihn schon wieder aus ihren süßen Bambiaugen anschmachtete. So viel zum Thema, er würde ihr klarmachen, dass die Affäre beendet war. Wenn sie noch näher an ihn heranrückte, würde sie gleich auf seinem Schoss landen. Sie redete die ganze Zeit auf ihn ein, während er ihr ein liebevolles Lächeln schenkte. Isabell schäumte vor Wut. Auf Tommy, der jede Frau schamlos anbaggerte, die ihm im Radius von hundert Metern über den Weg lief. Aber vor allem auf sich selbst, dass sie mehr in ihr Treffen hineininterpretiert hatte, als es der Wahrheit entsprach. Tommy hatte lediglich einen Rat bezüglich Milas Geschenk benötigt. Alles andere war Show, war Mittel zum Zweck gewesen. Warum tat dieser Gedanke nur so weh? Isabell riss mühselig den Blick los, als Alisa Tommy zärtlich über den Arm strich.

Während sie am Tisch der beiden vorbeiging, würdigte sie ihn keines Blickes und reagierte auch auf seinen freundlichen Gruß nicht. Sie tat, als wäre sie vollkommen in Gedanken.

Tommys Sexualleben hatte sie nicht zu interessieren. Es sollte ihr egal sein, ob er seine Affäre wieder aufgewärmt hatte. Es sollte ihr egal sein, dass er in ihr lediglich Milas Freundin sah, die ihm weitergeholfen hatte. Es war nicht seine Schuld, dass sie sich mehr erhofft hatte. Dennoch war der Schmerz gerade dabei, ihr komplettes Herz wegzuätzen, mühselig widerstand sie dem brennenden Druck ihrer Augen nachzugeben. Sie war entsetzt über sich. Entsetzt darüber, was Tommy imstande war, in ihr auszulösen. Er wäre ihr Untergang. Er würde sie zerstören.

Zu ihrer grenzenlosen Erleichterung betrat Claudia gerade den Speisesaal und kam auf sie zu. Sie zwang sich zu einem Lächeln, versuchte jeden Gedanken an Tommy zu verdrängen und war stolz auf sich, kein einziges Mal mehr in seine Richtung gesehen zu haben.

11

Tommy

Tommy war sauer. Auf sich selbst, auf Alisa, auf Isabell, auf alle, die ihm blöd kamen. Diese Frau würde ihn noch in den Wahnsinn treiben. Was hatte er nun schon wieder verbrochen?

Er trat noch etwas heftiger in die Pedale, obwohl das nicht ratsam war, da das eigentliche Training nachher gemeinsam mit Jonas erst beginnen würde. Aber sein Ärger ließ sich nicht so einfach bezwingen und er benötigte jetzt schon den Kick, sich zu verausgaben, um Isabell am besten für immer von der Festplatte zu löschen. Irgendwie hatte sie es allerdings geschafft, eine Sicherungskopie so versteckt in seinem Kopf zu installieren, dass er sie, trotz all seiner Bemühungen nicht fand.

Isabell war perfide. Die Eisprinzessin wollte, dass er litt. Wofür sie ihn bestrafte, war ihm allerdings unklar. War sie etwa eifersüchtig? Auf Alisa? Vielleicht hatte es vorhin den Eindruck erweckt, dass er wieder mit ihr angebandelt hatte. Dabei wollte er nur höflich sein. Alisa hatte sich bei ihm bedankt, weil er sie neulich in Schutz genommen hatte und sich bei der Gelegenheit für den erzwungenen Kuss entschuldigt. Er machte sich nichts vor. Alisa war immer noch verliebt in ihn. Aber musste er sie deshalb mies behandeln? Er wollte mit ihr ebenso freundlich wie mit jedem anderen Kollegen umgehen. Konnte es sein, dass Isabell die Szene in den falschen Hals bekommen hatte? Aber das würde im Umkehrschluss bedeuten, dass sie sich von ihm mehr erhoffte und genau darüber war Tommy sich absolut im Unklaren. Bevor er sich allerdings Gedanken über Isabells Gefühlsleben machte, sollte er lieber in seinem eigenen graben. Was wollte er eigentlich von Isabell? Es war unbestreitbar, dass er körperlich auf sie reagierte. Jedes Mal, wenn er sie sah, musste er sich eisern beherrschen, dem Drang, sie zu küssen, nicht nachzugeben. Und ja, jeder ihrer unglaublich sinnlichen Blicke schoss direkt in seinen Unterleib. Isabell war heiß, attraktiv und unwiderstehlich. Der Wunsch herauszufinden, ob sie im Bett genauso eine Granate war, wie er sich das aufgrund ihrer vortrefflichen Reize ausmalte, wurde immer größer.

Aber wie sollte es anschließend weitergehen? Eine Affäre mit seiner Vorgesetzten, wohlgemerkt mit einer äußerst komplizierten und unberechenbaren Chefin, wäre reiner beruflicher Selbstmord.

Es war schon schwierig, mit Alisa eine wackelige Basis für eine Zusammenarbeit zu finden, was wäre erst, wenn es mit Isabell vorbei wäre? Und was würde passieren, wenn er sich mehr als eine Affäre vorstellen konnte?

„Du weißt schon, dass unser Training erst beginnt?"

Tommy bremste scharf neben seinem Freund, der schon am Treffpunkt auf ihn wartete.

„War spät dran und wollte dich nicht warten lassen." Tommy grinste, als er Jonas skeptischen Blick registrierte.

Heute stand ein anstrengendes Koppeltraining auf dem Programm, was bedeutete, dass sie abwechselnd Rad fuhren und liefen. Jetzt im Mai war die ideale Zeit, das Training zu intensivieren, da die Wettkampfphase bald begann.

Tommy stieg ab und nahm die Sporttasche von der Schulter und beide bereiteten die Wechselzone vor.

„Wir fahren dreimal jeweils 15 Kilometer und jeweils fünf Kilometer laufen", führte ihm Jonas den Trainingsplan noch einmal vor Augen.

„Okay, das sollte locker machbar sein."

„Du weißt, GA2!"

Tommy rollte mit den Augen. „Ja, Papa. Verstanden. Ich werde mich nicht komplett verausgaben."

„Sorry, aber du hast wieder diesen irren Blick, den du immer aufsetzt, wenn du dich unbesiegbar fühlst. Heb dir das für den Wettkampf auf."

Sie trainierten schon so lange zusammen, dass Jonas um

Tommys Schwäche wusste, sich im Training ungern zurückzuhalten. Um den maximalen Trainingseffekt auszunutzen, war es aber wichtig, nicht immer im Höchstbereich zu trainieren.

„Ich stehe heute ein wenig unter Strom, da fällt es mir doppelt schwer, mich zurückzunehmen, aber ich werde mich zusammenreißen."

Jonas neugierigen Blick ignorierte er gekonnt und er rief ihm zu: „Bereit?"

Kurz darauf fuhren sie los. Für einen Laien in einem ziemlich hohen Tempo, aber als langjährige Triathleten konnten sie sich noch gut dabei unterhalten.

Nachdem sie zum Laufen gewechselt waren, ging mit Tommy wieder einmal sein Temperament durch und er lief die ersten fünf Kilometer viel zu schnell. Jonas ließ sich allerdings nicht abschütteln und erst als sie wieder aufs Rad stiegen, brummte er ungehalten: „Du wolltest dich an den Plan halten."

Tommy warf ihm einen überraschten Blick zu, während er ziemlich laut schnaufte. Augenblicklich drosselte er das Tempo und schüttelte entschuldigend den Kopf.

„Ich war in Gedanken und habe gar nicht aufs Tempo geachtet."

„War kaum zu übersehen. Was ist denn los?", fragte Jonas neugierig.

„Was soll schon los sein? Wenn ein Mann neben sich steht, kann doch nur eine Frau schuld sein", bemerkte Tommy und zog eine gequälte Grimasse.

„Alisa? Nervt sie dich immer noch?"

„Nein, wir haben das geklärt, auch wenn sie die Hoffnung immer noch nicht aufgibt." Tommy stockte kurz und wusste für einen Moment nicht, was er sagen sollte.

Er stützte seine Arme auf dem speziellen Lenker des Triathlonfahrrads ab und schwieg.

„Ich verstehe, du hast schon eine Neue am Start", meinte Jonas vielsagend.

„So weit sind wir leider noch nicht gekommen oder sollte ich besser sagen, zum Glück", reagierte Tommy ein wenig kryptisch.

„Klingt irgendwie kompliziert?" Jonas ließ es als Frage stehen.

„Das kannst du laut sagen. Die ganze Situation ist kompliziert. Die ganze Frau ist kompliziert. Das ich nicht weiß, was ich will, ist kompliziert", seufzte Tommy und gab schon wieder unbeabsichtigt Gas.

Jonas holte ihn rasch wieder ein und warf ihm einen skeptischen Blick zu. „Es ist scheiße, wenn du nicht weißt, was du willst."

„Mein gesamtes Liebesleben ist scheiße", brummte Tommy ungehalten.

„Seit deiner letzten Beziehung kriegst du es irgendwie nicht mehr hin. Erst verliebst du dich unsterblich in Mila, dann lässt du viel zu lange deine lose Affäre mit Alisa laufen, obwohl du genau wusstest, dass sie dich liebt, und jetzt suchst du dir anscheinend schon wieder eine komplizierte Frau aus."

Tommy verspannte sich ein wenig, als er die deutlichen Worte hörte, aber Jonas hatte ja recht. Sein Liebesleben glich einer Großbaustelle.

„Es ist meine Vorgesetzte."

Jonas vollführte eine Vollbremsung und blieb einfach stehen.

„Was?!", brüllte er ihm fassungslos hinterher.

Tommy hielt nun auch an und wartete gottergeben darauf, dass Jonas wieder zu ihm aufschloss, um ihn mit Fragen zu löchern. Als er bei ihm ankam, setzte er sich wieder in Bewegung und schob allerdings das Fahrrad.

„Welche Vorgesetzte?"

„Isabell Niedermayer, Chefärztin der Chirurgie."

Sein Kumpel glotzte ihn verwirrt an und Tommy hätte fast zu lachen begonnen.

„Chefärztin klingt jetzt nicht nach Mitte zwanzig, eher nach alt?", meinte Jonas nicht besonders feinfühlig.

Tommy lachte laut auf und schüttelte den Kopf. „Du bist echt einmalig. Kluge Schlussfolgerung, hätte ich dir gar nicht zugetraut. Ehrlich gesagt weiß ich nicht genau, wie alt sie ist. Sie sieht höchstens wie Mitte dreißig aus, aber sie muss wohl um die zehn Jahre älter sein, in ihrer Position ist das immer noch jung."

Jonas stolperte über seine eigenen Füße und ließ beinah sein Rad fallen.

„Die muss echt scharf sein."

„Das kannst du annehmen", schoss es aus Tommy heraus.

„Bist du nur scharf auf sie oder verliebt?" Jonas brachte es auf den Punkt.

„Das weiß ich nicht, doch ich würde es gern herausfinden. Aber einerseits sträubt sich Isabell, und andererseits weiß ich nicht, ob es vernünftig ist. Ich stand bisher nicht auf ältere Frauen, aber mit Isabell ist es was Besonderes. Ich finde sie als Person toll, was spielt die Zahl da für eine Rolle? Dass sie ranghöher gestellt ist, verkompliziert es allerdings sehr."

„Na ja, ich finde schon, dass es eine Rolle spielt. Wenn deine Angebetete Mitte vierzig ist, könntet ihr zum Beispiel keine Familie mehr gründen. Ihr steckt in völlig unterschiedlichen Lebensabschnitten, meinst du wirklich, ihr könnt dauerhaft eine gemeinsame Basis finden?"

„Normalerweise steht die Familienplanung bei mir nicht als Erstes auf der Agenda, wenn ich eine Frau kennenlerne", erwiderte Tommy etwas ironisch.

„In dem Fall spielt es aber eine entscheidende Rolle", argumentierte Jonas entschieden.

Tommy wollte schon aufbrausen, als er sich besann. „Genau, das sind ja meine Bedenken. Wenn ich mich auf das Abenteuer einlasse, sollte ich mir sicher sein, dass es Isabell wert ist. Ansonsten könnte es mich meine Karriere kosten und ich möchte Isabell auch nicht verletzen. Oder wir sind uns beide einig, es bei einer Affäre zu belassen, aber da habe ich mich mit Alisa schon gründlich in die Nesseln gesetzt. Meistens will einer irgendwann mehr und dann wird es kompliziert."

„Tommy, ein guter Rat von mir. Lass es! Es ist doch jetzt schon unglaublich kompliziert. Tu dir das nicht an."

„Du verstehst es wirklich, mich aufzubauen", grollte Tommy, während er aufs Rad stieg. „Lass uns weitertrainieren, sonst wird das mit der neuen Bestzeit im nächsten Wettkampf nichts."

Ohne Jonas Antwort abzuwarten, fuhr er los, um einer weiteren leidigen Diskussion aus dem Weg zu gehen.

12

„Die Massage hat so gutgetan", meinte Isabell genüsslich, während sie am Pool lagen. Kurzentschlossen war sie mit Julia in die Türkei geflogen und sie relaxten gerade bei über dreißig Grad im Schatten eines Sonnenschirms.

Isabell öffnete die Augen und ließ einen Blick über die Poollandschaft wandern. Eine Gruppe junger Männer saß auf der gegenüberliegenden Seite und sah immer wieder zu ihnen herüber. Isabell waren schon ein paar Mal deren begehrliche und ein wenig anzügliche Blicke aufgefallen. Nun versteckten sich die vier Männer hinter ihren Sonnenbrillen und konnten ungeniert starren. Sie schätzte sie auf Mitte dreißig, wahrscheinlich etwas älter als Tommy. Gerade noch rechtzeitig unterdrückte sie ein Seufzen, als ihr Tommys unwiderstehliches Lachen in den Sinn kam und zeitgleich in ihrem Ohr erklang, als würde er gerade neben ihr stehen.

„Ich glaube, ich sollte ein kleines Abenteuer wagen. Ich bin dermaßen untervögelt, dass allein der Anblick der Adonisse da drüben ausreicht, dass ich fast komme", gestand Isabell offenherzig.

Julia prustete so laut, dass die Männer zu ihnen herübersahen.

„Ich bin mit dabei. Für jeden zwei, das sollte befriedigend genug sein", gab Julia vergnügt zurück.

„Du bist ja unersättlich. Mir reicht einer. Auf einen Dreier habe ich noch nie gestanden."

„Dann vielleicht hintereinander?", schlug Julia scherzend vor.

„Du bist ja noch versauter als ich." Isabell schüttelte mitleidig den Kopf. Sie richtete sich auf, schob sich die Sonnenbrille ins Haar und schenkte den Kerlen ein verlockendes Lächeln.

Als die Gruppe umgehend aufsprang, meinte Isabell ein wenig verächtlich: „Männer sind so durchschaubar."

Julia lachte und Isabell fiel mit ein, während die Männer ihre Liegen erreichten.

„Ihr seht so einsam aus. Dürfen wir euch Gesellschaft leisten?", ging einer aus der Gruppe in die Offensive. Isabell betrachtete ihn ein wenig eingehender. Er sah wie Tommys Double aus. Vielleicht ein paar Jahre älter und etwas muskulöser, aber mit seiner gebräunten Haut, dem blonden Haar und den gutgeschnittenen Gesichtszügen könnte er fast als sein Zwilling durchgehen. Vielleicht sollte sie ihr Beuteschema in eine andere Richtung lenken und sich lieber an den etwas schüchternen Braunhaarigen halten, der zwar nicht ganz so attraktiv war, dafür aber ein nettes Lächeln zeigte.

Gott Isabell, du scheinst es echt nötig zu haben, du musst ja nicht gleich den Erstbesten abschleppen, dachte sie ein wenig schockiert über sich selbst.

Julia wurde indes von dem zweiten brünetten Kerl belagert, der ebenfalls recht hübsch anzusehen war. Dem Vierten wurde es nach kurzer Zeit zu langweilig und er schlenderte zur Bar. Eine Weile tauschten sie sich über Belanglosigkeiten aus. Die Jungs kamen ebenfalls aus Deutschland, wie ungefähr 90 Prozent aller Gäste, immerhin befanden sie sich in einer Touristenhochburg hier in Antalya. Schließlich machte doch Blondie bei Isabell das Rennen und der schüchterne Kerl folgte seinem Kumpel an die Bar.

Isabell beschloss spontan, ein Bad zu nehmen, da konnte sie ein wenig mit ihm auf Tuchfühlung gehen.

„Mir ist ein wenig heiß geworden, wollen wir uns abkühlen?" Ihr lasziver Augenaufschlag ließ ihr Gegenüber alles andere als kalt und er schien eine Abkühlung dringend zu benötigen, was ihr ein Blick auf seine ausgebeulten Boxershorts verriet.

Elegant ließ sie sich ins Wasser gleiten und es dauerte nicht lang, da kam ihr Jan näher und berührte sie immer wieder wie zufällig unter Wasser. Erhitzt sah sie ihm in die Augen und erkannte, dass er dasselbe wollte wie sie. Unfähig noch länger seinen Berührungen standzuhalten, beugte sie sich zu ihm und flüsterte in sein Ohr. „Zimmer Nummer 121, ich erwarte dich in fünfzehn Minuten."

Nun sah er sie ein wenig schockiert an, fasste sich aber schnell und grinste frech. „Bis gleich Süße", hauchte er ihr ins Ohr.

Isabell löste sich aus seiner Umarmung, kletterte aus dem Pool und schlenderte lässig zu Julia.

„Ich werde mich aufs Zimmer zurückziehen, um mich ein wenig auszuruhen. Es wäre lieb, wenn du mich die nächste Stunde nicht stören würdest."

Julias männlicher Begleiter sah sie fast ein wenig verstört an, als sie vertraulich mit dem Kinn zu seinem Kumpel wies und Julia zuzwinkerte. Hoffentlich lockte Julia ihn aus der Reserve, nicht, dass sie am Ende leer ausgehen würde.

Eilig begab sie sich in ihr Zimmer, um sich noch kurz herzurichten, bevor ihr kleines Abenteuer ihr hoffentlich ein paar schöne Momente bescheren würde.

Zwei Stunden später lag sie alleine mit geschlossenen Augen auf dem Bett. Sie war rundum befriedigt, Jan hatte es wirklich drauf. So guten Sex hatte sie schon lange nicht mehr gehabt. Drei Runden in unterschiedlichen Stellungen sollten für eine Weile vorhalten, wer wusste schon, wie lange es dauern würde, bis sie wieder zum Zug käme. Allerdings hatte Jan schon deutlich gemacht, dass er einer Wiederholung nicht abgeneigt wäre.

Leider hatte er sie nur körperlich befriedigt, ihre Seele konnte er trotz all seiner hübschen Komplimente nicht erreichen. Es war ein Fehler gewesen, sich ausgerechnet einen Kerl ins Bett zu holen, der aussah wie Tommy. Im halbdunklen Licht der geschlossenen Vorhänge, hatte sie sich in seine Arme geträumt. Es war Tommys Zunge gewesen, die über ihren Körper gefahren war, es waren seine Lippen gewesen, die sie liebkost hatten, es waren seine Finger gewesen, die sie zum Orgasmus gestreichelt hatten, und es war sein Schwanz gewesen, der sie ausgefüllt hatte.

Sie war so erbärmlich und fühlte sich benutzt, obwohl es doch sie war, die Jan als sein Double missbraucht hatte. Sie fühlte sich von Tommy benutzt, weil er es geschafft hatte, sie von sich abhängig zu machen. Isabell gab es endlich zu, er hatte sie süchtig gemacht, und die Vorstellung, mit ihm zu schlafen, hatte sie gerade in Jans Armen förmlich explodieren lassen.

Ja, sie machte sich angreifbar, wenn sie Tommy näher an sich heranließ. Sie machte sich verletzlich, wenn sie ihm die wahre Isabell zeigte. Aber der Wunsch nach seiner Nähe war größer. Wenn sie es nicht wagte, würde sie niemals herausfinden, was da zwischen ihnen war. Natürlich bestand die Gefahr, dass er sie mehr verletzte, als es einem Mann zuvor gelungen war, aber das sollte es ihr wert sein.

Nach ihrem Urlaub würde sie einen Schritt auf Tommy zugehen und abwarten, was passierte.

13

TOMMY

Auf dem Weg in die Kantine fachsimpelte Tommy mit seiner Kollegin Michaela über einen Fall, der ihnen Kopfzerbrechen bereitete. Eine Patientin, die nach einem Gebärmutterriss in der vorherigen Schwangerschaft nur knapp dem Tod entgangen war, aber jetzt den Wunsch nach einer erneuten Schwangerschaft verspürte, wovon ihr aus medizinischer Sicht abzuraten war.

„Linda wird sie heute Nachmittag untersuchen, anschließend sehen wir weiter", unterrichtete er Michaela über den aktuellen Stand. Im Gegensatz zu Isabell ließ sich Dr. Winkelbauer, die Chefärztin der Gynäkologie, durchgängig von sämtlichen Angestellten duzen.

„Ich hoffe, sie hat gute Nachrichten für Frau Zech, die Arme wünscht sich so sehr ein Kind", äußerte Michaela mitfühlend.

Bevor Tommy reagieren konnte, hatte er Isabell gesehen, die ihnen gerade auf dem Flur entgegenkam. Anscheinend hatte sie gerade ihre Mittagspause beendet. Tommy fühlte einen leichten Stich der Enttäuschung, für den er sich gedanklich maßregelte. Jetzt hatte er es in den zwei Wochen, in denen er Isabell nicht begegnet war, erfolgreich geschafft, sich einzureden, dass es mit ihnen keinen Sinn machte, da reichte ein Blick auf sie, um ihn höhnisch auszulachen. Nichts, absolut gar nichts hatte sich geändert. Er war immer noch scharf auf sie. Sie sah so hübsch aus. Braungebrannt, entspannt und ihre langen Locken trug sie heute zu einem lockeren Pferdeschwanz, der sie weniger streng erscheinen ließ. Jetzt hatte sie ihn ebenfalls wahrgenommen. Er konnte sehen, dass sie für den winzigen Bruchteil einer Sekunde stockte, ihre Augen weiteten sich, und schon bevor ihr ein leichtes Lächeln erschien, sah er an ihren strahlenden Augen, dass sie sich freute, ihn zu sehen.

Als sie sich begegneten, wurde ihr angedeutetes Lächeln etwas breiter und ihr einfaches „Mahlzeit" ließ ihn innerlich fast in Begeisterungsstürme ausbrechen.

Er erwiderte das Lächeln, nickte kurz und fragte anschließend: „Ich hoffe, Sie hatten einen erholsamen Urlaub, Frau Doktor Niedermayer?"

Als er ihren Namen erwähnte, funkelte sie ihn verschwörerisch an und er erkannte sie kaum wieder.

„Es war sehr schön. Danke der Nachfrage." Mit diesen Worten nickte sie ihm und Michaela zu und ging weiter.

„Was haben sie denn mit *der* im Urlaub angestellt?", meinte sie fassungslos.

Tommy lachte über ihren entgeisterten Blick und schlug achselzuckend vor: „Vielleicht haben sie ihr etwas in den Cocktail gemischt?"

„Oder sie hatte atemberaubenden Sex. Soweit ich weiß, ist sie Single. Wer weiß, was die gestrenge Chefärztin so alles im Geheimen treibt?"

Tommy gefiel der anzügliche Tonfall seiner Kollegin überhaupt nicht, und noch weniger wollte er sich vorstellen, dass Isabell atemberaubenden Sex gehabt hatte. Den sollte sie gefälligst mit ihm haben. Himmel, jetzt war er schon eifersüchtig auf etwas, das vielleicht gar nicht stattgefunden hatte.

Ein wenig gequält wandte er sich Michaela zu. „Danke, jetzt hast du ein Kopfkino angeschaltet. So genau möchte ich das lieber nicht wissen."

Michaela kicherte albern und er war froh, sie abgelenkt zu haben.

„Wartest du etwa auf mich?", meinte Tommy schelmisch, als er Isabell erreichte, die sich lässig an eine Mauer vor dem Krankenhaus gelehnt hatte. Sie trug ein luftiges Blümchenkleid und ausnahmsweise trug sie ihre wallende Mähne offen. Tommy war froh, eine Sonnenbrille zu tragen, so konnte er sie schamlos anstarren.

Isabell sah von ihrem Handy auf und tat erstaunt. „Auf dich? Nein, ich warte darauf, dass mein Lover mich abholt."

Ihr Tonfall klang so überzeugend, dass er fast auf sie hereinfiel. Er legte zweifelnd den Kopf schief und sah sie herausfordernd an. Sie hielt seinem Blick ungerührt stand, und er forderte sie heraus: „Er scheint dich versetzt zu haben. Vielleicht magst du mit mir vorliebnehmen. Ich weiß, ich bin wahrscheinlich nur ein minderwertiger Ersatz, aber ich würde mich freuen, wenn du dich dazu herablässt, mit mir Essen zu gehen." Das war ihm so schnell herausgerutscht, dass er nun nicht mehr zurückkonnte.

„Jetzt hast du die ganze Szene ruiniert. Du bist mir zuvorgekommen", schimpfte Isabell mit ihm.

Tommy lehnte sich ebenfalls an die Mauer und fixierte sie.

„Eigentlich waren das meine Worte. Ich wollte dich einladen", erklärte sie so selbstverständlich, als würde sie das regelmäßig tun.

Tommy war sich sicher, dass sein Herz für einen Moment den Dienst versagte, denn mit ihrem forschen Auftreten hatte sie ihn schachmatt gesetzt.

„Wir sollten endlich mal Telefonnummern austauschen, es kann ja nicht angehen, dass du mir auflauern musst. Du hast einen Ruf zu verlieren", meinte er ein wenig spöttisch.

„Wir unterhalten uns doch nur, und ich werde ganz sicherlich nicht mit dir gemeinsam weggehen. Ich warte tatsächlich auf jemanden. Aber morgen würde ich gern mit dir essen gehen."

„Verrätst du mir auch, wer der ominöse Unbekannte ist, auf den du wartest?"

„Träum weiter." Isabell sah ihn ein wenig mitleidig an, und es wurmte ihn, dass er schon wieder Eifersucht verspürte. Möglichst ungerührt ließ er seinen Blick durch die Umgebung schweifen, damit Isabell bloß nicht bemerkte, wie es innerlich in ihm aussah.

„Eifersüchtig?"

Sein Kopf flog ruckartig in ihre Richtung und er öffnete

empört den Mund. „Auf ein Phantom? Wahrscheinlich verarschst du mich sowieso."

Isabell lächelte ihn weiterhin mitleidig an, und er konnte nicht anders, als zuzugeben: „Und, wenn es so wäre?"

Jetzt wurde ihr Lächeln unsicher, wahrscheinlich hatte sie damit gerechnet, dass er es rundweg abstreiten würde.

Eine Antwort auf seine Frage erhielt er nicht, aber sie bekannte leise. „Es ist nur mein Vater." Auf seinen fragenden Blick fügte sie erklärend hinzu: „Professor Dr. Lindemann."

„Was? Das ist dein Vater? Das wusste ich gar nicht. Isabell, warum machst du eigentlich um deine Person so ein Geheimnis?" Tommy kam aus dem Staunen nicht mehr heraus. Ihr Vater war weltweit als Experte der Neurochirurgie bekannt und wurde in besonders komplizierten Fällen häufig zurate gezogen. Mit seinen über siebzig Jahren war er längst im pensionsfähigen Alter, aber er konnte scheinbar mit seiner Passion nicht abschließen. Tommy war sich sicher, dass höchstens Professor Dr. Dressler, der ärztliche Direktor, wusste, dass Isabell seine Tochter war. Sonst hätte längst jemand geplaudert.

„Ich will nicht darauf reduziert werden. Dann denkt jeder, ich hätte meine Position nur über Vitamin B erreicht. Ich habe mir das aus eigener Kraft hart erarbeitet." Ihr Tonfall war schneidend und kalt und Tommy konnte nachvollziehen, dass es als Frau noch dazu in ihrem Alter schwer war, sich auf ihrer Position zu behaupten.

„Es reicht schon, dass die meisten denken, ich hätte mich hochgeschlafen."

Ihr Tonfall klang spöttisch, aber sie täuschte ihn nicht. Diese Unterstellung machte ihr sehr wohl zu schaffen.

„Ich habe das nie gedacht. Wer kommt denn auf so etwas?", meinte er vorsichtig.

„Jung, attraktiv, weiblich. Drei Attribute, die für sich sprechen sollten. Es ist selten, dass man in meinem Alter Chefärztin wird."

„Sei stolz auf das, was du erreicht hast, Neider gibt es immer. Hör einfach nicht auf den Bullshit, den sie von sich geben. Das sind ganz arme Würstchen."

Isabell lachte und strich ihm kurz über den Oberarm. „Danke. Ich weiß deine Worte zu schätzen."

„Wie alt warst du denn, als du Chefärztin wurdest?"

Isabell funkelte ihn herablassend an. „Netter Versuch, Tommy."

„Du musst mir dein Alter nicht verraten. Du siehst aus wie Anfang dreißig, verhältst dich regelmäßig wie ein pubertärer Teenager, was sagt da schon eine blöde Zahl über dich aus? Nichts."

Diesmal stand Isabell der Mund offen und sie starrte ihn an.

Tommy stieß sich von der Mauer ab, drehte sich im Gehen noch einmal lässig um und meinte: „Vergiss unser Date nicht. Morgen, 19 Uhr. Im Bruit de la mer."

Das Restaurant kannte sie bestimmt nicht. Ein Geheimtipp, der ihr sicherlich zusagen würde. Isabell würde es bestimmt gleich googeln. Sie hasste es, im Unklaren gelassen zu werden.

14

Jetzt noch einen dezenten Lippenstift auftragen, dann wäre sie fertig. Isabell betrachtete sich im Spiegelbild und ihr gefiel, was sie sah. Vielleicht lag es an dem schmeichelhaften Badezimmerlicht, aber sie fand, dass sie gut aussah. Natürlich hatte ihr Tommy schmeicheln wollen, als er gesagt hatte, sie sähe wie Anfang dreißig aus, aber tatsächlich würde sie wohl keiner für dreiundvierzig halten. Ihre Haare lagen in weichen Wellen, ihre Augen hatte sie etwas stärker hervorgehoben, um das eindrucksvolle Grün zu betonen.

Das Restaurant kannte sie nicht, aber sie hatte den Eindruck erlangt, dass es sich wohl um ein feineres handelte. Deshalb hatte sie sich für ein elegantes graues Kleid entschieden, dass an einer Seite bis zum Oberschenkel einen gewagten Schlitz trug und zudem ihrer schlanken Silhouette schmeichelte. Ihre hochhackigen Sandalen verstärkten den Effekt von Endlosbeinen.

Der Blick auf die Uhr, die im Spiegel integriert war, ließ sie in leichte Panik ausbrechen. Obwohl sie früh genug angefangen hatte, sich herzurichten, hatte sie jetzt doch getrödelt und war spät dran.

Eigentlich hatte sie vorgehabt, sich ein Taxi zu rufen, da sie heimlich hoffte, dass Tommy sie anschließend nach Hause fahren würde, aber dafür war jetzt keine Zeit mehr.

Ganz in der Nähe der angegebenen Adresse bekam sie einen Parkplatz und schaffte es somit fast pünktlich.

Schon von Weitem konnte sie Tommys imposante Gestalt entdecken, der sie noch nicht gesehen hatte. Seinen athletischen Körper hatte er heute in einen Anzug gesteckt, der passenderweise anthrazitfarben und somit hervorragend auf sie abgestimmt war. Warum musste dieser Mann einfach so perfekt sein? Ihr Unterleib zog sich hoffnungsvoll zusammen und Isabell hätte ihren verräterischen Körper am liebsten dafür gerügt, dass er derart auf Tommy abfuhr.

Er war bestimmt über 1.90 Meter groß, athletisch, ohne übertrieben muskulös zu sein. Sein gutgeschnittenes, kantiges Gesicht war makellos, aber dennoch interessant. Und seine tiefblauen Augen, aus denen ständig der Schalk blitzte, hatten sie schon immer durcheinandergebracht.

Als er sie bemerkte, verzog sich sein hübscher Mund zu einem breiten Lächeln und ihm entfuhr: „Wow. Du siehst einfach umwerfend aus. Wunderschön." Er nahm ihre Hand und gab ihr einen galanten Handkuss. Isabells Wangen glühten und wieder durchfuhr sie ein solch heftiger Stromschlag, dass sie fast zusammengezuckt wäre.

Sie legte ihren Kopf ein wenig schief und erwiderte sein Lächeln. „Das Kompliment kann ich zurückgeben. So elegant habe ich dich noch nie gesehen. Steht dir ausgezeichnet."

Sie verkniff sich gerade noch den Zusatz, dass sie ihn allerdings noch viel lieber endlich unbekleidet sehen würde, um herauszufinden, ob sein Körper genauso makellos wie der Rest war. Irgendein Manko musste er doch haben. Ansonsten würde sie neben ihm Komplexe bekommen. Vielleicht einen kleinen Penis? Nein, das wünschte sie ihm allerdings in ihrem eigenen Interesse nicht.

„Warum grinst du so?", fragte Tommy leicht misstrauisch und Isabell zuckte ertappt mit den Schultern.

„Hoffentlich hast du noch nicht allzu lange auf mich gewartet", lenkte sie schnell von ihren unanständigen Gedanken ab.

„Auf eine schöne Frau wartet man doch gern." Tommy wies auf eine unscheinbare Tür und klingelte zu ihrer Überraschung.

Isabell sah ihn verblüfft an. Ein Restaurant, bei dem man klingeln musste, hatte sie noch nie betreten.

Ein alter Mann öffnete die Türe, er musste bestimmt schon um die achtzig Jahre sein und bat sie herein. Tommy begrüßte ihn höflich, und als Isabell dem Gespräch folgte, erkannte sie, dass die beiden sich kannten.

„Mademoiselle, es ist mir eine Ehre, Sie heute als Gast begrüßen zu dürfen." Der alte Herr begrüßte Isabell äußerst charmant.

Der bizarre Eindruck verstärkte sich noch, als sie einen kleinen Raum betrat, in dem gerade einmal sieben Tische standen. Es war relativ dunkel, die Wände zierten beeindruckende Ölgemälde, die wertvoll wirkten. Die Samtstühle und edlen dunklen Tische vervollständigen den Eindruck, sich in einem kleinen Schloss zu befinden.

Als sie Platz nahmen, flüsterte Isabell ihm ins Ohr: „Woher kennst du solche Restaurants?"

„Monsieur Dubois war ein Freund meines Großvaters. Meine Eltern kamen früher öfter mit mir zum Essen her, auch als mein Opa nicht mehr lebte. Deshalb habe ich auch so kurzfristig einen Tisch bekommen. Das ist normalerweise unmöglich. Ein Geheimtipp hier in Berlin, denn Werbung hat Monsieur Dubois schon lange nicht mehr nötig."

Zur Auswahl gab es unterschiedliche Menüs, die man als Vier- oder Fünf-Gänge-Menüs ordern konnte.

Isabell war sich schon zuvor sicher gewesen, dass das exquisite Lokal bestimmt nicht billig wäre, aber als sie die Preise vernahm, hoffte sie, dass Tommy als alter Freund des Hausherrn Sonderkonditionen bekäme. Sie wollte ihn schließlich nicht in den Ruin treiben.

Nachdem sie sich für ein Menü entschieden und Tommy eine Weinauswahl getroffen hatte, begaben sie sich auf bekanntes Terrain und sprachen über den Klinikalltag. Während gerade der zweite Gang Ziegenfrischkäse im Briqueteig gebacken mit Tomatenmousse serviert wurde, trank Tommy einen Schluck Wein und fragte interessiert: „Warum wolltest du mich eigentlich zum Essen einladen?"

„Wollte ich das?", gab Isabell ungerührt zurück. „Das schmeckt wirklich vorzüglich, du solltest mal probieren."

„Jetzt lenk nicht ab."

Tommy ließ sie nicht aus den Augen und Isabell ärgerte sich, weil ihr gestern rausgerutscht war, dass er ihr mit der

Einladung zuvorgekommen war.

Kurzzeitig war sie versucht, sich eine Ausrede einfallen zu lassen, aber dann würden sie sich noch ewig im Kreis drehen. Und das würde sie nicht mehr lange durchhalten.

In aller Ruhe aß sie noch einen Happen und ließ Tommy zappeln, erst als er seufzend anfing zu essen, legte sie ihrerseits das Besteck zur Seite und suchte seinen Blick.

„Die ganze Zeit habe ich mich dagegen gesträubt, mir einzugestehen, dass da irgendetwas zwischen uns ist. Ich kam mir albern vor und redete mir ein, mir dein Interesse einzubilden."

Tommy sah sie mit großen Augen an und die Gabel verharrte auf dem Weg zu seinem Mund.

„Aber als ich dich nach fast zwei Wochen wiedergesehen habe, war alles wie zuvor. Du verunsicherst mich, deine Nähe macht mich verrückt und ich bekomme dich einfach nicht aus dem Kopf. Und da habe ich endlich eingesehen, dass ich mir etwas vormache. Und da ich ab und an wie eine Erwachsene reagiere und nicht wie ein pubertärer Teenie ..." Bei diesen Worten stockte sie kurz und sah ihn vielsagend an. Tommy verdrehte die Augen und schmunzelte, was dazu führte, dass ihre Nervosität schlagartig verschwand, und sie traute sich, fortzufahren: „Ja, ich habe mich gefürchtet, dass ich mich lächerlich mache, aber meine Angst, niemals zu erfahren, was für eine Verbindung zwischen uns herrscht, war noch viel größer."

In Tommys Gesicht trat Unglauben auf, was dazu führte, dass sich Isabells Magen krampfhaft zusammenzog. Sie atmete flach, um den Schmerz nicht zuzulassen. Dann verschwand der Ausdruck und machte Freude Platz. Nein, das traf es nicht ganz. Tommy sah glücklich aus.

„Du überraschst mich immer wieder." Er lächelte sie ein wenig zaghaft an. „Aber hättest du mir das nicht schon eher sagen können?"

„Dann hättest du dir das teure Dinner sparen können?", scherzte Isabell.

„Nein, dann wäre ich jetzt nicht gezwungen, auf Abstand zu bleiben", knurrte Tommy mit dunkler Stimme, was umgehend dazu führte, dass es in ihrem Schoss heiß wurde.

Isabell aß noch einen Bissen des köstlichen Zwischengangs, obwohl sie eigentlich nichts lieber tun würde, als mit Tommy nach Hause zu fahren, um den göttlichsten Sex ihres Lebens zu haben. Zumindest war sie sich ziemlich sicher, dass er ihren hohen Ansprüchen gerecht wurde.

„Und, was würdest du machen, wenn nicht dieser Tisch zwischen uns wäre?", forderte sie ihn heraus.

„Dann hätte ich dich schon längst gepackt, dich auf meinen Schoss gesetzt und meine Hand wäre unter deinem sexy Kleid verschwunden, um deinen heißen Körper zu erforschen. Zuerst wäre meine Hand am Schlitz heraufgewandert, hätte kurz deinen wohlgeformten Arsch geknetet und anschließend wäre ich mit meiner Hand zwischen deine Beine geglitten …" Er machte eine Pause und sah sie so lüstern an, dass Isabell schluckte. „Mit meinen Fingern würde ich deinen Slip zur Seite schieben und dabei feststellen, dass du vor Verlangen komplett nass bist, deshalb würden gleich zwei Finger in dich gleiten …"

„Stopp! Das reicht. Ich glaube, meine Fantasie wurde angeregt." Isabell war gehörig heiß geworden, als Tommy losgelegt hatte. Hastig trank sie gleich mehrere Schlucke Wein.

Sein triumphierender Blick reizte sie, deshalb hauchte sie: „Ich würde mich dafür revanchieren und meine Hand würde den Knopf deiner sexy Hose öffnen, um sie dir vom Hintern zu zerren und deinen Schwanz mit meiner Hand zu verwöhnen. Du wirfst den Kopf in den Nacken, schließt die Augen und stöhnst erst verhalten, dann zunehmend lauter, weil meine Hände geschickt sind und wissen, was sie tun."

Tommy räusperte sich übertrieben und Isabell flötete lieblich: „Soll ich weitermachen?" Sie leckte sich lasziv über die Lippen.

„Ich will unbedingt wissen, wie es weitergeht." Tommy sah sie mit leicht glasigen Augen an, und sie bemerkte, dass er seine Erregung nur schwer verbergen konnte.

„Du Armer, vielleicht hätte ich erst beim Dessert damit anfangen sollen. Ich habe Sorge, dass du ansonsten …" Sie beugte sich über den Tisch und wies ihn an, ihr entgegenzukommen. Dann flüsterte sie in sein Ohr: „Gleich kommst."

Er packte sie so rasch im Nacken, dass sie keine Chance hatte, zurückzuweichen, und meinte heiser: „Isabell, du weißt nicht, was du da tust."

Sie starrten sich einen Moment völlig berauscht in die Augen, dann löste sich Isabell aus dem Blickkontakt und Tommy ließ sie los.

Sie lehnte sich zurück, verschränkte spröde die Arme und versprach: „Ich reiße mich jetzt zusammen, damit wir die restlichen Gänge noch überstehen."

Tommy rutschte ein wenig auf seinem Stuhl herum. „Ich weiß nicht, wie es dir geht, aber ich habe gar keinen Hunger mehr. Vielleicht packt uns Gaston die restlichen Gänge ein?"

Er wartete auf ihre Zustimmung und sprang dann so hastig auf, dass er fast sein Weinglas umgestoßen hätte, um den väterlichen Freund zu suchen.

Isabell schmunzelte, als sie Tommys desolaten Zustand bemerkte. Sie hatte ihn wohl ein wenig durcheinandergebracht.

Fünf Minuten später kam er mit einer Tüte in der Hand zurück und grinste frech. Isabell erhob sich, packte ihre Handtasche und versuchte, die überraschten und ein wenig pikierten Blicke der anderen Gäste zu ignorieren. Kaum hatte sich die Tür hinter ihnen verschlossen, packte Tommy sie so stürmisch an der Taille, dass sie laut quiekte. Er drehte sie einmal um die Achse, sodass sie nun mit dem Rücken zur Wand stand. Den Beutel mit dem delikaten Essen hatte er achtlos fallen lassen.

Er drängte sich an sie und fragte dreist: „Angst? Noch kannst du es dir anders überlegen."

Als Antwort packte sie ihn am Hemdkragen und zog ihn zu sich heran. Sie würde augenblicklich tot umfallen, wenn sie ihn nicht endlich küssen durfte.

Ihre Lippen prallten aufeinander und ihre Zähne stießen zusammen, so stürmisch kamen sie sich entgegen. Tommy küsste sie wild, verwegen und leidenschaftlich, sodass Isabell an seinem Mund stöhnte. Sie öffnete ihren Mund für ihn und seine Zunge stieß hinein und begann ihre zu umspielen. Spielerisch biss er in ihre Unterlippe, was erneute Blitze in ihren Schoss lenkte. Sie war schon komplett feucht und stand am Rande ihrer Besinnung. Wenn er jetzt verlangen würde, dass sie hier an der Hauswand ihr Kleid für ihn hob, damit er sie nehmen konnte, würde sie wohl nicht die Kraft haben, zu widerstehen.

Ihre Hände lagen auf seinem breiten Rücken und sie drückte ihn noch näher an sich heran. Sie wollte ihm so nah sein wie noch nie einem Mann zuvor. Sie wollte mit ihm eins sein, nur ihm gehören. Er sollte sie nicht nur begehren, er sollte sie besitzen. Ihr Verstand setzte bei jedem seiner feurigen Küsse ein wenig mehr aus und Isabell hatte das Gefühl, mit ihm zu verschmelzen. So etwas hatte sie noch nie erlebt.

Plötzlich löste sich Tommy von ihr, trat einen Schritt zurück und Isabell fühlte sich, als ob er sie verletzt auf dem Schlachtfeld zurückgelassen hatte, um sich selbst in Sicherheit zu bringen.

Er keuchte heftig und fuhr sich ein wenig aufgelöst durch die Haare. Isabell stellte erleichtert fest, dass er ebenfalls ein wenig derangiert wirkte.

„Wenn du nicht zufällig darauf stehst, es in der Öffentlichkeit zu treiben, solltest du aufhören, mich derart anzumachen."

Isabell blieb glatt der Mund offenstehen, als sie seine dreisten Worte hörte.

„Der arme, unschuldige Junge wird gegen seinen Willen verführt." Isabell schüttelte abschätzig den Kopf.

„Also von gegen seinen Willen würde ich jetzt nicht sprechen."

„Was würdest du vorschlagen, gegen diesen unhaltbaren Zustand zu unternehmen?", provozierte Isabell ihn.

Tommy schwieg, sein ernster und eindringlicher Blick gefiel ihr nicht. Würde er nun einen Rückzieher machen? Das Spiel mit dem Feuer lieber beenden, bevor er sich daran verbrannte?

„Magst du mit zu mir kommen?", fragte er schließlich ein wenig schüchtern, was Isabell so süß fand, dass sie ihn auf die Wange küsste und lächelnd erwiderte: „Gern, ich hatte schon Angst, du fragst nie."

Er nahm sie an der Hand und zog sie in eine Seitenstraße. Der Weg bis zu seinem Auto dauerte ein wenig länger, da sie immer wieder Pausen benötigten, um sich zu küssen. Sie konnten ihre Finger nicht voneinander lassen und Tommy schien ebenso süchtig nach ihr zu sein wie umgekehrt.

Als sie endlich im Auto saßen und Tommy den Motor gestartet hatte, meinte er lächelnd: „Keine Sorge, es ist nicht weit."

Isabell ließ seine Aussage unkommentiert stehen und schloss für einen Moment die Augen, um sich wieder zu sammeln. Jetzt, als die Leidenschaft ein wenig abebbte, überkam sie plötzlich die Furcht, dass sie jemand gesehen haben könnte. Sie durften nicht so leichtsinnig sein, wenn sie nicht wollten, dass alle Welt über sie Bescheid wusste.

Gerade als sie sich wieder halbwegs die Herrschaft über ihre Sinne zurückerkämpft hatte, beraubte sie Tommy erneut, als sie seine Hand auf ihrem Oberschenkel spürte, die er zielsicher zwischen ihre Beine lenkte.

Erst wollte sie ihn reflexartig abweisen, aber ihr Körper reagierte schneller als ihr Verstand, den er schon wieder mit unlauteren Mitteln ausgeschaltet hatte.

Sie spürte seine Finger unter ihren Slip wandern und sie rutschte automatisch ein Stück tiefer im Sitz und spreizte bereitwillig die Beine.

Sie musste es nötig haben, wenn sie sich derart flittchenhaft benahm, aber das war ihr gerade vollkommen gleichgültig. Es fühlte sich göttlich an, was Tommy da tat und egal, was er als Gegenleistung verlangen würde, um weiterzumachen, sie würde alles versprechen.

Sein Finger umkreiste ihren Kitzler und Isabell stöhnte verhalten auf. Als er unerwartet einen Finger in sie stieß und stetig in ihr bewegte, stöhnte sie lauter und öffnete die Augen. Tommy sah es wohl aus den Augenwinkeln und wies sie an, die Augen wieder zu schließen. Wie paralysiert folgte sie seiner Anweisung aus Angst, er würde sonst aufhören. Nun spürte sie einen weiteren Finger, und als er sie etwas in ihr krümmte und ihren besonders empfindlichen Punkt erwischte, kam sie so heftig, dass ihr ganzer Unterleib zuckte. Isabell stöhnte, heftige Blitze zogen vor ihr inneres Auge und der Zustand der Schwerelosigkeit wuchs ins Unermessliche. Sie schien zu fliegen und es dauerte eine geraume Zeit, bis sie wieder im Auto ankam. Als sie vorsichtig die Augen öffnete, erkannte sie, dass Tommy angehalten hatte.

Er beugte sich über sie und küsste sie zärtlich. Seine Lippen saugten sich sanft an ihren fest und liebkosten sie sacht. „Wir sind da."

Isabell war dankbar, dass er es unterließ, auf ihren Megaorgasmus einzugehen, sondern ihr ganz gentlemanlike half, aus dem Auto zu steigen, und die Gelegenheit nicht ungenutzt ließ, sie erneut in die Arme zu schließen, als wäre er süchtig nach ihr. Gerade fühlte sie sich wie eine Prinzessin, der jeder Wunsch von den Lippen abgelesen wurde. Noch nie hatte sie sich so begehrenswert gefühlt wie in Tommys Armen. Und egal, wie sich ihre Beziehung nach dieser Nacht entwickelte, sie würde jede Sekunde voll ausschöpfen und genießen. Sie nahm sich vor, sich einfach fallen zu lassen, ohne an die Konsequenzen zu denken.

15

TOMMY

Schon im Aufzug schob er ihr das Kleid über die Hüften und drängte seinen wild pochenden Unterleib gegen Isabells und zeigte ihr deutlich, wie sehr er sie wollte. Seine andere Hand fuhr durch ihre Haare und brachte sie gehörig in Unordnung. Schließlich ließ er sie weiter zu Isabells Nacken wandern, um dort den Reißverschluss des Kleides zu öffnen.

„Tommy!", stöhnte Isabell leise, in ihren Augen las er leichte Panik.

„Keine Sorge, der Aufzug fährt direkt ins Penthouse, da stört uns keiner", beruhigte er sie rasch, bevor er ihren Mund erneut mit seinen hungrigen Lippen verschloss. Niemals würde er seinen Appetit an ihr stillen können. Seit dem ersten Kuss wusste er, dass er Isabell rettungslos verfallen war. Niemals würde er sich aus eigener Kraft von ihr lösen können. Mit geöffnetem Reißverschluss glitt das Kleid wie von selbst hinunter und fiel in einer fließenden Bewegung zu Boden, als wolle es damit sagen, dass sie endlich eine Einheit bilden sollten. Ihr Anblick war atemberaubend schön. Wie eine stolze Statue stand sie vor ihm und ließ seine Musterung selbstbewusst über sich ergehen. Aber ihr musste klar sein, dass er von ihrem perfekten Körper hin und weg war. Ihre langen, wohlgeformten Beine schrien danach, sich um ihn zu schlingen, während er sie zum Orgasmus stieß. Ihre schmale Taille, ihre tolle Oberweite, die noch in einem Spitzen-BH steckte, der ihn noch mehr anmachte.

Tommy zerrte sich ein wenig ungeduldig das Jackett von den Schultern, während Isabell ihm half, die lästigen Knöpfe seines Hemdes zu öffnen.

Endlich stand er mit entblößtem Oberkörper vor Isabell und genoss ihre bewundernden Blicke. Sie hob ihre Hand und fuhr zaghaft über seine Muskelstränge, die zwar ausgeprägt waren, allerdings nicht übertrieben. Tommy war der schlanke, athletische Typ, der dennoch ein beeindruckendes Sixpack pflegte.

Tommy zog Isabell an sich und rückwärts laufend, betrat er mit ihr die Wohnung, als sich die Aufzugtür öffnete. Sein Blick irrte ein wenig desorientiert umher. Dann schob er Isabell zielstrebig ins Wohnzimmer und setzte sie auf den Esstisch. Bis ins Schlafzimmer war es eindeutig zu weit. Er hielt es keine Sekunde länger aus, sonst würde er kommen, bevor er in ihr war.

Wieder tanzten ihre Zungen einen wilden, stürmischen Tanz, der nach puren, animalischen Sex schrie, als er sich bedauernd von ihr löste, um ein Kondom zu holen. Als er sich erneut Isabell zuwandte, erwartete sie ihn lässig mit dem Armen auf dem Tisch abgestützt und hielt die Beine für ihn geöffnet.

Sofort nahm er wieder seine Position dazwischen ein und zog ihr mit einem Ruck den Slip runter. Ihr Stöhnen ließ seine Vorfreude ins Unermessliche steigen. Rasch zog er sich die Hose runter und streifte ein Kondom über, was ihm nicht gleich gelang. Himmel, das durfte doch nicht wahr sein. Das dauerte viel zu lang, er hielt es gleich nicht mehr aus. Er drängte sich zwischen sie und mit einem heftigen Stoß versenkte er sich in ihr. Isabell schnappte hörbar nach Luft, krallte sich aber zeitgleich in seinen nackten Rücken und hinterließ dort schmerzhafte Kratzspuren.

Er glitt mit dem nächsten Stoß noch tiefer in sie, so tief, dass er sich im Paradies fühlte. Während er weiter in sie stieß, hob Isabell ihre Beine und umschlang seine Hüften. So kam er noch ein kleines Stück tiefer in sie, was Isabell und ihn zeitgleich aufstöhnen ließ. Er veränderte ein klein wenig den Winkel, indem er leicht in die Knie ging, und spürte beim nächsten Stoß, dass er sie nun dort hatte, wo er sie haben wollte. Am Rande des Wahnsinns, am Rande des Abgrunds, kurz vorm Orgasmus. Isabell keuchte und umklammerte ihn so fest, dass er kaum noch Luft bekam. Ihr Unterleib zuckte und er ließ nun ebenfalls los und kam in riesigen Wellen zum ersehnten Höhepunkt, den er so lange krampfhaft zurückhalten musste, dass er nun förmlich explodierte.

Erschöpft legte er seine Wange an ihre Schulter und schnaufte ein paar Mal durch, bevor er in der Lage war zu sprechen. „Sorry, dass ich dich so überfallen habe, aber ich konnte mich nicht mehr länger beherrschen." Er hob den Kopf und sah sie etwas zerknirscht an. Zu seiner Erleichterung sah sie ihn keinesfalls verletzt oder enttäuscht an, sondern viel mehr äußerst zufrieden und völlig entspannt.

„Genau das habe ich jetzt gebraucht", sagte sie wie selbstverständlich.

„Das ist der Grund, warum du mich so faszinierst, Isabell. Ich bin verrückt nach dir", gestand er ihr und küsste sie sanft auf den Mund.

Immer noch hielt sie ihre Beine um ihn geschlossen und er rieb verheißungsvoll seinen Unterleib an ihr, was dazu führte, dass sie erneut aufseufzte.

Sein Kuss wurde etwas roher und fordernder. Geschickt öffnete er ihren BH und endlich konnte er ihre Brüste bewundern. Erst fuhr er hauchzart über ihre Knospen, die sich augenblicklich wieder aufstellten, dann wurde er etwas grober und übte mehr Druck auf. Isabell warf den Kopf in den Nacken und er küsste sie in die kleine Kuhle zwischen Hals und Schulter.

„Bereit für eine zweite Runde?"

„Frag nicht, mach einfach", forderte Isabell resolut, und er hob sie hoch, während sie ihn umklammerte. Diesmal trug er sie ins Schlafzimmer, um eine neue Stellung auszuprobieren und ihrer Fantasie im Bett freien Lauf zu lassen.

Am nächsten Morgen wachte er mit einem seligen Grinsen auf. Er öffnete eins seiner erschöpften Augen und stellte fest, dass es schon fast elf Uhr vormittags war. Immerhin hatte Isabell ihn die halbe Nacht wachgehalten und bis zur vollkommenen Erschöpfung gnadenlos ausgebeutet.

Diese Nacht war einfach der Wahnsinn gewesen, und er konnte immer noch nicht glauben, dass er nicht gleich aus einem wunderschönen Traum aufwachte.

Als er allerdings neben sich tastete, war die andere Bettseite verlassen. Verdattert setzte sich Tommy auf und rieb sich kurz mit Daumen und Zeigefinger über die Augen, um wach zu werden. Kurz dachte er, dieser grandiose Sex hatte doch nur in seiner Vorstellung stattgefunden.

Die Erleichterung, die ihn überfiel, als er ein leises Rauschen vernahm, war ihm richtiggehend peinlich. Er sollte zusehen, sich von Isabell nicht allzu abhängig zu machen, solange er nicht wusste, was sie überhaupt bereit war, zu geben. Stöhnend ließ er sich zurück ins weiche Kissen sinken. Welch grandioser Plan, als ob er noch die Zügel in der Hand hielt. Er war ihr doch schon rettungslos verfallen und hatte ihr längst die Macht übergeben. Ob sie damit verantwortungsbewusst umgehen würde, blieb abzuwarten.

Zuerst hatte er der Versuchung widerstanden, jetzt sah er doch zum Badezimmer. Denn Isabell wusste nicht, dass der Spiegel in der Dusche ein Spiegelfenster war, wodurch er sie beim Duschen ungeniert beobachten konnte, was er gerade schamlos ausnutzte. Der Anblick der nackten Isabell, die unter dem Wasserstrahl stand und sich durch die Haare fuhr, ließ ihn schon wieder hart werden. Sein Schwanz schmerzte immer noch ziemlich, dennoch würde er ihr am liebsten unter die Dusche folgen. Eine innere Stimme hielt ihn allerdings zurück, um Isabell ein wenig Zeit für sich zu geben.

Die Tür öffnete sich und Isabell schlich nach ihrer Dusche durchs Schlafzimmer, wahrscheinlich wollte sie ihn nicht wecken.

„Guten Morgen, Prinzessin", säuselte er, was sie zur Salzsäule erstarren ließ. Langsam drehte sie sich zu ihm um und schnaubte entrüstet.

„Ich bin bestimmt alles Mögliche, aber garantiert keine Prinzessin."

„Ach nein? Ich dachte, du wärst die Eisprinzessin? Die ich durch meine sagenhaften Verführungskünste zum Schmelzen gebracht habe."

Isabell ließ sich aufs Bettende nieder und sah ihn ein wenig verunsichert an. „Woher kennst du den Spitznamen?"

„Das ist doch ein offenes Geheimnis. Jeder nennt dich so hinter deinem Rücken."

In ihren Augen zuckte es und er stellte betroffen fest, dass sie verletzt aussah. Rasch rutschte er zu ihr und nahm ihre Hand. „Ich habe doch nur Spaß gemacht. Für mich bist du eine Prinzessin, weil ich mich wie in einem Königreich fühle. Mein sehnlichster Wunsch ist in Erfüllung gegangen."

Ihre Augen nahmen nun einen sanften Zug an, und sie lächelte ihn sehnsüchtig an. Dann meinte sie ein wenig verbittert: „Das hier ist nicht die Wirklichkeit, das war ein schöner Traum, der nun zu Ende ist."

Tommy fuhr auf und sprang auf die Füße. Funkelte Isabell von oben herab aufgebracht an. „Das ist nicht dein Ernst? Wie kannst du so etwas Magisches mit den Füßen treten?"

„War dir nicht klar, dass es bei einem One-Night-Stand bleiben wird? Jetzt sei doch ehrlich zu dir selbst, wie soll das bitteschön zwischen uns funktionieren?"

Isabell klang kalt und abweisend, aber er sah verräterische Tränen in ihren Augen funkeln und war sich mit einem Mal sicher, dass sie vollkommenen Mist erzählte.

„Den Bullshit glaubst du doch selbst nicht. Du schaffst es ja kaum, mir das zu sagen, ohne in Tränen auszubrechen", höhnte er abfällig, um sie aus der Reserve zu locken.

Isabell seufzte lediglich ergeben, als läge die ganze Verantwortung auf ihren Schultern. Nun setzte er sich vorsichtig neben sie auf die Bettkante.

„Warum gibst du uns keine Chance? Lass uns doch besser kennenlernen und sehen, wohin es uns bringt", bat Tommy leise, während er Isabell in den Arm nahm.

Sie ließ es zu und lehnte sich sogar für einen Moment an seine Schulter. „Wohin soll das führen? Dass ich mich rettungslos in dich verliebe und mich zum Gespött aller mache?"

„Isabell, hör bitte auf, so einen Scheiß zu verzapfen. Keiner wird über dich lachen. Alle werden dir zu deinem heißen Boyfriend gratulieren und vor Neid erblassen", grinste er frech im Bemühen, sie aufzuheitern.

„Boyfriend oder Toyboy, das ist hier die Frage", gab sie scharf zurück.

„Du gefällst dir in der Rolle, nicht wahr? Dabei ist es lediglich deine Fantasie, die dir im Weg steht. Du erschaffst eine Umwelt, die so gar nicht der Realität entspricht. Glaubst du ernsthaft, heutzutage hat die Gesellschaft ein Problem damit, wenn die Frau in der Partnerschaft älter ist?"

„Die Gesellschaft vielleicht nicht, aber die Kollegen", presste sie hervor.

Tommy kniff die Augen zusammen und sagte grollend: „Kann es nicht vielmehr sein, dass ich dir peinlich bin?"

„Kannst du gar nicht nachvollziehen, dass ich in einer heiklen Situation stecke?"

„Gott Isabell, wir müssen ja nicht gleich einen Aushang am Schwarzen Brett veröffentlichen, dass wir es miteinander treiben", sagte er mühsam beherrscht.

Ihr trauriger Blick ging ihm näher, als es ihm gefiel. Er wollte sie lachen sehen, sie sollte in seiner Gesellschaft fröhlich und unbekümmert sein.

„Schon gut. Ich akzeptiere deine Entscheidung. Schließlich kann ich dich kaum zu deinem Glück zwingen." Er hob resigniert die Hände und sein Versuch zu lächeln, missriet.

Isabell nahm sein Gesicht zwischen ihre Hände und küsste ihn sacht. Ihre Lippen waren wie für seine gemacht. Warum erkannte sie das nicht?

„In der Klinik bleibt alles beim Alten. Schaffst du das?", fragte sie streng, aber mit einem glücklichen Funkeln in ihren Augen.

„Ich tue alles, was du verlangst, damit du noch mal so grandiosen Sex mit mir hast." Tommy grinste verwegen und vergrub sein Gesicht in ihren Haaren.

Bedauernd löste sie sich von ihm: „Ich muss los, mein Vater erwartet mich zum Mittagessen. Neulich hat es nicht geklappt, weil seine Beratung länger als gedacht gedauert hat." Isabells Gesicht nahm unvermittelt einen verkniffenen Ausdruck an, und Tommy spürte, dass die Beziehung zu ihrem Vater angespannt war. Jetzt war der falsche Zeitpunkt, aber bei Gelegenheit würde er nachfragen.

Sie küsste ihn ein letztes Mal so eindringlich, dass er kurzzeitig Angst verspürte, dass sie es sich noch einmal anders überlegt hatte.

Kurz vor der Wohnungstür hielt er sie zurück. „Du hast was vergessen." Er hielt ihren Slip wie eine Trophäe hoch und lachte verrucht.

Isabell kam zurück und versuchte, nach dem Slip zu greifen.

„Den musst du dir verdienen. Als kleine Strafe, weil du mir verschwiegen hast, dass du gerade unter dem atemberaubenden Kleid nichts trägst."

Seine Hand verschwand blitzschnell unter ihrem Kleid und kniff ihr in die Schamlippen, was sie zum Quietschen brachte.

„Spinnst du?", empörte sie sich, während er lauthals lachte, als er ihr kurz darauf ein Stöhnen entlockte.

„Ich konnte ja kaum den versauten Slip noch einmal tragen. Und wer ist dafür verantwortlich?", meinte sie beleidigt.

„Entschuldige Süße, am besten deponierst du Wechselwäsche bei mir."

Ihr Blick schien ihn zu verbrennen. Jede Stelle, die er traf, glühte. „Himmel Isabell, du starrst mich an, als wolltest du mich mit jedem deiner Blicke umbringen", stöhnte er leicht genervt.

„Ich war nur überrascht", murmelte sie, während sie den Slip in die Handtasche stopfte.

Diesmal ließ er es einfach stehen und stach nicht wieder ins Wespennest, keinesfalls wollte er schuld sein, die fiesen Biester aufzuwecken, die ihn anschließend erbarmungslos zerstechen würden. Darauf konnte er gut und gern verzichten.

Bevor sie ging, sagte er aus einem inneren Bedürfnis heraus: „Ich freue mich darauf, dich wiederzusehen."

Ihr glückliches Lächeln war das Letzte, was er sah, bevor sich die Tür des Aufzuges schloss.

16

Ihre Pfennigabsätze klapperten lautstark über den Marmorboden, sodass ihre Ankunft im Restaurant kaum unbemerkt bleiben konnte. Isabell liebte den großen Auftritt, es war ihr nicht unangenehm, dass sämtliche Augenpaare auf sie gerichtet waren, als sie an den Tisch ihres Vaters trat, um ihn zu begrüßen.

Er erhob sich kurz, um sie mit einem flüchtigen Wangenküsschen zu begrüßen und konstatierte: „Du kommst spät!"

Ein heimlicher Blick auf ihre Armbanduhr verriet ihr, dass sie sich gerade einmal um fünf Minuten verspätet hatte. Aber das zählte in der perfekten Welt ihres Vaters schon als gewaltiger Fauxpas. Sie ignorierte seine Äußerung und fragte lediglich: „Hast du schon gewählt?"

Wieder nickte er nur und Isabell fragte sich, warum er derart schlechte Laune hatte. Zwar sprühte er nie vor Begeisterung, wenn sie sich trafen, aber derart ruppig kannte sie ihn nicht. Isabell schloss sich der Einfachheit halber der Auswahl ihres Vaters an, um nicht mit ihrer Unschlüssigkeit weiteren Unmut auf sich zu ziehen.

Unsicher trank sie einen Schluck Wasser und verachtete sich selbst, dass ihr in Gegenwart ihres Vaters jedes Mal ihre gewohnte Souveränität flöten ging. Seine unglaubliche Präsenz ließ sie klein und unbedeutend erscheinen. Nachdem sie jahrelang keinen Kontakt gehabt hatten, war er ihr auch im Erwachsenenalter immer fremd geblieben. Ihre einzige gemeinsame Basis bestand in ihrer beruflichen Tätigkeit.

Damit überbrückten sie die Wartezeit, bis das Essen serviert wurde. Isabell fachsimpelte ein wenig mit ihm und seine Laune besserte sich geringfügig. Dennoch würde sie sich heute von nichts und niemandem ihre positive Stimmung verderben lassen. Immer noch kam es ihr vor, als schwebe sie durch diese wunderschöne Welt, in der sogar ihr Vater im rosaroten Licht erschien.

Zumindest hielt ihre entspannte Haltung so lange an, bis Isabell nach einer Gesprächspause, die erdrückend lang andauerte, wagte zu fragen: „Ist alles in Ordnung? Geht es dir gut? Du wirkst heute irgendwie nicht ganz bei der Sache."

Joachim kniff unheilvoll die Augen zusammen und blaffte leise: „Mir geht's gut." Es klang wie *kümmere dich um deine eigenen Angelegenheiten.* Manchmal fragte sich Isabell ernsthaft, warum ihm an ihren monatlichen Treffen so gelegen war. Es kam ihr jedes Mal so vor, als wäre es lediglich eine Pflichterfüllung für ihn. Jahrzehntelang war sie ohne ihn klargekommen, sie brauchte ihn nicht.

„Und wie geht es Manuela?", wagte sie den nächsten Vorstoß, der sich als falsche Höflichkeitsfrage herausstellte.

Jetzt knallte er so laut das Besteck auf den Teller, dass Isabell zusammenschrak. Vehement schob er das Essen von sich und knurrte: „Manuela befindet sich in einer Midlife-Crisis, und anstatt, um unsere Beziehung zu kämpfen, turtelt sie lieber mit einem jungen Kollegen."

Isabell starrte ihn mit offenem Mund an und benötigte eine Weile, bis es ihr auffiel. Sie räusperte sich verlegen, weil sie nicht wusste, was sie darauf sagen sollte.

„Das ist bestimmt ganz harmlos", versuchte sie ihn zu beschwichtigen.

„Wenn du es harmlos nennst, hemmungslos in aller Öffentlichkeit zu knutschen", fauchte er aufgebracht, und Isabell erkannte schockiert, dass er tatsächlich verletzt war. Ihr unnahbarer Vater, der ihr gegenüber nie Gefühle zeigte, wirkte gerade gehörig durcheinander, fast schon verloren.

Bevor sie reagieren konnte, fuhr er gehässig fort: „Sie merkt nicht einmal, wie lächerlich sie sich dabei macht. Der Typ ist bestimmt zehn Jahre jünger, sie glaubt tatsächlich, er meint es ernst mit ihr. Manuela ist blind in ihrer Verliebtheit. Wie kann sie nur derart naiv sein? Als ob ein Mann Mitte dreißig ernsthaftes Interesse an ihr hätte. Wahrscheinlich gibt es ihm einen gewissen Kick, mit einer älteren Frau zu schlafen. Manuela wird schneller, als ihr lieb ist, wieder auf den Boden der Tatsachen ankommen, aber dann braucht sie nicht wieder angekrochen kommen."

Joachim hatte sich derart in Rage geredet, dass er sich mit einem Taschentuch über die Stirn wischen musste. Eigentlich müsste sie Schadenfreude empfinden. Immerhin hatte ihr Vater ihre Mutter wegen besagter Manuela verlassen, die über fünfundzwanzig Jahre jünger war. Fast wäre es ein Grund zu lachen, dass sie ihn nun mit einem jüngeren Mann betrog. Aber Isabell spürte nur, wie ihr Innerstes von einer dünnen Eisschicht überzogen wurde, als seine fiesen Worte in ihr Bewusstsein drangen. Die Gehässigkeit riss sie so schnell von ihrer rosaroten Wolke, dass sie es nicht mehr schaffte, sich rechtzeitig festzukrallen, um seinem perfiden Angriff standzuhalten. Gerade befeuerte er mit jedem einzelnen Wort ihr Herz, als würde er nicht über Manuela, sondern über seine Tochter herziehen.

Es würgte sie und sie stand hastig auf. „Du entschuldigst mich bitte für einen Moment?"

Eiligen Schrittes begab sie sich Richtung Toiletten, ohne seine Antwort abzuwarten. Mit zittrigen Fingern schloss sie sich in einer Kabine ein und sackte erschöpft auf den Sitz.

Sie vergrub ihr Gesicht in den Händen und versuchte, ihre Fassung wiederzuerlangen. Wie konnte sie nur so blind sein? Wie konnte sie nur so bescheuert sein, auf Tommys Gesülze hereinzufallen? Vielleicht war er momentan tatsächlich der Meinung, dass sie eine gemeinsame Zukunft hätten, aber das war vollkommener Blödsinn. Nicht nur ihr war das klar, sondern auch ihrem Vater und dem gesamten Rest der Welt. Nur ihr kleines bedürftiges, verlorenes Herz hatte seinen Schmeicheleien Glauben schenken wollen. Und sogar wenn es Tommy wirklich ernst war, wusste Isabell insgeheim, dass sie niemals den Mut besitzen würde, in der Öffentlichkeit zu ihm zu stehen.

Die Tränen brannten in ihren Augen und sie zwinkerte sie hastig weg in dem Bemühen, ihr kunstvolles Make-up nicht zu verunstalten.

Sie riss ein Stück Klopapier ab und tupfte sich vorsichtig die Tränen damit ab.

Es blieben nur zwei Möglichkeiten: Entweder führten Tommy und sie eine geheime Affäre oder sie beendete das Ganze.

Ihr Verstand sagte ihr, dass die zweite Variante die Vernünftige war, bevor sie sich wirklich in ihn verliebte. Mit jeder weiteren Begegnung würde sie ihm ein Stück weit mehr ihr Herz schenken, bis am Ende nichts mehr für sie übrigblieb.

Jetzt sollte sie lieber zusehen, dass sie dieses Treffen mit ihrem Vater irgendwie hinter sich brachte, bevor es in einem Fiasko endete.

Sie erhob sich und verfluchte sich für ihre wackeligen Beine, während sie ans Waschbecken herantrat. Das kühle Wasser, das über ihre Handgelenke lief, tat ihr gut und sie gewann ihre Fassung zurück. Rigoros verbannte sie jeden Gedanken an Tommy aus ihrem Gedächtnis und fokussierte sich auf ihren leidenden Vater, der vielleicht etwas Mitgefühl nötig hatte. Anstatt sich im Selbstmitleid zu baden, sollte sie sich jetzt auf ihn konzentrieren.

„Geht es dir gut?", fragte er skeptisch, als sie zurückkehrte.

„Entschuldige bitte, mir war gerade ein wenig übel", erklärte sie verlegen.

„Kein Wunder, mir würde auch übel werden, wenn mir solch schamloses, würdeloses Verhalten zu Ohren kommen würde." Ihr Vater winkte abfällig ab und sie starrte ihn an. Er schien sich weniger an der Tatsache zu stören, dass Manuela ihn betrog, als vielmehr daran, dass es sich um einen jungen Kerl handelte.

„Vater, es tut mir wirklich leid. Glaubst du nicht, ihr habt noch eine Chance?"

„Das hätte sie sich vorher überlegen müssen, bevor sie mich mit diesem Gigolo völlig lächerlich gemacht hat."

Joachim erwiderte gefühlskalt ihren Blick und sie sah etwas Endgültiges darin aufblitzen. Niemals würde er Manuela diesen Fehltritt verzeihen. Dafür hatte sie ihn zu sehr in seiner Würde verletzt.

Das erste Mal empfand sie ihren Vater als alt. Er sah mitgenommen aus, auch wenn er das niemals zugeben würde.

„Es tut mir leid, ich wollte dich damit nicht behelligen", meinte er etwas brüsk.

„Ich bin deine Tochter, mit wem möchtest du denn sonst darüber reden?", fragte sie perplex, obwohl sie es doch eigentlich besser wissen müsste.

Schließlich wollte er selbst selten etwas über ihr Privat- und Gefühlsleben wissen. Wahrscheinlich wollte er sich einfach nicht damit belasten, nachdem er sich zwanzig Jahre nicht für sie interessiert hatte.

Nun winkte er mit einer gebieterischen Handbewegung ab, die ihr verdeutlichte, dass das Thema für ihn als beendet galt.

Irgendwie brachten sie das Dessert in angespannter Stimmung hinter sich, und beide schienen gleichermaßen erleichtert zu sein, als sie sich eine knappe Stunde später vor dem Eingang des Restaurants verabschiedeten.

Isabell sah ihrem Vater noch hinterher, der hocherhobenen Hauptes die Straße entlanglief.

Ihr Handy vibrierte und sie zog es neugierig aus ihrer Handtasche. Seit gestern Abend hatte sie etliche Nachrichten erhalten. Julia, Mila und gerade eben Tommy hatten ihr geschrieben. Die wildgewordenen Schmetterlinge ließen sich kaum bändigen, als sie die Nachricht öffnete. *Ich wünsche dir einen schönen Tag, Prinzessin. Ich kann unser nächstes Treffen kaum erwarten.*

Ein kleiner Schluchzer entkam ihr, bevor sie sich zusammenreißen konnte. Tommy war so unglaublich süß, wie konnte sie es ernsthaft in Erwägung ziehen, ihn außerhalb des Klinikums nicht mehr wiederzusehen? Keinen weiteren

Sex mehr zu haben? Sie glaubte kaum, die Willenskraft zu besitzen, seinen Verführungskünsten zu widerstehen.

Sie unterdrückte ein schmerzliches Seufzen, sie würde es einfach auf sich zukommen lassen müssen. Sein Einfluss auf sie war schon zu groß, als dass sie ihren Entschluss durchziehen könnte.

17

TOMMY

Endlich sah er Isabell wieder. Ihre leidenschaftliche Nacht lag schon wieder über eine Woche zurück und auf seine Nachricht hatte sie lediglich mit einem lächelnden Smiley geantwortet. Er gab es ungern zu, aber ihr Verhalten verunsicherte ihn. Anscheinend hatte sie keinerlei Probleme damit, ihn so lange nicht zu sehen, während er es kaum erwarten konnte, sie endlich wieder zu küssen, sein Gesicht in ihren duftenden Locken zu verstecken und ihren lieblichen Geruch zu inhalieren.

Heute hatten sie den ersten gemeinsamen Dienst und er würde eine Möglichkeit finden, um sie zufällig abzupassen. Er wollte nicht aufdringlich sein, deshalb hatte er es unterlassen, sich noch einmal bei ihr zu melden. Jetzt war eigentlich sie am Zug. Allerdings befürchtete Tommy, dass er sehr viel Geduld aufbringen müsste, die er definitiv nicht besaß.

Seine Schicht begann ruhig und ohne besondere Vorkommnisse, als er kurz vor seiner Pause Chefärztin Doktor Winkelbauer auf sich zukommen sah. Im Gegensatz zu Isabell war sie umgänglich und wenig auf hierarchische Richtlinien bedacht. Allerdings war sie mit Ende fünfzig schon deutlich länger in einer Führungsposition tätig und hatte nicht mehr mit Gegenwind zu rechnen. Außerdem waren die weiblichen Ärzte auf der Gynäkologie deutlich in der Überzahl, da sah es auf der Chirurgie noch ganz anders aus.

„Tommy, hast du gerade einen Moment Zeit?", fragte Linda ein wenig gestresst.

„Was kann ich tun?"

„Isabell, ich meinte Frau Doktor Niedermayer, hat mich um eine Patientenakte gebeten. Sie wollte kurz mit mir über eine Patientin sprechen, die gerade eingeliefert wurde und schon vor einigen Wochen auf unserer Station behandelt wurde. Ich habe aber gleich eine wichtige Besprechung und kann es nicht selbst erledigen. Könntest du mich bitte vertreten?"

Tommy verkniff sich ein Lächeln. Zwar war er sich sicher, dass Isabell das Ganze nicht eingefädelt hatte, was es noch reizvoller gemacht hätte, aber er freute sich über die unverhoffte Gelegenheit.

„Klar erledige ich gleich." Tommy lächelte zustimmend und machte sich umgehend auf den Weg.

Währenddessen warf er einen Blick in die Akte, um sich einen Überblick zu verschaffen, um welche medizinische Vorerkrankung es sich handelte. Zu spät sah er auf und stieß direkt mit Isabell zusammen, die gerade aus einem Zimmer trat und mit dem Rücken in ihn prallte.

Als sie ins Stolpern geriet, griff er ihr reflexartig unter die Arme, um sie aufzufangen. Dabei flog die Akte im hohen Bogen unbeachtet zu Boden. Tommy hielt Isabell etwas länger als nötig im Arm und genoss die unverhoffte Chance, sie berühren zu dürfen. Erst als sie sich von ihrer Überraschung erholt hatte und zurückweichen wollte, ließ er sie widerstrebend los.

Von Bedauern war in ihrem Gesicht nichts zu lesen. Sie setzte wieder ihren verkniffenen Ausdruck auf, den sie so gern präsentierte, wenn er sich nicht nach Vorschrift verhielt. Ihre Vorschriften wohlgemerkt.

Wütend funkelte sie ihn an und zischte: „Herr Doktor Sander, benötigen Sie eine Brille? Ich bin eigentlich schwer zu übersehen."

Tommy konnte sich ein Augenrollen nicht verkneifen, was ihre Wut augenblicklich weiter entfachte.

„Entschuldigen Sie bitte vielmals. Sie tun gerade so, als hätte ich Sie mit Absicht über den Haufen gerannt."

Tommy bückte sich und sammelte die Unterlagen ein. Diesen Moment nutzte er, um runterzukommen. Er merkte selbst, dass Isabells Reaktion bei ihm eine Sicherung durchbrennen ließ. Die Situation war völlig harmlos gewesen, und sie machte wieder mal einen Staatsakt aus seiner Verfehlung.

„Ich hoffe nur, Sie gehen mit Ihren Patientinnen etwas aufmerksamer um", warf sie ihm als Nächstes an den Kopf.

„Frau Doktor Niedermayer, falls Sie sich nicht richtig erinnern können, ich habe Sie aufgefangen. Hätte ich Sie lieber zu Boden gehen lassen sollen?"

„Sie sollen gefälligst Ihre Augen aufmachen."

Er schüttelte den Kopf und drückte ihr ein wenig verbittert die Akte in die Hand. „Frau Doktor Winkelbauer hat mich gebeten, Ihnen diese Akte vorbeizubringen. Falls Sie Wert auf meine medizinische Einschätzung legen, ich hätte jetzt noch kurz Zeit."

Jetzt schien er sie tatsächlich aus dem Konzept gebracht zu haben. Sie atmete ein paar Mal durch und sagte in völlig neutralem Ton, als wäre nichts vorgefallen: „Dann lassen Sie uns in mein Büro gehen."

Kaum hatte sie die Tür hinter ihm geschlossen, brach es aus ihr heraus: „Hast du das etwa eingefädelt?"

Jetzt wurde er sauer. Was hatte sie denn plötzlich für ein Problem mit ihm? Sie würden es dauerhaft kaum schaffen, sich während der Arbeitszeit aus dem Weg zu gehen.

„Wäre das denn so schlimm?", fragte er leise, sein Zorn war wie weggefegt und machte Resignation Platz.

Wieder brachte er Isabell aus dem Tritt. Sie starrte ihn an, nach einer gefühlten Ewigkeit zuckte sie mit den Achseln. Tommy trat auf sie zu und in ihre Augen trat Panik. Er nahm sie in den Arm, auch wenn es erst so schien, als wollte sie ihn wegschubsen. Sie seufzte, gab nach und schmiegte sich an ihn.

„Es tut mir leid. Ich habe mich wie eine Furie aufgeführt", bekannte sie reumütig.

„Hast du deine Tage?", fragte er frech.

„Tommy! Das ist nicht lustig. Aber du hast mich gerade ziemlich aus der Fassung gebracht. Ich hatte nicht mit deinen Händen auf meinem Körper gerechnet und dieses verheißungsvolle Kribbeln hat mich gerade im wahrsten Sinne des Wortes umgehauen. Ich konnte nicht mehr klar denken."

„Da suchst du lieber dein Heil in der Flucht? Isabell, ich durchschaue dich mittlerweile." Er ließ ihre Taille los und nahm ihr Gesicht zwischen seine Hände. Ganz langsam kam er ihr näher und hörte ihren heftigen Atem. Er wartete darauf, dass sie ihn stoppte, ihm verbot sie zu küssen, aber sie sagte nichts. Seine Lippen trafen auf ihre und sie stöhnte leise auf. Nun wurde sein Kuss leidenschaftlicher und eine Hand wanderte wieder zu ihrem Rücken, um sie noch näher heranzuziehen.

Unvermittelt unterbrach er den Kuss und schob Isabell ein wenig von sich. Sie hielt die Augen noch geschlossen und ein süßes Lächeln zierte ihre Lippen, als wäre sie gedanklich noch bei ihrem intensiven Kuss.

„Macht es dich eigentlich an, wenn du deine Machtposition heraushängen lässt?", grollte er.

Isabell riss die Augen auf und rief verblüfft: „Was?!"

„Komm schon, du musst zugeben, dass du mich jedes Mal wie einen kleinen Bengel zurechtweist, wenn wir aufeinandertreffen."

Sie zog ihn zu sich heran und murmelte an seinem Hals: „Alles nur Tarnung." Ihre Lippen suchten erneut seine, aber er legte ihr den Finger drauf und erwiderte entschieden: „Meinetwegen lass die Chefin raushängen, ich werde dich das anderweitig büßen lassen." Bevor sie nachfragen konnte, was er damit meinte, nahm er ihre Lippen gefangen und sie endeten in einem heißen Tanz.

Diesmal war sie die Vernünftige und brach den Kuss kurz darauf ab. Zitternd sagte sie mit bebender Stimme: „Tommy, lass uns hinsetzen und über den Fall sprechen, ansonsten befürchte ich, dir platzt gleich die Hose." Sie zeigte vielsagend auf seinen ausgebeulten Schritt.

„Sehr vernünftige Entscheidung, Isabell", seufzte er und folgte brav ihrer Anweisung. „Aber zuerst lass uns ein nächstes Date ausmachen." Er grinste frech.

18

Tommy tat ihr gut. Sie fühlte sich geborgen in seiner Nähe. Er gab ihr Halt. Ein Umstand, auf den sie die letzten Jahre ihres Lebens willentlich verzichtet hatte. Denn dadurch verschob sich zeitgleich das Machtgefälle zu seinen Gunsten. Ein Gedanke, der sie bis vor Kurzem unfassbar geängstigt hatte. Nun musste sie sich eingestehen, dass ihr diese Sicherheit, die Tommy trotz aller Unwägbarkeiten ausstrahlte, unglaublich guttat. Erstmals seit ihrer Scheidung konnte sie sich wirklich fallen lassen. Erst jetzt bemerkte sie den großen Druck, der tagtäglich auf ihren Schultern lastete und den sie mit niemandem teilen konnte. Die ganze Zeit hatte sie sich eingeredet, all das nicht mehr zu benötigen, dass sie glücklich mit ihrem selbst gewählten Leben war. Aber eigentlich war sie weggelaufen, weil sie unbändige Angst hatte, noch einmal so unfassbar verletzt zu werden. Dieses wärmende Gefühl, das ihr so viel Zufriedenheit schenkte, wäre ihr fast unwiderruflich verloren gegangen. Verächtlich hatte sie sich die ganze Zeit über bedürftige Frauen ausgelassen, die eine starke Schulter zum Anlehnen benötigten. Das war eine dermaßen lächerliche und überhebliche Sichtweise gewesen, dass sie sich für ihr eindimensionales Denken schämte. Warum konnte sie nicht ihrer Karriere nachgehen und zeitgleich Tommys starke Schulter annehmen, wenn sie Trost benötigte? Natürlich kam sie ohne Partner klar, das hatte sie die letzten Jahre bewiesen. Aber war sie wirklich glücklich gewesen? Diese Frage musste sie klar verneinen. Tommys Hartnäckigkeit hatte eine Tür in ihr geöffnet, die sie lange mit einem stabilen Sicherheitsschloss versehen hatte. Irgendwann hatte sie nachgegeben und erst widerwillig, dann zunehmend sicherer die Tür geöffnet, um Tommy einen Zutritt zu gewähren.

„Isabell, hörst du mir überhaupt zu?", fragte eine Stimme wie durch Watte.

„Hast du was gesagt?", fragte sie ein wenig desorientiert Miriam, die als leitende OP-Schwester arbeitete. Isabell und sie kannten sich seit Schulzeiten, hatten sich aber zwischenzeitlich aus den Augen verloren und erst als Isabell vor zwei Jahren die hiesige Stelle angetreten hatte, frischten sie ihre alte Freundschaft wieder auf.

„Ich fragte, wie dein Urlaub war. Wir haben uns ja ewig nicht mehr gesehen", jammerte Miriam etwas selbstmitleidig.

Isabell aß den letzten Bissen und hatte das Gefühl, gleich zu platzen. „Ich hätte nicht so viel essen sollen", stöhnte sie.

„Du hast ja auch eine Gabel nach der anderen gedankenverloren in dich reingeschaufelt", meinte ihre Freundin kopfschüttelnd.

Peinlich, das war ihr überhaupt nicht aufgefallen. Sie musste zusehen, Tommy während der Arbeit in die hinterste Ecke ihres Bewusstseins zu verfrachten, ansonsten würde sie über kurz oder lang auffliegen.

Sie stand auf und meinte entschuldigend: „Ich muss leider zurück auf die Station, lass uns doch bald einen Kaffee trinken gehen."

Ihre Freundin hastete ihr hinterher und bevor Isabell in den Aufzug steigen konnte, hielt Miriam sie zurück.

„Wie war es denn jetzt im Urlaub? Hast du einen heißen Typen aufreißen können?"

Isabell zuckte amüsiert mit den Achseln. „Könnte schon sein." Sie zwinkerte ihr zu.

Miriam schüttelte den Kopf und zog eine leichte Schnute. „Das heißt also ja. Du bist echt kein Kind von Traurigkeit. Ich wäre gern so draufgängerisch wie du."

„Da gehört nicht viel dazu. Mach den Männern einfach schöne Augen, dann läuft der Rest von selbst. Männer sind so berechenbar." Isabell konnte nicht verhindern, dass ihre Stimme etwas verächtlich klang.

Sie schrak zusammen, als sie sich umsah und plötzlich Tommy entdeckte. Verdammt, wie lange stand er schon dort? Hatte er etwa gehört, was sie gesagt hatte? Egal, sie hatte schließlich nicht über ihn gesprochen. Dennoch konnte Isabell das unbehagliche Gefühl, das sie in Besitz nahm, nicht verdrängen. Hoffentlich hielt er sie jetzt nicht für ein williges Flittchen, das mit jedem Mann ins Bett sprang. Andererseits, sie war erwachsen und hatte Sex. Ja, und? Was war schon dabei? Sie reckte das Kinn, beachtete ihn gar nicht und verabschiedete sich von Miriam.

Heilfroh schlüpfte sie in den Aufzug und war erleichtert, als sich endlich die Tür schloss. Als Letztes sah sie Tommy, der ein lockeres Gespräch mit Miriam begonnen hatte. Von Eifersucht keine Spur, entweder hatte er sich gut im Griff oder es interessierte ihn nicht, wenn sie mit anderen Männern schlief.

Und warum störte sie das jetzt? Sie sollte froh sein, wenn er kein Problem damit hatte, immerhin war das vor ihrer Zeit gewesen, und sie wollte lieber nicht wissen, wie oft Tommy seit seiner Trennung von Alisa Sex gehabt hatte.

Isabell hatte es sich abends gerade mit einem guten Buch auf der Couch gemütlich gemacht, als ihr Handy klingelte.

Sofort pochte ihr Herz so heftig gegen den Brustkorb, dass es schmerzte.

„Hallo Tommy", begrüßte sie ihn mit neutraler Stimme, auf die sie stolz war.

„Eisprinzessin, wie war dein Tag?", säuselte er lieblich, er wusste genau, dass sie es hasste, wenn er sie so nannte.

„Spielen wir eine Runde Isabell ärgern oder hast du mir noch etwas Wichtiges zu sagen?"

Sie hörte ihn leise lachen, dann meinte er hoffnungsvoll: „Ich hätte eine Idee für unser Date und wollte dich fragen, ob du Lust hast?"

„Von was sprichst du?", fragte sie misstrauisch.

„Ich habe mich etwas umgehört und herausgefunden, dass wir dieselbe Leidenschaft hegen."

Jetzt setzte sie sich alarmiert auf. „Welche Leidenschaft und wo hast du dich umgehört?"

„Fotografieren! Es findet gerade eine tolle Fotoausstellung in der CWC Gallery statt und ich dachte mir, wir könnten sie uns gemeinsam ansehen."

„Woher weißt du davon?" Isabell verschlug es beinah die Sprache.

„Deine reizende Freundin Miriam hat geplaudert. Ich hatte ein äußerst informatives Gespräch mit ihr. Mir war ja nicht klar, dass ihr euch so gut kennt."

„Wir waren zusammen in der Schule", erklärte Isabell abgelenkt, weil Tommys Worte ihr Angst gemacht hatten: „Ich hoffe, du hast sie nicht misstrauisch gemacht?"

„Ach, ich dachte, mit deiner Freundin bequatschst du alles? Das tut mir jetzt leid, ich dachte, wenn du ihr von deinem One-Night-Stand erzählst, weiß sie auch von mir. Sorry."

„Tommy, das ist jetzt nicht dein Ernst? Wenn das eine Retourkutsche für meinen Ausrutscher sein soll, dann finde ich das nicht lustig." Isabells Stimme überschlug sich fast.

Es dauerte eine Weile, bis sie erkannte, dass er lachte.

„Du Arschloch!", fauchte sie.

„Natürlich war ich diskret, so gut wie jeder in der Klinik, weiß doch, dass du mich auf dem Kieker hast, da habe ich mich herausgeredet, mich bei dir einschleimen zu müssen."

Isabell fühlte sich richtig schwach, als die Wut auf Tommy verrauchte und die Erleichterung die Oberhand gewann.

„Glaubst du allen Ernstes, ich räche mich für deinen One-Night-Stand? Du kannst tun und lassen, was du möchtest, Isabell." Sie hörte trotz seiner Worte, dass er sehr wohl etwas dagegen hatte.

„Und was ist mit dir? Du kannst mir kaum weismachen, dass du keine One-Night-Stands hast", gab sie den Ball an ihn zurück.

Kurzzeitig herrschte Stille und Isabell wurde ein wenig nervös. Tommy schien überlegen zu müssen, was er antwortete.

„Auch wenn du es kaum glaubst, aber ich bin nicht der

Aufreißer, für den du mich hältst. Das habe ich dir schon mal gesagt. Aber du glaubst es sowieso nicht. Vor Alisa habe ich eine dreijährige Beziehung geführt, dazwischen genau zweimal eine Frau abgeschleppt und seitdem mit Alisa Schluss ist, hatte ich bis neulich keinen Sex."

Sie hielt die Luft an, da verdeutlichte er: „Neulich mit dir."

„Mila hat das auch schon behauptet", rutschte ihr heraus.

„Du sprichst mit Mila über mich?" Tommy klang völlig fassungslos.

Isabell schloss ergeben die Augen. Gerade war sie froh, dass Tommy sie nicht sehen konnte. Sie war bestimmt feuerrot geworden.

„Nein eigentlich nicht, das hatte sich einfach ergeben, als ich mich damals von ihr verabschiedet hatte und Leo sich mit dir traf. Da kam die Sprache auf dich."

„Und da habt ihr nichts Besseres zu tun, als über meine Treuefähigkeiten zu reden?"

Isabell konnte nicht einschätzen, ob Tommy eher geschmeichelt oder wütend über die Tatsache war.

„Es könnte sein, dass ich erwähnt habe, dass du mit jeder Frau flirtest, die nicht sogleich Reißaus nimmt", murmelte sie undeutlich.

„So genau hast du mich damals also schon beobachtet? Isabell, du schockierst mich." Jetzt klang er eindeutig amüsiert.

„Ich bin froh, dass du nicht sauer bist." Isabell war selbst überrascht über ihre Offenherzigkeit, aber sie wollte ihn nicht belügen.

„Sauer? Ich fühle mich geschmeichelt." Tommy lachte und meinte kurz darauf: „Hast du Lust auf die Ausstellung? Ich würde gern mit dir dorthin gehen."

„Natürlich komme ich mit", gab sie schnell ihre Zustimmung. Als sie sich kurz darauf verabschiedet hatte, schloss sie glücklich die Augen. Tommy war doch immer für eine Überraschung gut. Sie fand es süß, wie viel Mühe er sich gab. So viel Aufmerksamkeit hatte ihr seit Jürgen kein Mann mehr geschenkt und es fühlte sich verdammt gut an.

19

Gemütlich schlenderten sie durch das hübsche Viertel am Prenzlauer Berg. Nach der Ausstellung waren sie zu einem kleinen Restaurant gefahren, das diesmal weniger dekadent war, dafür aber gutes Essen sowie Livemusik bot.

Tommy hatte nach Isabells Hand gegriffen und zu seiner Freude entzog sie ihm diese nicht.

Es war ihm verdammt schwergefallen, während der Ausstellung die Finger von ihr zu lassen. Da war er stundenlang in Gesellschaft dieser atemberaubenden Frau und ihm waren genau wie im Krankenhaus die Hände gebunden. Isabell hatte Angst, es könnte sie zufällig jemand sehen.

Fast war er versucht gewesen, zu erwidern, dass sie sowieso in Erklärungsnot geraten würde, wenn man sie an seiner Seite sehen würde, aber er hatte sich zurückgehalten. Immerhin wollte er sie nicht provozieren, sondern die kostbare gemeinsame Zeit genießen. Vielleicht hatte sie die Sorge in dem Moment vergessen und Tommy würde sie ganz sicherlich nicht darauf aufmerksam machen.

„Du kennst dich wirklich aus. Zuerst dachte ich, du behauptest einfach, dass dich Fotografie interessiert, um mich zu beeindrucken."

„Isabell, du hättest mich doch sofort durchschaut, niemals würde ich dich anschwindeln." Er blieb stehen und sah sie mit ernsthaftem Gesichtsausdruck an. Zärtlich nahm er beide Hände in seine und sagte leise: „Niemals."

Isabells Augen weiteten sich ein wenig, sie ging aber nicht darauf ein. Tommy hoffte, dass sie schon verstanden hatte, auf was er hinauswollte.

Jetzt entzog sie ihm doch die Hände, verschränkte die Arme und meinte: „Wollen wir noch zu dir gehen?"

Tommy grinste frech und erkannte, dass Isabell ein wenig konfus wirkte. Anscheinend hatte er sie mit seinen Worten doch gehörig durcheinandergebracht.

„Prinzessin, du schockierst mich. Wäre das nicht eigentlich mein Text?"

Jetzt stemmte sie die Hände in die Hüften und erwiderte empört: „Ich möchte mir lediglich deine Wohnung ansehen. Das letzte Mal hatte ich nicht wirklich Gelegenheit dazu."

Isabells Wangen verfärbten sich rosig und Tommy war so entzückt, dass er alle Willenskraft aufbringen musste, sie nicht zu küssen.

„Es ist nicht weit. Wir sind schon ganz in der Nähe", stimmte er zu.

„Danke für den schönen Tag", brach sie plötzlich das Schweigen, während sie nebeneinander herliefen.

„Ich mache dir gerne eine Freude. Oder auch mehrere."

„Ich genieße die Zeit mit dir. Du machst es mir leicht, dass ich mich in deiner Gesellschaft wohlfühle."

Jetzt grinste Tommy frech und beugte sich zu ihr „Du wirst dich gleich noch viel wohler fühlen, wenn ich dich zu Hause verwöhne."

„Bekomme ich eine Fußmassage?", fragte Isabell spöttisch.

„Alles, was du möchtest."

Sie schenkte ihm ein sanftes Lächeln, das seinen Magen gehörig in Aufruhr versetzte. Schlagartig waren da Bilder vor seinem geistigen Auge, die ihn automatisch schneller laufen ließen.

Diesmal nahm sich Isabell Zeit, sich in seiner Wohnung umzusehen, als sie bei ihm angekommen waren. Das letzte Mal hatte sie nur der Gedanke beherrscht, endlich miteinander zu schlafen, da hatte sie ihrer Umgebung wohl keine Beachtung geschenkt. Zwar würde Tommy gerade nichts lieber tun, als dort weiterzumachen, wo sie damals aufgehört hatten, aber er hielt sich zurück.

Isabell trat ins Wohnzimmer und Tommy beobachtete sie lächelnd. Es war ein geräumiger Raum, in dem es einen Essbereich gab und natürlich den gemütlichen Part mit einer Sitzlounge und einem überdimensionalen Flachbildschirm. Tommy hatte zwei unterschiedliche Sofas miteinander kombiniert, eines in Weiß, das andere anthrazitfarben, zusätzlich gab es noch zwei Sessel. Gemütlich und zugleich stilvoll, das war ihm wichtig gewesen.

Isabell kommentierte den Raum nicht, was ihn zugegebenermaßen ein klein wenig nervös machte. Es erstaunte ihn, dass ihm an ihrem Urteil viel gelegen war. Dennoch wollte er keine Antwort von ihr erzwingen.

Er folgte ihr in die angrenzende Küche, die einen separaten Raum bildete.

Hier bekam sie eine moderne, in Weiß gehaltene Hochglanzküche mit grauer Arbeitsplatte zu sehen, die aus edlem Granit war.

Die Küche war so großzügig geschnitten, dass es neben den Thekenstühlen auch noch einen kleinen Essbereich gab.

Isabell setzte weiter ihre Erkundungstour fort, nach einem kurzen Blick ins Gästezimmer, besah sie nun das zweite Badezimmer.

Irritiert drehte sie sich zu ihm um. „Warum benötigst du zwei Bäder und zusätzlich eine Toilette?"

Tommy zwinkerte ihr zu: „Für meine monatlichen Orgien mit mehreren Frauen. Und die benötigen bekanntlich viel Zeit im Bad."

Isabell schlug ihm herablassend gegen den Oberarm. „Du Spinner."

„Ich habe die Wohnung so übernommen. Aber der Masterbathroom ist nicht für den gewöhnlichen Besuch geeignet." Wieder blitzte ihm der Schalk aus den Augen.

„Weil das Badezimmer nur durch dein Schlafzimmer erreichbar ist?"

„Das auch. Komm, ich zeige es dir." Die Gelegenheit, Isabell in sein Schlafzimmer zu lotsen, würde er garantiert nicht ungenutzt verstreichen lassen.

Er schob sie vor sich her und umarmte sie von hinten, als er auf die gläserne Wand wies.

„Du Spanner! Du hast mich beim Duschen beobachtet." Isabell klang weniger empört als vielmehr erregt. Ihre Stimme bebte ein wenig, wahrscheinlich stellte sie sich gerade die Situation vor.

„Das war ein atemberaubender Anblick, den wir gerne wiederholen können." Er hob ihr Haar und schenkte ihrem Nacken mehrere Küsse, die sie erschauern ließen.

Sie lehnte sich an ihn und ließ es zu, dass seine Hände zu ihren wundervollen Brüsten wanderten und diese liebkosten.

Leise stöhnte sie auf und Tommy wurde augenblicklich hart.

Während eine Hand weiterhin eine Brust knetete, wanderte die andere langsam den Bauch hinab und an ihrem Oberschenkel entlang, bis die Wanderschaft zwischen ihren Beinen endete.

„Tommy, was tust du da?", hauchte sie abgehackt.

„Ich hatte dir doch eine Massage versprochen."

„Wir haben von Füßen gesprochen", nuschelte Isabell.

„Wäre dir das lieber als eine Intimmassage?", stichelte er, während ein Finger in sie glitt.

Wieder stöhnte sie auf und gab zu: „Nein."

Er lachte leise, zog seine Hand zurück und wirbelte Isabell mit einer raschen Umdrehung zu sich herum.

Nun küsste er sie hart und leidenschaftlich. Sofort übernahm sie seinen ungestümen Rhythmus und auch Tommy entfuhr ein lautes Stöhnen. Sie griff in seinen Schritt und er ließ sie kurz gewähren, bis er ihr einen Schubs gab, der sie rücklings aufs Bett beförderte.

Isabell entfuhr ein Kichern, bevor sie ihn zu sich heranzog, als er sich über sie beugte.

Mit einer geschickten Bewegung zog sie ihm sein T-Shirt über den Kopf, während er sich an ihrer Bluse zu schaffen machte.

Mit jedem Knopf, den er öffnete, schenkte er ihr einen sinnlichen Kuss. Er ließ seine Hände über ihren Oberkörper wandern und liebkoste zärtlich jede einzelne Stelle, bis er zu ihren Brüsten gelangte.

„Du bist so wunderschön, Isabell", seufzte er, während er den BH öffnete. Seine Zunge umspielte eine ihrer Knospen, die sich schon ungeduldig aufgestellt hatten. Nachdem er der zweiten die gleiche Behandlung gewährt hatte, zog er ihre Hose mitsamt Slip herunter. Kurz erhob er sich, um sich ebenfalls zu entkleiden. Währenddessen hatten sich Isabell aufgerichtet und umarmte ihn nun, während sie mit den Fingerspitzen ehrfurchtsvoll an seinem Oberkörper entlangfuhr.

„Du bist wunderschön. Dein athletischer Körper bringt mich fast um meinen Verstand", bekannte Isabell, die wohl ganz berauscht war.

„Leg dich hin", befahl er, während er aufstand.

Widerspruchslos befolgte Isabell seine Anweisung. Kurz darauf kam er zurück und hatte nicht nur Kondome in der Hand.

Nun richtete sie sich auf den Ellenbogen auf und fragte skeptisch. „Was wird das?"

„Der beste Sex deines Lebens", prophezeite Tommy eingebildet, während er sich zu ihr ans Bett setzte.

„Du willst mich ans Bett fesseln?", versicherte sich Isabell ein wenig atemlos.

„Vertrau mir Süße", lockte er sie, bevor er ihr einen feurigen Kuss schenkte.

Als sich seine Lippen von ihr lösten, sah sie ihm für einen Moment tief in die Augen, als suche sie dort die nötige Bestätigung, um sich fallen lassen zu können.

„Okay", meinte sie langsam, während sie jeden einzelnen Buchstaben in die Länge zog, was Tommy ihre Verunsicherung verdeutlichte.

„Du wirst es nicht bereuen", murmelte er, während er die Manschetten um ihre Handgelenke schloss.

Isabell folgte seinen Bewegungen, als er die Enden am

Bettgestell befestigte, legte sie ihren Kopf wieder ab und er hörte sie tief durchatmen.

Wieder küsste er sie und er spürte, wie sich ihr Körper entspannte. Seine Hände wanderten wieder zu ihren Knospen und zwirbelten sie mit etwas Druck, was Isabell einen tiefen Seufzer des Genusses entlockte.

„Gefällt dir das?", fragte er etwas provokant.

„Sag bloß, das merkst du nicht?", gab Isabell sarkastisch zurück.

„Wenn du weiterhin so frech bist, binde ich dir die Beine auch noch fest", erwiderte er rau.

Isabell schenkte ihm einen finsteren Blick. „Das wagst du nicht."

Er lachte erheitert. „Prinzessin, du solltest langsam lernen, wann der falsche Zeitpunkt ist, die Chefin heraushängen zu lassen. Gerade bist du mir ziemlich hilflos ausgeliefert, und das gedenke ich schamlos auszunutzen." Tommy küsste sie hart, dann wanderte seine Zunge über ihren Bauch zu ihrer Mitte, um sie zu liebkosen, bis Isabell leicht zu zucken begann.

„Oder soll ich aufhören?" Sein Tonfall hörte sich etwas fies an.

„Nein."

„Dann bitte mich weiterzumachen."

„Treib es nicht auf die Spitze", drohte Isabell und er erkannte, dass sie es ernst meinte. Er unterdrückte ein Glucksen und meinte stattdessen: „Ich will ja nicht so sein." Er intensivierte seine Bemühungen, und kurz bevor sie kam, brach er erneut ab.

„Darf ich deine Beine festbinden?"

„Nein!"

„Dann mache ich nicht weiter." Tommy legte sich seelenruhig neben sie und sah sie grinsend an.

Isabell kniff die Augen zusammen und funkelte ihn böse an.

„Das ist Erpressung."

„Deine Entscheidung."

Er sah, dass sie innerlich kochte. Es musste ihr unglaublich schwerfallen, über ihren Schatten zu springen und nachzugeben.

„Na gut", knurrte sie nach geraumer Zeit, die er geduldig abwartete. „Enttäusch mich bloß nicht", schob sie noch hinterher.

Mit ruhigen Bewegungen band er ihre Beine fest, anschließend wanderte sein Blick über Isabells hübschen Körper, der ziemlich sexy aussah, wie sie mit gespreizten Beinen gefesselt dalag.

„Willst du mich nur anstarren oder machst du irgendwann auch mal weiter?"

Mit seinen Fingerspitzen fuhr er von ihren Fußgelenken hauchzart an der Innenseite ihrer Schenkel hoch, und er sah, wie sich die Härchen aufstellten. Ihre Beine zuckten einige Male, während sich ihr Brustkorb heftig hob und senkte.

Als seine Fingerspitzen wie zufällig ihren Kitzler streiften, stöhnte sie laut auf. Sie war so was von fällig. Anscheinend törnte es sie ziemlich an, ihm so ausgeliefert zu sein.

Ohne weitere Vorwarnung stieß er zwei Finger in sie und bewegte sie heftig in ihr. Es dauerte nur wenige Sekunden, dann kam sie. Und wie. Isabell schrie mehr, als dass sie stöhnte. Tommy konnte sich fast nicht mehr zurückhalten, als er erlebte, wie sie sich gerade gehen ließ.

Aber er hielt sich eisern zurück, weil er sie vor eine weitere Herausforderung stellen wollte.

Er ließ ihr kaum Zeit, den ersten Orgasmus zu verschnaufen, da liebkoste er sie erneut mit seiner Zunge, während eine Hand an ihre Brust griff und diese knetete.

Isabell warf erregt den Kopf hin und her und stöhnte wieder. „Tommy, ich will dich endlich in mir spüren."

„Hab Geduld. Wir wollen, das hier doch bis aufs Letzte auskosten."

Isabell brummte irgendetwas unverständlich vor sich hin. Anscheinend teilte sie seine Meinung nicht.

„Ich würde dir gern die Augen verbinden, wenn ich in dir bin."

Sie sah ihn zweifelnd an, sagte aber zu seiner Erleichterung nicht gleich Nein.

„Sobald ein Sinn ausgeschaltet wird, reagieren die anderen viel sensibler. Du wirst es lieben."

Wieder zögerte sie, während er ihr die Zeit zum Überlegen gab. Schließlich nickte sie zustimmend und er legte ihr eine Augenbinde um. Zärtlich streichelte er ihr Gesicht, während er sanft sagte: „Danke für dein Vertrauen. Ich werde dich nicht enttäuschen."

Etwas später lag Tommy ermattet auf ihr und nachdem er einige Male tief durchgeschnauft hatte, meinte Isabell fast ein wenig unterwürfig: „Wärst du so nett, meine Augenbinde abzunehmen? Ich würde dich gerne ansehen."

„Du müsstest dich selbst sehen. Es ist so ein unfassbarer scharfer Anblick, den ich hier genießen darf."

Isabell schnaubte entrüstet, kommentierte seine dreiste Aussage aber nicht.

„Gedulde dich noch einen Moment. Ich bin gleich wieder da."

Vielleicht wohnte doch ein Hauch Sadismus in ihm, als er aufstand und Isabell so ausgeliefert liegen ließ, dachte er amüsiert.

Wieder sagte sie nichts, aber er sah, dass sie den Kopf hob und lauschte, als er aufstand und das Schlafzimmer verließ.

Was ihr gerade wohl durch den Kopf geisterte? Vielleicht sollte er es lieber nicht auf die Spitze treiben und sie verärgern.

Kurz darauf betrat er das Zimmer und meinte etwas selbstzufrieden: „Habe ich dir zu viel versprochen?"

„Du bekommst erst eine Antwort, wenn du mich losgebunden hast."

„Dann will ich mal nicht so sein." Tommy nahm ihr sacht die Augenbinde ab und sein liebevoller Blick traf auf ihren überraschend verletzlichen. Leise Schuldgefühle marterten ihn auf der Stelle, weil er Isabell scheinbar ein wenig überfordert hatte. Sie trat immer so tough auf, als würde sie nichts aus der Ruhe bringen, aber tief verborgen war sie unglaublich sensibel und feinfühlig. Und gerade hatte er sie in eine Situation manövriert, in der sie ihm völlig ausgeliefert war, sich ihm vollständig unterworfen hatte.

Er nahm ihr Gesicht zwischen die Hände und küsste sie zart auf die Stirn. „Danke, dass du mir dein Vertrauen geschenkt hast."

Isabell sagte nichts, aber sie lächelte ihn ein wenig beschämt an. Vielleicht war ihr die Situation peinlich, er konnte sie gerade nur schwer durchschauen.

Während er erst ihre Fußfesseln löste, dann ihre Arme befreite, fragte er leise. „Alles klar?"

Wieder überraschte sie ihn, als sie sich fast in seine Arme warf und ihr Gesicht an seiner Schulter versteckte.

Mit ruhigen Bewegungen strich er ihr über den Rücken. „Ich bin gerade ein wenig durcheinander. Gibst du mir ein wenig Zeit?", bat Isabell, als sie sich endlich traute, ihn anzusehen.

Er küsste sie ganz sacht auf die Lippen, mehr ein Hauch als eine wirkliche Berührung.

„Natürlich, ich bin im Wohnzimmer." Sie lächelte ihn an, als er seine Klamotten aufsammelte.

Nachdem er zwei Gläser Wasser getrunken hatte, ihm war vorhin ziemlich heiß geworden, grübelte er über Isabells seltsames Verhalten. Hatte er sie überfordert? Vielleicht hatte er es übertrieben und sie zu etwas überredet, was sie so gar nicht gewollt hatte.

Um sich abzulenken, machte er leise Musik an und kurz darauf tauchte Isabell im Türrahmen auf. In der Hand hielt sie die beiden Sektgläser, die er vorhin geholt und im Schlafzimmer abgestellt hatte.

Sie hatte sich an seinem Kleiderschrank bedient und trug lediglich eins seiner T-Shirts, das ihr viel zu groß war. Darin sah sie nicht nur unglaublich sexy, sondern wie ein junges Mädchen aus. Lächelnd trat er zu ihr, und sie streckte ihm ein Glas entgegen.

„Steht dir ausgezeichnet. Du könntest einen Kartoffelsack tragen und ich fände dich immer noch unfassbar sexy."

Isabell lachte ungläubig, stieß dann mit ihm an.

„Den sollten wir nicht verkommen lassen." Trotz ihrer Worte trank sie nicht, sondern schien sich in seinem Blick verloren zu haben. „Danke für den unvergesslichen Tag."

Tommy riss die Augen auf. Damit hätte er jetzt nicht gerechnet. „Hat es dir gefallen?", fragte er vorsichtig.

„Sehr. Aber es hat mich auch ziemliche Überwindung gekostet."

Tommy nahm ihre Hand und sie setzten sich aufs Sofa. Er stellte sein Glas ab und zog sie in seine Arme, sodass sie mit dem Rücken an ihn lehnte.

„Ich wollte dich nicht überfordern. Du kannst mir sagen, wenn du etwas nicht willst. Ich möchte nicht, dass du es nur mir zuliebe tust."

Isabell trank das halbe Glas leer, dann gestand sie: „Tommy, ich verspüre das große Bedürfnis, alles zu tun, damit es dir gut geht. Dieses Gefühl ist mir fremd. Ich war jahrelang allein, musste auf niemanden Rücksicht nehmen und habe mir genommen, was ich wollte. Und jetzt gibt es dich in meinem Leben und ich bin gerade von dem Gedanken überfordert, dass mir dein Wohl mehr am Herzen liegt als meins."

Er küsste sie liebevoll auf den Kopf, während sein Herz gerade ein paar gefährliche Saltos schlug. Nun war es an ihm ein wenig überfordert, mit ihrer Offenheit zu sein.

„Trotzdem möchte ich nicht, dass du dich meinetwegen zu etwas zwingst."

Jetzt lachte sie erheitert: „Keine Sorge, Tommy. Ich habe es sehr wohl genossen. Es war ungewohnt, aber zugleich unglaublich erregend, mich dir so auszuliefern."

Sie tranken noch ein zweites Glas, aber die Stimmung hatte einen faden Beigeschmack erhalten, beide waren ein wenig gehemmt. Isabell wohl aufgrund der Verletzlichkeit, die sie ihm offenbart hatte, und er aufgrund ihrer Worte, die ihn ziemlich verunsichert hatten.

Als Isabell aufstand und meinte „Es ist schon spät, ich fahr lieber nach Hause", entgegnete er halbherzig „Bleib doch über Nacht bei mir."

„Danke, aber ich muss morgen früh zum Dienst und müsste zuvor erst mal nach Hause, um mich umzuziehen."

Tommy wollte es sich selbst nicht eingestehen, aber er fühlte Erleichterung. Denn er benötigte etwas Zeit, um wieder klarzusehen.

Nachdem Isabell gegangen war, sackte er erschöpft aufs Sofa und schaltete den Fernseher ein.

Isabells Offenbarung hatte ihn förmlich umgeworfen. Natürlich war er ernsthaft an ihr interessiert. Aber war er wirklich bereit, sich auf eine Beziehung mit ihr einzulassen? Isabell war kompliziert, trieb ihn regelmäßig in den Wahnsinn und war unglaublich dominant in ihrem Auftreten. Zudem war sie seine Vorgesetzte und die Kollegen würden natürlich über sie tratschen. Vielleicht hatte er von Anfang an immer seine Rücksicherung darin gesehen, dass Isabell niemals zu ihm stehen würde. Dass sie nie mehr als eine Affäre wollte. Dennoch hatte er genau das eigentlich nicht geplant, eine lose Affäre, aus der er nicht mehr heil herauskommen wollte. Ja, er war scharf auf Isabell, sie war ständig in seinen Gedanken präsent, und er vermisste sie, sobald sie weg war. Verdammt noch mal, ja, er war verliebt in sie. Aber würde das für eine Beziehung ausreichen? War ihre gemeinsame Basis so groß, um all die Probleme und Vorbehalte, die eine Beziehung mit sich brachte, aufzuwiegen?

Tommy fühlte eine wohltuende Wärme in sich aufsteigen, als er sich vorstellte, fest mit Isabell liiert zu sein und sich nicht mehr verstecken zu müssen. Ja, der Gedanke fühlte sich verdammt richtig an. Und vielleicht sollte er ihr genau das morgen sagen.

20

Nun rief er heute schon zum dritten Mal an. Isabell spürte, wie ihr der Schweiß ausbrach. Tommy war verdammt hartnäckig und sie konnte ihn nicht ewig ignorieren. Gestern hatte sie ihn mit einer Nachricht abgespeist, zu beschäftigt zum Telefonieren zu sein, aber sie hegte die Befürchtung, dass Tommy sich diesmal nicht würde abwimmeln lassen.

Was hatte er ihr so Dringendes mitzuteilen, das keinen Aufschub bedurfte? Isabells Hand zitterte, als sie nach ihrem Handy griff, das auf dem Esstisch lag. Es bedeutete bestimmt nichts Gutes und schürte ihre Ängste, die sie quälten, seit sie Tommys Wohnung verlassen hatte.

„Ja?", meinte sie fragend, als ob sie nicht wüsste, wer der Anrufer war.

„Warum rufst du mich nicht zurück?", hörte sie seine grollende Stimme.

„Ich hätte mich schon noch bei dir gemeldet, wenn es mir zeitlich gepasst hätte."

Tommy schnaubte entrüstet, als er ihre Worte vernahm.

„Isabell, hast du deinen Charme heute wieder im Keller vergessen?"

„Was willst du?", erwiderte sie im nörgelnden Tonfall, für den sie sich selbst hasste.

„Ich muss dich sehen. Hast du heute Zeit? Ich möchte dir gern etwas sagen."

Isabell war sich sicher, dass ihr Herz für einen Moment den Dienst verweigerte. Wie konnte er sie dermaßen aus dem Gleichgewicht werfen? Oh Gott. Sie konnte sich schon denken, was er zu sagen hatte.

„Heute ist es ungünstig. Vielleicht hätte ich gegen Ende der Woche Zeit."

„Isabell bitte. Du hast doch heute frei, da wirst du mir

doch ein paar Minuten deiner wertvollen Zeit schenken können."

Wenn seine Stimme zuerst noch bittend klang, konnte er sich einen leicht genervten Tonfall zum Ende hin wohl nicht mehr verkneifen. Lernte er ihre Dienstpläne eigentlich auswendig?

„Kannst du mir das nicht am Telefon sagen?" Isabell wollte es einfach hinter sich haben. Gerade konnte sie sich nicht vorstellen, ihm jemals noch einmal unter die Augen treten zu können.

„Nein, das kann ich nicht am Telefon mit dir besprechen", entgegnete er gepresst.

„Na gut. Auf einen schnellen Kaffee könnte ich dich reinquetschen", gab sie gönnerhaft nach, was ihm ein ungläubiges Prusten entlockte, das nicht besonders erfreut klang. Dennoch kommentierte er ihre kleine Frechheit nicht, sondern vereinbarte einen Treffpunkt und legte anschließend ohne Gruß auf.

Wieder einmal hatte sie ihn mit ihrer schroffen Art verärgert. Isabell rieb sich müde mit den Handflächen übers Gesicht. Ihr verräterischer Körper wurde schon wieder ganz hibbelig, wenn sie an seine atemberaubenden Fähigkeiten dachte, sie zum Schweben zu bringen. Ihr verräterisches Herz pochte so heftig bei dem Gedanken, ihn gleich wiederzusehen, dass es ihr beinah aus dem Brustkorb sprang.

Dennoch war sie den Tränen nah. Sie hatte sich vorgestern zu weit aus dem Fenster gelehnt. Mit ihrer ungewohnten Offenheit hatte sie die zarte Bande zwischen sich und Tommy zerstört. Es war das erste Mal gewesen, dass er auf Rückzug gegangen war. Bisher war das ihr Part gewesen. Tommy hatte wohl erkannt, dass aus dem kleinen Zeitvertreib mit ihr Ernst wurde. Dass sie dabei war, sich in ihn zu verlieben. Und jetzt hatte er kalte Füße bekommen. Wer konnte es ihm verdenken? Und dann tobte noch eine ganz andere Angst in ihr, die die Erkenntnis, dass Tommy nur mit ihr gespielt hatte, noch größer werden ließ.

Aber es half alles nichts. Sie musste da jetzt durch und würde alles dransetzen, Tommy nicht zu zeigen, wie sehr seine Haltung sie verletzte. Das war ihr Part, eine Rolle, die sie nun perfekt spielen musste.

Zwei Stunden später betrat sie mit zittrigen Knien das Café und erblickte Tommy sofort. Er hielt den Blick auf sein Smartphone gesenkt und Isabell wurde augenblicklich so schlecht, dass sie sich beinah übergeben hätte, als sie sich ausmalte, was er da gerade betrachtete und ihr zu zeigen gedachte. Sie musste sich schleunigst zusammenreißen und aufhören, sich solche Horrorszenarien auszumalen. Wahrscheinlich ging lediglich ihre Fantasie mit ihr durch und ihre Sorgen waren völlig unbegründet.

Als er aufsah, verzog sich sein ernster Gesichtsausdruck zu einem angedeuteten Lächeln, das Isabell nicht so richtig einordnen konnte. War er erfreut oder lediglich erleichtert über die Tatsache, dass sie endlich da war?

Nachdem sie sich mit keuschen Wangenküsschen begrüßt hatten, zeigte Isabell auf sein Handy und fragte angespannt: „Was Ernstes?"

Er betrachtete sie argwöhnisch, was wieder die heiße Angst in Wellen durch ihren Körper schießen ließ.

Als er nichts sagte, fühlte sie sich gemüßigt zu erklären: „Du sahst gerade etwas angespannt aus, als du auf dein Handy gestarrt hast."

Wieder traf sein Blick sie unangenehm und sie musste mehrmals hart schlucken, um den Kloß in ihrem Hals loszuwerden.

Tommy legte das Handy weg und erwiderte: „Darüber möchte ich später mit dir reden."

Isabell hob ruckartig den Kopf bei seinen ernsten Worten und wäre beinah aufgesprungen. Krampfhaft krallte sie sich an der Tischplatte fest und bemühte sich um ein Lächeln, das wohl eher einer gequälten Grimasse glich.

„Ist alles in Ordnung mit dir? Du wirkst so aufgelöst."

Tommy klang beunruhigt, als mache er sich tatsächlich Sorgen um sie.

Sie konnte nur den Kopf schütteln, die Enge in ihrem Hals und seine angespannte Miene machten sie immer noch sprachlos. Tommy griff nach ihrer Hand und löste sie sanft von der Tischplatte. „Bin ich für deinen desolaten Zustand verantwortlich?", fragte er schuldbewusst, während er sie nicht aus den Augen ließ.

Isabell schnappte laut nach Luft, was ihr im selben Moment unfassbar peinlich war. „Bilde dir mal nichts ein. Ich hatte gestern einfach einen Fall im Krankenhaus, der mich sehr mitgenommen hat."

Die Bedienung trat heran, um die Bestellung aufzunehmen. Eine willkommene Ablenkung, wie Isabell fand. Kaum hatten sie bestellt, nahm sie ihm den Wind aus den Segeln und fragte gepresst: „Was willst du, Tommy?"

„Warum bist du schon wieder so abweisend? Habe ich dir irgendetwas getan?" Tommy wirkte, als müsste er seinen Ärger krampfhaft hinunterschlucken.

„Wir hatten Sex. Hervorragenden Sex. Aber das ist auch schon alles. Dafür müssen wir uns nicht zum romantischen Kaffeekränzchen verabreden", meinte Isabell verächtlich.

Tommy hörte schlagartig auf, ihre Handfläche zu streicheln, und es sah so aus, als würde er gleich aufspringen und den Tisch umwerfen, so sehr brodelte es in ihm.

„Das klang neulich aber noch ganz anders", konterte er mit leiser, aber gefährlich klingender Stimme.

„Ist es nicht das, was wir beide wollen? Tommy, ich möchte, dass das mit uns weitergeht, aber du musst mir versprechen, dass du dein Versprechen hältst."

Sie sah ihm an, dass er verwirrt war. Er atmete ein paar Mal tief durch und schien sich tatsächlich zu beruhigen.

„Habe ich dich richtig verstanden? Du möchtest unsere *Affäre* fortführen?" Das Wort Affäre betonte er so komisch, und Isabell wusste gerade nicht, was er dachte. Sie wollte ihn nicht verlieren, und das würde geschehen, wenn sie zu sehr klammerte, wenn sie ihn zu sehr bedrängte.

Sie nickte und bat dann leise: „Bitte erzähl niemanden, was vorgestern passiert ist."

Tommy schwieg und seine Haltung war angespannt wie eine Bogensehne. Isabell wurde nervös und mit einem Mal war die ganze Angst wieder da. „Bitte nutze das nicht zu deinem Vorteil aus." Sie hasste sich dafür, dass ihre Stimme ein wenig zitterte, aber sie konnte es nicht unterdrücken.

Sie sah seinen Adamsapfel hüpfen, als er hart schluckte, bevor er im misstrauischen Tonfall fragte: „Wie meinst du das?"

„Du hast mir die Augen verbunden, du hast mich gefesselt, du hättest sonst was tun können."

„Isabell, ich habe dir doch schon gesagt, dass du mir sagen sollst, wenn du etwas nicht möchtest."

„Ich meinte eigentlich, dass du mich hättest filmen oder fotografieren können, ohne dass ich es bemerke." Jetzt war es heraus und im selben Augenblick hätte sie die Worte liebend gern rückgängig gemacht, als sie Begreifen in seinen schönen Augen aufblitzen sah. Der warme Ausdruck verschwand und er sah sie so frostig an, dass Isabell sich die Tränen verkneifen musste.

„Ist das dein Ernst? Du hast Angst, dass ich Beweismaterial gesammelt habe, um dich zu erpressen? Auf beruflicher oder sexueller Ebene, was schwebt dir da so vor?" Tommy haute aus Frust mit der Faust auf den Tisch.

Nicht nur seine harten Worte, sondern vor allem seine Wut ließen sie zusammenzucken, dennoch zwang sie sich zu erklären: „Du warst verschwunden und hast mich einfach so liegen lassen. Und du hast gesagt, ich sollte mich selbst so sehen."

Er schüttelte resigniert den Kopf und rieb sich mit den Händen übers Gesicht.

„Und vorhin hast du gesagt, dass du mit mir über *das* reden möchtest." Sie wies auf sein Handy und kam sich in diesem Augenblick so unglaublich dumm vor.

Er hob die Hände vom Gesicht, ließ sie wie in Zeitlupe sinken und meinte fassungslos: „Du dachtest, ich hätte Beweismaterial auf meinem Handy gespeichert und wollte dir das zeigen, um dich damit zu erpressen?" Tommy sah so verletzt aus, dass sie ihn am liebsten in die Arme genommen und ihn angebettelt hätte, dass er ihr verzeihen möge.

„Weißt du was, Isabell? Wahrscheinlich hast du recht." Er beugte sich nach vorn und wieder ängstigte sie der bedrohliche Ausdruck seiner Augen. „Wir passen nicht zusammen. Du wirst mir nie vertrauen, egal was ich sage, egal was ich tue. Weißt du, warum ich dich heute sehen wollte?" Abrupt stoppte er und Isabell wollte sich entschuldigen, wollte ihn um Verzeihung bitten, aber kein Wort kam ihr über die ausgetrockneten Lippen. Sie war wie erstarrt und konnte nicht reagieren.

„Weil ich dir sagen wollte, dass es für mich nicht nur Sex ist, dass ich mir mehr vorstellen kann. Aber das sind für dich doch nur leere Phrasen, du willst nicht sehen, dass ich es ernst meinte. Du willst nicht hören, dass du mir etwas bedeutest und schon gar nicht, willst du fühlen, dass ich dich liebe. Du hast recht, all das bedeutet nichts, weil du niemals über deinen Schatten springen wirst. Ich werde dir niemals so viel bedeuten, dass du zu mir stehst."

Er sprang so abrupt auf, dass Isabell keine Chance hatte, ihn aufzuhalten, und rannte fast in die Bedienung, die gerade den bestellten Cappuccino brachte. Er hob entschuldigend einen Arm, während er einen Bogen um sie machte.

„Tommy!" Isabell war ebenfalls aufgesprungen, aber er hatte schon mit einem lauten Knall die Tür hinter sich zugeschmissen, was einige der Gäste erschreckt zusammenzucken ließ. Sie sah ihn noch an ihrem Fenster vorbeieilen, dann war er um die Ecke verschwunden.

Verzweifelt versuchte Isabell ihre Fassung zu wahren, als sie die betretene Miene der Kellnerin wahrnahm, die die Heißgetränke abstellte.

„Kann ich bitte bezahlen?"

Ihr Blick wurde nun auch noch mitleidig, das ertrug Isabell gerade wirklich nicht. Um den letzten Rest ihrer Würde zu behalten, zwang sie sich, ihre Tasse auszutrinken, bevor sie sich auf den Heimweg machte, während ihr Inneres aus einer einzigen Wunde zu bestehen schien. Aber dieses Gefühl war nichts gegen den unfassbaren Schmerz, der sie quälte, weil sie Tommy derart verletzt hatte.

Sie hatte alles kaputtgemacht. Lange Zeit war ihr Leben wie eine unstete Welle gewesen, die immer wieder das immerwährende Land gesucht hatte. Dort hatte sie sich aber nie geborgen gefühlt und es vorgezogen, lieber in unberechenbaren Mustern über die Beständigkeit tosend hereinzubrechen, um sie gehörig aufzuwirbeln. Kraftvoll. Machtvoll. Zerstörerisch. Tommy war ihr rettendes Ufer gewesen, seine Beständigkeit, seine Liebe hatte die aufbrausende See beruhigt und ihr die nötige Sicherheit vermittelt.

Nun hatte sie selbst dafür gesorgt, dass ein erneuter Sturm aufzog, der das Land wegbrechen und sich von den Wellen mit in den Untergang reißen ließ.

21

Gerade noch rechtzeitig konnte er einem Fahrradfahrer
ausweichen, für dessen Sturz er beinah verantwortlich gewesen wäre, nachdem er einfach über die Straße gerannt war.

Dem schimpfenden Radfahrer rief er ein entschuldigen-
des „Sorry" hinterher. Der kleine Schreckmoment sorgte immerhin dafür, dass er wieder runterkam. Es nutzte nichts,
andere Leute durch sein unberechenbares Verhalten zu gefährden. Nur eine Person hätte es verdient, dass er sie lange
und qualvoll leiden ließ. Aber so sehr er auch vor Zorn auf
Isabell bebte, konnte er nicht verhindern, dass sich der leise
Gedanke einschlich, dass er sie mit seinem Abgang schon genügend verletzt hatte. Tommy wusste genau, dass Isabell
mehr Gefühle für ihn hatte, als sie zugab. Sie litt bestimmt
gerade ebenso wie er unter der verfahrenen Situation. Aber
dieses Wissen machte es nicht besser. Denn solange Isabell
ihm nicht vertraute, machte das Ganze keinen Sinn. Resigniert fuhr er sich durchs Haar, während er mit großen Schritten Richtung U-Bahnstation hastete.

Er verschwendete seine Energie, er machte sich kaputt,
wenn er in etwas investierte, wo er niemals etwas zurückbe-
kam. Im Gegenteil, Isabell hatte ihn gerade so enttäuscht, wie
es noch keine Frau zuvor geschafft hatte. Seine Gefühle für
sie waren viel zu groß, als dass er ihren Vorwurf als Affen-
theater abtun konnte. Sie hatte ihm etwas so unglaublich Ab-
scheuliches unterstellt, dass es ihm komplett den Boden unter
den Füßen weggezogen hatte. Wie konnte sie ihm etwas dermaßen Perfides zutrauen? Anscheinend kannte sie ihn kein
bisschen. Er hatte es nicht geschafft, auch nur einen Hauch
Vertrauen in ihr zu wecken. Er hatte es vermasselt. Denn
auch wenn Isabell definitiv über das Ziel hinausgeschossen
war, hatte er ihr diese Steilvorlage geboten. Warum hatte er

sie so herausfordern müssen? Weil er ihr unbedingt diese unterwürfige Haltung aufzwingen wollte, damit er sie ihre Maßregelungen und ihr Vorgesetztengehabe hatte büßen lassen können. War es nicht so?

Vielleicht hatte sie zumindest in diesem Punkt recht gehabt.

Isabell und er waren nun mal nicht Topf und Deckel, die sich gefunden hatten, sondern eher Hammer und Nagel, und meistens war sie es, die die Herrschaft über den Hammer innehatte. Kurz bevor er zu Hause ankam, holte er sein Handy heraus und rief Jonas an.

Zum Glück hatte sein Freund Zeit und würde heute Abend mit ihm etwas Trinken gehen. Zuvor würde er eine harte Trainingseinheit absolvieren, um seine aufgestauten Aggressionen abzubauen.

„Hey Jonas", rief Tommy über die Köpfe der anderen Barbesucher hinweg, als er seinen Freund an der Bar sitzen sah.

Lachend schlug Jonas in seine ausgestreckte Hand ein, dann ließ er sich neben ihm auf einem Barhocker nieder.

Nachdem er einen Gin Tonic erhalten hatte, prostete er seinem Kumpel zu und stürzte das halbe Glas hinunter.

„Das hat gut getan", meinte er erleichtert.

„Okay, was ist denn mit dir los? Musst du dir irgendetwas schön saufen?"

Jonas fragender Blick machte ihm zu schaffen, wahrscheinlich sah er total fertig aus. Vorhin hatte er sich auf einem zweistündigen Lauf total verausgabt. Leider hatte es nicht geholfen, Isabell gedanklich in die Verbannung zu schicken.

„Ich bin nur ziemlich fertig, weil ich am Nachmittag fast dreißig Kilometer gelaufen bin."

„Und anschließend hast du das Trinken vergessen, oder warum stürzt du deinen Drink runter, als wärst du am Verdursten?"

„Du solltest mich lieber fragen, warum ich dreißig Kilometer gelaufen bin", brummte Tommy in sein Glas hinein, dass er jetzt komplett leerte und umgehend ein neues bestellte.

„Oje, ich ahne Böses. Also gut, warum bist du heute dreißig Kilometer gelaufen?"

„Isabell", stöhnte Tommy, als wäre das Erklärung genug.

„Deine Chefin? Jetzt sag bloß nicht, du warst mit ihr in der Kiste."

Tommy warf ihm einen schiefen Blick zu und sein Freund stöhnte theatralisch auf. „Was hatte ich dir gesagt? Das bringt dir bloß Ärger. Deinem gequälten Gesichtsausdruck nach gab`s kein Happy End?" Er ließ es als Frage im Raum stehen.

Tommy ließ seine Stirn auf den Tresen knallen und meinte gequält: „Stocher nur in der Wunde herum. Ich habe es nicht anders verdient. Ich bin ein Trottel."

„Du bist ein Trottel", bestätigte sein Freund hilfsbereit, was ihm einen tödlichen Seitenblick Tommys einbrachte.

„Was ist denn eigentlich passiert?", traute Jonas sich zu fragen.

„Isabell vertraut mir nicht und heute hat sie mir etwas wirklich Fieses unterstellt, was mich echt getroffen hat. Ich sollte einsehen, dass das mit uns eine Schnapsidee war."

Auf Jonas neugierigen Blick hin winkte er ab und erklärte: „Ich habe Isabell versprochen, mit niemandem darüber zu sprechen, und daran halte ich mich auch."

Jonas überlegte einen Moment und stellte dann fest: „Irgendwie klingt es aber schon danach, als wäre ihr etwas an dir gelegen. Sonst würde sie doch nicht so reagieren. Wenn es für sie nur eine läppische Affäre wäre, könnte sie doch drüber stehen."

„Isabell denkt, ich hätte etwas gegen sie in der Hand, was ihr beruflich schaden könnte", gab er jetzt doch ein Detail preis.

„Du sprichst in Rätseln. An deiner Stelle würde ich zusehen, dass du rennst. Möglichst schnell und möglichst lange, weit weg von Isabell."

Tommy lachte über den grimmigen Gesichtsausdruck seines Freundes.

„Und lass sie in dem Glauben, du hättest ein Druckmittel, dann kann sie wenigstens deine Karriere nicht zerstören, um sich an dir zu rächen."

Tommy wurde schlagartig ernst und schüttelte den Kopf. „So ist Isabell nicht."

Jonas schlug ihm gegen die Schulter und blaffte ihn an: „Hör dir doch mal selbst zu. Du redest dir Isabell schön, weil du in sie verliebt bist."

„Ja, das bin ich. Und genau aus diesem Grund werde ich Isabell ganz sicherlich nicht mit einem erfundenen Druckmittel erpressen. So ein Arsch bin ich nicht."

„Und, was gedenkst du jetzt zu tun?", fragte Jonas deutlich mitfühlender als noch zuvor.

Erneut legte Tommy seinen Kopf ergeben auf der Theke ab. „Ich weiß es nicht", jammerte er und nahm sich als Erstes vor, sich noch mindestens drei Drinks zu genehmigen, um Isabell wenigstens heute Nacht zu vergessen.

„Vielleicht solltest du dir ein wenig Ablenkung gönnen. An der nötigen Auswahl sollte es nicht scheitern", schlug Jonas im anzüglichen Tonfall vor.

Tommy warf einen flüchtigen Blick durch die Bar und konnte auf Anhieb vier Mädels ausmachen, die sie anstarrten.

„Du könntest jede Frau hier im Raum heute Nacht abschleppen."

Tommy zog die Augenbrauen nach oben und meinte spöttisch: „Ich wusste gar nicht, dass du mich für einen Sexgott hältst."

„Okay, ich habe vielleicht leicht übertrieben, aber du weißt genau, was ich meine. Ich werde es auf jeden Fall auf einen Flirt ankommen lassen, du kannst ja alleine Trübsal blasen."

Tommy sah seinem Freund an, dass es ihm ernst war. Jonas genoss sein Singledasein, und auch wenn er nicht im klassischen Sinn gut aussehend war, schmolzen die Frauen reihenweise unter seinem charmanten Lächeln dahin. Mit seinen zerzausten braunen Haaren, den grünen Augen, die aus der Masse herausstachen und dem frechen Grinsen wirkte er wie ein Lausbub, der es faustdick hinter den Ohren hatte.

„Lass dich von mir nicht aufhalten. Aber mir steht nicht der Sinn nach einer Ablenkung."

Kurz darauf klopfte ihm Jonas aufmunternd auf den Rücken, bevor er sich aufmachte, die Frauenwelt zu beglücken. Natürlich dauerte es nicht lange, da war sein Platz neben Tommy durch eine hübsche Brünette belegt, die ihn schmachtend anblickte.

Er lächelte ihr flüchtig zu, winkte nach der Rechnung und sah zu, dass er heimkam, bevor er noch etwas Dummes tat.

22

Wieder war Tommy nicht ans Telefon gegangen. Isabell konnte es ihm nicht verdenken, dennoch tat es weh, sich nicht entschuldigen zu können. Sie war so eine dämliche Kuh. Wie konnte sie ernsthaft glauben, Tommy wäre zu so etwas fähig? Sein verbitterter Blick hatte ihr gesagt, wie sehr sie ihn enttäuscht hatte. Was würde sie dafür geben, die Worte rückgängig zu machen.

Isabell seufzte, blickte auf ihr Handy, das sie immer noch in den Händen hielt und beschloss, ihm wenigstens zu schreiben. Sie überlegte einige Minuten, ob sie ihm eine Erklärung für ihr indiskutables Verhalten geben sollte, aber das würde sie lieber persönlich machen. Deshalb schrieb sie schlussendlich lediglich: *Es tut mir leid!*

Rigoros packte sie ihr Handy in die Handtasche, zog sich Ballerinas an und machte sich auf den Weg in die Klinik. Zum Glück musste sie heute arbeiten. Der gestrige Tag hatte sich ewig in die Länge gezogen, ihre kreisenden Gedanken hatten ihr zusätzlich eine schlaflose Nacht beschert. Sie konnte die ganze Zeit nur daran denken, was Tommy wohl machte, wie er sich fühlte. Ob er sie nun endgültig abgehakt hatte.

Verdenken könnte sie es ihm nicht, aber alleine der Gedanke daran zerriss ihr das Herz.

Der schnellste Weg ins Klinikum war, mit den Öffentlichen zu fahren. Auf den letzten Metern beeilte sich Isabell, denn die dunklen Wolken, die sich über ihr zusammengebraut hatten, versprachen nichts Gutes. Nach einem schönen Sommertag sah es definitiv nicht aus. Passend zu ihrer Laune!

„Guten Morgen, Isabell", wurde sie von einem der älteren Oberärzte begrüßt, einer der wenigen, die in den Genuss kamen, sie zu duzen.

„Gut, dass du da bist. Du musst heute im OP einspringen. Sandra fällt krankheitsbedingt aus."

Isabell verkniff sich ein gereiztes Stöhnen, dafür hatte sie heute wirklich keinen Nerv. Sie hatte eigentlich vorgehabt, so bald wie möglich mit Tommy zu sprechen.

„Und wer macht meinen Bürokram? Der bearbeitet sich nicht von selbst." Bernds betretener Gesichtsausdruck zwang sie, sich zusammenzureißen. Sie winkte ab und bereitete sich, statt das Gespräch mit Tommy zu suchen, auf die bevorstehende Operation vor.

Einige Stunden später fand sie nach der überstandenen Operation endlich eine Gelegenheit, um unauffällig auf Tommy zuzugehen.

Während sie ihre schweißnassen Hände an der Hose abwischte, ermahnte sie sich in Gedanken, sich zusammenzureißen. Herrje, sie war doch keine fünfzehn mehr. Sie würde ein vernünftiges Gespräch zwischen zwei Erwachsenen führen. Das konnte doch nicht so schwer sein. Dennoch sprach ihr Herz eine andere Sprache. Gerade kam es ihr als eine unerfüllbare Prüfung vor, die ihr bevorstand.

Je näher sie der Gynäkologie kam, desto schneller pochte ihr Herz. Irgendwie musste sie zusehen, ihren rasenden Puls in den Griff zu bekommen, ansonsten würde sie Tommy gegenüber kein einziges Wort rausbringen.

Lässig lehnte er mit der Schulter gegen die Wand im Gang und schäkerte mit zwei Schwestern, als sie die Station betrat. Von schlechter Laune oder Trübsal blasen keine Spur. Anscheinend hatte er gerade etwas besonders Lustiges erzählt, denn beide brachen in völlig übertriebenes Gelächter aus.

Isabell fühlte, wie unangebrachte Eifersucht in ihr aufstieg. Sie hätte ihn haben können, laut seiner Worte hatte er mehr gewollt als nur Spaß, nun konnte sie ihm kaum zum Vorwurf machen, dass er sich anderweitig vergnügte.

In diesem Moment trat auch noch Michaela auf ihn zu, mit einer Akte in der Hand. Isabell verdrehte die Augen, ausgerechnet Michaela, die Tommy jedes Mal mit ihren Blicken auszog, sobald sie ihn erblickte.

Tommy trug ein weißes T-Shirt, was seine muskulösen, gebräunten Arme vorbildlich in Szene setzte. Sein fröhliches Lachen ließ ihre Knie schwach werden, als sie unbemerkt nähertrat. Erst als sie die Gruppe fast erreicht hatte und Michaela sie ansprach, sah er auf, zuvor hatte er sich vollkommen auf die Krankenakte konzentriert, die ihm die Ärztin überreicht hatte.

„Frau Doktor Niedermayer, ich habe Sie gar nicht gesehen", rief die jüngere Ärztin ein wenig zu laut, was ihre Unsicherheit bezeugte. Warum dachte eigentlich jeder, sie würde ihn gleich in Stücke reißen? Isabell fühlte Ärger in sich aufsteigen.

Sie nickte ihr lediglich zu und sah zu Tommy, der sich wieder in die Akte vertieft hatte, ohne Isabell weitere Beachtung zu schenken.

Cool bleiben, Isabell, das bekommst du locker hin, betete sie vor sich hin.

„Herr Doktor Sander, ich müsste kurz mit Ihnen über Frau Berger sprechen. Sie haben sie doch während ihres ersten Aufenthalts medizinisch betreut."

Es dauerte einige Sekunden, bis Tommy sich bequemte, sie anzusehen. Sein frostiger Blick versetzte ihr Herz in einen Zustand der Notversorgung. Es schien, als arbeite es plötzlich nur noch mit halber Kraft und sie hatte das Gefühl, zu wenig Luft zum Atmen zu haben. Die Verachtung, die ihr entgegensprang, war so kraftvoll, dass sie beinah zu Boden gegangen wäre.

„Ich habe jetzt keine Zeit. Frau Doktor Mayer benötigt gerade meinen Rat." Er vertiefte sich wieder in die Akte und Isabell wandte sich an die Kollegin.

„Frau Doktor Mayer, Sie können Ihren Kollegen bestimmt für einen Moment entbehren." Ihr bestimmter Tonfall ließ nur eine Antwort zu. Wieder wandte sie sich an Tommy: „In zehn Minuten in meinem Büro."

Tommy schloss die Akte, drückte sie Michaela in die Hand und trat einen Schritt auf Isabell zu. Seine fest aufeinandergepressten Kiefer zeigten ihr, dass sie ihn bis aufs Blut gereizt hatte. Nun kniff er die Augen zusammen und brachte mühsam beherrscht hervor: „Ich sagte, dass ich gerade keine Zeit habe."

„Das war keine Frage, Herr Doktor Sander!" Nun konnte Isabell nicht verhindern, dass sie ebenfalls laut wurde.

Michaela sah von einem zum anderen und murmelte: „Ich bin im Ärztezimmer, falls ihr mich benötigt."

Tommy beugte sich zu Isabell und flüsterte ihr ins Ohr: „Leck mich, Isabell."

Dann fuhr er zurück, als habe sie eine ansteckende Hautkrankheit und sagte im schneidenden Tonfall: „Ich habe gleich Dienstschluss, ich kann Ihnen Claudia vorbeischicken, die übernimmt gleich."

Ohne sie eines weiteren Blickes zu würdigen, ging er wieder zu einer der Schwestern, um ihr im ruhigen Tonfall einige Anweisungen zu geben.

Isabell rauschte an ihm vorbei und konnte sich nicht verkneifen zu erwidern: „Vergessen Sie es nicht!"

Schwerfällig betrat sie ihr Büro und ließ sich auf ihren Stuhl fallen. Sie fühlte sich vollkommen ausgelaugt. Die Auseinandersetzung mit Tommy hatte ihr jegliche Energie geraubt. Aber das Schlimmste war, dass es den letzten kleinen Hoffnungsschimmer vertrieben hatte, den sie noch gehegt hatte, dass alles wieder gut werden würde, wenn sie nur die Chance bekam, sich zu erklären.

Müde legte sie ihren Kopf für einen Moment auf ihren Armen am Schreibtisch ab. Nur ein paar Sekunden, dann würde sie weiterarbeiten.

Das Klopfen hatte sie anscheinend überhört, als sich vorsichtig die Tür öffnete, hob sie erschrocken den Kopf. Aber ihr Kollege Bernd hatte wohl bemerkt, dass mit ihr etwas nicht stimmte, da sich seine Mimik gewandelt hatte.

„Isabell, geht es dir nicht gut? Die Visite hätte vor fünf Minuten beginnen sollen. Alle warten auf dich."

Blut schoss in ihre Wangen, das durfte doch nicht wahr sein. Wie hatte sie völlig die Zeit vergessen können? Sie musste sich endlich zusammenreißen und ihre Arbeit tun.

„Ich komme gleich, gib mir eine Minute", bat sie Bernd, der ihr zunickte, bevor er ihr Büro verließ.

Als sie sich nach Schichtende umziehen konnte und ins Freie trat, regnete es, was ihre Laune nicht ansteigen ließ. Als sie endlich in der Bahn saß, wagte sie es, ihr Handy herauszuholen. Gelesen hatte er ihre Nachricht, allerdings konnte sie auf eine Antwort wohl lange warten. Isabell wurde von dem untrüglichen Gefühl getrieben, dass sie das klären mussten, bevor es zu spät war. Deshalb fuhr sie zu Tommys Wohnung, anstatt wie ursprünglich geplant nach Hause.

Als sie auf das Haus zulief, öffnete sich die Tür und Tommy trat an der Seite einer Frau aus dem Haus. Isabell versteckte sich rasch halb hinter einem Baum, damit er sie nicht sah. Nun legte er auch noch den Arm um ihre Schultern und Isabells Herz musste wieder einmal eine schmerzhafte Attacke verkraften.

„Ich fahr dich rasch nach Hause", bot Tommy an, was die junge Frau lachend ablehnte.

„Das musst du nicht machen."

Tommy beugte sich ein wenig zu ihr und Isabell konnte nicht verstehen, was er sagte, aber sie schien sich umstimmen lassen.

Kurz darauf verschwanden sie um die Ecke und Isabell wäre am liebsten am Boden zusammengesackt und am besten für immer dort liegen geblieben. Die Frau kam ihr bekannt vor, nachdem sie kurz gegrübelt hatte, fiel es ihr ein. Sie war auf Milas und Leos Abschiedsfeier gewesen. Leos Schwester. Sie würde sich jetzt zusammenreißen, Tommy vertrauen und auf ihn warten. Immerhin war es gut möglich, dass Tommy auch mit ihr befreundet war.

Natürlich setzte der Regen wieder ein, stärker als zuvor und unter dem kleinen Vordach konnte sie sich nur notdürftig unterstellen. Aber das war ihr gerade vollkommen gleichgültig, sie wollte endlich mit Tommy sprechen.

Nach einer Stunde sah sie langsam ihren Fehler ein. Sie hätte lieber ein Café aufsuchen sollen, aber sie befürchtete, dass Tommy sie nicht hereinlassen würde, deshalb wollte sie ihn unter keinen Umständen verpassen.

Hoffentlich fuhr er Sonja wirklich nur schnell heim und hatte nicht noch etwas vor.

Sie warf einen Blick auf die Uhr, ein paar Minuten würde sie noch warten, viel länger hielt sie nicht mehr durch. Mittlerweile war es abends empfindlich kalt geworden und sie war viel zu leicht gekleidet. Sie beschloss, ein wenig die Straße auf und ab zu laufen, nass war sie sowieso, vielleicht würde ihr etwas wärmer werden, wenn sie sich bewegte.

Aus zehn Minuten wurden zwanzig, dann eine halbe Stunde und Isabell sah ein, dass die Warterei eine Schnapsidee gewesen war. Von denen hatte sie momentan definitiv zu viele in petto. Wie tief war sie eigentlich gesunken, einem Mann derart hinterherzurennen? Sie hatte ihm zeigen wollen, dass er ihr etwas bedeutete, aber das einzige, was sie erreicht hatte, war, sich vollkommen lächerlich gemacht und sich wahrscheinlich zudem noch eine dicke Erkältung eingefangen zu haben.

In diesem Moment sah sie Tommy erneut aus der Tür kommen und riss die Augen auf. Halluzinierte sie jetzt schon oder was? Vor lauter Staunen blieb sie mitten auf dem Gehweg stehen und Tommy kam direkt auf sie zu.

„Isabell, was machst du denn hier?"

„Warum kommst du aus dem Haus? Du bist doch vorhin weggefahren?" Sie starrte ihn wie einen Geist an, und sein fassungsloser Blick sagte ihr, dass er sie wohl für vollkommen durchgeknallt hielt. Dann schien er zu begreifen und fragte entgeistert: „Stehst du hier etwa schon, seit ich Sonja nach Hause gefahren habe?"

Sie nickte nur und klapperte mit den Zähnen. „Ich wollte

dich abpassen. Aber das hat wohl nicht ganz funktioniert." Ihr klägliches Grinsen schien Tommys Herz zu erweichen, denn er schlug vor: „Jetzt komm erst mal rein, du bist ja völlig durchgefroren."

Im Aufzug schwiegen sie und Isabell schrak zusammen, als er plötzlich erklärte: „Ich habe in der Tiefgarage geparkt."

Isabell schüttelte ergeben den Kopf. „Darauf hätte ich ja auch mal kommen können. Aber vorhin hast du draußen geparkt, da habe ich soweit überhaupt nicht gedacht."

„Du hast Glück gehabt, dass ich noch schnell was einkaufen wollte." Sein Gesichtsausdruck war weicher geworden und sie bildete sich ein, einen Hauch Besorgnis in seinen Augen zu sehen.

Als sie die Wohnung betraten, sagte er kurz: „Geh erst mal duschen, ich hole dir was zum Anziehen."

Schon war er verschwunden und Isabell zog es vor, diesmal im Gästebad zu duschen.

Das heiße Wasser war die reinste Wohltat. Tat das gut. Ihre steifgefrorenen Glieder erwachten wieder zum Leben und Isabell fühlte endlich, wie Wärme ihren Körper in Besitz nahm. Sie ließ sich Zeit. Weil sie so durchgefroren war oder weil sie sich vor dem Gespräch fürchtete, das konnte sie selbst nicht sagen.

Während sie sich abtrocknete, hörte sie ihn gedämpft rufen: „Die Klamotten liegen vor der Tür."

Nachdem sie sich angezogen hatte, ließ ein Blick in den Spiegel sie trotz ihrer Anspannung schmunzeln. Sie sah in Tommys viel zu großem Sweatshirt und seiner Trainingshose wirklich ziemlich lustig aus.

Du schaffst das, sprach sie ihrem Spiegelbild Mut zu und öffnete die Tür.

Sie fand Tommy in der Küche, er schmierte gerade ein paar Brote. Als sie eintrat, blickte er auf und meinte: „Du hast bestimmt Hunger."

Ihr Herz zog sich schmerzhaft zusammen. Wie konnte er so nett zu ihr sein, nachdem sie ihn ständig mit Füßen trat? Warum schickte er sie nicht zum Teufel, nachdem er seine

Fürsorgepflicht erfüllt hatte?

Isabell war mitten im Raum stehen geblieben, ihre Arme baumelten an ihrem Körper und sie sagte hilflos: „Es tut mir alles so leid. Ich wollte dich nicht verletzen."

Tommy legte das Messer weg, holte zwei Teller, die er mit den belegten Broten füllte, und reichte einen Isabell.

Zögerlich nahm sie ihn entgegen, peinlich darum bemüht, ihn nicht zu berühren, ansonsten wäre es mit ihrer Fassung wohl gleich vorbei.

„Du hast mich vorhin mit Sonja gesehen?", fragte er plötzlich zusammenhangslos.

„Leos Schwester? Du wolltest sie nach Hause fahren."

„Und, du bist nicht abgehauen, weil du mir unterstellst, etwas mit ihr zu haben?", meinte Tommy provokant, während er einen großen Bissen vom Brot nahm.

„Vielleicht war ich für einen ganz kurzen Moment versucht, die Flucht zu ergreifen", bekannte Isabell beschämt und wurde leicht rot.

Tommys Mundwinkel verzogen sich ganz leicht und er fragte: „Und, warum hast du es nicht getan?"

„Weil ich endlich anfangen sollte, dir zu vertrauen", platzte es aus Isabell heraus.

Tommy stellte seinen Teller auf die Küchentheke und kam auf sie zu. Schlagartig erhöhte sich ihr Puls und sie schnappte nach Luft, als er den unberührten Teller wegnahm und sie schwungvoll zu sich heranzog.

Sie war ihm so nah, dass sie einfach nicht unterlassen konnte, ihm über die Bartstoppeln zu streichen.

„Du machst mich wahnsinnig, Isabell. Aber ich kann einfach nicht meine Finger von dir lassen. So sehr ich mich auch bemüht habe, einzusehen, dass es mit uns keinen Sinn macht, da reicht dein tropfnasser, erbarmungswürdiger Anblick aus, um alle meine Bemühungen wieder zunichtezumachen."

„Dann war der Regen ja doch zu etwas gut", brachte Isabell mit zittriger Stimme hervor. Sie schluckte mehrmals, um nicht gleich zu heulen.

Seine Lippen näherten sich ihrem Mund und schon trafen sie sich. Gierig saugte sich Isabell an seiner Unterlippe fest und würde sich am liebsten nie wieder von ihm trennen.

Als er den Kuss ganz langsam ausklingen ließ und Isabell wieder sprechen konnte, meinte sie zerknirscht: „Meinst du, dass du mir noch einmal verzeihen kannst? Ich verspreche dir, ab sofort werde ich dir vertrauen." Bittend sah sie ihn an und ihre Angst sprang ihm bestimmt förmlich entgegen.

Tommy seufzte und fuhr sich durchs Haar, was so heiß aussah, dass Isabell ihm am liebsten die Klamotten vom Leib gerissen hätte.

„Es wäre wahrscheinlich einfacher, wenn ich es schaffen würde, dir zu widerstehen. Aber ich kann es einfach nicht." Er schüttelte zweifelnd den Kopf, als würde ihn diese Tatsache selbst verblüffen. „Isabell, du bist ständig in meinen Gedanken, wenn du nicht da bist, vermisse ich dich, egal wie sehr du mich wieder einmal zur Weißglut gebracht hast. Ich liebe es, in deiner Nähe zu sein, ich liebe es, dich zu küssen, und natürlich liebe ich es auch, dich zu ..."

Isabell ließ ihm keine Zeit, es auszusprechen, sondern küsste ihn stürmisch. Seine Hand fuhr in ihr Haar und er fasste sie ein wenig roh am Hinterkopf und zog sie noch ein wenig näher zu sich heran.

Isabells Hände verschwanden unter seinem Hoodie und erkundeten seine warme Haut, die sie viel zu lang nicht mehr hatte berühren dürfen.

23

TOMMY

Rasch stellte er das aufdringliche Läuten ab, um Isabell nicht zu stören. Immerhin hatte er gestern noch geistesgegenwärtig den Wecker gestellt, denn seine Schicht begann heute wieder zeitig.

Isabell drehte sich auf die andere Seite und er beugte sich über sie und gab ihr einen zarten Kuss auf die Wange.

„Schlaf weiter. Ich lege einen Schlüssel auf die Küchentheke, damit du den Fahrstuhl bedienen kannst."

Isabell murmelte etwas Unverständliches, und er gestattete sich noch einen Augenblick, sie schamlos zu beobachten. Er grinste, denn im Schlaf sah sie unglaublich süß und unschuldig aus.

Bedauernd erhob er sich, um duschen zu gehen.

Als er kurz darauf nur mit einem Handtuch bekleidet, die Küche betrat, blieb er wie angewurzelt stehen, und die Szene, die er erblickte, entlockte ihm ein Lächeln.

Anscheinend hatte Isabell ihn gehört, denn sie sprach, ohne ihn anzusehen.

„Warum kannst du nicht einfach einen normalen Kaffeevollautomaten besitzen, wo man auf Knopfdruck sein fertiges Tässchen erhält?" Nun drehte sie sich doch zu ihm um und zeigte ratlos auf seine Siebträgermaschine.

Tommy gluckste, nahm sie ihn den Arm und fragte: „Warum bist du überhaupt schon auf? Du könntest doch noch etwas schlafen?"

Isabell schlug die Augen nieder und schien mit sich zu ringen. „Ich wollte dich unbedingt noch einmal sehen, bevor du weg bist." Kurz stockte sie, als sie seinen amüsierten Blick sah.

„Na gut, vielleicht wollte ich dich auch kurz noch einmal küssen und dir einen Kaffee machen." Nun zog sie eine Schnute, die sie extrem süß aussehen ließ.

„Beim Küssen bin ich mit dabei und den Kaffee bereite ich für uns zu", erklärte Tommy, bevor er endlich Taten folgen ließ. Nach einem schier unendlich andauernden Kuss schmiegte sich Isabell noch kurz an ihn, bevor sie ihn bedauernd losließ.

Isabell sah ihm über die Schulter, als er ihr erklärte, wie die Kaffeemaschine funktionierte. „Das ist ja eine Wissenschaft für sich", stöhnte sie entsetzt, als sie endlich die fertige Tasse in der Hand hielt.

„Dafür bekommst du den besten Espresso zum Wachwerden", entgegnete Tommy verschmitzt.

„Wer braucht Koffein, wenn du danebenstehst?" Jetzt grinste Isabell ihn frech an und drängte sich an ihn. Es kostete ihn alle Willenskraft, sie nach einem weiteren leidenschaftlichen Kuss von sich zu schieben.

„Wer hat dir eigentlich erlaubt, derart aufreizend herumzulaufen? Himmel, Isabell, wie soll ich auch nur einen einzigen Gedanken an die Arbeit verschwenden, wenn du hier mit meinem T-Shirt herumläufst, das nur sehr dürftig deinen entzückenden Hintern bedeckt", brummte Tommy mit finsterer Stimme, während Isabell eine provozierende Pirouette drehte.

„Ich muss los", rief Tommy erschrocken, nachdem er auf die Uhr gesehen hatte. Trotzdem nahm er sich kurz die Zeit, Isabell noch einmal zu sich heranzuziehen.

„Sehen wir uns im Krankenhaus?" Angespannt wartete er auf Isabells Reaktion.

„Tommy! Bitte."

„Du kannst mich ja wieder zum Gespräch in dein Büro zitieren, diesmal sage ich vielleicht nicht Nein."

Er hörte noch ihr entrüstetes Schnauben, als er lachend im Flur seine Schuhe anzog.

„Ist es wirklich für dich okay, wenn ich mich noch fertigmache?" Isabell war ihm in den Flur gefolgt.

Er wies auf ihre Aufmachung und meinte spöttisch: „Du glaubst doch nicht, dass ich dir erlaube, in der Aufmachung vor die Tür zu gehen."

Isabell kicherte, wurde dann wieder ernst und sah ihn fragend an.

„*Ich* vertraue dir", sagte Tommy schlicht. Isabell zuckte ganz leicht aufgrund seiner Anspielung zusammen, sagte aber nichts. Stattdessen gab sie ihm einen letzten Kuss und schloss hinter ihm die Tür.

Es fühlte sich gut an, von einer Frau verabschiedet zu werden. Tommy machte sich nichts vor, er war nicht so naiv anzunehmen, dass ihre Beziehung von nun an unkompliziert weiterverlaufen würde, aber Isabell war es wert, um ihr gemeinsames Glück zu kämpfen, das wusste er nun mit Bestimmtheit.

Kaum hatte er das Haus verlassen, vibrierte sein Handy in der Hosentasche. Grinsend las er Isabells Nachricht.

Hast du heute Abend Zeit? Ich würde dich gern sehen. Diesmal zum Reden!!! Ich schulde dir noch eine Erklärung.

Obwohl er spät dran war, nahm er sich kurz die Zeit, ihre Nachricht zu beantworten.

Sehr gern. Magst du nach deiner Schicht bei mir vorbeikommen?

Ich versuche, früher aufzuhören.

Tatsächlich lief er während der Arbeit Isabell nicht über den Weg und er konnte nicht sagen, ob es Absicht oder Zufall war. Obwohl er an einem Punkt angelangt war, an dem er ihre Beziehung gern öffentlich gemacht hätte, respektierte er Isabells Wunsch. Er konnte nachvollziehen, dass der Schritt für sie viel größer war und sie anschließend im Fokus stehen würde. Andererseits war es auch möglich, dass ihm unterstellt wurde, von der Beziehung profitieren zu wollen. Wer konnte schon sagen, was sich die Kollegen alles zusammenreimten.

Aber der Preis, den er vielleicht zahlen müsste, wäre ihm vollkommen egal, wenn sie ihre Liebe dafür nicht mehr verstecken müssten.

Die leisen Bedenken, ob Isabell jemals bereit wäre, schob er weit von sich. Irgendeinen Weg würden sie finden, der für beide akzeptabel war. Er wusste nicht einmal, ob er dauerhaft im selben Krankenhaus bleiben würde, vielleicht wäre es einfacher, nicht zugleich Kollegen zu sein. Jetzt musste er erst einmal seine Assistenzarztzeit beenden, dann würde er weitersehen.

Isabell hatte es tatsächlich organisieren können, heute früher Feierabend zu machen, und kam nur eine Stunde nach ihm nach Hause. Tommy grinste, das klang zwar noch ungewohnt, aber der Gedanke gefiel ihm.

Ihm war gerade noch Zeit geblieben, aus dem Feinkosthandel ums Eck ein paar Köstlichkeiten zu besorgen und die Kaffeetafel vorzubereiten.

Isabell klingelte, obwohl sie seinen Ersatzschlüssel noch besaß. Er ließ ihr kaum Zeit einzutreten, sondern zog sie gleich in seine Arme.

„Das wirkt fast, als hättest du mich vermisst", neckte Isabell ihn.

Als Antwort gab er ihr einen köstlichen Kuss, schließlich fragte er: „Warum hast du nicht den Schlüssel benutzt?"

„Weil ich nicht hier wohne?" Isabell wühlte währenddessen in ihrer Handtasche und überreichte ihm den Schlüssel.

„Danke." Sie gab ihm ein keusches Küsschen auf die Wange.

Tommy nahm ihre Hand und drückte ihr den Schlüssel hinein.

„Behalte ihn doch gleich. Nicht, dass du das nächste Mal wieder stundenlang im Regen stehen musst."

„So ernst gleich?" Isabell schlug sich theatralisch die Hand aufs Herz, aber er erkannte an ihrem sanften Lächeln, dass sie gerührt über seine Geste war.

„Hat sich halt gerade so ergeben." Tommy zuckte mit den Achseln, während er sie angrinste. Es war eine ganz spontane Entscheidung gewesen, über die er vorher nicht nachgedacht hatte, aber vielleicht war es an der Zeit, Isabell durch Gesten klarzumachen, dass sie ihm etwas bedeutete, das über eine lose Affäre hinausging.

Er legte ihr den Arm um die Taille und führte sie ins Wohnzimmer.

„Ich habe Kuchen und Gebäck besorgt. Du hast mal erwähnt, dass du Süßes magst." Er zwinkerte ihr zu.

„Du bist ein Schatz. Das sieht wirklich köstlich aus." Isabell strahlte ihn wie ein kleines Kind an.

„Schön, dass man dir so einfach eine Freude machen kann. Ich wusste gar nicht, dass du so unkompliziert bist", forderte er sie in sarkastischem Ton heraus.

Sie blitzte ihn unter halb geschlossenen Augen an, entschied scheinbar, ihn zu ignorieren, und tat sich ein riesiges Stück Sahnetorte auf.

„Endlich hast du es auch kapiert", erwiderte sie im mitleidigen Tonfall, nachdem sie den Kuchen gekostet hatte.

Mit geschlossenen Augen lehnte sie sich zurück und stöhnte leise. „Gott ist das lecker."

Tommy musste ein paar Mal schlucken, bis er sich wieder im Griff hatte und nicht gleich über Isabell herfiel.

Nachdem er sich zu ihr gesetzt hatte und herzhaft in eine Nussecke biss, ergriff sie das Wort.

„Sag mal, wie kannst du dir eigentlich so eine Wohnung leisten? Das wollte ich dich die ganze Zeit schon fragen. Ich verdiene als Chefärztin ein Vielfaches, aber so eine Wohnung in der Lage wäre wohl nicht drin." Sie blickte ihn neugierig an.

Er beugte sich zu ihr und meinte in verschwörerischem Tonfall: „Ich habe einen lukrativen Nebenjob."

Isabell öffnete den Mund und starrte ihn erwartungsvoll an.

„Als Callboy." Dabei sah er sie so ernst an, dass sie ihn

für einen kurzen Moment wie erstarrt beobachtete, bevor sie ihm empört auf den Arm schlug.

„Tommy! Verkauf mich nicht für blöd."

„Gib´s zu. Für einen Moment hast du es mir abgekauft." Selbstzufrieden lehnte Tommy sich zurück. Er liebte es, Isabell ein wenig an der Nase herumzuführen.

Isabell grinste ihn an, während sie weiter aß und auf seine Erklärung wartete.

„Die Wohnung gehört meinen Eltern", gab er zu.

„Leben deine Eltern auch in Berlin?", fragte Isabell interessiert.

„Ich kann nicht fassen, dass der Flurfunk an dir vorübergegangen ist."

Isabell starrte ihn an und fragte: „Und, ich habe keine Ahnung, von was du redest."

„Sander. Die Fahrradmarke? Mein Vater hatte schon eine gutlaufende Firma von seinem Vater übernommen, aber mit Beginn der E-Bikes haben sie sich eine goldene Nase verdient und die Firma letztes Jahr sehr gewinnbringend verkauft. Seit Kurzem lassen sie es sich an der Côte d'Azur gut gehen. Wir können sie gern dort mal besuchen. Sie würden dich bestimmt gerne kennenlernen." Tommy zwinkerte ihr zu und verkniff sich ein Lachen, als er Isabells verwirrten Blick sah. Er wusste nicht genau, ob seine Abstammung daran schuld war oder doch eher der Vorschlag, seine Eltern zu besuchen.

„Auf Gerüchte höre ich nicht." Isabell stemmte die Hände in die Hüften, anscheinend fand sie Tratscherei furchtbar.

„Hast du nie darüber nachgedacht, die Firma zu übernehmen?", fragte sie neugierig, nachdem sie sich wieder gefangen hatte.

Tommy warf ihr einen entsetzten Blick zu und entgegnete voller Inbrunst: „Niemals. Bei so einem Job besteht für mich die einzige Herausforderung darin, zu verhindern, dass mein Herz vor Langeweile stehen bleibt. Mein Vater fand es natürlich schade, aber er hat mich nie unter Druck gesetzt und mich meinen Weg gehen lassen." Tommy war dankbar, dass seine Eltern schon immer hinter ihm standen und seinen Wunsch, Medizin zu studieren, respektiert hatten.

„Und warum gerade die Gynäkologie? Wegen der vielen hübschen Frauen?", neckte Isabell ihn.

„Der typische Männertraum!" Tommy verschränkte die Arme und zwinkerte ihr zu. „Dir lasse ich gerne eine ausführliche Privatuntersuchung zuteilwerden."

Isabell schlug ihm empört auf den Arm und zog eine Schnute. Wahrscheinlich stellte sie sich gerade vor, wie er sie untersuchte, was schlagartig dazu führte, dass sein Schwanz steif wurde. Er lenkte sich schnell ab, um das verfängliche Bild aus seinem Kopf herauszubekommen, und antwortete schnell: „Eigentlich hat mich vor allem die Geburtshilfe gereizt. Was gibt es Schöneres als einem kleinen Wesen auf die Welt zu verhelfen?" Jetzt sah er sie versonnen an, was ihr ein sanftes Lächeln entlockte. „Hast du noch Geschwister?", wechselte Isabell geschickt das Thema.

„Einzelkind", antwortete er leicht bedauernd. „Aber ich hatte ja in meiner Kindheit Leo und seine Schwester hat er an mich ausgeborgt. Also im schwesterlichen Sinn", fügte er hastig hinzu.

„Dann stehst du auch mit Sonja in engem Kontakt?", fragte sie zögerlich.

„Leo hat mich gebeten, mich ein wenig um Sonja zu kümmern." Kurz schwieg er, dann beschloss er, Isabell vertrauen zu können. „Sonja teilt ihr Schicksal mit Mila. Sie wurde mit 20 Jahren vergewaltigt und hat das nie überwunden."

Isabell stieß einen kleinen Schreckenslaut aus, als sie seine Worte hörte, unterbrach ihn aber nicht.

„Leo hatte kein gutes Gefühl, sie alleine zu lassen, aber Mila hat ihr Mut gemacht, für ihre Zukunft zu kämpfen, und seitdem sie eine Selbsthilfegruppe besucht, blüht sie zunehmend auf. Jetzt ist sie sogar nach Berlin gezogen und hat Milas altes WG Zimmer bei Lara übernommen. Sie hat sich jahrelang auf ihrem kleinen Dorf vergraben und das Leben an sich vorbeiziehen lassen."

„Einen besseren Freund als dich könnte sie nicht haben", meinte Isabell sanft, was ihm eine Gänsehaut bescherte.

„Und meine Bewunderung für Leo steigt ins Unermessliche. Ich wusste nicht, dass er dasselbe schon mit seiner Schwester erlebt hat."

Tommy nahm ihre Hand und sah ihr direkt in die Augen. „Da wir gerade von Mila und Leo sprechen, die beiden waren es übrigens, worüber ich im Café mit dir sprechen wollte. Ich hatte dich fragen wollen, ob du dir vorstellen könntest, die beiden mit mir zu besuchen. Deshalb meine etwas angespannte Miene, ich hatte Sorge, wie du darauf reagieren könntest."

„Ach Tommy. Es tut mir so leid", stammelte Isabell. „Ich bin so bescheuert gewesen." Entschuldigend sah sie ihn an.

„Gibst du mir ein wenig Bedenkzeit?", bat sie ihn schließlich.

„Natürlich kannst du es dir überlegen, ich will dich auch gar nicht unter Druck setzen. Wenn es dir zu früh ist, bin ich dir nicht böse."

„Danke." Sie schenkte ihm ein zittriges Lächeln, dann fuhr sie zögerlich fort: „Ich schulde dir noch eine Erklärung."

„Wollen wir dabei eine Runde spazieren gehen? Die Sonne kommt gerade raus", schlug Tommy vor.

„Von mir aus gern. Ein wenig Bewegung würde mir nach dem ganzen Süßkram nicht schaden."

Während Tommy ihr in den Flur folgte, konnte er es nicht unterlassen, sie aufzuziehen. Mit dem Finger pikste er sie in die Seiten und entgegnete amüsiert: „Du hättest ja auch nicht gleich drei Stück essen müssen. Ganz schön verfressen, Prinzessin."

Sie schlug seine Hand weg und drehte sich schwungvoll zu ihm um. „Dann darfst du mich eben nicht in Versuchung führen."

„Ich führe dich gleich noch in ganz andere Versuchungen", brummte er an ihr Ohr, nachdem er sie zu sich herangezogen hatte.

Isabell löste sich sichtlich widerstrebend aus seiner Umarmung und zog sich ihre Schuhe an. „Erst gehen wir spazieren!"

„Wie vernünftig, Isabell." Er zwinkerte ihr zu und sie schnaubte laut.

Während sie durch die Straßen schlenderten, ergriff Isabell nach einer Weile das Wort.

„Seit der Trennung von meinem Ex-Mann fällt es mir schwer, einem Mann zu vertrauen." Isabell blieb plötzlich stehen und hob die Hände. „Falsch, seitdem habe ich keinem Mann mehr an mich herangelassen", begann Isabell ihr Geständnis.

Tommy blieb nun ebenfalls stehen und starrte sie an. „Ich wusste nicht, dass du verheiratet warst."

„Das war vor meiner Zeit am Marienkrankenhaus. Keiner weiß Bescheid, ich spreche mit Kollegen nicht über private Dinge. Außer mit Miriam, aber sie kenne ich schon fast mein ganzes Leben lang, das ist was anderes." Isabell stockte und Tommy nahm sie in die Arme. Er spürte, wie aufgelöst sie gerade war, und sie ließ es zu. An seine Brust gelehnt, murmelte sie: „Für Jürgen und mich standen immer unsere jeweiligen Karrieren im Fokus, bis die Jahre vergingen und ich Ende dreißig war. Der Kinderwunsch trat in den Vordergrund und wir beschlossen, dass es nun an der Zeit wäre, Prioritäten zu setzen." Wieder stockte sie und sie suchte seinen Blick. Er sah Angst darin aufblitzen und ahnte schon, worauf sie hinauswollte. Ihm blieb keine Zeit, sich darüber Gedanken zu machen, da Isabell tief Luft holte, und weitersprach: „Als ich nach einem halben Jahr nicht schwanger wurde, ließen wir uns beide untersuchen und es kam heraus, dass ich unfruchtbar bin."

„Und der Scheißkerl hatte nichts Besseres zu tun, als dich daraufhin zu verlassen?", knurrte Tommy, bevor er sie beruhigend auf den Scheitel küsste und erneut den Gedanken wegschob, was das für sie beide bedeutete.

Isabell löste sich aus seinem geborgenen Halt, um ihn anzusehen.

„Nein, er hat mir durch die schlimmste Zeit meines Lebens geholfen. Weißt du, ich dachte immer, ein eigenes Kind wäre nicht das Ziel, auf das ich im Leben hinarbeite. Meine Karriere war mir immer wichtiger erschienen. Bis zu dem Tag, an dem wir uns für ein gemeinsames Kind entschieden." In Isabells Augen schwammen Tränen. „Plötzlich war mein beruflicher Werdegang zweitrangig, ich konnte es kaum erwarten, schwanger zu werden. Ich freute mich ungemein auf die neue Herausforderung, ich freute mich darauf, Mutter zu werden. Die Diagnose hat mir den Boden unter den Füßen weggezogen, da tröstete mich auch nicht die Erkenntnis, dass es auch Jahre zuvor nicht geklappt hätte. Dass es nicht meine Schuld war, weil ich zu lange gewartet hatte."

Tommy nahm ihre Hände in seine und drückte sie zärtlich. „Das tut mir sehr leid. Du wärst bestimmt eine genauso hervorragende Mutter wie Ärztin geworden."

Sie schenkte ihm ein schwaches Lächeln und fuhr fort. „Ungefähr ein Jahr nach der Diagnose, als ich mich endlich gefangen hatte, verkündete mein Mann mir, dass er Vater wird." Ihre Stimme brach und er sah sie hart schlucken, als ob sie einen Kloß im Hals stecken hätte. „Kannst du dir vorstellen, wie sich das für mich angefühlt hat? Die ganze Zeit dachte ich, der Schmerz würde leichter, weil wir ihn teilen, dabei betrog er mich schon seit geraumer Zeit und schwängerte sie auch noch."

Isabells Stimme überschlug sich fast und Tommy konnte kaum mit ansehen, wie sehr es Isabell schmerzte, darüber zu sprechen. Die Wut auf ihren Ex-Mann, die ihn überfiel, war so extrem, dass es ihn fast überforderte. Wie hatte dieser Drecksack dieser wunderbaren Frau nur so wehtun können? Gerade fühlte sich sein Herz tonnenschwer an und wieder strich er Isabell zart über die Wange.

„So ein Arschloch hat dich doch gar nicht verdient, Isabell", meinte er mit rauer Stimme, die sein Mitgefühl dennoch nicht verbergen konnte.

„Weißt du, was das Beste an der Geschichte ist? Er wollte

mich behalten. Er wollte alles! Eine Familie mit der Schlampe und nebenbei sein altes, vertrautes Leben an meiner Seite. Ich habe ihn hochkant rausgeschmissen."

„Ich bin stolz auf dich." Tommy lächelte sie an, und sie erwiderte es.

Isabell lief wieder los und einige Minuten gingen sie schweigend nebeneinander her, ohne sich zu berühren. Tommy spürte, dass Isabell Zeit benötigte, um sich wieder zu fangen. Erst als sie an einer Bank vorbeikamen, fragte Isabell: „Wollen wir uns einen Moment setzen?"

Sie nahmen Platz und Isabell wandte sich ihm zu. Unbewusst biss sie sich auf die Unterlippe und schien mit sich zu ringen. Tommy nahm eine ihrer Hände und drückte sie fest.

„Als du damals in mein Büro geplatzt bist und mich beim Heulen erwischt hast", sie stockte und Tommy drückte ihre Hand fester, „da hatten die Zwillinge meines Mannes gerade ihren vierten Geburtstag gefeiert, und wie jedes Jahr konnte ich es nicht unterlassen, auf dem Profil meines Mannes die Bilder anzusehen. Vielleicht bin ich ein wenig masochistisch veranlagt." Ihr Versuch, es wie einen Scherz klingen zu lassen, scheiterte kläglich.

Tommy zog sie wortlos zu sich heran und nahm sie fest in den Arm. Er hörte ihren ruhigen Atem, sie schien sich wieder gefangen zu haben.

„Ich bin okay", murmelte sie leise. Sie richtete sich auf und lächelte ihn an. „Danke, dass du mir zugehört hast. Es ist schon so lange her, ich habe es verarbeitet, aber die Angst, erneut verletzt zu werden, ist immer noch vorhanden. Deshalb beließ ich es die letzten Jahre bei losen Affären. Bis du kamst."

„Heißt das, ich bin mehr für dich als nur eine Affäre?", fragte er grinsend.

Sie stupste ihn gegen die Schulter. „Das weißt du doch schon lange."

Er gab ihr einen zarten Kuss und lehnte anschließend seine Stirn gegen ihre.

„Eigentlich fand ich dich schon immer toll", bekannte Isabell unvermittelt, sodass Tommys Kopf zurückflog und er sie anstarrte.

„Was?!"

„Schon als ich dich das erste Mal sah, fand ich dich einfach umwerfend. Aber diesen Gedanken weiterzuverfolgen habe ich mir schleunigst verboten, denn mit Kollegen fange ich grundsätzlich nichts an und ich hätte mir nicht im Traum ausgemalt, dass ich dein Interesse wecken könnte."

„Wow. Wenn schon ehrlich, dann gleich das ganze Programm." Tommy schüttelte ein wenig überfordert den Kopf.

„Es ist ja nicht so, als hätte ich mich jede Sekunde nach deiner Liebe verzehrt", meinte Isabell spöttisch. „Wir sind uns kaum begegnet und irgendwann warst du einfach ein Kollege, wenn auch ein extrem gut aussehender Kollege." Jetzt grinste sie ihn frech an.

„Danke für dein Vertrauen", meinte Tommy plötzlich ernst und sah Isabell dankbar an. Er spürte, dass sie eine neue Ebene ihrer Beziehung erreicht hatten, und auch wenn sich ihre Ängste bestimmt nicht gleich in Luft auflösten, war er sich sicher, ihr mit jedem Tag mehr Sicherheit vermitteln zu können.

Plötzlich rutschte Isabell ein Stückchen von ihm weg, als wolle sie etwas Abstand zwischen sich bringen. Ihre Hände hielt sie zwischen den Knien zusammengepresst und Tommy sah sie beunruhigt an. „Was ist los, Isabell?"

Sie fixierte den Boden, als könne sie seinen Blick nicht ertragen. Nach einem drückenden Schweigen sah sie ihn doch an und lächelte. „Alles gut. Ich bin nur so erleichtert, dass du nun Bescheid weißt."

Schon öffnete er den Mund, um ihr zu widersprechen, als er instinktiv begriff, worin ihre Ängste begründet lagen. Konnte er ihr wirklich mit reinem Gewissen verkünden, dass es ihm nichts ausmachte, niemals Vater zu werden? Zwar war er davon ausgegangen, dass das Thema aufgrund ihres Alters vom Tisch war, aber hatte er nicht insgeheim gehofft, dass sie doch jünger war und es daher nicht ganz ausgeschlossen war? Er würde erst einmal seine Gedanken sortieren müssen, bevor er seinen Mund aufmachte.

Isabell lehnte ihren Kopf gegen seine Schulter, hatte die Augen geschlossen und sie genossen einfach die Nähe des anderen.

24

ISABELL

Isabell hielt an einer roten Ampel, was sie heute nicht aus der Ruhe brachte. Gerade befand sie sich auf dem Weg zu Julia, mit der sie gemeinsam Joggen gehen wollte. Träge ließ sie ihren Blick schweifen. Ein Pärchen kam ihr entgegen und der große blonde Mann erinnerte sie an Tommy, was ihr ein Lächeln ins Gesicht zauberte.

So fühlte es sich also an, wenn man auf der berühmten Wolke sieben schwebte. Isabell kam sich gerade so unbeschwert vor, losgelöst von jeglichen Ängsten und Gesellschaftszwängen. Sie flog förmlich seit ihrem letzten Treffen mit Tommy. Noch nie in ihrem Leben war sie so verliebt gewesen, noch nie hatten sich derart viele Schmetterlinge in ihrem Bauch getummelt. Wann waren aus den gefräßigen Raupen, die ihr seit Jahren ihre Lebensfreude und ihre Lebendigkeit stahlen, wunderschöne Schmetterlinge geworden, die sie nun permanent in Aufruhr versetzten? Alleine der Gedanke an Tommy ließ sie vor Glück tanzen.

Gerade noch rechtzeitig bekam sie mit, dass die Ampel mittlerweile auf Grün umgeschaltet hatte, und gab Gas. Sie war früh dran, aber heute würde sie sowieso nichts aus der Ruhe bringen.

Sie trafen sich ein wenig außerhalb von Berlin auf dem Parkplatz eines großen Waldes, da sie nicht immer in den begrenzten Berliner Parks laufen wollten.

Joggen zählte nicht gerade zu Isabells Lieblingsbeschäftigungen. Generell konnte sie Sport nicht allzu viel abgewinnen, aber ihr war es wichtig, ihre immer noch straffe Figur auch genauso zu erhalten. Da kam es ihr gerade recht, dass sie eine Sportskanone zur Freundin hatte, die sie regelmäßig mit ihrer Energie ansteckte.

Aber heute freute sie sich darauf, sich auszupowern, sie

wusste gar nicht, wohin mit ihrer Energie und noch mehr brannte sie darauf, Julia über die neuesten Geschehnisse in Kenntnis zu setzen.

Während Isabell in ihre Laufschuhe schlüpfte, war sie heilfroh, dass sie heute im schattigen Wald liefen, denn schon die morgendlichen Temperaturen versprachen einen heißen Sommertag. Eigentlich würde sie gern mit Tommy gemütlich an einem Badesee liegen und sich beim Planschen abkühlen und ganz vielleicht ein wenig herumturteln. Aber sie hatte Angst, dass sie durch einen dummen Zufall jemandem aus der Klinik begegnen könnten. Es war eine Sache, gemeinsam eine Ausstellung zu besuchen oder einen Kaffee zusammen zu trinken, immerhin hatten sie durch Mila und Leo eine gemeinsame private Basis, aber Zeit am Badesee zu verbringen, könnte Argwohn wecken. Allein schon, weil sie so leicht bekleidet waren.

„Warum ziehst du eine Miene, als hättest du gerade eine Wurzelbehandlung hinter dir?"

Ein Schatten fiel auf Isabell, und als sie aufsah, blickte sie in das lächelnde Gesicht ihrer besten Freundin.

„Ich dachte, du wolltest mir etwas Tolles erzählen?" Julia stemmte die Hände in die Hüften und sah sie herausfordernd an.

„Eigentlich sind es gute Nachrichten, aber ich kann einfach nicht nur genießen, nein, mein Kopf läuft die ganze Zeit auf Hochtouren und hinterfragt alles und jeden, ohne dass ich etwas dagegen tun könnte."

„Hast du schon was getrunken?", fragte Julia gespielt entsetzt.

„Das Proseccofrühstück wollten wir uns doch zur Belohnung aufheben", entgegnete Isabell, während sie ihre Freundin in die Seite stupste. „Lass uns erst mal loslaufen, dann erzähle ich dir alles."

Während sie einträchtig nebeneinander auf dem Waldpfad liefen und sich auf ein passendes Tempo einstimmten, warf Isabell ihrer Freundin einen unauffälligen Blick zu. Sie war gespannt, was Julia sagen würde, sie hoffte so sehr, dass sie ihr Tommy nicht ausreden würde.

„Erinnerst du dich noch an Tommy? Den jungen Assistenzarzt, von dem ich dir erzählt habe."

„Der in Mila verliebt ist und eine Freundin hat? Ja, von dem hast du mir mal vor Ewigkeiten erzählt." Julia lachte leise.

„Die Freundin gibt's nicht mehr und ich hoffe sehr, dass er auch das andere Problem überwunden hat", brummte Isabell ein wenig ungehalten, weil Julia ihr genau diesen kleinen Stachel der Eifersucht reindrücken musste. Ihr wäre es lieber gewesen, sie hätte nicht genau dieses Detail, was Isabell selbst erfolgreich verdrängte, angesprochen.

„Du machst mich neugierig. Erzähl doch mal weiter", drängte Julia.

„Wir sind uns in den letzten Wochen nähergekommen."

„Isabell, rede mal Klartext, seit wann drückst du dich so vage aus?", prustete Julia amüsiert.

„Wir waren ein paar Mal miteinander im Bett und der Sex war einfach nur grandios, fantastisch, unbeschreiblich, ich weiß gar nicht, was die angemessenen Worte sind", sprudelte Isabell nun hervor. Jetzt lachte sie auch, während Julia einfach stehen blieb.

„So war das nicht abgemacht", protestierte Isabell, während sie ihre Laufuhr stoppte.

„Wenn du mir so heiße Dinge erzählst, kann ich nicht weiterjoggen." Ihre Freundin fächerte sich übertrieben Luft zu.

„Und, was heißt das jetzt genau? Seid ihr ein Paar oder habt ihr einfach nur Spaß?"

Isabell seufzte und ihre Unbeschwertheit war schlagartig verschwunden, als Julia so direkt nachfragte.

„Es ist nicht nur Sex. Wir verstehen uns perfekt, wir haben Spaß miteinander, wir lachen miteinander, ich liebe es, ihn einfach anzusehen und ihm zuzuhören. Er hat in mir so viel Vertrauen geweckt, dass ich ihm von Jürgen erzählt habe, aber wir sind kein Paar. Keine Ahnung, ob das jemals funktionieren kann."

Julia rümpfte die Nase und Isabell konnte ihre Geste nicht wirklich einordnen.

„Also für mich klingt deine Beschreibung ziemlich genau nach einer Beziehung. Nach der perfekten Beziehung, die jeder im Leben sucht. Und was machst du? Du hinterfragst wieder alles, anstatt dich einfach zu freuen und zu genießen."

Isabell joggte wieder los, das Gespräch überforderte sie und sie musste sich irgendwie beschäftigen, um die wirren Gedanken in ihrem Kopf sortiert zu bekommen.

Ihre Freundin schloss zu ihr auf und warf ihr einen fragenden Blick zu.

„Ich weiß einfach nicht, ob Tommy wirklich weiß, was es langfristig bedeutet, mit einer älteren Frau liiert zu sein. Ich kann ihm keine Familie schenken, jetzt mit dreißig verschwendet er noch keinerlei Gedanken daran, aber wie sieht es in einigen Jahren aus? Und irgendwann wird der Altersunterschied sichtbar, schließlich ist es kein Geheimnis, dass Männer würdevoller altern als wir Frauen." Sie schluckte ein paar Mal und fügte noch hinzu: „So sehr ich es mir auch wünschen würde, aber ich kann diese Gedanken nicht wegschieben."

„Was sagt er denn dazu?", stellte Julia eine berechtigte Frage.

„So konkret haben wir nicht darüber gesprochen, neulich wäre die perfekte Gelegenheit gewesen, aber dann habe ich mich nicht getraut", gestand sie, während sie sich in die Unterlippe biss. „Wahrscheinlich sieht Tommy das ganz lässig und würde es als Spinnerei abtun."

„Vertrau ihm doch einfach, dass er weiß, was er tut. Er ist kein kleiner Junge mehr. Ich kenne dich und befürchte, dass du ihn durch deine Ängste von dir stößt und damit alles kaputtmachst, und nicht, weil er es nicht ernst meint."

Isabell lief stur weiter, weil sie Julia nicht etwas Fieses an den Kopf werfen wollte, denn darin war sie bekanntlich ziemlich gut. Deshalb schluckte sie ihren Ärger runter, und erst als sie einige Minuten schweigend gelaufen waren, traute sie sich zu antworten.

„Vielleicht hast du recht, ich versuche, mich zu bessern, aber ich kann einfach nur schwer aus meiner Haut. Das hat Tommy schon zu spüren bekommen, und dass ich seine Vorgesetzte bin, macht das Ganze nicht einfacher."

Julia warf ihr einen schrägen Blick zu und sagte gedehnt: „Ich bin mir sicher, die lässt du ihm gegenüber nur allzu gerne heraushängen."

„Das stimmt überhaupt nicht", empörte sich Isabell. „Na gut, ab und zu vielleicht", gab sie dann doch kleinlaut zu.

Julia prustete los und sie konnte nicht anders, als in ihr ansteckendes Lachen einzufallen.

Bevor sie das Thema wechselten, bat Julia im ernsten Ton: „Versprich mir einfach, dass du ein wenig lockerer wirst. Verbocke es nicht, denn es klingt wirklich vielversprechend."

In den letzten Tagen hatte sie Tommy nicht gesehen, sie hatten sich aber regelmäßig Nachrichten geschrieben und Isabell fühlte sich wie ein Teenager, der heimlich unter dem Schreibtisch auf dem Handy schrieb, anstatt seiner Arbeit nachzugehen. Tommy hatte sie natürlich direkt damit aufgezogen, weil sie ihm während ihrer Arbeitszeit schrieb, aber sie hatte ihm den Wind aus den Segeln genommen, als sie einfach zugab, Sehnsucht nach ihm zu haben. Anschließend kam erst einmal keine Antwort, was sie zugegebenermaßen leicht beunruhigt hatte. Eine halbe Stunde später, die ihr wie eine gefühlte Ewigkeit vorgekommen war und in der sie sich nicht auf ihre Arbeit konzentrieren konnte, hatte er geschrieben: Geht mir genauso!

Diese schlichten drei Wörter ließen ihr Herz Saltos schlagen und ihre Seele jauchzen.

Heute hatte sie sich fest vorgenommen, gemeinsam mit ihm in der Kantine zu essen. Sie hatte ihn gefragt, wann er Mittagspause hatte, und jetzt war sie ein wenig nervös, ob sie es schaffte, ihm in der Öffentlichkeit neutral zu begegnen und sich nicht zu verraten. Dennoch wollte sie einen Schritt weitergehen. Sie wollte ihn so oft wie irgendwie möglich sehen, und wenn das während der Arbeit möglich war, wollte sie es auch in vollen Zügen ausnützen.

Nachdem ein Kollege sie in ein Gespräch verwickelt hatte, war sie nun spät dran. Doch als sie um die Ecke stürmte, sah sie Tommy mit Alisa vor dem Eingang der Cafeteria stehen. Finger weg, das ist meiner, schoss ihr durch den Kopf und sie musste sich krampfhaft davon abhalten, wie eine Furie zwischen sie zu gehen.

Sie zwang ihre Beine, ruhig weiterzugehen. Sie nahm sich fest vor, sich zusammenzureißen, auch wenn sie vor Eifersucht glühte.

Alisa stand so eng neben ihm, dass sich ihre Schultern fast berührten. Tommy schien es nicht zu stören, er lächelte leicht, während Alisa etwas erzählte. Schlagartig wurde er ernst und blickte sie so eindringlich an, dass Isabell fast schlecht wurde.

Als er seiner Ex-Freundin kurz über die Schulter strich, war es mit ihrem guten Vorsatz auch schon wieder vorbei.

„Frau Walter ist Ihre Pause nicht bald beendet? Nicht, dass man auf der Station eine Vermisstenanzeige aufgeben muss."

Ihr eisiger Tonfall ließ das arme Mädchen heftig zusammenzucken, und Isabell hasste sich gerade selbst dafür, dass sie Alisa das Leben schwer machte, nur weil sich die Krankenschwester in den falschen Mann verliebt hatte. Deshalb schluckte sie eine weitere Drohung hinunter und sah Alisa äußerlich ungerührt zu, als diese leise zu Tommy „Dank dir" sagte und davoneilte.

„Frau Doktor Niedermayer, sind wir heute wieder mit dem falschen Bein aufgestanden?" Tommy grinste sie dreist an, und sie sah sich hastig um, ob sie jemand hören konnte.

„Herr Doktor Sander, versuchen Sie wieder den Clown zu spielen? Vielleicht sollten Sie über eine Umschulung nachdenken. Die Rolle steht Ihnen ausgezeichnet."

Tommy beugte sich ein wenig näher und flüsterte: „Unterzuckert Isabell? Oder doch eher untervögelt?"

Sie schnappte nach Luft und funkelte ihn empört an, allerdings spürte sie, wie ihre Wangen heiß wurden. Sie sollte schleunigst an etwas anderes denken als daran, wie Tommy es ihr besorgte, am besten gleich auf ihrem Bürotisch.

„Frau Doktor Niedermayer, geht es Ihnen gut? Sie wirkten gerade etwas abwesend", fragte er scheinbar besorgt, als ein paar Kollegen an ihnen vorbeigingen.

„Ich habe nur Hunger." Isabell lief hastig los und stellte sich in die Reihe. Tommy folgte ihr und es machte sie ganz unruhig zu wissen, dass er direkt hinter ihr stand und sie ihn nicht anfassen durfte. Er war ihr so nah, dass sie ihn atmen hörte. Aber sie traute sich nicht, ihn anzusehen, denn dann würde sie wahrscheinlich die Beherrschung verlieren und ihn vor allen Leuten küssen.

Plötzlich stupste er sie von hinten an und sie schrak zusammen. „Frau Doktor Niedermayer, Sie sind dran." Leise hörte sie ihn lachen, während sie äußerlich ungerührt ihre Bestellung aufgab.

Langsam ging sie mit einem Tablett in der Hand auf einen freien Tisch zu, der möglichst abseits gelegen war. Sie wollte keine unliebsamen Zuhörer in der Nähe wissen. Hinten im Eck, direkt am Fenster war gerade ein Tisch frei geworden, den sie ergattern konnte. Allerdings hätte es wohl auch niemand gewagt, ihn ihr wegzuschnappen, dachte sie grinsend.

Als sie sich setzte, kam Tommy auf sie zu und ihr verräterisches Herz fing schon wieder fürchterlich zu hopsen an.

Als er sein Tablett abstellte, berührte er wie zufällig ihre Hand und die kleinen Stromschläge, die er aussendete, versetzten sie beinah in Ekstase. Die Stelle glühte, lange nachdem er sie berührt hatte.

„Ich habe dich vermisst und ich freue mich, dass du mit mir gemeinsam isst", sagte Tommy, während er ihr ein angedeutetes Lächeln schenkte.

„Bilde dir nichts darauf ein. Das bedeutet gar nichts."

„Verdammt, Isabell, kannst du nicht einfach mal nett sein?" Tommy sah zu ihrem Entsetzen ein wenig gekränkt aus, auch wenn er es zu überspielen versuchte. Warum konnte sie nicht einfach zugeben, dass es ihr genauso erging? Weil sie die Situation gerade überforderte. Hier in der Kantine an der Seite des attraktivsten Mannes, den sie jemals kennengelernt hatte, unter Beobachtung der Kollegen, war sie nicht sie selbst. Sie war nicht die Frau, die Tommy den Kopf verdreht hatte, sondern der gefürchtete Krankenhausdrache.

„Was war das vorhin mit Alisa?", brummte sie finster.

In Tommys Augen blitzte etwas auf, und sie erkannte ihren Fehler.

„Ach, deshalb hast du so schlechte Laune. Du bist eifersüchtig", neckte er sie.

„Ich bin nicht eif ..." Gerade noch rechtzeitig bemerkte Isabell, dass sie viel zu laut gesprochen hatte, und bremste sich.

„Sie ist mal wieder halb in dich reingekrochen und du schienst auch nicht abgeneigt zu sein, ihre Nähe zu suchen", zischte sie leise und schaufelte hastig ihre Nudeln in sich hinein, um von dem Gefühlschaos abzulenken, das schon wieder ihre Betonfassade bröckeln ließ.

„Alisas Hund wurde gestern überfahren und ihr geht es nicht so gut", erklärte Tommy ruhig.

Augenblicklich überkam Isabell ein schlechtes Gewissen, aber sie verschloss sich vor ihrem Mitleid und erwiderte lediglich kalt: „Du glaubst auch alles. Alisa würde dir den Tod ihrer Großmutter vorgaukeln, um sich an dich heranzumachen."

Tommy knallte das Besteck auf den Tisch und sagte mühselig beherrscht: „Isabell, hör auf! Ich werde mir von dir ganz sicherlich nicht vorschreiben lassen, mit wem ich reden und wem ich Glauben schenken darf."

Isabell konnte seinem aufgebrachten Blick nicht standhalten. Der Appetit war ihr längst vergangen, und während sie auf ihren halb vollen Teller starrte, murmelte sie: „Es tut mir leid." Hastig schob sie ihren Stuhl nach hinten und sprang auf. „Ich muss los", quetschte sie hervor und auch Tommys leises „Isabell, jetzt sei doch nicht beleidigt", hielt sie nicht davon ab, so schnell wie möglich die Cafeteria zu verlassen, bevor sie in Tränen ausbrach.

Rasch räumte sie das Tablett auf und zwang sich, die Mitarbeiterin freundlich anzulächeln, als diese fragte, ob es nicht geschmeckt hatte.

Am liebsten wäre sie direkt in ihrem Büro verschwunden, um sich ihrem Selbstmitleid hinzugeben, aber es stand ein Ärztemeeting an, in dem die bevorstehenden Operationen besprochen wurden, da durfte sie nicht fehlen.

Das Meeting hatte sie abgelenkt, sie hatte sich wieder gefangen und Tommy war erfolgreich von einem komplizierten Gehirntumor verdrängt worden, dessen Therapie ausführlich besprochen wurde.

Kaum betrat sie ihr Büro, um sich vor der Übergabe noch ein wenig den bürokratischen Aufgaben zu widmen, überfiel sie der stumpfe Schmerz erneut. Sie fühlte Resignation in sich aufsteigen. Wenn sie es nicht schaffte, sich endlich zusammenzureißen, würde sie Tommy mit ihrem schroffen Auftreten schneller als sie kucken konnte, in die Flucht treiben. Sie ließ sich in ihren Sessel plumpsen und verbarg ihr Gesicht in den Händen. Am liebsten würde sie ihrem Frust freien Lauf lassen, indem sie ihn herausschrie. Sie konnte Tommy keinen Vorwurf machen. Die Schuld lag ganz alleine bei ihr. Sie war zu spröde, zu kompliziert, zu verkniffen. Sie passten einfach nicht zusammen. Und genau das würde Tommy auch bald herausfinden.

Das Klopfen an der Tür riss sie schlagartig aus ihrer Lethargie. Sie atmete einmal tief durch und sagte: „Herein."

Als sie Tommy erblickte, sprang sie hastig auf. Ohne es zu bemerken, trat sie um den Schreibtisch auf ihn zu, als würde er sie magnetisch anziehen.

„Willst du mich einen Kopf kürzer machen? Nur zu, ich stehe dir willenlos zur Verfügung", meinte Isabell mit zittriger Stimme.

In Tommys Augen trat Verlangen, was sie verwunderte. Wo war seine Wut geblieben?

„Willenlos zur Verfügung stehen, klingt genau nach meinem Geschmack", knurrte er, während er nähertrat. Ihr ganzer Körper vibrierte, je näher er kam, desto unerträglicher war es ihr, ihm so nahe zu sein und ihn nicht zu berühren. Zum Glück ging er nicht mehr auf ihr überzogenes Verhalten ein und sie hatte auch nicht vor, ihn daran zu erinnern.

„Und, was schwebt dir da so vor?", fragte sie unschuldig, während sie sich über die Lippen leckte.

„Stell mir nicht solche Fragen, du weckst das Tier in mir."

Isabell kicherte und verging fast vor Erregung. Wenn er sie nicht bald berührte, würde sie über ihn herfallen.

„Ich setze dich auf den Schreibtisch und werde es dir lange und hart besorgen, bis du mich anflehst, dich endlich kommen zu lassen."

Isabell hörte mit leichtgeöffnetem Mund zu und hätte nichts dagegen, seinen Vorschlag gleich umzusetzen. Sie trat einen winzigen Schritt näher an Tommy heran und endlich packte er sie an der Hüfte und zog sie mit einem Ruck zu sich heran. Er küsste sie so stürmisch, dass ihre Lippen aufeinanderprallten. Isabell öffnete den Mund und ließ sich in einen erotischen Zungenkuss fallen. Jetzt hob er sie auf den Schreibtisch, als würde sie nichts wiegen, und wie von Sinnen riss sie ihm erst den Arztkittel, dann das T-Shirt vom Leib. Als sie begann, seinen Oberkörper mit heißen Küssen zu benetzen, hielt sie Tommy an den Armen fest und schob sie leicht von sich.

„Vielleicht sollten wir das doch lieber auf heute Abend verschieben", gab er schelmisch von sich.

Isabell wurde knallrot, als sie schlagartig wieder in ihrem Büro ankam. Wie hatte sie sich dermaßen gehenlassen können? Dieser Mann vernebelte ihr derart die Sinne, dass sie jeglichen Verstand, aber auch Anstand vergaß.

Tommy hob sein T-Shirt auf und zog es sich über den Kopf. Bedauernd sah sie ihm dabei zu, dann legten sich ihre

Hände um seinen Oberkörper und schoben es erneut hoch, damit sie sein Sixpack noch einmal küssen konnte. Tommy schloss die Augen, presste ihren Kopf fest an sich und sein leises Stöhnen ließ Isabell erneut innehalten.

„Du hast recht. Das können wir nicht machen. Schade." Nun grinste sie ihn frech an und er wiederholte zu ihrer Freude sein Angebot, das sie abends vorbeikommen könnte.

„Bis später." Er schenkte ihr einen letzten Kuss, bevor er ihr an der Tür noch einmal zuzwinkerte, bevor er verschwand.

Isabell sackte erneut auf ihrem Stuhl zusammen. Dieser Mann war perfekt. Er nahm ihre Allüren zwar nicht einfach hin und ließ sich nichts von ihr gefallen, aber er vergaß ihre Entgleisungen einfach wieder und machte dort weiter, wo sie im Guten aufgehört hatten. So einen Mann hatte sie doch gar nicht verdient.

25

TOMMY

„Tommy? Du lebst noch?" brummte Leo sarkastisch ins Telefon.

„Ich erfreue mich bester Gesundheit. Danke der Nachfrage", säuselte Tommy sarkastisch zurück und er konnte Leos Stirnrunzeln beinah durch den Hörer sehen.

„Gib`s zu. Du hast uns vergessen. Verräter!"

„Ich habe alles versucht. Aber ich denke Tag und Nacht an dich. Du raubst mir den Schlaf. Niemals könnte ich dich vergessen." Tommy legte seinen theatralischsten Tonfall auf.

„Gott Tommy, diese Schleimerei ist ja widerwärtig."

Tommy lachte und war insgeheim froh, dass Leo so taktvoll war und nicht davon anfing, dass er wohl vielmehr Mila nicht aus seinem Kopf bekam. Erst in diesem Moment ging ihm auf, dass er die letzten Wochen tatsächlich wenig an sie gedacht hatte. Sie schrieben sich regelmäßig über WhatsApp und Mila hatte sich riesig über seine Überraschung gefreut, aber er verspürte nicht mehr dieses schmerzliche, sehnsüchtige Verlangen nach ihr. Sie würde immer einer der wichtigsten Menschen in seinem Leben bleiben, aber seitdem er sich mit Isabell traf, war seine Liebe zu Mila freundschaftlicher Natur geworden. Zwar wusste er nicht, wie er reagieren würde, wenn er sie persönlich sah, aber eigentlich war er sich sicher, dass seine Verliebtheit der Vergangenheit angehörte. Seine Gefühle für Isabell waren echt, sie war kein Trostpflaster für ihn, auch wenn er das anfänglich befürchtet hatte.

Denn es war anders als mit Alisa. Mit ihr hatte ihn nur Sex verbunden, bei Isabell gab es viel mehr Gemeinsamkeiten, als dass er ihre Beziehung aufs Körperliche reduzieren könnte.

„Tommy? Bist du noch dran?"

„Sorry, ich war gerade abgelenkt."

„Habe ich gemerkt", brummte Leo.

„Wie geht es euch denn? Habt ihr euch gut eingelebt? Erzähl doch mal."

Leo berichtete kurz von seiner Tätigkeit im Krankenhaus, was Tommy kurzzeitig in Versuchung brachte, ihm nach Schweden zu folgen. Die Arbeitsbedingungen klangen traumhaft.

„Mila gefällt es mittlerweile gut. Sie hat zwei nette Freundinnen gefunden und in der Uni läuft es auch gut. Unser Schwedisch wird immer besser, wobei mir Mila deutlich voraus ist. Sie hat eindeutig mehr Talent als ich."

Tommy hörte Leo lachen, bevor dieser fragte, wann er endlich zu Besuch käme.

„Ich wollte mich längst melden, sorry, dass ich auf eure Einladung nicht eingegangen bin. Aber ich musste hier erst einiges klären."

„Du machst mich neugierig."

„Es gibt einen Grund, warum ich mich gerade so rarmache", begann Tommy stockend, weil er sich erst die richtigen Worte zurechtlegen wollte. Plötzlich fühlte er, wie sein Pulsschlag rasant anstieg, als ihm aufging, wie wichtig ihm Leos Wohlwollen war, was seine Beziehung zu Isabell betraf.

„Lass mich raten. Du hast eine Frau kennengelernt."

„Ja, aber das ist nicht der Hauptgrund, warum ich nicht mit dir sprechen wollte. Sondern eher, um wen es sich dabei handelt."

Leo schwieg, und er spürte seine Anspannung, die Tommy erst einmal unbegreiflich war. Dann kam ihm unvermittelt in den Sinn, dass Leo vielleicht dachte, er spräche von Sonja.

„Das heißt, ich kenne sie?"

„Ja, es ist Isabell." Jetzt war es heraus und er wartete mit immer wilder schlagendem Herzen auf Leos Reaktion.

„Welche Isabell?", fragte er misstrauisch.

„Wie viele Isabells kennst du? Ich kenne nur eine", meinte Tommy ungeduldig.

„Etwa die Isabell?! Komm, du verarschst mich doch."

„Warum sollte ich das tun? Du hast schon ganz richtig verstanden."

„Wir reden schon von der: Ich bin die Chefin, und du hast nichts zu melden, Isabell?", vergewisserte sich Leo skeptisch.

„Genau von der Isabell reden wir."

„Ich glaube es nicht. Wie ist das denn passiert?!"

„Du tust gerade so, als wäre das ein Reaktorunfall." Tommy konnte nicht verhindern, dass Leos Fassungslosigkeit an ihm nagte.

„Gut aussehen tut sie. Ohne Frage. Aber wie seid ihr euch so nahegekommen? Ihr hattet doch kaum Kontakt."

„Erinnerst du dich an die Abschiedsparty?"

„Wo du vor Isabell flüchten wolltest?"

Tommy ignorierte Leos herablassendes Schnauben und fuhr fort: „Da habe ich sie das erste Mal als Frau wahrgenommen, auch wenn ich das vor dir nicht zugeben wollte. Und zwar als äußerst attraktive Frau, die genau meinem Geschmack entspricht. Anschließend haben wir immer mal wieder über Mila gesprochen. Und als ich ein Geschenk für sie gesucht hatte, bat ich Isabell um Hilfe."

„Also, dass die strenge, immer auf Etikette bedachte Isabell, mit einem Kollegen und dann noch mit einem viel jüngeren Assistenzarzt eine Affäre beginnt, das hätte ich ihr ja niemals zugetraut."

„Du hast ja keine Ahnung, wie heiß es zwischen uns zur Sache geht", stichelte Tommy.

„Hör auf, ich möchte mir nicht vorstellen, wie du mit meiner ehemaligen Chefin Sex hast." Leos Stimme klang entrüstet, aber er konnte einen amüsierten Tonfall nicht unterdrücken.

„Warum hast du mir nicht schon früher davon erzählt?", fragte Leo nach einer Weile ernst.

„Ich war mir nicht sicher, wie du darauf reagieren würdest. Und am Telefon fand ich das blöd, meinen Liebeskummer zu bequatschen. Ich habe dich in den letzten Wochen echt vermisst, mit dir ein Bier zu trinken und mich über meinen Liebeskummer auszukotzen. Dafür musste Jonas herhalten, aber der hat mir entsetzt abgeraten, und er kennt Isabell noch nicht einmal persönlich. Da hatte ich Schiss, wie wohl erst deine Reaktion ausfallen würde", bekannte Tommy offenherzig.

„Wenn sie dich glücklich macht, soll mir das recht sein. Ich würde es niemals wagen, dir da reinzureden", entgegnete Leo bedächtig.

Tommy fiel ein großer Stein vom Herzen, als er Leos Worte hörte. Aber er hätte sich gleich denken können, dass sein Bro immer auf seiner Seite stehen würde.

„Sie macht mich eher wahnsinnig. Aber das es mit Isabell kompliziert werden würde, war mir von vornherein klar", erwiderte Tommy gut gelaunt.

„Außerdem ist Isabell mit Mila befreundet, wer Mila mag, den mag auch ich. Auch wenn sie als Chefin nicht immer einfach war."

Tommy hörte, wie Leo im Hintergrund mit jemandem sprach und fragte alarmiert: „Hat Mila was mitbekommen?"

„Nein, sie ist gerade eben erst heimgekommen. Das heißt, ich darf ihr die frohe Kunde nicht überbringen?"

„Untersteh dich, sonst killt Isabell mich. Sie will es ihr selbst sagen", knurrte Tommy entsetzt.

Kurz darauf verabschiedete er sich von Leo, mit dem Versprechen, ihm bald Bescheid zu geben, wann er zu Besuch käme.

26

Ein paar Tage später hatte Tommy sie auf einen Ausflug eingeladen.

„Bereit für ein Abenteuer, Prinzessin?"

Isabell lag schon ein empörtes Prusten auf den Lippen, aber als sie Tommy erblickte, der entspannt auf ihrer Türschwelle stand und ihr ein charmantes Lächeln schenkte, das sie dahinschmelzen ließ, vergaß sie es einfach.

Sie eilte auf ihn zu und küsste ihn leidenschaftlich. Wie immer fühlte sie sich in seiner Umarmung unglaublich lebendig, jung und begehrenswert. Seine Berührungen brachten sie zum Schwingen, zum Glühen, zum Vibrieren, sie hatte noch nie erlebt, dass sie auf einen Mann derart reagiert hatte.

Nach einer Weile schob er sie ein Stückchen von sich und begutachtete sie. Isabell zog die Augenbraue nach oben und fragte herausfordernd: „Nimmst du mich so mit?"

Er hatte ihr nicht verraten, was er vorhatte, nur, dass sie sich sportlich und bequem kleiden sollte und festes Schuhwerk benötigte.

Tommy trug einen Rucksack, behielt aber für sich, was sich darin befand.

„Auch nicht, wenn ich dir dafür gewisse Versprechungen mache?", versuchte es Isabell äußerst subtil.

Tommys erheitertes Gelächter machte sie wütend, als er auch noch dreist feststellte „Das bekomme ich doch sowieso, deshalb stellt es keinen Anreiz dar", stieß sie ihm ihren Ellenbogen unsanft in die Rippen.

„Du bist so eingebildet und von dir überzeugt, das ist ja nicht zum Aushalten", murrte Isabell, ließ sich aber schnell besänftigen, als er ihr einen Kuss auf die Schläfe drückte.

„Du wirst es lieben", versprach er ihr. Das freche Blitzen in seinen Augen ließ sie aber, entgegen seiner Worte misstrauisch werden und sie folgte ihm schweigend.

Tommys Auto stand fast direkt vor ihrer Wohnung, und er hielt ihr galant die Autotür auf, damit sie einsteigen konnte.

Während der Fahrt erzählte er ihr von seinem Telefonat mit Leo und Isabell war beruhigt, als er ihr versprach, dass sein Freund es Mila nicht erzählen würde. Es fühlte sich komisch an, dass nun jemand Bescheid wusste, der sie ebenfalls kannte. Aber sie fühlte große Erleichterung in sich aufsteigen, dass Leo anscheinend nicht völlig entsetzt reagiert hatte und es seinem Freund nicht ausreden wollte.

So bald wie möglich würde sie Mila anrufen, denn es war unfair, von Leo zu verlangen, es ihr zu verschweigen.

„Wir sind da.“

Isabell war so in ihrem Gespräch und in ihren Gedanken versunken, dass sie der Landschaft bisher nicht viel Aufmerksamkeit geschenkt hatte. Jetzt sah sie sich neugierig um. Sie hatten die Stadt hinter sich gelassen und vor ihnen lag die pure Natur. Hügel, Wälder, Wiesen. Und ein paar vereinzelte Häuser.

Auf eins davon ging Tommy zielstrebig zu. Isabell zwang sich, ihre Klappe zu halten, er würde ihr sowieso nicht verraten, was er dort wollte. Als sie nähertraten, schwante ihr Böses.

„Du hast jetzt nicht ernsthaft vor, mit mir diese Hänge runterzufahren? Vergiss es!“ Wie ein bockiges Pferd stemmte sie die Füße in den Boden und weigerte sich, weiterzugehen.

„Komm schon, gib dir einen Ruck. Das ist lustig.“

„Du meintest wohl lebensgefährlich?“, konterte Isabell.

„Ich habe das schon unzählige Male gemacht und habe mich noch nie ernsthaft verletzt“, prahlte Tommy. „Außerdem nehmen wir die Anfängerroute.“

„Das klingt beruhigend.“

„Jetzt sei kein Angsthase.“

„Ich bin kein Angsthase, sondern Realistin.“ Isabell seufzte unter seinem bettelnden Blick und stöhnte: „Meinetwegen, wir können es ja mal probieren.“

Tommy gab ihr einen stürmischen Kuss, der sie versöhnlicher stimmte und holte einige Dinge aus seinem Rucksack hervor.

Er hielt ihr eine komische Hose hin und Isabell meinte: „Nein, danke, ich trage schon eine, falls du es nicht bemerkt hast."

„Das ist eine spezielle Mountainbike-Hose, die schützt dich bei Stürzen besser."

„Ich habe nicht vor, zu stürzen." Trotzdem nahm sie ihm die Hose aus der Hand und zog sie über.

Er zog die gleiche Hose nur in Blau an, während sie eine rot-weiße bekommen hatte.

„Wir leihen uns hier die Bikes, ich habe zwar ein eigenes, aber da du sowieso eins benötigst, habe ich meins zu Hause gelassen. Ich wollte ja nicht gleich die Überraschung zunichtemachen."

Als er ihr allerdings Ellenbogen- und Knieschoner überreichte, streikte sie. Abwehrend hob sie die Arme und empörte sich: „Du willst doch bloß, dass ich mich hier zum Affen mache."

„Ich will, dass du dich nicht verletzt", beharrte Tommy und mit gutem Zureden zog sie sie murrend über. Nachdem sie einen Helm aufgesetzt und die passenden Fahrräder erhalten hatten, konnte es losgehen.

„Zuerst fahren wir aufwärts. Das ist anstrengender, aber weniger gefährlich. Am besten fährst du mir immer hinterher, dann kann nichts schiefgehen." Aufmunternd nickte er ihr zu, bevor er sich aufs Rad schwang. Isabell sah ihm für einen Moment versonnen hinterher, Tommy machte eine fantastische Figur auf dem Fahrrad. Sein athletischer Körper ließ die Vorfreude auf heute Abend ansteigen.

Rasch fuhr sie ihm nach, als sie ihn eingeholt hatte, versuchte sie ihn ein letztes Mal zu überreden. „Was hältst du davon, wenn ich unten auf dich warte und dich mit schmachtenden Blicken und lauten Schreien wie ein Groupie nach bestandener Abfahrt bewundernd in Empfang nehme?"

„Klingt verlockend, vielleicht beim nächsten Mal", erwiderte er frech.

Es erforderte gehörig Konzentration, sich auf dem unwegsamen Gelände nach oben zu kämpfen und Isabell geriet ins Schnaufen, aber es machte ihr viel mehr Spaß als gedacht.

Das würde sie Tommy natürlich nicht auf die Nase binden.

Immer wieder hielt Tommy an, um ihr eine Verschnaufpause zu gönnen, und ab und an küsste er sie zur Belohnung oder als Ansporn, so genau wusste es Isabell nicht.

„Wir sind oben", rief Tommy ihr enthusiastisch zu, als sie endlich bei ihm ankam.

Isabell ließ sich ins Gras fallen und japste: „Ich verdurste." Gierig griff sie nach der Flasche, die ihr Tommy entgegenstreckte, bevor er sich neben sie setzte.

„Schöner Ausblick oder?", fragte Tommy leise und Isabell sah erst jetzt die beeindruckende Berliner Silhouette, die in der Ferne aufragte. Vor ihnen lag die wunderschöne Natur, in der Ferne sah sie einen See, die Vögel zwitscherten und die Sonne schien. Nicht zu vergessen, neben ihr saß ein höchst attraktiver Mann. Was wollte sie mehr? Sie ließ sich auf den Rücken fallen und schloss die Augen.

Erst als Tommy sie mit einem Grashalm im Gesicht kitzelte, blinzelte sie ihn an.

„Es ist schön hier", bekannte sie lächelnd.

Tommy beugte sich zu ihr herunter und küsste sie. Lange und ausdauernd, sodass sie nach Luft schnappte, als er endlich von ihr abließ.

„Du benötigst noch ein wenig Puste für die Abfahrt", meinte er spöttisch, was Isabell veranlasste, misstrauisch zu fragen. „Ich dachte, da geht es bergab?"

„Unterschätz es nicht. Es wird anstrengend werden." Tommys eindringlicher Blick bereitete ihr leichtes Bauchgrummeln, sobald sie sich vorstellte, dass sie sich nachher den Hang hinunterstürzen würden.

„Zuvor gibt es eine kleine Stärkung. Ich weiß doch, wie unausstehlich du wirst, wenn du in den Unterzucker fällst."

Isabell schüttelte ergeben den Kopf, Tommy konnte es einfach nicht unterlassen, sie aufzuziehen. Sie richtete sich auf und meinte dankbar: „Du hast etwas zu Essen dabei? Du bist ein Schatz."

Tommy streckte ihr eine Banane sowie einen Müsliriegel entgegen, beides riss sie ihm beinah aus den Händen, so hungrig fühlte sie sich.

Einträchtig saßen sie nebeneinander. Isabell kuschelte sich eng an ihn und sie stärkten sich für die Abfahrt, während sie den Panoramablick auf sich wirken ließen. Nachdem sie fertig gegessen hatte, ließ sie ihren Kopf an seine Schulter sinken und fühlte sich glücklich. Ein reines und unverfälschtes Gefühl, das sie in dieser Intensität lange nicht mehr verspürt hatte.

Und wenn sie sich dafür diesen blöden Berg hinaufquälen müsste, würde sie das gern wiederholen. Sie würde noch hundert Mal diesen bekloppten Berg rauffahren, wenn sie Tommy damit glücklich machte. Als ob er ihren Gedanken erahnen würde, nahm er ihre Hand und streichelte sie zärtlich. Am liebsten würde sie für immer hier sitzen bleiben, wo alles so herrlich unkompliziert war, wo sie sich frei wie nie fühlte und Tommy so unglaublich nah war. Hier oben gab es kein richtig oder falsch. Kein Schwarz oder Weiß. Hier waren sie einfach Isabell und Tommy, die sich liebten. Sie zuckte zusammen, als sie den Gedanken zuließ, aber entsprach es nicht der Wahrheit? Was außer Liebe sollte es sonst sein, was sie miteinander verband?

Sie spürte Tommys zärtliche Lippen auf ihrer Wange, kurz darauf sagte er bedauernd: „Wir müssen uns langsam an die Abfahrt machen. Der Laden schließt um 17 Uhr, bis dahin sollten wir die Fahrräder abgegeben haben."

Isabell sprang auf und klopfte sich den Staub vom Hintern, streckte noch einmal ihre steifgewordenen Glieder und schwang sich aufs Fahrrad.

„Achte auf die Bodenbeschaffenheit und du solltest immer mit einem Ohr nach hinten lauschen, falls ein paar Waghalsige uns überholen."

Das Kribbeln in ihrem Innern nahm etwas zu, als ihr klar wurde, dass die Abfahrt eine einzige Herausforderung darstellen und die Fahrt nach oben wie ein Kinderspiel aussehen lassen würde.

„Am besten bleibst du möglichst dicht hinter mir."

Dieser Witzbold, als ob das so einfach wäre, wie er sich das vorstellte. Aber sie kniff die Pobacken zusammen und würde ihm zeigen, dass sie kein Angsthase war.

„Bereit?" Alleine für sein aufmunterndes Lächeln, das er ihr schenkte, wäre sie ihm bis ans Ende der Welt gefolgt. Sie beschränkte sich auf ein Nicken und er fuhr langsam los. Das erste Stück war ein Schotterweg, der einfach zu bewältigen war. Dann ging es auf einen Waldpfad über, hier wurde es deutlich kniffeliger, sie musste den zahlreichen Bäumen ausweichen und sich dabei auf dem Rad halten. Isabell fuhr anfangs viel zu langsam und kippte bei jeder Kurve fast vom Rad. Mit der Zeit wurde sie etwas mutiger, dennoch war sie erleichtert, als der Weg zwar steiler, aber deutlich breiter wurde.

Nach der Hälfte war Tommy so vorausschauend, ihr eine Pause anzubieten. Sie setzte sich kurz hin, da ihre Beine ziemlich zitterten. Nachdem sie ein paar Schlucke Wasser getrunken hatte, gab sie zu: „Ich hätte mir das einfacher vorgestellt. Morgen werde ich einen heftigen Muskelkater haben."

„Alles Übungssache, du wirst sehen, beim nächsten Mal geht es schon viel besser." Tommy lachte fies, als er ihren entsetzten Blick auffing.

„Scheuchst du mich jetzt jede Woche hier herunter?"

„Du wirst mich noch anbetteln, genau das zu tun."

„Und von was träumst du nachts?", fragte Isabell spöttisch.

„Von dir natürlich. Von deinem atemberaubenden Körper, nach dem ich süchtig bin, von dem grandiosen Sex, der mich jedes Mal direkt ins Himmelreich katapultiert. Willst du noch mehr hören?"

Gespielt züchtig senkte sie den Blick: „Ich glaube, wir sollten zusehen, möglichst schnell nach Hause zu kommen."

„Geht es wieder?", fragte er besorgt, als sie ächzend aufstand. Isabell winkte ab, irgendwie mussten sie ja wieder nach unten kommen.

Das nächste Teilstück absolvierte sie recht souverän, bis sie zu sandigem Untergrund kamen, was die Fahrt beschwerlich machte.

Isabell schrie auf, als ein Biker mit hohem Tempo sie überholte und ihren Arm streifte. Bevor sie Tommy warnen konnte, sah sie, wie er sich sofort nach ihr umdrehte und seinen Lenker verriss. Der fremde Biker war direkt auf seiner Höhe. Tommy lenkte von ihm weg, damit sie nicht kollidierten, doch weil das Wegstück so schmal war, kam Tommy dem Rand zu nah und stürzte.

Wie in Zeitlupe sah Isabell dabei zu, wie Tommy einen Abhang hinunterrollte, während der Raser seinen Weg einfach fortsetzte.

Isabell stieß einen spitzen Schrei aus, bremste abrupt, warf ihr Fahrrad zur Seite und rannte zu Tommy.

„Tommy", kreischte Isabell höchst unprofessionell, aber ihre Angst hatte jegliche berufliche Ebene ausgeschaltet. Jetzt war sie keine fachkundige Ärztin, sondern einfach eine Frau, die Angst um ihren Geliebten hatte. So schnell sie konnte, rutschte sie den Hang zu Tommy hinunter und ihr Herz schlug so heftig gegen den Brustkorb, dass sie fast aufgestöhnt hätte. Ihm darf nichts passiert sein, ihm darf nichts passiert sein, betete sie ein Mantra, um ihre Angst nicht gewinnen zu lassen.

Tommy rührte sich nicht, sie ging neben ihm auf die Knie und rief nochmals angsterfüllt: „Tommy, kannst du mich hören?"

„Ja, ich höre dich laut und deutlich", sagte er mit schwacher Stimme. Isabell sackte ein wenig in sich zusammen, als sie sah, dass er bei Bewusstsein war. Würde sie stehen, wäre sie bestimmt unrühmlich zu Boden gegangen. Immer noch hielt er die Augen geschlossen und sie sah Blut über seine Schläfe laufen. Anscheinend hatte er sich beim Sturz eine

Platzwunde zugezogen. Vorsichtig nahm sie seine Hand, um nach seinem Puls zu fühlen.

„Mir geht's gut, Isabell. Der Sturz hat mir nur die Luft genommen", erklärte er zittrig. Jedes einzelne Wort schien ihn anzustrengen und zeigte Isabell deutlich, dass er sie anlog.

„Wo hast du Schmerzen? Kannst du dich bewegen?"

Endlich öffnete er die Augen und schenkte ihr ein schwaches Lächeln. „Ich habe nicht vor, mich von einem Rettungshubschrauber abholen zu lassen. Da wäre mein Image ja ruiniert. Also muss ich wohl irgendwann wieder aufstehen." Nun fiel sein Lächeln etwas gequält aus.

Isabell ließ ihn nicht aus den Augen, sie wollte keine Reaktion verpassen, die ihr sagte, dass sie ihn zwingen musste, liegen zu bleiben. Immer noch hüpfte ihr Herz wie ein Pingpongball und Übelkeit stieg in ihr auf, als sie sich ausmalte, was hätte passieren können. Alleine ein Blick auf die umliegenden Steine, die Tommys Kopf knapp verfehlt hatte, ließ sie beinahe würgen.

Tommy drehte sich auf die Seite und konnte ein leises Stöhnen nicht vermeiden, als er sich aufrichtete. Isabell half ihm, mit behutsamen Bewegungen den Helm auszuziehen, damit sie die Platzwunde begutachten konnte.

Seinen rechten Arm zierten etliche Schürfwunden, und Isabell befürchtete, dass die Rippen auf der Seite auch etwas abbekommen hatten. Dennoch siegte ihre Erleichterung, dass er keine schwerwiegende Kopf- oder Rückenverletzung zu haben schien. Sie stützte ihn ein wenig am Arm, als er aufstand. Langsam übertrug sich ihre äußerliche Ruhe auf ihre Innere und sie gewann ein wenig ihrer Professionalität zurück.

„Siehst du? Alles in Ordnung", entgegnete er ein wenig großspurig. Allerdings strafte ihn sein blasses Gesicht Lügen. Wieder schenkte er ihr ein schiefes Lächeln.

„Sorry, ich wollte dich nicht erschrecken."

Mit einem Mal fiel die ganze Anspannung von Isabell ab und sie wäre beinah in Tränen ausgebrochen. Stattdessen stupste sie ihn sanft gegen die Brust und brachte ein wenig brüchig hervor: „Tu so etwas nie wieder."

Tommy zog eine Augenbraue nach oben, während er ein Taschentuch auf die Wunde drückte und sarkastisch antwortete: „Das war keine missglückte Stunteinlage, mit der ich dich beeindrucken wollte, falls dir das nicht aufgefallen ist."

Jetzt trat sie dicht zu ihm, nahm ihm das Tuch aus der Hand, sah sich die Wunde an und tupfte vorsichtig das Blut ab. Währenddessen sagte sie leise: „Ich hatte solche Angst um dich. Wenn dir etwas passiert wäre …" Ihre Stimme brach und nun konnte sie nicht verhindern, dass ihr eine Träne die Wange herunter kullerte. Sie sah ihn mit gebrochenem Genick vor ihrem geistigen Auge dort unten liegen und wieder wurden ihre Beine ganz schwach.

Tommy nahm ihr Kinn und küsste sie zuerst ganz sacht auf die Lippen und anschließend widmete er sich jeder einzelnen Träne, die sich trotz ihrer Gegenwehr verselbstständigt hatten. Zärtlich strich er ihr über die Wange, während sich ihr Blick ineinander verhakte. „Ich liebe dich."

Isabells Herz machte einen Satz und galoppierte ihr in großen Schritten davon. Im Affekt trat sie einen Schritt zurück, als wolle sie sich von seiner Aussage distanzieren. Mit großen Augen starrte sie ihn an, ihr Mund öffnete sich und sie hatte nichts Blöderes im Sinn, als „Und ich nicht", zu antworten. Dabei stahl sich allerdings ein Lächeln in ihr Gesicht, das ihre Worte Lüge strafte.

„Eine andere Antwort habe ich auch gar nicht erwartet, du kleine Kratzbürste."

„Sei froh, dass du verletzt bist", drohte sie ihm.

Nachdem sie ihn notdürftig verarztet und die Platzwunde mit einem Pflaster versorgt hatte, kletterten sie die Böschung zu ihren Fahrrädern herauf. Zum Glück war Tommys oben liegen geblieben und nicht mit ihm abgestürzt.

Sie sah ihn die Zähne zusammenbeißen, als er das Rad vom Boden aufhob und aufstieg.

„Du willst jetzt ernsthaft noch nach unten fahren?" Skeptisch und zugleich besorgt musterte sie sein verschrammtes und bleiches Gesicht.

„Es ist nicht mehr weit. Ich schaffe das."

Dann fuhr er einfach los. Ihr blieb nichts anderes übrig, als ihm zu folgen, aber das ungute Gefühl blieb. Es sagte ihr, dass sie ihn davon hätte abhalten sollen.

Trotz ihrer Sorgen kamen sie ohne weitere Zwischenfälle unten an und wurden von einem besorgten Mitarbeiter begrüßt, der dem schwankenden Tommy das Rad abnahm. Sie konnte ihn aus einiger Entfernung lässig abwinken sehen.

Als sie ankam, sackte Tommy gerade auf eine Bank und der junge Typ vergewisserte sich: „Und, du bist dir wirklich sicher, dass ich keinen Krankenwagen rufen soll? Du siehst gar nicht gut aus, Kumpel."

Tommy hob die Hand und wies auf die herannahende Isabell. „Sie wird mich ins Krankenhaus fahren."

An seinem unerbittlichen Blick erkannte sie, dass er nicht nachgeben würde, und versuchte es daher gar nicht erst, um keine weitere Zeit zu vergeuden.

„Ich hole schnell das Auto. Kannst du mir helfen, ihn ins Auto zu verfrachten?", bat sie den jungen Mann, da Tommy nicht den Eindruck erweckte, als könne er noch ein paar Schritte laufen. Sein empörtes Schnauben ignorierte sie, streckte ihm die Hand entgegen, damit er ihr den Schlüssel gab und rannte zum Parkplatz. Wieder jagte sie das Bauchgrummeln, zu langsam zu sein.

Endlich saß Tommy auf dem Beifahrersitz und sie gab ins Navi „Krankenhaus" ein. Tommy hatte die Augen geschlossen, atmete zu ihrer Erleichterung aber ruhig und gleichmäßig.

„Das Navi sagt, das Marienkrankenhaus ist das nächstgelegene", eröffnete sie Tommy.

Nun öffnete er ein Auge und erwiderte doch allen Ernstes: „Das habe ich doch nicht ernst gemeint. Ich wollte nur Stefan beruhigen. Fahr mich einfach heim."

Isabell antwortete nicht und Tommy schloss zufrieden wieder die Augen. Dachte dieser Idiot wirklich, sie fuhr ihn

nach Hause? Wer wusste, was er sich für Verletzungen eingehandelt hatte.

„Wir sind da", flüsterte sie sanft. Sie wusste nicht, ob er
eingeschlafen war, er hatte die ganze Fahrt kein Wort mehr
gesprochen.

Zuerst sah er Isabell verwirrt an, dann die Umgebung.
Dann trat Begreifen in seine Miene und er fuhr Isabell an:
„Ich wollte nach Hause."

„Tommy, mir ist ehrlich gesagt egal, was dir dein gekränk-
ter Stolz sagt, aber du wirst dich jetzt untersuchen lassen.
Sonst bekommst du es mit mir zu tun."

Tommy atmete hörbar aus, sagte dann aber ruhiger:
„Okay, aber ich fahre sicherlich weder mit einer Trage noch
mit einem Rollstuhl rein."

„Ärzte", knurrte Isabell. „Warum denkt ihr immer, ihr
seid selbst unverletzlich und benötigt keine Behandlung?"

„Falls du es vergessen haben solltest, du bist selber eine."
Tommys Mundwinkel zuckten ganz leicht.

„Ich sagte Ärzte! Maskulin. Das ist der kleine, aber feine
Unterschied."

Sie ging ums Auto herum, öffnete die Beifahrertür und
half ihm vorsichtig heraus. Tommy schien sich wieder
gefangen zu haben und konnte mit ihrer Hilfe selbstständig
in die Notaufnahme laufen. Dort liefen sie Sandra, Isabells
Kollegin in die Arme. Deren Augen wurden über den
ungewöhnlichen Anblick kugelrund, aber sie fasste sich
schnell und fragte bestürzt: „Tommy, was hast du denn angestellt?"

„Fahrradsturz. Eindeutige Fehleinschätzung seines
Könnens." Diese kleine Spitze konnte sich Isabell einfach
nicht verkneifen. Tommy funkelte sie böse an, und ihr war
klar, dass er sie das büßen lassen würde, sobald es ihm
besser ging. Dann riss sie sich wieder zusammen und
meinte rasch: „Verdacht auf Schädel-Hirn-Trauma, eventuell
eine gebrochene Rippe, innere Verletzungen nicht auszu-
schließen."

Sandra wies ihnen den Weg in ein Behandlungszimmer und Tommy konnte sich endlich hinlegen. „Ich werde alles in die Wege leiten. Ich bin gleich wieder bei euch."

Währenddessen betraten eine Schwester und ein weiterer Arzt das Zimmer und Isabell wurde gebeten, draußen zu warten.

Unruhig lief sie draußen auf und ab. Ihr war klar, dass es nun etwas dauern konnte, denn es wurde sicherlich ein CT vom Kopf und vom Bauchraum gemacht. Bis alle Wunden versorgt wären, würde etliche Zeit vergehen. Sie beschloss, sich einen Kaffee zu holen, und natürlich wurde sie sofort erkannt und auf ihren seltsamen Aufzug angesprochen. Sie konnte sich nur mit Mühe abhalten, genervt die Augen zu verdrehen und erklärte kurzangebunden: „Ich bin privat hier. Ein Freund von mir wird gerade behandelt." Warum sie nicht einfach sagte, um wen es sich handelte, wusste sie selbst nicht. Die Buschtrommel würde es sowieso in Windeseile über sämtliche Gänge des Krankenhauses verbreiten.

Zwei lange Stunden später durfte sie endlich zu Tommy, den sie zwischenzeitlich in einem Krankenzimmer untergebracht hatten.

„Du bist ja immer noch hier", sagte er erstaunt, als hätte er ernsthaft erwartet, dass sie ihn allein ließ.

Auf seine Äußerung ging sie gar nicht ein, sondern wandte sich mit fragendem Blick an den behandelnden Arzt.

„Der Patient möchte sich auf eigene Verantwortung selbst entlassen. Vielleicht können Sie ihm das ausreden?"

Isabell sah zu Tommy, der die Zähne fest zusammenge-bissen hatte und sie störrisch ansah und meinte resigniert: „Ich übernehme die Verantwortung."

„Sie übernehmen die Verantwortung?"

„Ich nehme ihn mit zu mir nach Hause, dann steht er unter professioneller Aufsicht."

„Sie nehmen ihn mit nach Hause?", wiederholte der Arzt perplex.

„Leiden Sie unter einer Neurose, die Sie zwingt, ständig Dinge zu wiederholen? Das wäre mir neu, Doktor Geller."

Der bedauernswerte Arzt wurde rot und entschuldigte sich stammelnd, während Tommy sich ein Lachen verkneifen musste.

„Simon, hör lieber auf sie. Ich musste auch schon auf die harte Tour lernen, dass jeglicher Widerstand zwecklos ist."

Isabell stemmte die Hände in die Seiten und blies empört die Backen auf. Das war ja wohl die Höhe. Aber nun waren sie wohl quitt.

Sein freches Grinsen ließ sie dahinschmelzen und wie durch Zauberhand saß sie plötzlich an seinem Bett und nahm seine Hand. Zärtlich streichelte sie Tommys Handrücken und hauchte: „Ich bin so froh, dass dir nichts Schlimmeres passiert ist." Ihre Blicke verhakten sich ineinander und schien sie zu hypnotisieren. Sie strich ihm hauchzart über eine Stelle an der Stirn, die eine Naht zierte und seufzte mitfühlend. Erst als sie sich mühsam losgerissen hatte, bemerkte sie den neugierigen Blick einer Krankenschwester, die den Raum betreten hatte und leise stammelte: „Ihre Entlassungspapiere werden Sie gleich erhalten."

Isabell erhob sich hastig und hoffte, wenigstens nicht rot geworden zu sein. Wie hatte sie vergessen können, wo sie sich befanden? Aber eigentlich war das jetzt auch schon egal, nach ihrem Auftritt wären sie wohl sowieso Gesprächsthema Nummer 1 auf den Fluren.

27

TOMMY

Es dauerte nicht lange, dann hatte Isabell alles in die Wege geleitet und seiner Entlassung stand nichts mehr im Weg. Die starken Medikamente dämpften wenigstens den größten Schmerz, aber sein Kopf hämmerte unerbittlich, während Isabell ihn unterhakte, um ihm zum Auto zu helfen. Erst als Isabell losfuhr, brach Tommy das Schweigen.

„Das hättest du nicht tun müssen", sagte er mit rauer Stimme und warf ihr einen entschuldigenden Seitenblick zu.

„Du hast mich ja regelrecht dazu gezwungen. Hättest du mir erlaubt, einen Krankenwagen zu rufen, hätte ich dich alleine fahren lassen können." Isabell sah stur geradeaus und behielt ihre ernste Miene bei.

Tommy nahm ihre Hand und erwiderte schuldbewusst: „Es tut mir leid, ich habe nicht nachgedacht. Die Gehirnerschütterung hat mich ausgeknockt." Erst jetzt begriff er langsam die Tragweite seines Unfalls.

Sie warf ihm einen raschen Blick zu und brummte: „Das war ein Scherz. Du glaubst doch nicht ernsthaft, dass ich dich alleine gelassen hätte?" Sie sah ihn einen Moment stumm an, bevor sie fortfuhr: „Tommy, mir war gerade vollkommen egal, was die Kollegen denken, Hauptsache, dir geht es gut und du wirst wieder gesund. Du weißt gar nicht, wie viel Angst ich um dich hatte."

Sein Inneres erwärmte sich und heizte sich zunehmend zu glühender Lava auf, als er Isabells ehrliche Aussage hörte. Er konnte gar nicht in Worte fassen, was es ihm bedeutete, dass sie sein Wohl über ihr Image gestellt hatte. Es war ihr vollkommen egal gewesen, dass nun das ganze Krankenhaus über sie redete.

Tommy schwieg. Der dröhnende Kopf und die Schmerzen, die sich zunehmend in seinem gesamten Körper ausbreiteten, trugen nicht dazu bei, dass ihm herzergreifende Texte einfielen.

Wieder nahm er Isabells Hand und drückte einen Kuss auf ihren Handrücken, was sie überrascht aufseufzen ließ.

Als sie in ihrer Tiefgarage parkten und sie zusammen zum Aufzug liefen, starrte Tommy sie an, als sähe er sie zum ersten Mal. „Du hast ja immer noch die Schoner an. Steht dir Isabell." Er konnte sich das Lachen einfach nicht verkneifen, als er sich vor Augen führte, was sie für ein Bild im Krankenhaus abgegeben haben mussten. Beide total verdreckt in Mountainbikemontur, er zudem noch mit Schrammen übersät. Kein Wunder, dass sie alle wie Aliens angestarrt hatten.

Isabell warf einen kurzen Blick an sich herunter. „Ist mir gar nicht aufgefallen", gab sie verlegen zu. „Ich war die ganze Zeit in Gedanken bei dir", bekannte sie.

Vielleicht sollte er sich einfach über diesen unverhofften Zufall freuen, der dazu geführt hatte, dass ihre Beziehung öffentlich wurde. Nach ihrem gemeinsamen Auftritt würden sie anschließend bestimmt gelöchert werden. Dementieren würde wohl nur noch mehr die Gerüchteküche aufheizen.

Natürlich hätte er Isabell niemals unter Druck gesetzt, aber er hatte sehr wohl die Befürchtung gehegt, dass Isabell diesen Schritt niemals wagen würde. Und was das langfristig für ihre Beziehung bedeutet hätte, wollte er sich lieber nicht ausmalen. Dafür nahm er doch gern den Sturz in Kauf und die damit verbundenen Schmerzen.

Bisher war er noch nie bei Isabell zu Hause gewesen, aber momentan hatte er keinen Blick für ihre Wohnung, er wollte sich einfach nur ausruhen. Isabell führte ihn behutsam zu einem Sessel, auf den er dankbar sank.

Isabell half ihm seine verdreckten Klamotten vorsichtig auszuziehen, wobei er die Zähne zusammenbeißen musste, als sie seine geprellten Rippen berührte.

Eigentlich hatte er Wechselklamotten in seinem Rucksack, die er zu Beginn des Ausfluges angehabt hatte, aber er winkte ab. „Ich leg mich so hin. Es ist warm genug."

Er erwischte Isabell, wie sie sich einen Blick auf seine Boxershorts nicht verkneifen konnte, wahrscheinlich war sie enttäuscht, dass die versprochene Belohnung ausfiel. Statt sich an erotischen Spielen zu erfreuen, durfte sie die Krankenpflegerin spielen. Ihm wäre die erste Variante auch bedeutend lieber gewesen. Wieder half Isabell ihm auf dem Weg ins Schlafzimmer und er legte sich stöhnend hin. Isabell drückte ihm einen zarten Kuss auf die Wange, bevor sie aufstand.

„Ich werde regelmäßig nach dir sehen, falls du schläfst, muss ich dich leider ab und zu aufwecken."

Tommy gab ein Brummen von sich, was seine Zustimmung ausdrücken sollte.

Kurz darauf war er wohl eingeschlafen, da ihn eine Welle der Übelkeit aus dem Schlaf aufschrecken ließ. Gerade noch rechtzeitig konnte er sich aufsetzen und dankte Isabell für ihre Weitsicht, ihm einen Kübel neben das Bett gestellt zu haben. Als Ärztin war ihr natürlich bekannt, dass Erbrechen eine Begleiterscheinung einer Gehirnerschütterung sein konnte.

Isabell hatte ihn wohl gehört, denn sie hatte die Tür einen Spalt offengelassen und schlich auf leisen Sohlen herein.

Er bemerkte sie erst, als sie dicht neben ihm stand, so sehr hatte ihn der Würgereiz abgelenkt.

Isabell nahm ihm den Eimer aus der Hand, brachte ihn rasch ins angrenzende Bad und wischte ihm anschließend vorsichtig mit einem feuchten Tuch übers Gesicht und drückte ihm ein Glas Wasser in die Hand.

Immer noch hatte sie kein Wort gesprochen, sondern handelte mit ruhigen, bedächtigen Bewegungen.

Nachdem sie ihm das Glas abgenommen hatte, meinte Tommy ein wenig gequält: „Ich hätte doch lieber im Krankenhaus bleiben sollen." Es war ihm unglaublich peinlich, dass Isabell ihn in diesem Zustand sah und sich verpflichtet fühlte, sich um ihn zu kümmern.

Isabell sah ihn empört an. „Ganz sicherlich nicht. Die Schwestern hätten sich doch darum gerissen, wer den attraktiven Doktor Sander gesund pflegen darf."

Tommy schmunzelte, obwohl ihm alles andere als zum Lachen zumute war. „Ach, so ist das. Es sind lediglich eigennützige Gedanken, die dich dazu gebracht haben, mich mitzunehmen."

„Das hast du ganz richtig erkannt. Ich wäre vor Eifersucht zerflossen, wenn ich gesehen hätte, wie sie dich den ganzen Tag umschwärmen."

„Aber jetzt musst du dich um mich kümmern. Es tut mir leid, Isabell."

Er hatte sich wieder hingelegt, diesmal hatte sie ihm einige Kissen in den Rücken gestopft, damit er etwas aufrechter lag und die Übelkeit nachließ.

„Ich habe schon Schlimmeres als Kotze gesehen", gab Isabell trocken zurück.

„Was bitte, ist schlimmer als Kotze?", erwiderte Tommy naserümpfend.

Sie schüttelte lächelnd den Kopf. „Versuch, noch ein wenig zu schlafen."

Während er die Augen schloss, setzte sich Isabell auf die Bettkante und nahm seine Hand in ihre. Der Körperkontakt ließ seine Haut kribbeln und entspannte ihn. Wieder stieg Wärme in ihm auf, verteilte sich wohltuend wie ein gemütliches Kaminfeuer im gesamten Körper, bis sie in seinen Fußspitzen ankam. Gerade als er fast weggedriftet wäre, hörte er Isabell flüstern. „Ich liebe dich auch, Tommy."

Als er leise „Das ist schön", sagte, entfuhr Isabell ein kleiner Schreckenslaut. Verlegen murmelte sie: „Zumindest ein klitzekleines bisschen. Ich dachte, du schläfst schon."

„Zum Glück nicht. Du machst mich gerade sehr glücklich." Isabells Antwort hörte er nicht mehr.

Nachts hatte Isabell ihn nur einmal geweckt, da er anscheinend mit ruhiger Atmung schlief. Sicherlich hatte sie seine Pupillen kontrolliert, aber das war an ihm vorbeigegangen.

Nun fühlte er sich besser, der Kopfschmerz war in ein dumpfes Pochen übergegangen, das erträglich war. Die Übelkeit war zum Glück verschwunden. Er schloss die Augen, als ihm einfiel, dass Isabell gestern seine Kotze entsorgen musste. Gott, wie eklig. Das war das Abtörnendste, was er sich vorstellen konnte.

Nun konnte er es nicht mehr ändern. Ergeben öffnete er die Augen und sah Isabell gerade mit einem Tablett in der Hand hereinkommen.

„Guten Morgen, Prinzessin. Ich hoffe, du warst nicht meinetwegen die ganze Nacht wach?", fragte er besorgt.

Sie platzierte das Tablett vorsichtig neben Tommy auf dem Bett und antworte lächelnd: „Ein Vorteil unseres Berufes ist es, sich nachts munter zu halten. Es ist mir nicht schwergefallen."

„Dann legst du dich aber gleich nach dem Frühstück hin." Fürsorglich strich er ihr über die Wange.

„Ja, Doktor Sander, wenn Sie der Meinung sind, ohne Beobachtung ein paar Stunden zu überleben und keinen Unsinn mehr anzustellen, dann werde ich das nachher machen." Sie wurde wieder ernst und wies aufs Tablett. „Ich hatte keine Ahnung, ob du überhaupt Appetit hast, aber ich habe einfach verschiedene Dinge vom Bäcker geholt."

„Mir geht's wieder gut", beruhigte Tommy sie, griff zeitgleich nach einem Croissant und biss herzhaft hinein. „Ich bin halb verhungert." Mit wenigen Bissen war es in seinem Magen verschwunden und er griff zu einem belegten Brötchen.

Isabell betrachtete ihn amüsiert. „Nicht, dass dir wieder schlecht wird. Diesmal darfst du das Erbrochene aber selbst aufwischen."

Tommy verzog gequält das Gesicht, als sie ihn an den schmachvollen Moment erinnerte und knurrte: „Bohr nur weiter in der schmerzenden Wunde."

Isabell kicherte und meinte frech: „Oje, jetzt habe ich dich in deiner männlichen Ehre gekränkt. Was machen wir denn da, um dich wiederaufzubauen?"

„Mach dich nur lustig. Aber ernsthaft, dein Liebesgeständnis hätte einen würdevolleren Rahmen verdient."

Isabell stand so hektisch auf, als hätte sie sich den Hintern an der Matratze verbrannt.

„Also Liebesgeständnis klingt jetzt irgendwie so ... bedeutungsvoll?" Sie ließ es wie eine Frage enden und schien ein wenig kurzatmig zu sein.

„Mein Gott, Isabell, du hast wirklich eine Begabung, große Momente zu ruinieren", brummte Tommy desillusioniert und sah sie mit zusammengekniffenen Augen an. Dennoch fühlte er sich glücklich, weil er genau wusste, dass Isabell wieder einmal eine Rolle spielte, um ihre Emotionen zu verbergen.

Isabell setzte sich wieder und kuschelte sich ganz sanft an ihn heran und lehnte sich an seine Schulter. „Es tut mir leid, ich bin nicht gut darin, meine Gefühle zu zeigen." Sie machten Fortschritte, jetzt hatte sie es sogar zugegeben.

„Wenn ich dafür mal wieder verunfallen soll, sag einfach Bescheid", scherzte Tommy und Isabell wuschelte ihm vorsichtig durchs Haar.

„Untersteh dich! Der gestrige Schreck reicht für die nächste Ewigkeit aus."

Kurz darauf ging Tommy schleppenden Schrittes ins Bad, um sich frisch zu machen. Gerade fühlte er sich wie ein alter Mann. Zum Glück hatte Isabell eine Ersatzzahnbürste für ihn, da es ihm unangenehm war, sie zu küssen, bevor er nicht seine Zähne putzen konnte.

Als er zurückkam, hatte Isabell das Zimmer gelüftet und das Tablett weggeräumt.

„Wäre es für dich in Ordnung, wenn ich mich zu dir lege? Wenn es dich stört, gehe ich auf die Couch", sagte sie ein wenig zaghaft.

Tommy klopfte zustimmend neben sich auf die Matratze und nahm sie in den Arm, sobald sie sich neben ihn legte. Auch wenn er dabei gehörig die Zähne zusammenbeißen musste, würde ihn nichts davon abhalten, denn er hatte sie so vermisst. Gestern Nachmittag kam ihm wie ein ferner Moment vor. Er war süchtig danach, Isabell endlich wieder zu berühren und seine Nase in ihrem Haar, das nach ein wenig Honig und Vanille duftete, zu vergraben.

„In deinen Armen erhole ich mich am allerbesten", murmelte er und drückte ihr einen Kuss auf die Stirn.

Isabell schenkte ihm ein sanftes Lächeln, sie schien sich über seine Worte zu freuen.

„Mir tut es übrigens leid. Ich fühle mich für deinen Sturz verantwortlich", bekannte Isabell unvermittelt.

Tommy schob sie ein Stückchen von sich und sah sie überrascht an. „Wie kommst du denn darauf?"

„Du hättest dich nicht zu mir umgedreht, wenn ich meine Klappe gehalten hätte. Dann wärst du dem Raser nicht in die Quere gekommen." Schuldbewusst blinzelte sie ein paar Mal, als würde sie seinen intensiven Blick kaum ertragen.

„So ein Blödsinn. Der Idiot hätte besser aufpassen müssen. Es war komplett unverantwortlich, diese unübersichtliche Stelle in solchem Tempo zu fahren. Er hätte dich fast über den Haufen gefahren, und das nehme ich ihm unbekannterweise verdammt übel." Tommys Blick wurde finster, als ihm klar wurde, dass der Arsch auch Isabell gefährdet hatte. Der Sport war nicht ungefährlich und Verletzungen kamen regelmäßig vor, umso wichtiger war es deshalb, sich auf der Trailstrecke umsichtig zu verhalten.

„Er hat nicht mal angehalten. Das nehme *ich* ihm richtig übel", fauchte Isabell, die gerade ihrer Wut freien Lauf ließ.

„Du bist süß." Tommy küsste sie zärtlich auf den Mund.

Sie schlüpften unter die Decke und Isabell kuschelte sich an ihn. Es dauerte nicht lange, da war sie eingeschlafen und er staunte über das Wunder, dass ihm diese wunderbare Frau in sein Leben gebracht hatte.

28

ISABELL

Süße, ist das wirklich wahr, was über die Krankenhausflure getratscht wird? Du und Tommy Sander??!! Ruf mich an, ich möchte alles wissen!

Es ging schon los. Isabell starrte auf ihr Handy, das sie seit Tommys Unfall nicht mehr in der Hand gehabt hatte.

Gedankenverloren trank sie einen Schluck Kaffee.

Nur ihre Freundin wagte es, sie direkt zu fragen, sonst stand ihr im Krankenhaus niemand so nah, was solch indiskreten Fragen gerechtfertigt hätte. Aber ihre alte Schulfreundin sah das anders. Wenn es sich nicht um einen Kollegen handeln würde und dann auch noch um einen attraktiven, deutlich jüngeren Kollegen, hätte sie kein Problem, es Miriam zu erzählen. Sie starrte auf ihr Handy, unfähig, eine Entscheidung zu treffen, ob sie antworten sollte.

Tommy war für eine Woche krankgeschrieben worden, was bedeutete, dass sie sich erst einmal alleine den neugierigen Fragen der Kollegen stellen musste. Aber warum sollte es ihr peinlich sein? Lieber sollte sie sich freuen, dass sie das Herz dieses unverschämt attraktiven Mannes gewonnen hatte. Sollten sich doch alle fragen, wie sie das geschafft hatte und sich darüber das Maul zerreißen. Sie würde hoch erhobenen Hauptes darüberstehen. Für so etwas Wundervolles brauchte sie sich wirklich nicht zu schämen. Es war doch das Problem ihrer Kollegen, wenn sie mit der Tatsache nicht zurechtkamen.

„Wie fühlst du dich?"

Isabell quiekte und fiel vor Schreck halb vom Stuhl. Zum Glück hatte sie ihre Tasse gerade abgestellt, sonst müsste sie sich wahrscheinlich noch mal umziehen, bevor sie in die Klinik fuhr.

„Ich dachte, du schläfst noch", erwiderte sie ausweichend, als sie wieder Luft bekam.

Tommy trat auf sie zu und zog sie zu sich heran. „Ich wollte dir noch viel Glück wünschen."

Isabell hob den Kopf und kniff die Augen zusammen. Sie konnte nicht sagen, ob Tommy das nun scherzhaft meinte.

Aber er hatte sehr wohl erkannt, wie es in ihr aussah, auch wenn sie wieder die alte Platte der unterkühlten, perfekten und über den Dingen stehenden Isabell aufgelegt hatte. Immer noch konnte sie sich nicht entscheiden, ob es gut oder schlecht war, dass er sie durchschaute. Sie entschied sich, ehrlich zu sein, denn sein Zuspruch tat ihr gut.

„Ich bin nervös."

Er beugte sich runter und gab ihr ein Küsschen auf die Stirn. Dann zog er sie wieder zu sich heran, sodass ihr Kopf an seinem Bauch ruhte, da sie immer noch saß. Bei ihren wackligen Beinen war das wohl die klügste Entscheidung. Sie würde behaupten, es läge an dem Schreck, aber in Wahrheit lag ihr der bevorstehende Tag in der Klinik gehörig im Magen.

„Was soll ich denn sagen? Ich glaube kaum, dass mich jemand drauf anspricht, aber hinter meinem Rücken werden alle tuscheln." Sie zuckte mit den Achseln, als würde sie das überhaupt nicht tangieren. Abrupt löste sie sich aus der Umarmung und schob den Stuhl kratzend über den Boden. Wieder zuckte sie zusammen, ihr Nervenkostüm war heute nicht das Beste.

„Sorry, dass ich dich alleine in die Höhle der Löwen spazieren lasse." Tommy sah etwas schuldbewusst aus.

Isabell zog ein wenig herablassend die Augenbrauen hoch und verschränkte die Arme vor der Brust. „Und, was würdest du dann tun? Den edlen Retter spielen, der mir zur Hilfe eilt?"

„Wir könnten gemeinsam hineinspazieren. Ich würde dich auf deine Station begleiten, dir den Arm um die Schulter legen, dich ganz nah zu mir heranziehen und dir einen feurigen Kuss geben, der dich den ganzen Tag daran erinnern würde, was ich abends mit dir zu tun gedenke."

Isabell starrte ihn mit leicht geöffnetem Mund an und in ihrem Gehirn arbeitete es. So sehr sie sich bemühte, sie konnte die Bilder von sich und Tommy nackt zwischen den Bettlaken wälzend nicht aus dem Kopf bekommen. Ihr wurde heiß und sie wedelte sich mit der Hand Luft zu.

„Danke, Tommy, jetzt habe ich den ganzen Tag uns beim Sex vor Augen, das hilft mir jetzt wirklich prima weiter."

Sie zog ihren Mund schmollend zusammen, und er gab ihr wirklich den versprochenen feurigen Kuss, der Verlangen in ihr entfachte. Sie keuchte leise und schob ihn vehement von sich. „Ganz schlechte Idee, Tommy. Das Einzige, was du heute tun wirst, ist, dich im Bett auszuruhen."

„Ach was. Bis abends bin ich bestimmt wieder ganz der Alte."

Nun bedachte sie ihn mit einem eindeutig mitleidigen Blick. „Vergiss es! Ich bin Ärztin und wir werden heute ganz sicherlich keinen Sex haben." Finster blinzelte sie ihn an und ließ sich von seinem schmeichelnden Blick in keiner Weise beeindrucken.

„Du wirst keine Chance haben. Verdammt, jetzt ist es schon so spät, ich muss los." An der Tür nahm sie sich doch noch die Zeit, Tommy zu sich heranzuziehen und ihn nochmals zu küssen.

Sie öffnete die Tür und ärgerte sich selbst, dass sie sich noch mal zu ihm umdrehte, als wäre es lebensnotwendig, ihn erneut anzusehen. Als wäre er ihr Sauerstoff, um weiterzumachen. Lässig stand er da, die Arme hinter dem Kopf verschränkt und meinte spitzbübisch: „Ich habe schon meine Methoden, um dich umzustimmen. Warte es nur ab."

Isabell runzelte die Stirn, sagte aber nichts. Super, jetzt würde sie den ganzen Tag grübeln, was er mit ihr vorhatte, aber sie würde nicht einknicken. Ganz sicher nicht!

Sie grinste nur und zog die Tür ins Schloss.

Ihre Absätze klackerten, als sie in der Tiefgarage zu ihrem Auto eilte. Heute sah sie sich außerstande, die öffentlichen Verkehrsmittel zu nehmen. Sie brauchte Ruhe, um sich auf den Tag einzustimmen. Auch wenn sie dafür riskierte, zu spät zu kommen.

So früh morgens kam sie gut durch die Stadt und parkte etwas später in der Nähe des Krankenhauses.

Ein paar Schritte musste sie laufen, die sie aus der Puste brachten. Jetzt reiß dich gefälligst mal zusammen, stauchte sie sich in Gedanken selbst zusammen.

Im Eingangsbereich traf sie auf einen Kollegen, der sie freundlich grüßte. Er sah sie weder fragend noch neugierig an. Vielleicht waren ihm die Gerüchte noch nicht zu Ohren gekommen. Als sie noch ein paar weitere Kollegen begrüßt hatte, entspannte sie sich ein wenig. Die Übergabe verlief unspektakulär und bisher hatte sie noch keine auffälligen Blicke bemerkt. Vielleicht hatte sie sich viel zu wichtig genommen. Sie würde nachher bei einer Tasse Kaffee ihre Freundin aushorchen. Ihre Anspannung ließ langsam nach und sie gelangte ihre gewohnte Souveränität wieder. Während sie gedankenverloren über den Flur eilte, stieß sie fast mit einer Schwester zusammen, die gerade ein Zimmer verließ. Ein Blick in Alisas hasserfüllte Augen ließ ihre Illusion wie ein Kartenhaus zusammenstürzen. Alisa wusste Bescheid. Und es fiel ihr schwer, ihre vorlaute Klappe zu halten.

„Haben Sie mir etwas zu sagen?", provozierte Isabell die junge Frau, um gleich in die Offensive zu gehen.

„Nein. Wie kommen Sie darauf?", gab die Göre doch glatt rotzfrech zurück.

„Da funkelt etwas in Ihren Augen, was mir sagt, dass Ihnen etwas auf der Zunge liegt." Isabell blickte sie ungerührt an. Sie würde sich ganz sicherlich nicht von der Kleinen in die Ecke drängen lassen.

„Da funkelt lediglich die Lust am Leben. Ich muss mich um Herrn Brenner kümmern. Sie entschuldigen mich bitte, ich bin während der Arbeitszeit für die Patienten da."

Und ließ sie damit einfach stehen. Isabell kochte. So ein freches Verhalten war sie nicht gewöhnt und sie atmete tief durch, versuchte, sich in das Mädel hineinzuversetzen. Es musste bitter sein, abgewiesen worden zu sein. Aber zu erfahren, dass die Neue zwanzig Jahre älter war, musste unerträglich sein. Alisa war eifersüchtig auf sie. Isabell schüttelte belustigt den Kopf. Was hatte sie sich dabei nur gedacht? Jetzt konkurrierte sie mit zwanzigjährigen Mädchen um die Gunst eines Mannes.

Nachdem sie sich um einen Notfall gekümmert hatte, konnte sie sich anschließend mit ihrer Freundin treffen, die schon darauf brannte, alles zu erfahren.

Sie begrüßten sich mit einem Wangenküsschen und Isabell bemühte sich, die neugierigen Blicke auszublenden, die sie nun doch wahrnahm. Seufzend biss sie in einen Donut und sah Miriam ergeben an. „Klär mich bitte auf, was über die Flure getratscht wird."

Miriam grinste sie frech an und schüttelte den Kopf. „Warum hast du mir davon nichts erzählt? Wie kannst du mir so eine krasse Story verschweigen?"

Als Isabell ein wenig empört prustete, vergewisserte sie sich: „Es stimmt doch, dass du den verletzten Tommy hier abgeliefert hast."

„Ja, das stimmt. Wir waren zusammen beim Mountainbiken. Ganz kameradschaftlich."

Das erheiterte Gelächter blendete sie aus. „Isabell, du kannst jemandem anderen weismachen, dass du ganz freundschaftlich mit ihm Fahrrad fahren warst. Warum solltest du so etwas tun?"

„Das klingt ja gerade so, als hätte ich ihn für den grandiosen Sex mit einem Zugeständnis belohnt." Isabell blies die Backen auf und stieß dann die Luft aus.

„Über den grandiosen Sex würde ich gern mehr erfahren."

„Psst. Nicht so laut. Wir stehen sowieso schon unter Beobachtung." Sie nickte in Richtung der tuschelnden Frauen. Michaela, Tommys Kollegin sah rasch weg.

„Du darfst gerne weitererzählen, dass wir ein Paar sind."

Jetzt verschluckte sich Miriam glatt an ihrem Kuchen.

„Also nicht nur grandioser Sex?", fragte sie vorsichtshalber nach.

„Du tust ja gerade so, als wäre das völlig abwegig." Isabell versuchte, den Stachel zu verdrängen, der sie doch gehörig marterte.

„Ungewöhnlich würde ich eher sagen. Damit hat eben niemand gerechnet. Dass der smarte Sonnyboy und die gestrenge Chefärztin zusammen sind."

„Eigentlich sind wir offiziell gar kein Paar", ruderte Isabell hektisch wieder zurück.

„Aber es scheint doch ernst zu sein, sonst hättest du ihn doch nicht hierhergebracht und dich dem Geschnatter ausgesetzt."

Erneut beging sie den Fehler, zum Nachbartisch zu sehen, und diesmal fing sie Michaelas Blick ein. Sie sah zwar neugierig aus, aber wenigstens fehlte ihr das feindselige Glitzern, mit dem ihr Alisa begegnet war.

Isabell stopfte sich den restlichen Donut in den Mund und während sie noch kaute, sagte sie ganz undamenhaft: „Er hat gesagt, dass er mich liebt."

Wieder fiel ihrer Freundin die Kinnlade herunter. „Was? Und das nennst du nicht ernst? Was soll er denn noch machen? Einen Heiratsantrag?"

Isabell winkte ab. „Ach, ich weiß auch nicht. Er bedeutet mir mehr, als mir lieb ist. Denn das macht mich angreifbar. Und ich habe die ganzen letzten Jahre penibel darauf geachtet, genau das nicht zu sein."

„Isabell, hör auf zu denken, sondern genieße. Lass dein Herz sprechen."

Sie seufzte, lächelte aber dabei. Miriam beobachtete sie.

„Er tut dir gut. Du siehst glücklich aus, trotz deiner misslichen Lage. Lass sie noch ein paar Tage reden, dann finden sie ein neues Thema und ihr seid ein alter Hut."

„Unseren gemeinsamen Auftritt müssen wir wirkungsvoll in Szene setzen", scherzte Isabell und fühlte sich gleich viel besser. Es tat ihr gut, mit ihrer Freundin zu sprechen.

Miriam hatte recht. Das Gerede konnte ihr egal sein. Tommy war es wert.

Es dauerte gerade einmal ein paar Stunden, bis ihre stoische Haltung schon wieder gehörig ins Wanken geriet, als sie zufällig Wortfetzen auffing, die garantiert nicht für ihre Ohren bestimmt waren. Eigentlich hatte sie das Krankenhaus schon verlassen, als ihr auffiel, dass sie ihr Handy im Büro liegen gelassen hatte. Sie ging gerade auf dem Weg ins Büro an der Cafeteria vorbei, als sie besagte Michaela mit einer jüngeren Assistenzärztin tratschen hörte. Wahrscheinlich hatten sie die beiden vorhin hinausgehen sehen und bemühten sich nun nicht einmal um eine angemessene Lautstärke. Isabell dachte verächtlich, dass es Michaela wahrscheinlich gefallen würde, wenn ihr noch ein paar Umstehende zustimmten und sich ins Gespräch einklinkten.

Ihre Nackenhärchen stellten sich auf, als sie Michaelas unverfrorene Worte hörte, die direkt vom Gehirn in ihr Herz schossen, um dort dafür zu sorgen, dass es wie durch winzig kleine Pfeilspitzen gequält wurde.

„Ganz ehrlich, was will er mit dieser überheblichen Kuh?"

Die blonde Ärztin, deren Name Isabell nicht bekannt war, fiel dankbar in das Geläster ein: „Für ihr Alter sieht sie ja recht passabel aus, aber ganz ehrlich, Tommy könnte jede haben, warum lacht er sich so eine Alte an?"

Michaela kicherte albern wie ein Teenager und schlug sich die Hand vor den Mund. „Theresa, das war jetzt aber wirklich böse. Ich finde den Altersunterschied gar nicht das Schlimmste, die Liebe geht eben manchmal seltsame Wege, aber ganz ehrlich: Frau Doktor Niedermayer? Sie ist doch einfach nur unmöglich! Neulich hat sie Tommy bei mir im Gang dermaßen abgekanzelt, wie kann er ernsthaft an so einer Furie interessiert sein?"

Wieder bohrten sich die kleinen, aber fiesen Stachel munter in ihr Herz. Es wunderte sie nicht, dass Michaela den Altersunterschied als geringstes Problem sah, schließlich ließ sich nicht leugnen, dass sie selbst auf Tommy scharf und einige Jahre älter war, wenngleich sie mit ihm keine zwölf Jahre trennten.

Immer noch stand sie wie angewurzelt da und konnte jederzeit von einer der Frauen entdeckt werden. Aber sie konnte keine Entscheidung treffen, sosehr war ihr Körper in einer Schockstarre gefangen.

„Keine Ahnung, vielleicht verspricht er sich dadurch bessere Aufstiegschance", mutmaßte nun Theresa.

„So weit habe ich noch gar nicht gedacht. Du denkst, er schläft sich hoch? Er nutzt sie aus?" Michaela quiekte sensationslüstern, bevor sie sich erneut die Hand vor den Mund schlug.

„Keine Ahnung, ob er so etwas tun würde, dafür kenne ich ihn zu wenig, aber es wäre doch eine Erklärung", meinte Theresa achselzuckend.

Wenn Isabell zuvor nicht verhindern konnte, dass sie sich gekränkt fühlte, stieg nun Wut in ihr auf. Es überfiel sie so plötzlich, dass die Intensität sie überrannte und jeglichen vernünftigen Gedanken ausradierte. In ihr brodelte es heftiger als in jedem Kochtopf. Wie eine Furie stürmte sie auf die Frauen zu und baute sich vor ihnen auf.

Beide Frauen sahen sie schockiert mit geöffnetem Mund an, was Isabell fast in ein Lachen ausbrechen ließ, wenn sie nicht so aufgebracht wäre.

„Ich weiß, dass Frauen gerne tratschen, da bilden Sie keine Ausnahme, aber Frau Doktor Mayer, dass Sie nichts Besseres zu tun haben, als Ihren Kollegen, den Sie doch eigentlich sehr schätzen, durch den Dreck zu ziehen, finde ich wirklich widerwärtig. Und da werfen Sie mir vor, ich wäre überheblich? Vielleicht überdenken Sie erst mal Ihre eigenen Charaktereigenschaften." Während die blonde Kollegin betreten zu Boden sah, starrte Michaela sie mit offenem Mund an, was ihren Zorn nicht minderte. „Mich müssen Sie nicht mögen, lästern Sie so viel Sie wollen über mich, aber halten Sie Tommy da raus. Sie können ihm mit Ihren falschen Unterstellungen ziemlichen Ärger einhandeln. Denken Sie mal darüber nach."

Ohne der perplexen Ärztin eine Chance zu geben, sich zu erklären, rauschte Isabell an ihr vorbei, um ihr Handy zu holen. Alles in ihr schrie danach, umgehend kehrtzumachen und von hier zu verschwinden, aber das würde sehr merkwürdig aussehen, nachdem sie gerade erst das Gebäude betreten hatte. Jeder würde erkennen, dass sie auf der Flucht wäre.

Was hatte sie sich dabei nur gedacht? Sie hätte einfach unbemerkt vorbeischleichen sollen. Im Nachhinein betrachtet hatte sie sich doch erst recht lächerlich gemacht, wie sie sich wie eine Löwenmutter vor ihr Junges geworfen hatte, um es zu beschützen.

Isabell warf die Bürotür zu, eilte auf ihren Schreibtisch zu und sackte auf den Stuhl. Sie verbarg für einen Moment ihr Gesicht in den Armen auf dem Tisch. Schlimmer hätte es nicht kommen können. Unmöglich konnte sie derart aufgewühlt nach Hause fahren. Tommy war bestimmt unerträglich neugierig. Niemals würde sie ihm erzählen, was sie sich geleistet hatte.

Sie nahm ihr Handy in die Hand. Plötzlich übermannte sie der Wunsch, Mila endlich von sich und Tommy zu erzählen. Vielleicht würde sie das beruhigen und sie könnte mit Mila über das heutige Desaster lachen. Sie war es ihrer Freundin schuldig, dass sie endlich von ihr und Tommy erfuhr.

29

Das lockere Laufen tat ihm gut. Die frische Luft weckte seine Lebensgeister, als er durch den weitläufigen Park joggte. Nach einer Woche waren seine Kopfschmerzen abgeklungen. Die Rippen schmerzten zwar noch leicht, aber davon ließ er sich nicht abhalten, vorsichtig mit Sport zu beginnen. Isabell hätte es am liebsten gesehen, wenn sie ihn für immer ans Bett gefesselt hätte, aber da sie nicht vorhatte, sich mit ihm dort sportlich zu betätigen, musste er sich anderweitig auspowern. Ihm fiel auf, dass er lächelte, als er sich daran erinnerte, dass Isabell sich wie eine besorgte Glucke aufgeführt hatte. Natürlich hatte er schon zuvor gewusst, dass Isabell tief in ihrem Inneren nicht so kalt und abgebrüht war, wie sie sich nach Außen gern präsentierte. Alleine die Liebe und Fürsorge, die sie Mila gegenüber nach ihrem Krankenhausaufenthalt gezeigt hatte, sagte ihm, dass sie im Grunde ein einfühlsamer, warmherziger Mensch war, der nur aus Angst, erneut verletzt zu werden, sich unnahbar verhielt. Diese eiserne Mauer aus Distanz, einem Hauch Ironie und einer großen Klappe hatte ihr Respekt eingehandelt, wenn auch nicht unbedingt Wohlwollen.

Er hatte es genossen, dass Isabell ihn umsorgt hatte und für ihn da gewesen war. Derart zufrieden hatte er sich seit Ewigkeiten nicht mehr gefühlt, obwohl sein Schädel gebrummt hatte. Er hatte sich angekommen gefühlt. In ihrer Gesellschaft fühlte er sich wohl, er fühlte sich zuhause. Ihm war aufgegangen, dass er ohne sie nur noch ein halber Mensch war.

Nur deshalb hatte er sie gewähren lassen. Aber irgendwann war Schluss und heute hatte er ihr klargemacht, dass mit dieser Überfürsorge Schluss wäre. Erst hatte er ihr erklärt, dass er nun joggen gehen würde, dann hatte er sie mundtot gemacht, als er ihr mitteilte, dass er gedachte, sie heute Abend flachzulegen. Ihr Kiefer war aufgeklappt und ein *aber* war ihr entkommen, bevor sie den Mund wieder zugeklappt hatte. Er hatte sie bestimmend angefunkelt, sie an sich gedrückt und ihr drohend ins Ohr gemurmelt: „Es wäre auch in deinem Interesse. Langsam baut sich bei mir ein gehöriger Stau auf, und je länger der anhält, desto härter und stürmischer werde ich dich rannehmen."

Sie hatte ihn mit weit aufgerissenen Augen angesehen und ihr kam gerade einmal ein „Oh" über die Lippen.

„Ich würde mir an deiner Stelle gut überlegen, ob du mir das ausreden möchtest", hatte er mit tiefer Stimme gegrollt.

Isabell war ganz leicht errötet, was er so bezaubernd fand, dass er erwogen hatte, den Matratzensport vorzuziehen.

„Das würde ich nie wagen", hatte sie ihm lasziv ins Ohr gehaucht, bevor sie ihm viel Spaß beim Joggen gewünscht hatte.

Während er einer Gruppe lärmender Teenager auswich, die ihm auf dem schmalen Pfad entgegenkamen, wanderten seine Gedanken weiter zu seiner Arbeit. Morgen würde er wieder zu arbeiten beginnen, er war gespannt, wie die Kollegen reagieren würden. Isabell hatte ihm nicht viel erzählt, sie hatte gemeint, vor ihr hielten sich alle zurück. Natürlich wagte es niemand, sie offen auf ihre Beziehung anzusprechen. Bei ihm sah das anders aus, ihn fragten sie bestimmt schamlos aus. Er seufzte ein wenig frustriert auf und wünschte sich erstmals Isabells Fähigkeit, sich im Job distanziert zu verhalten. Das war in diesem Fall wohl ein deutlicher Vorteil.

Andererseits würde er einfach klarstellen, dass er diese Frau liebte und nicht vorhatte, über seine Beweggründe zu diskutieren. Dass würde alle Neugierigen hoffentlich in die Schranken weisen.

Nach einer halben Stunde kam er nach Hause. Er wollte seinen Körper nicht gleich zu viel zumuten, außerdem legte er keinen Wert darauf, Isabells Unmut auf sich zu ziehen. Am Ende strafte sie ihn mit weiterem Sexentzug. Nachdem er sich rasch die Schuhe mit dem Fuß abgestreift hatte, trank er in der Küche ein großes Glas Wasser leer, bevor er unter der Dusche verschwand. Zu seinem Leidwesen war Isabell nicht da, sonst hätte er sie mit unter die Dusche gezogen, um dort unanständige Dinge mit ihr anzustellen. Er sollte schleunigst an etwas anderes denken, sonst würde er sich gleich selbst behelfen müssen.

Leider hatte er am Abend seinen verheißungsvollen Worten keine Taten folgen lassen können, da er ganz vergessen hatte, dass er sich mit Freunden verabredet hatte. Isabell hatte es zum Glück mit Humor genommen und gemeint, dass sie endlich mal Ruhe vor ihm hätte.

Lydia und Markus kannte er seit vielen Jahren. Durch einen gemeinsamen Freund hatten sie sich damals auf einer Uniparty kennengelernt und ihre Freundschaft im Laufe der Jahre vertieft. Seit Ewigkeiten trafen sie sich regelmäßig zum Fußballgucken. Momentan fand die Weltmeisterschaft statt und sie wollten das Deutschlandspiel gemeinsam anschauen. Auch wenn Tommy kein ausgewiesener Fußballfan war, fand er es angenehm, mit ein paar Kumpels abzuhängen und die deutschen Jungs anzufeuern. Lydia hatte sich zu einer Freundin geflüchtet, da laut ihrer Aussage die grölenden biertrinkenden Jungs nicht zu ertragen wären.

Es war ein netter Abend gewesen, an dem er sich etwas abgeschossen hatte. Deshalb hatte er bei Markus übernachtet und war froh, dass Isabell ihn nicht zu Gesicht bekommen hatte. Bestimmt hätte sie ihn gemaßregelt, wie unvernünftig er sich verhielt, dachte er grinsend.

„Hier deine Tablette." Lydia reichte ihm eine Kopfschmerztablette und ein Glas Wasser. Noch immer sah sie etwas säuerlich aus, nachdem sie im Wohnzimmer halb über ihn gefallen war. Ihr überraschter Schrei hatte Markus aus dem Bett geworfen.

Tommy hatte ihn gefragt, ob er vergessen hatte, ihr von ihrem Übernachtungsgast zu erzählen.

„Er war wohl zu besoffen, um sich daran zu erinnern", schmollte Lydia.

Während seine Freunde heute frei hatten, musste er zum Wochenenddienst, den er beinah vergessen hätte.

Nach einer Tasse Kaffee brach er hastig auf, da er unbedingt zuvor nach Hause musste, bevor er ins Krankenhaus fuhr.

Jetzt hatte er gar keine Gelegenheit mehr, sich mit Isabell abzustimmen, die wohl schon im Krankenhaus war.

Sie hatten vermieden, in den letzten Tagen über das heikle Thema zu reden, Isabell schien nicht darüber sprechen zu wollen und er wollte auch nicht nachbohren.

Am liebsten würde er sie vor allen Kollegen in seine Arme ziehen und leidenschaftlich küssen, damit endlich Ruhe war. Allerdings hegte er die Befürchtung, dass Isabell ihn anschließend einen Kopf kürzer machen würde. Eine derartige Zurschaustellung war sicherlich nicht in ihrem Interesse.

Vielleicht hatte sie recht, es wäre kein professionelles Auftreten, aber er liebte sie nun mal und würde das gern aller Welt zeigen.

Eine kalte Dusche, eine zweite Kopfschmerztablette und viel Koffein verhalfen ihm zu einem besseren Gefühl, als er das Krankenhaus betrat. Mittlerweile war es früher Nachmittag und er fühlte sich wieder fit, nachdem er sich zu Hause noch kurz aufs Ohr gelegt hatte. Dennoch war er erleichtert, heute nicht im Operationssaal stehen zu müssen. Natürlich konnte immer ein ungeplanter Kaiserschnitt dazwischenkommen, aber auf der Gynäkologie kam es selten zu unerwarteten Einsätzen.

Kaum betrat er die Station, lief er auch schon Michaela in die Arme, die ihn grinsend begrüßte.

„Da kommt ja unser Bruchpilot. Geht's dir wieder gut? Du sahst wohl ziemlich ramponiert aus." Sie trat etwas näher und betrachtete ihn eindringlich. „Ein paar Schrammen sieht man noch ganz leicht." Sie atmete hörbar ein und stieß dann hervor: „Aber wie ich hörte, befindest du dich ja in fachkundiger Betreuung." Jetzt klang ihr Lachen anzüglich, aber er erkannte, dass es aufgesetzt war. Innerlich seufzte er auf, er hatte noch nicht einmal seinen Dienst angetreten und schon wurde er auf Isabell angesprochen, wenngleich Michaela dabei nicht gerade subtil vorging.

„Da hast du ganz richtig gehört. Isabell hat mich gesund gepflegt und sich äußerst viel Mühe gegeben, mir dabei zur nötigen Entspannung zu verhelfen." Er zwinkerte ihr vertraulich zu, klopfte ihr freundschaftlich auf die Schulter und ließ ihr einen kurzen Moment, um sich wieder zu erholen.

„Dann stimmt es wirklich? Du und Isabell, ihr seid ein Paar? Ihr seid zusammen!?" Zum Schluss hin klang sie immer ungläubiger.

„Ich dachte, das wäre nach unserem Auftritt hier klargewesen?" Tommy warf ihr einen fragenden Blick zu, obwohl er sich schon denken konnte, dass alle dachten, er hätte nur eine lose Affäre mit Isabell. Dass es etwas Ernstes war, glaubte wohl niemand.

Natürlich weigerte sich Michaela, diesen Gedanken auszusprechen, aber ihr rotes Gesicht sagte alles.

Er wurde ernst und bat: „Ich würde mir wünschen, dass ihr aufhört, euch über Isabell und mich das Maul zu zerreißen. Ihr braucht das nicht zu verstehen. Das geht nur Isabell und mich etwas an. Aber damit das ein für alle Mal klar ist: Ich liebe Isabell, das kannst du gerne weiterzählen, aber danach ist Schluss!"

Jetzt klappte ihr Mund auf und sie starrte ihn fassungslos an. „So, wie Frau Doktor Niedermayer dich verteidigt hat, war mir klar, dass sie total verschossen in dich ist, aber ich hätte nicht gedacht, dass du …"

Abrupt stoppte sie und presste die Lippen aufeinander, als ihr wohl klar wurde, was sie ihm gerade unterstellen wollte.

„Isabell hat mich verteidigt? Was hat sie denn gesagt?", wollte er neugierig wissen. Michaelas Unterstellungen hingegen wollte er gar nicht hören. Das konnte er sich sowieso schon denken, auch wenn es ihn doch mehr traf, als er zugeben wollte.

Michaela druckste herum: „Tommy, es tut mir leid. Ich habe was Blödes gesagt, was ich gar nicht so meinte, und sie hat es mitbekommen."

Bevor er nachhaken konnte, trat seine Chefin heran und bat sie um Aufmerksamkeit, da sie mit der Visite beginnen wollte. Egal, dann würde er eben später Isabell fragen, was es damit auf sich hatte. Warum hatte sie ihm nichts davon erzählt? Ihm ging auf, dass ihre ersten Tage im Dienst wohl doch nicht so entspannt gewesen waren, wie sie behauptet hatte.

In einer ruhigen Minute nahm er sich die Zeit, um nachzusehen, ob Isabell seine Nachricht gelesen hatte, die er ihr vormittags geschrieben hatte, nachdem er sie telefonisch nicht erreicht hatte.

In seinem Magen blubberte es wohlig, als er las, dass sie gern mit ihm einen Kaffee trinken würde, falls sie gemeinsam Zeit dafür fanden. Er antwortete, dass er in einer halben Stunde in der Cafeteria wäre.

Ungeduldig trommelte er mit den Fingerspitzen auf den Tisch, während er auf Isabell wartete. Immer wieder warf er einen verstohlenen Blick auf sein Handy, das er griffbereit auf dem Tisch liegen hatte. Sie hatte sich nicht gemeldet. Wenn sie nicht bald käme, müsste er wieder zurück auf Station, während sie ihrem Feierabend entgegensah.

Er sah von seinem Handy auf und entdeckte sie. Die Sonne schien den Raum zu durchfluten und er begann zu strahlen, ohne es zu bemerken. Sie fing seinen Blick auf und ihr ernstes Gesicht zierte nun ein leichtes Lächeln.

Nachdem sie sich einen Kaffee geholt hatte, trat sie an seinen Tisch und sagte leise: „Sorry, dass es so lange gedauert hat, das war keine Absicht."

Sie setzte sich ihm gegenüber und er zog die Augenbraue hoch. „Kein Begrüßungskuss, Schatz?"

Zu seiner Überraschung wurde sie rot. Er hatte das scherzhaft gemeint, aber es sah so aus, als würde sie glauben, er hätte es erwartet.

Sie rang nach Worten, und er ergänzte hastig: „Ist schon gut, Isabell. Es ist okay für mich, wenn du unsere Liebe nicht zur Schau stellen möchtest."

Ihre Augen weiteten sich und sie schien sich über seine Worte zu freuen. Zu seiner Verwunderung griff sie nach seiner Hand und streichelte sie liebevoll. Diese überraschend zärtliche Geste ließ ihn wohlig erschaudern.

„Danke Tommy", meinte sie schlicht, ließ seine Hand aber weiterhin nicht los und er würde einen Teufel tun, sie ihr zu entziehen. Für Isabell war das schon ein großes Zugeständnis, denn ein unauffälliger Blick durch den Raum sagte ihm, dass es nicht unbemerkt geblieben war. Obwohl gerade in der Kantine nicht besonders viel los war, standen sie unter Dauerbeobachtung.

Er konzentrierte sich wieder auf Isabell und sein Blick verlor sich in ihrem, und die Welt um sie herum, verschmolz zu einer einzigen, unwichtigen Nebenrolle, die zu ihrem Vakuum keinen Zutritt hatte.

Bis Tommy den magischen Moment zerstörte, indem er leise fragte: „Kann es sein, dass du mir etwas verheimlicht hast? Michaela hat vorhin so seltsame Andeutungen gemacht."

Isabell zog ihre Hand so schnell zurück, dass er die Berührung nur noch wie eine leise Erinnerung an eine laue Sommernacht wahrnahm.

Indem sie die Arme verschränkte, ging sie in einen Abwehrmodus über und wollte ihn auf Distanz halten. Aber seine Neugier war größer.

„Sie meinte, du hättest mich verteidigt?"

„Diese alte Klatschtante. Ich hätte nicht gedacht, dass sie es dir sagt, immerhin kommt sie dabei nicht gerade gut weg."

Hektisch strich sie sich eine Haarsträhne hinters Ohr, die sie wohl im Gesicht kitzelte. Isabell seufzte übertrieben auf und sagte dann langsam: „Sie hat dir unterstellt, dass niedere Absichten dahinterstecken. Dass du dir wohl was davon versprichst, mit mir zu schlafen."

Obwohl es Tommy ein wenig zu schaffen machte, was seine Kollegin ihm unterstellt hatte, traf ihn Isabells verletzlicher Blick viel mehr. Sie wollte es ihm nicht zeigen, aber dieser Vorwurf war nicht nur für ihn kränkend, sondern für sie ebenso.

Diesmal griff er nach ihrer Hand und drückte sie zärtlich. „Es tut mir leid, Isabell. Ich möchte nicht, dass dir jemand wehtut. Aber ich habe Michaela ein für alle Mal klargemacht, dass sie das Gerede unterlassen soll. Sie darf gerne erzählen, dass ich dich liebe, aber danach ist Schluss mit dem Tratsch."

Nun beugte sich Isabell ein wenig über den Tisch, um ihm näher zu sein. „Das hast du nicht wirklich gesagt?", wagte sie einzuwerfen.

„Natürlich." Tommy lachte befreit. „Denn das darf sie gerne weitererzählen, da es ausnahmsweise mal der Wahrheit entspricht."

Ihre warme Hand griff nun auch noch nach seiner anderen, und sie lehnte sich noch ein Stück vor. „Ich liebe dich auch." Dabei lächelte sie ihn so sanft an, dass ihn eine Gänsehaut überfiel.

„Und, du hast mich verteidigt?", lenkte er rasch ab, weil er Bedenken hatte, gleich alle Vorsicht zu verlieren, und er der Sehnsucht nachgeben würde, sie endlich in den Arm zu nehmen.

„Das konnte ich doch nicht auf dir sitzen lassen." Isabell schnaubte empört und kniff die Augen zusammen. „Mir ist es egal, wenn sie über mich reden. Damit habe ich gerechnet, aber ich hätte nicht gedacht, dass du auch als Opfer herhalten musst. Du bist beliebt, alle schätzen dich als hervorragenden Kollegen, wie können sie so gemein sein, dir solche Dinge zu unterstellen?"

Isabells Augen funkelten wütend, sie schien in Rage geraten zu sein, was sein Herz heftiger schlagen ließ. Die Wut in

Isabells Augen mochte vielleicht für andere gefährlich wirken, doch sie wärmte sein Herz, umhüllten es und ließ ihn friedlich zurück. Er war Isabell wichtig, sie liebte ihn wirklich, ansonsten hätte sie sich niemals so für ihn eingesetzt. Er lächelte leicht und streichelte ihr kurz über die Wange, was hoffentlich niemand bemerkt hatte.

„Ich würde dich jetzt so gern küssen, aber ich traue mich nicht", bekannte Isabell offenherzig.

„Das holen wir heute Abend ausgiebig nach", schlug Tommy augenzwinkernd vor, bevor er aufstand, da er zurück auf Station musste. Im Vorbeigehen strich er ihr sacht über die Schulter, bevor er sich zwang, weiterzugehen.

30

„Musst du schon wieder auf Toilette?", stöhnte Tommy ungläubig, als Isabell ihn bat, sie durchzulassen.

Sie befanden sich im Flugzeug auf dem Weg nach Schweden, um Mila und Leo zu besuchen.

Isabell warf ihm einen entschuldigenden Blick zu und meinte: „Es wäre wohl sinnvoller gewesen, mich am Gang sitzen zu lassen." Kurz verstummte sie, dann atmete sie tief durch und fuhr fort: „Eigentlich habe ich gar keine empfindliche Blase. Vielleicht bin ich etwas nervös." Den zweiten Satz verschluckte sie beinah, weil es ihr peinlich war, es auszusprechen. Sie ließ Tommy keine Gelegenheit zu antworten, da sie über den schmalen Gang zur Toilette eilte, bevor wieder jemand den Weg versperrte.

Immerhin war sie normalerweise als selbstbewusste Frau bekannt, die so schnell nichts aus der Bahn warf. Aber es war das erste Mal, dass sie vor Freunden gemeinsam auftraten. Zwar freute sich Isabell ungemein, endlich Mila wiederzusehen, dennoch bereitete es ihr Bauchgrummeln, wie die beiden es auffassen würden, dass Tommy und sie ein Paar waren. Natürlich wussten sie es, aber es in natura live mitzuerleben, war noch einmal eine ganz andere Hausnummer.

Tommy hatte nicht viel erzählt, sie wusste nicht, was Leo wirklich davon hielt, dass sich sein bester Freund in seine ehemalige Chefin verliebt hatte. Der Gedanke, der ihr allerdings am meisten Angst einjagte, versuchte sie vehement aus ihrem Kopf zu vertreiben. Seitdem sie dem Besuch zugestimmt hatte, konnte sie die Angst nicht verdrängen, was passieren würde, wenn Tommy seine große Liebe wiedersah.

Was wäre, wenn die alten Gefühle wieder hervorbrachen und sich wie eine Giftwolke auf ihre Beziehung legen würde? Mit jedem Atemzug des gefährlichen Stoffes würde sich Tommy weiter von ihr entfernen. Und falls er das zu verhindern wusste, traute sich Isabell selbst nicht über den Weg. Was wäre, wenn sie nicht damit klarkam, falls Tommy Milas Anblick alles andere als kalt lassen würde? Diese beängstigenden Gedanken würde sie Tommy nicht anvertrauen, in dem Wissen, dass er sauer werden würde. Zu recht würde er ihr vorwerfen, dass sie ihm immer noch nicht vertraute.

Isabell betrachtete sich gedankenverloren im Spiegel, bevor sie bereit war, zu Tommy zurückzukehren. Kurz schrak sie zusammen, als sie sah, dass sich vor der Toilette schon eine kleine Schlange gebildet hatte.

Ihr blieb wohl nicht nichts anderes übrig, als abzuwarten und zu beten, dass sich ihre Befürchtungen nicht bewahrheiten würden.

Als sie zurückkam, war Tommy auf ihren Platz gerutscht und sie ließ sich neben ihm nieder.

„Falls du es die letzten zwanzig Minuten nicht aushältst", feixte er.

Er gab ihr ein Küsschen auf die Wange und murmelte dicht an ihrem Ohr: „Du brauchst nicht nervös zu sein. Die beiden stehen hinter uns und sind unsere Freunde."

Im Gegensatz zu ihr schien Tommy vollkommen entspannt zu sein. Außer der immensen Freude, in Kürze Mila und Leo in die Arme schließen zu können, war ihm nichts anzumerken.

Machte er sich wirklich keine Gedanken, was das Aufeinandertreffen mit Mila bei ihm auslösen könnte, oder war er einfach gut im Verdrängen?

Da es keinen Direktflug nach Göteborg gab, hatten sie für die Anreise etwas länger benötigt. Aber gleich landete die Maschine und die beiden würden sie in Empfang nehmen.

Das Grummeln in ihrem Bauch ähnelte einem kleinen Gewitter und ließ sie nicht zur Ruhe kommen, obwohl sie die Augen schloss, und versuchte, sich zu beruhigen. Lächerlich, wie sie sich benahm. Tommy würde bald misstrauisch werden, denn ihre Nervosität wäre irgendwann nicht mehr zu erklären. Und mit der Wahrheit würde sie sicherlich nicht herausrücken.

Nach einer nervenaufreibenden Warterei auf das Gepäck konnten sie endlich den Sicherheitsbereich verlassen und Isabell entdeckte Mila, die Leo gerade umarmte.

Ihr Herz erwärmte sich und die Glücksgefühle beförderten endlich die Angst ins hinterste Eck.

Erst jetzt ging ihr auf, wie sehr sie Mila vermisst hatte. Außer Julia und Miriam hatte sie keine Freunde. Natürlich gab es einen größeren Bekanntenkreis, aber sonst stand ihr niemand sonderlich nahe. Zwar gab es noch ihre Schwester, aber Sarah war deutlich älter als sie und sie hatten wenig Gemeinsamkeiten. Damals waren sie sich über Milas Therapie wieder nähergekommen, als Isabell sie gebeten hatte, Mila Unterstützung anzubieten, aber seither war der Kontakt ein wenig eingeschlafen. Deshalb hatte sie mit Mila viel Zeit verbracht, als es ihr nach der Entführung so schlecht ging und sich mit ihr angefreundet. Anfangs war die Freundschaft davon geprägt, dass Isabell für sie da gewesen war, aber als Mila sich gefangen hatte, veränderte sich ihre Beziehung und hielt die Balance.

Und Mila war Tommys beste Freundin und kannte ihn somit besser als jeder andere, mit dem sie über ihn sprechen konnte.

Mila ließ einen so lauten Jubelschrei los, dass Leo einen Schritt zurückwich. Isabell grinste, der Arme hatte jetzt bestimmt einen Tinnitus.

Sie eilte durch die überschaubare Menschenmenge auf Mila zu und fiel ihr in die Arme. Während die Jungs sich kurz freundschaftlich umarmten, beobachteten sie die Mädels bei ihrem ausgelassenen Freudentanz.

Als Mila ihre Freundin endlich losließ, wandte sich Isabell ein wenig spröde an Leo. „Hallo Leo. Vielen Dank für die Einladung."

Er grinste sie an und meinte ein wenig anzüglich: „Warum so steif, liebste Ex-Chefin? Als Frau an der Seite meines besten Freundes verdienst du eine würdevollere Begrüßung."

Und schon nahm er die perplexe Isabell in den Arm und drückte sie an sich, während sie Tommys Grinsen auffing.

Als Leo sie losließ, hatte sie sich wieder gefangen und konterte: „Ich hätte nicht gedacht, dass du dich das traust. Immerhin hätte es sein können, dass du dir eine Ohrfeige einhandelst."

„Ich dachte, Tommy hätte dich gezähmt. Hast du mir etwa Blödsinn erzählt?" Er bedachte Tommy mit einem strengen Blick, der Isabell nach Luft schnappen ließ. Der arme Tommy kassierte jetzt auch noch von ihr einen bitterbösen Blick.

Mila hakte sich bei Leo ein und lenkte seine Aufmerksamkeit auf sich. „Du sollst unsere Gäste nicht gleich am Flughafen vergraulen. Am Ende nehmen sie den nächsten Flieger zurück nach Berlin. Und das würde ich dir echt übel nehmen."

„Danke, Mila." Tommy schenkte ihr ein herzliches Lächeln und blieb für Isabells Geschmack einen Moment zu lange an den Augen ihrer Freundin hängen, sodass ihre fast vergessenen Ängste wieder geweckt wurden.

Ein Knuff gegen ihren Arm riss sie aus ihrer Versunkenheit und Leo sah sie zerknirscht an. „Das war natürlich nur ein Scherz. Ich gebe zu, ein wirklich schlechter." Jetzt grinste er sie an und seine Demut hielt sich in Grenzen.

Während Isabell lächelte, mischte sich Tommy ein. „Leo, du wirst dich nie ändern. Sozial leider komplett inkompetent. Keine Ahnung, wie dieser grobe Klotz Milas Herz gewinnen konnte." Tommy sah vollkommen unbeschwert bei seinen Worten aus, als hätte es seine tiefgehenden Gefühle für Mila niemals gegeben.

Isabell entspannte sich ein wenig und nahm sich vor, sich den Aufenthalt nicht durch ihre Eifersucht kaputtzumachen.

„Eifersüchtig?", forderte Leo ihn heraus und diesmal konnte Isabell ein leichtes Zusammenzucken nicht vermeiden.

Sie wandte ihren Blick von Leo ab und wäre fast erneut zusammengezuckt, als sie sah, dass Tommy sie beobachtete. Hatte er bemerkt, welches Chaos Leo gerade in ihr auslöste?

Ernst sah er Isabell an und fokussierte sich vollständig auf sie, als er auf sie zutrat. Er nahm sie in den Arm, küsste sie auf die Stirn und sah ihr noch einmal tief in die Augen. Ein Blick, der es in sich hatte und Isabells Inneres einmal Achterbahn fahren ließ. Zugleich schenkte er ihr die dringend benötigte Sicherheit.

Endlich widmete er Leo seine Aufmerksamkeit und prustete spöttisch. „Das hättest du gerne. Leo, der Große, zu dem alle aufsehen, den alle bewundern und beneiden. Nimm dich nicht wichtiger, als du bist."

Isabell entspannte sich wieder. Tommy hatte den offenen Affront geschickt gelöst, ohne sie oder Mila bloßzustellen. Was hatte sich Leo nur dabei gedacht? Wahrscheinlich gar nichts. Nach Milas ergebenem Gesichtsausdruck zu urteilen, war das der normale Umgangston unter den Jungs. Das konnte ja noch heiter werden. Andererseits beruhigte es sie, dass Leo darüber Scherze machte. Das würde er doch kaum wagen, wenn er befürchtete, dass Tommy noch Gefühle für Mila hätte. Oder doch?

Nach einer kurzen Fahrzeit waren sie angekommen. Neugierig stieg Isabell aus und sah sich um. Es entsprach fast ihren Vorstellungen. Nur war das Haus nicht rot, sondern blau. Aber es sah gemütlich und freundlich aus. Zwar doch etwas städtischer als gedacht, aber Mila hatte schon erzählt, dass sie sich in das Stadtviertel Haga bei ihrem ersten Besuch verliebt hatte, und Leo war sowieso der geborene Stadtmensch. Göteborg war Schwedens zweitgrößte Stadt und das ehemalige Arbeiterviertel bestand aus vielen Holzhäusern und hatte sich nun zu Göteborgs Szeneviertel gemausert.

„Hübsch habt ihr es hier", teilte Isabell ihre Meinung mit.

„Kommt erst mal rein, drinnen ist es total heimelig." Mila hatte Isabell untergehakt und zog sie hinter Leo her, der gerade aufsperrte. Von einem kleinen Flur ging es ins Wohnzimmer, das gemütlich eingerichtet war. Neben einer kleinen Sitzecke war das Schmuckstück des Raums ein offener Kamin, vor dem einige Sitzkissen ausgebreitet waren.

Isabell meinte ein wenig sarkastisch: „Ihr könnt den Winter wohl kaum abwarten für romantische Stunden."

„Keine Sorge, Isabell. Ich weiß mir schon zu helfen, damit die romantischen Stunden auch im Sommer nicht zu kurz kommen." Leo kniff Mila in die Seite, die quiekte.

Tommy schleppte sich währenddessen mit dem Gepäck ab und fragte leicht misstrauisch: „Wer spricht hier von romantischen Stunden?"

„Deine Freundin war nur neugierig", meinte Leo von oben herab.

Tommy warf ihr einen skeptischen Blick zu und sie stemmte entrüstet die Hände in die Seiten. „Das stimmt überhaupt nicht. Leo lügt."

Tommy ließ das Gepäck fallen, nahm sie in den Arm und zog sie zu sich heran. Ihr verräterisches Herz polterte gehörig. Kaum hatten sie Körperkontakt, war es um sie geschehen. Er beugte sich vor und flüsterte ihr ins Ohr: „Ich hätte nichts gegen ein paar romantische Stunden einzuwenden."

Dann wandte er sich Leo zu und brummte: „Du könntest mir ruhig mal mit dem Gepäck helfen."

Während die beiden ins obere Stockwerk gingen, um das Gepäck im Gästezimmer zu verstauen, ging Isabell zu Mila, die in der Küche etwas zu trinken vorbereitete.

„Soll ich Leo zurückpfeifen? Er übertritt gerne die Grenze des guten Geschmacks." Mila warf ihr einen eindringlichen Blick zu, anscheinend hatte sie das Gespräch mitbekommen.

Isabell winkte ab. „Ach, was. Ich bin Schlimmeres gewohnt. Aber Tommy hätte mich vielleicht besser vorbereiten können. Als ich Leos Chefin war, hat er sich wohl zurückgenommen. Jetzt lässt er es mich eben büßen. Ausgleichende Gerechtigkeit würde ich sagen."

Sie half Mila, den Tisch auf der Holzterrasse zu decken, die währenddessen die Kaffeekanne und den Kuchen hinaustrug.

Isabell ließ sich auf einen Stuhl plumpsen und meinte inbrünstig: „Hoffentlich kommen die beiden bald. Ich sterbe vor Hunger."

„Wir fangen einfach schon mal an. Die beiden haben bestimmt einiges zu bequatschen."

Isabell wurde rot, als sie sich vorstellte, über was die beiden wohl sprechen würden. Sie war bestimmt Gesprächsthema Nummer eins.

Mila musterte sie ein wenig mitleidig und bemerkte vorsichtig: „Das ist für dich sicherlich alles andere als leicht. Es kam für uns sehr überraschend, dass ihr zusammen seid. Versteh mich bitte nicht falsch, ihr seid ein tolles Paar und mit Tommy hast du einen Glückstreffer gelandet, aber wir hätten nicht damit gerechnet, weil ihr euch nie sonderlich nahestandet." Mila sprach nicht weiter und Isabell vervollständigte: „Und, weil ich zwölf Jahre älter bin?"

Mila lächelte ein wenig verlegen. „Das auch, aber es ist einfach ein blödes Vorurteil. Ich kenne Tommy und habe die Blicke bemerkt, die er dir immer wieder zuwirft. Er ist total vernarrt in dich."

Isabell sah sie verwirrt an, und es dauerte eine Weile, bis sie Milas Worte wirklich begriff. „Das hast du in der kurzen Zeit bemerkt?", fragte sie skeptisch, auch wenn sie nicht verhindern konnte, dass sie sich darüber freute.

„Isabell, bist du blind? Hast du nicht bemerkt, dass Tommy dich fast die ganze Zeit im Auge behält? Er schafft es ja kaum, für fünf Sekunden Blickkontakt zu halten, dann schweifen seine Augen automatisch zu dir, als würdest du ihn magisch anziehen."

Isabell trank aus Verlegenheit die ganze Tasse Kaffee aus, da sie nicht wusste, was sie sagen sollte. Natürlich spürte sie, dass Tommy sie im Blick behielt, aber so wie Mila es darstellte, hatte sie es nie empfunden, wollte es nicht sehen, um das zwischen ihnen nicht größer zu reden, als es tatsächlich war.

„Ihr seid ein schönes Paar und passt wunderbar zusammen." Mila sprang auf und umarmte Isabell, die immer noch verwirrt war. „Ich freue mich so für euch. Und Leo wird das auch noch begreifen", schob sie hinterher, was umgehend dazu führte, dass Isabell wieder nüchtern wurde. Seine Skepsis musste sie ihm zugestehen. Immerhin war es auch für ihn wie aus heiterem Himmel gekommen. Wahrscheinlich wäre es hilfreich gewesen, Tommy hätte mal eine Andeutung verlauten lassen.

Aber Leo trug das Herz am rechten Fleck, und sie war sich sicher, dass auch er Tommy von Herzen gönnte, sein Glück gefunden zu haben.

Morgen wollten Mila und Leo mit ihren Freunden eine Sightseeingtour durch Göteborg machen, jetzt ließen sie den Abend mit einem Glas Wein ausklingen. Da es kühl geworden war, hatten sie in der heimeligen Küche gegessen, die im Landhausstil gehalten war. Mittlerweile hatten sie es sich im Wohnzimmer gemütlich gemacht.

Tommy war auf der Toilette verschwunden und Isabell fragte Leo über die Bedingungen in schwedischen Krankenhäusern aus. Immerhin war er durch sie zu der Stelle gekommen.

Aus den Augenwinkeln konnte sie beobachten, wie Tommy zurückkehrte, an ihnen vorbeiging und Mila folgte, die gerade die Terrasse betreten hatte, um ein wenig frische Luft zu schnappen.

Da Tommy die Terrassentüre zuschob, konnte sie nicht hören, was die beiden redeten. Sie schaffte es kaum, sich auf Leos Ausführungen zu konzentrieren, der irgendwann feststellte: „Mila hat sich sehr gefreut, euch beide endlich wiederzusehen. Ihr seid immer für sie da gewesen. Tommy hat sie durch die ganze Scheiße begleitet und immer wieder aufgefangen, wenn es ihr schlecht ging. Er hat sie wachgerüttelt, als sie unsere Beziehung aufgeben wollte." Kurz verdunkelten sich seine Augen, als wolle er nur ungern an die schweren Stunden zurückdenken. Leo seufzte leise. „Es war hart für sie, hier neu anzufangen und ihre Freunde zurückzulassen. Lara war zwar auch schon hier, aber es ist eben was anderes, als die Freunde in der Nähe zu wissen."

Isabell durchfuhr ein unangenehmer Hitzestrahl, als ihr bewusst wurde, dass Leo ihre Unkonzentriertheit bemerkt hatte. Abscheu über sich selbst überfiel sie. Mila hatte so viel durchgemacht und sie flippte schon aus, weil sie sich sorgte, dass Tommy immer noch Gefühle für seine beste Freundin hegte. Mila hatte sich für Leo entschieden und das würde sich nicht ändern. Isabell würde damit leben müssen, falls sie nur die Nummer zwei in Tommys Leben war. Im Gegenzug zu all dem Leid, das Mila durchgemacht hatte, wäre das geradezu lachhaft. Es konnte schließlich nicht jeder die einzige große Liebe sein.

Trotz der guten Vorsätze wurde sie ein wenig traurig, als sie die beiden so vertraut miteinander sah. Gerade strich Tommy Mila über die Schulter und Isabell musste hart schlucken. Von ihrem Sessel aus boten ihre die großen Fensterfronten einen guten Blick nach draußen.

Ihr fiel ein, dass sie Leo noch eine Antwort schuldete. „Vielleicht schaffen wir es regelmäßig, uns zu treffen. Klar, mit unseren unregelmäßigen Arbeitszeiten ist das nicht so einfach, aber wir sollten es uns vornehmen. Ich denke, es würde Mila zusätzliche Sicherheit vermitteln."

Leo sah erleichtert aus und schenkte ihr ein angedeutetes Lächeln. Unvermittelt stand er auf und ging im Raum auf und ab, während er ihr anvertraute: „Ich befürchte, dass Mila nur mir zuliebe hierhergekommen ist. Sie wollte mir nicht die Chance verbauen, aber wenn sie sich hätte frei entscheiden können, wäre sie sicherlich in Berlin geblieben."

Leo sah bei seinen Worten schuldbewusst und ein wenig unglücklich aus und hatte nichts mehr mit dem großspurigen Kerl von vorhin zu tun.

Spontan stand sie auf, ging zu Leo rüber und legte ihm die Hand auf die Schulter, um ihm ein wenig Zuspruch zu schenken.

„Mila hat das nicht aus einer Laune heraus entschieden. Der Anfang war sicherlich hart, aber jetzt hat sie sich gut eingelebt und sieht auch die Vorteile eures neuen Lebens. Und ihr müsst ja nicht für immer hierbleiben. Vertrau ihr ein wenig."

„Hat sie was zu dir gesagt?"

Isabell lachte ein wenig spöttisch. „Dafür blieb noch keine Zeit, ich wurde erst mal gehörig über meine Beziehung mit Tommy ausgequetscht. Aber sie wirkt auf mich glücklich und zufrieden."

Leo lachte und die Anspannung fiel von ihm ab. Isabell fing Tommys Blick auf, der ihr zuwinkte. Sie atmete ein paar Mal bewusst ein und aus und beschloss, dass sie versuchen musste, ihm uneingeschränkt zu vertrauen.

31

TOMMY

Während er mit Mila sprach, konnte er es nicht unterlassen, Isabell durch die Scheibe zu beobachten, die sich angeregt mit Leo unterhielt.

Mila hatte ihm gerade von den Anfangsschwierigkeiten erzählt, und er hatte ihren Kummer gespürt, weil es ihr schwerfiel, Anschluss zu finden. Zwar hatte sie mittlerweile zwei nette Freundinnen gefunden, aber sie hatte ihm anvertraut, dass sie in den ersten Wochen wieder vermehrt von Albträumen aus ihrer Zeit in Hallingers Gefangenschaft heimgesucht worden war. Zum Glück hatte sich das im Laufe der Zeit gelegt und nun war sie sich sicher, die richtige Entscheidung getroffen zu haben. Dennoch spürte er, wie sehr sie ihre Freunde vermisste. Wie üblich hatte er sie trösten wollen und sie deshalb in die Arme geschlossen. Er hatte sich gar nichts dabei gedacht, aber als sie kurz darauf wieder Isabell und Leo Gesellschaft leisteten, wirkte Isabell angespannt.

Hatte sie die Umarmung mitbekommen und in den falschen Hals bekommen? Tommy fühlte, wie zwiespältige Gefühle in ihm aufstiegen. Einerseits konnte er nachvollziehen, dass die Situation für Isabell nicht einfach war, aber sie konnte auch nicht verlangen, dass er mit seiner besten Freundin mit einem Mal distanziert umging, nur damit sie sich besser fühlte. Vielleicht täuschte er sich auch.

Isabell sah nicht verletzt aus, er konnte im ersten Moment nicht zuordnen, was los war. Aber dann begriff er. Isabell sah traurig aus, und das tat ihm weh. Er wollte nicht, dass es ihr schlecht ging. Schließlich hatte er sie zu dem Kurztrip überredet, er wollte, dass sie sich wohlfühlte und die Gesellschaft mit Mila genoss. Scheiß vertrackte Lage.

Als sie spätabends endlich todmüde ins Bett fielen, blieb keine Gelegenheit, Isabell auf ihr Verhalten anzusprechen.

Tommy beschloss, es auf morgen zu verschieben. Vielleicht hatte sich Isabell bis dahin wieder gefangen.

Gemütlich saßen sie am nächsten Morgen zusammen und ließen sich das Frühstück schmecken. Isabell scherzte mit Mila und verhielt sich völlig normal. Tommy entspannte sich, behielt sie aber unauffällig im Auge. Da es ein schöner Spätsommertag war, konnten sie im Freien essen. Tommy lehnte sich zufrieden zurück und ließ die Szene auf sich wirken. Gerade war er wunschlos glücklich. Mit der Frau seines Herzens und seinen besten Freunden hier gemütlich zusammensitzen, was konnte es Besseres geben?

„Soll ich ein Erinnerungsfoto von euch machen?", schlug Leo vor und riss ihn aus seinen schwärmenden Gedanken. Dann sah er, dass sein Freund nicht mit ihm gesprochen hatte, sondern zu den Mädels, die dicht beisammensaßen und lachten. Beide sahen gleichzeitig zu Leo und nickten begeistert. Tommy lächelte, als er sah, welchen Spaß die beiden hatten.

Leo schoss ein paar Fotos mit dem Handy und versprach Isabell, sie ihr zu schicken.

Plötzlich blickte Mila auf und fixierte Tommy. „Sag mal, hast du eigentlich schon deine Prüfung zum Facharzt abgelegt? Das wollte ich dich eigentlich gestern schon fragen und dann haben wir wieder einmal nur über mich geredet." Mila sah so schuldbewusst aus, dass Tommys Herz sich verkrampfte. Er hasste es, wenn sie sich dafür verurteilte, dass sich so oft alles um sie drehte.

Er lächelte sie beruhigend an und erklärte: „Nein, erst eine Woche nach unserem Urlaub, aber da ich zwischendurch sowieso immer wieder Fachliteratur studiere, bin ich hoffentlich gut vorbereitet. Leo, kannst du mir vielleicht ein paar Tipps geben? Bei Isabell ist es ja schon eine Weile her."

Den kleinen Seitenhieb konnte er einfach nicht unterlassen, und sie blies empört die Backen auf.

„War ja klar, dass du zu stolz bist, meine Hilfe anzunehmen. Aber beschwere dich hinterher nicht bei mir, wenn du durchgefallen bist", revanchierte sie sich.

„Sagenhaft, welch großes Vertrauen du in meine Fähigkeiten hast." Tommy zwinkerte ihr zu und freute sich insgeheim, dass sie ihre Sorgen anscheinend vergessen hatte.

„Können wir später darüber reden? Dann würden wir schon mal Abräumen, damit wir loskommen", unterbrach Leo ihre Kabbelei.

Die Gastgeber wollten sich von den Gästen nicht helfen lassen, sondern befahlen, dass sie gefälligst sitzen bleiben sollten. Isabell hatte ihr Handy hervorgeholt und blickte gedankenverloren drauf.

„Sind die Bilder was geworden?", fragte Tommy nach einer Weile, als sie sich davon nicht lösen wollte.

Isabell schrak so heftig zusammen, dass sie fast das Handy fallen ließ. Es hatte den Anschein, als hätte sie seine Anwesenheit völlig vergessen.

„Wie kommst du drauf, dass ich mir die Fotos ansehe?", fragte sie verblüfft, aber er ließ sich nicht täuschen. Sie sah ertappt aus, auch wenn sie die Unschuldige mimte.

„Es sah verdächtig nach Fotos aus. Und wie ich dich kenne, warst du bestimmt neugierig, ob du gut getroffen bist", frotzelte Tommy und lachte lauthals, als Isabell ihr berühmtes Prusten von sich gab.

„Ja, sie sind gut geworden", gab sie schließlich zu und lenkte dann rasch ab. „Willst du erst ins Bad oder kann ich mich schnell fertigmachen? Ich muss mich noch schminken."

Tommy sah sie verblüfft an und meinte langsam: „Man könnte fast meinen, du willst mich loswerden."

Isabell stand auf und sah ihn dabei nicht an. „So ein Quatsch."

Tommy hielt sie am Arm fest. „Isabell, verarsch mich nicht. Irgendwas stimmt nicht mit dir. Du warst gestern schon komisch und jetzt siehst du mich wieder mit dem seltsamen Gesichtsausdruck an, der mir Sorgen bereitet."

„So ein Blödsinn, hör auf, mich zu analysieren." Mit einer

heftigen Bewegung wollte sie ihm ihren Arm entreißen, aber Tommy hielt sie unerbittlich fest.

„Wir klären das jetzt. Ich habe keine Lust, dass du den gesamten Aufenthalt mit dieser mürrischen Miene rumläufst und mir den Besuch versaust, nur weil du zu störrisch bist, mit mir zu reden."

Isabell runzelte die Stirn und fauchte zurück: „Glückwunsch, du hast es gerade geschafft, zwei Beleidigungen in einem Satz unterzubringen."

Tommy wurde wieder ruhiger, sein schlechtes Gewissen nahm überhand. „Ich möchte doch nur wissen, was mit dir los ist."

Isabell seufzte und meinte ergeben: „Du Nervensäge lässt doch sowieso nicht locker."

Tommy öffnete den Mund, aber Leo kam ihm zuvor, der lässig in der Tür lehnte. „Ich möchte nur ungern stören, aber passt es euch, wenn wir in einer halben Stunde aufbrechen?"

„Eine Stunde wäre mir lieber, Isabell und ich haben noch was zu klären." Er fühlte Isabells mörderische Blicke auf sich, aber das war ihm gerade vollkommen egal. Sie mussten das jetzt besprechen. Es war ihm gleichgültig, wie viel Leo von ihrem Gespräch mitbekommen hatte.

„Lass uns eine Runde spazieren gehen und im Anschluss dürft ihr uns Göteborg zeigen", meinte er zuerst an Isabell und anschließend an Leo gewandt.

Isabell stöhnte ein wenig theatralisch, schien aber zu begreifen, dass sie gegen Tommys Sturkopf keine Chance hatte. Sie folgte Tommy unwillig, der schon unterhalb der Veranda auf sie wartete. „Jetzt komm schon Isabell."

„Könntest du bitte aufhören, mich derart rumzukommandieren?", zischte sie, nachdem sie ihn erreicht hatte. Anscheinend war ihr Leos erheiterte Miene ebenfalls nicht unbemerkt geblieben.

Nachdem sie einige Minuten schweigend gelaufen waren, ergriff Tommy das Wort.

„Was ist los mit dir?"

„Mir geht es gut. Wenn du ständig in meine Verhaltensweisen irgendetwas hineininterpretierst, ist das eher dein Problem, Tommy", herrschte Isabell ihn an.

Seinen Seitenblick erwiderte sie nicht, sondern sah stur nach vorn. Er griff nach ihrem Arm und zwang sie, stehen zu bleiben.

„Warum leugnest du, dass dir etwas nicht passt? Mir ist gestern schon dein Stimmungsumschwung aufgefallen, als ich mit Mila zu euch kam und heute dasselbe Spiel."

„Denkst du, dass ich eifersüchtig auf Mila bin?"

Tommy schwieg und sah sie an. „Ich konnte es zuerst nicht zuordnen, aber ich finde, du siehst unglücklich aus. Und ich würde gerne wissen, warum das so ist."

Isabell sog lautstark Luft ein und wich einen Schritt zurück. Weiter ging nicht, weil Tommy nicht vorhatte, sie loszulassen. Er verringerte die Distanz und legte den Arm um ihre Taille.

„Warum kennst du mich so gut?", fragte Isabell ein wenig misstrauisch, während er ihr ein Küsschen gab, um sie zu ermutigen, weiterzusprechen.

„Das Foto", begann Isabell, bevor sie ins Stocken geriet.

„Das Foto, was du mir nicht zeigen möchtest?"

Isabell holte stumm ihr Handy hervor und hielt es ihm vor die Nase.

Tommy war nicht schlauer als zuvor. Ein gelungener Schnappschuss von ihr und Mila, er hatte keine Ahnung, was Isabells Problem war.

„Ihr seid beide gut getroffen. Was ist damit?", fragte er geduldig, obwohl er Isabell am liebsten geschüttelt hätte.

Sie seufzte laut und dann brach es aus ihr hervor: „Sieh doch mal genau hin. Mila und ich sehen uns ziemlich ähnlich. Genaugenommen könnte sie fast meine Tochter sein."

Es dauerte einen langen Moment, bis bei ihm endlich ankam, was sie ihm damit sagen wollte. Bevor er sich vergewissern konnte, vervollständigte sie: „Du musst dich mit dem älteren Abklatsch begnügen."

Er schlug sich die Handfläche an die Stirn und meinte kopfschüttelnd: „Ich glaube, bei dir hakt es da oben ganz gewaltig. Auf so einen Blödsinn kannst auch nur du kommen." Eigentlich hatte er vermeiden wollen, wütend zu werden, aber was Isabell sich da wieder zusammenfantasierte, ging echt auf keine Kuhhaut.

„Genau diese Reaktion habe ich erwartet, deshalb wollte ich nichts sagen." Isabell blieb ruhig und sah ihn resigniert an.

„Gib das Handy noch mal her", verlangte er und streckte die Hand aus. Während er die Fotos eingehend betrachtete, trat Isabell unruhig von einem Fuß auf den anderen.

Nachdem er ihr das Handy zurückgegeben hatte, nahm er ihre Hände und zog sie zu sich heran.

„Mila und du, ihr seid ein ähnlicher Typ, auf den ich zufällig stehe. Alisa ist ebenfalls dunkelhaarig und hat wie Mila braune Augen. Hast du bei ihr auch einen versteckten Komplex? Fast alle meine Ex-Freundinnen waren dunkelhaarig." Er stockte kurz, ließ sie abrupt los und sprach schließlich weiter. „Deine grünen Augen fallen allerdings aus dem Raster. Vielleicht sollte ich zukünftig verlangen, dass du braune Kontaktlinsen trägst. Sommersprossen hat Mila im Übrigen auch keine, du solltest sie überschminken", ätzte er nicht gerade einfühlsam, während er aufgeregt ein paar Schritte auf und ab lief.

„Tommy, hör auf", bat Isabell ihn mit leiser Stimme und sein Ärger fiel komplett in sich zusammen, als er ihr in die Augen sah. Sein Herz krampfte sich zusammen, als er sie mühsam blinzeln sah. Wenn sie jetzt anfing zu weinen, würde er das nicht ertragen. Warum machte es ihn so wütend? Er sollte mehr Verständnis für ihre Situation aufbringen.

Aufgewühlt fuhr er sich durch die Haare und ließ sie dabei nicht aus den Augen. „Vielleicht ähnelst du äußerlich Mila, aber sei doch mal ehrlich. Ansonsten habt ihr wenige Gemeinsamkeiten. Mila ist freundlich, warmherzig, hat für jeden ein nettes Wort übrig, kurzum, sie ist die Liebenswürdigkeit in Person. Und du?"

Bevor sie reagieren konnte, zog er sie blitzschnell zu sich heran, was ein wenig unfair war, weil seine nicht besonders feinfühligen Worte sie hatten erstarren lassen.

„Du bist meine kleine Kratzbürste, die mich liebend gern herumkommandiert. Isabell, du machst mich gleichzeitig wahnsinnig und scharf. Und süchtig. Ich bin definitiv süchtig nach dir. Nur nach dir! Kapier das doch endlich mal."

Erleichtert sah er, dass sie lächelte und ihre Augen wieder klar waren. Er küsste sie hart und leidenschaftlich und Isabell gab sich ihm ganz hin. Augenblicklich zog es in seinen Lenden. Ihr letzter Sex war viel zu lang her.

Isabell seufzte leise, als sich ihre Lippen voneinander lösten, obwohl alles in ihm schrie, sie so lange zu küssen, bis sie ihn anbettelte, sie auf der Stelle zu nehmen.

Sie kuschelte sich in seine Arme und meinte verlegen: „Ich bin einfach unsicher, ihr beiden seid so vertraut miteinander. Wie soll ich da unterscheiden, ob es rein freundschaftlich ist oder doch mehr dahintersteckt?"

Liebevoll küsste er sie auf den Scheitel und murmelte: „Das verstehe ich, aber du musst mir einfach vertrauen. Warum sonst hätte ich dich mitnehmen sollen?"

Sie versteifte sich ein wenig und es dauerte einen Moment, bis sie sagte: „Außerdem hast du mich die ganze Zeit, seit wir da sind, vor den beiden nicht richtig geküsst. Das hat mich einfach verunsichert."

Nun schob er sie ein Stück von sich, hob ihr Kinn, um sie anzusehen, und erklärte sanft: „Das habe ich aus Rücksicht gemacht. Ich wusste nicht, ob es dir unangenehm ist. In der Klinik möchtest du es nicht, da dachte ich, es wäre dir vor unseren Freunden vielleicht auch nicht recht."

Unvermittelt löste sie sich aus seiner Umarmung und schlug sich die Hände vors Gesicht. „Ich kann mich selbst nicht mehr leiden. So mag ich nicht sein. Ich mag mich von dir nicht abhängig machen. In den letzten Jahren war ich selbstbewusst, wusste genau, was ich möchte, und habe mich von keinem Mann beherrschen lassen. Und jetzt bin ich das kleine, hilflose Frauchen, was jede deiner Gesten und Worte in den falschen Hals bekommt." Schlagartig ließ sie die Hände fallen und sah ihn etwas desillusioniert an.

Tommy grinste und meinte: „Das nennt man Liebe. Bisher war dir kein Typ wichtig genug, das hat sich jetzt geändert. Lass uns zukünftig einfach sofort miteinander sprechen."

Isabell ließ es zu, dass er sie erneut in den Arm nahm und meinte erleichtert: „Danke, dass du nicht die Geduld mit mir verlierst."

„Ich finde es ja ganz süß, wenn du so eifersüchtig bist", scherzte Tommy und handelte sich einen fiesen Rippenstoß ein. „Warte bis heute Abend. Da werde ich dir beweisen, wie sehr ich dich liebe und begehre. Vielleicht lasse ich mir eine kleine Bestrafung einfallen, dafür, dass du meinen Gefühlen immer noch nicht traust."

Isabell leckte sich mit der Zunge über die Lippen und sah verboten heiß dabei aus.

„Ich kann es kaum erwarten." Dabei rieb sie sich aufreizend an Tommy, dem es in der Hose eng wurde. Zur Strafe kniff er sie in den Po, was ihr einen Aufschrei entlockte.

„Eigentlich schade, dass wir nun erst mal den ganzen Tag in der Stadt unterwegs sind", meinte Isabell ein wenig sehnsüchtig.

„Vielleicht ergibt sich dort ja die Gelegenheit für einen Quickie", schlug Tommy dreist vor.

„Ich lasse mich von dir garantiert nicht auf irgendeiner Toilette vernaschen", widersprach Isabell entrüstet.

„Wir werden sehen", meinte er dreist und ließ sie lachend einfach stehen. Es dauerte einen Moment, bis sie ihm nacheilte und nach seiner Hand griff.

32

„Na, seid ihr wieder glücklich vereint? Isabell, habe Mitleid mit dem armen Tommy, der ist so dominante Frauen nicht gewohnt." Leo stand auf der Veranda und beobachtete ihre Rückkehr.

Tommy hob den Mittelfinger in Leos Richtung und seufzte ergeben. „Warum genau habe ich mich überreden lassen, euch zu besuchen? Ach stimmt, ich hatte Sehnsucht nach … euch. Hatte ganz vergessen, was für ein Penner du bist."

Isabell war die kleine Pause nicht unbemerkt geblieben und sie war sich sicher, dass Tommy eigentlich was anderes sagen wollte. Dass er Sehnsucht nach Mila hatte und gerade noch rechtzeitig, war ihm wohl aufgegangen, dass seine unbedachten Worte die entspannte Situation wieder gefährdet hätten. Zwar war sie ihm dankbar für seine Weitsicht, konnte sich aber dennoch gerade so ein Seufzen verkneifen. Sie wollte nicht, dass Tommy sich gezwungen sah, jedes seiner Worte auf die Goldwaage zu legen, nur damit sie nicht verletzt wurde. Aber das hatte sie sich selbst zuzuschreiben. Warum konnte sie sich auch nicht besser verstellen? Dann hätte sie sich das Gespräch mit Tommy ersparen können.

Mila trat zu ihnen und klatschte aufgeregt in die Hände. „Ich freue mich schon, euch unsere neue Heimat zu zeigen. Göteborg ist wirklich eine traumhafte Stadt."

Anscheinend hatte sie nichts von den Spannungen zwischen ihnen mitbekommen, wofür Isabell dankbar war. Es wäre ihr peinlich gewesen, wenn Mila sie darauf angesprochen hätte, und sie hätte zugeben müssen, eifersüchtig auf sie zu sein. Am Ende hätte sie auch Mila verunsichert und ihren lockeren Umgang mit Tommy gefährdet.

Kurze Zeit später befanden sie sich endlich auf dem Weg, um die Stadt zu erkunden. Sie liefen zur nächsten Haltestelle, um die historische Straßenbahn zu nutzen, die ins Zentrum fuhr.

„Eigentlich könnten wir auch laufen, wenn man genügend Zeit einplant, aber ich wollte euch eine Fahrt mit der Bahn nicht vorenthalten", meinte Mila vergnügt und wies auf die herannahende Bahn.

Isabell schwärmte von den alten Wagen, die aus den 20er-Jahren stammten, wie Mila berichtete. Zuerst schlenderten sie über Göteborgs Prachtstraße Kungsportsavenyn, mit allerlei Geschäften und Cafés.

Ausnahmsweise wollten die Mädels noch nicht shoppen gehen, sondern erst einmal das Flair der Stadt auf sich wirken lassen. Gemütlich erkundete sie den nahe gelegenen Kungsparken, anschließend machten sie einen Abstecher zum Hafen, dem größten in Schweden.

„Wollen wir auf den Lippenstift?" Leo wies auf einen weiß-roten Turm. „Vom Kongresszentrum haben wir einen tollen Ausblick."

Das ließen sich die Gäste nicht zweimal sagen und von oben genossen sie den Panoramablick auf die City. Tommy umarmte Isabell von hinten und sie lehnte sich glücklich an ihn, während sie die frische Meeresluft einatmete.

Als sie wieder unten ankamen, fragte Mila fürsorglich: „Habt ihr schon Hunger? Ansonsten hätten wir jetzt erst mal eine Paddan-Bootstour geplant."

Das ausgiebige Brunchen hielt bei allen noch an und sie waren sich einig, nach der Schiffsfahrt eine Pause einzulegen.

Zurück am Kungsportsplatsen bestiegen sie eins der offenen Boote, die durch die vielen Kanäle und niedrigen Brücken fuhren und sie sich am beeindruckenden Hafen einfanden.

„Wie malerisch", rief Isabell begeistert, während sie sich an Tommy anlehnte, der ihr ein Küsschen auf die Schläfe gab.

„Zum Glück spielt das Wetter mit, das ist bei uns noch wechselhafter als in Berlin", meinte Leo gut gelaunt.

„Wollen wir jetzt eine Fika einlegen?"

Leo erntete erstaunte und zugleich misstrauische Blicke der beiden Gäste. Mila kicherte und meinte: „Klingt für deutsche Ohren unanständig, gemeint ist in Schweden eine Pause, am besten mit Kaffee und Kanelbullar. Das sind göttliche Zimtschnecken, für die ich jederzeit sterben würde."

Isabells Augen leuchteten. „Da bin ich sofort mit dabei."

„Dann lasst uns nach Haga zurückfahren, dort gibt es die besten Cafés und anschließend schlendern wir noch ein wenig durch unser Wohnviertel. Abends haben wir Karten bestellt. Da wollten wir ins Pustervik, da spielt heute eine angesagte Band, falls ihr Lust habt."

„Das klingt super, ist das ein Klub?", fragte Tommy interessiert, während sie in Haga aus der Straßenbahn ausstiegen.

„Nein, es ist eine Mischung aus Restaurant, Café und Pub, ist ganz gemütlich und hat nur eine kleine Bühne, aber die Stimmung ist sagenhaft", schwärmte Mila und Isabell bedachte sie mit einem liebevollen Blick. Denn noch vor einigen Monaten wäre es für Mila unvorstellbar gewesen, ein Konzert zu besuchen. Leos Sorgen zum Trotz schien es Mila gut zu gehen. Es war die richtige Entscheidung gewesen, aus Berlin fortzugehen, wo Mila alles an ihr schreckliches Trauma erinnerte. Isabell erkannte die quirlige, aufgeschlossene Freundin fast nicht wieder. Die neue Herausforderung hatte sie an Grenzen gebracht, aber ihr auch Selbstbewusstsein geschenkt, als sie festgestellt hatte, dass sie stark genug war, sich ihren Ängsten zu stellen.

Tommy hielt den Damen charmant die Türe auf, als sie in der Fußgängerzone Nygata das gesuchte Café erreicht hatten.

„Hier gibt es angeblich die größten Zimtschnecken der Welt", schwärmte Mila mit leuchtenden Augen. Anscheinend freute sie sich auf die Köstlichkeit. Passend dazu begann Isabells Magen laut zu knurren, was die Jungs veranlasste, sie auszulachen. Isabell überhörte es einfach und ließ sich neben Mila auf einen Stuhl fallen. Da es gerade zuzog und auffrischte, bevorzugten sie einen Sitzplatz im Inneren.

Nachdem die Bestellung gebracht wurde, biss Isabell mindestens genauso gierig wie Mila in ihre duftende Zimtschnecke.

„Göttlich! Ich bin im Himmel. Tommy, davon müssen wir einen ganzen Koffer voll mit nach Hause nehmen und einfrieren oder besser noch das Rezept erpressen."

„Mit diesen Zimtschnecken habe ich Mila gemästet", prahlte Leo grinsend, was Mila mit einem genervten Augenrollen kommentierte.

„Steht dir gut", meinte Tommy lächelnd, während er Mila in die Seite kniff.

Mila war immer noch gertenschlank, aber nicht mehr so abgemagert wie zu den Zeiten, als Leo sie kennengelernt hatte.

Mila wies mit ihrem Löffel auf Leo. „Aber jetzt ist es auch wieder gut." Dann wandte sie sich Isabell zu. „Könntest du deinem Kollegen bitte erklären, dass mein Gewicht absolut im Normbereich liegt und ich jetzt nicht noch weiter zunehmen muss? Manchmal denke ich, Leo würde mich gerne fett sehen."

Leo kniff die Augen zusammen und sah ein wenig bedrohlich aus. „Du bist immer noch zu dünn. Das sieht doch jeder. Aber meinetwegen ist es okay, solange du nicht wieder abnimmst."

Mila schnaubte entrüstet und wagte einzuwerfen: „Isabell ist genauso schlank wie ich. Möchtest du sie auch auffordern, zuzunehmen?"

Nun stand Isabell im Fokus, alle drei Augenpaare waren auf sie gerichtet und ihre Figur wurde gescannt. Seufzend legte sie die Zimtschnecke auf den Teller und lehnte sich zurück.

„Habt ihr mich jetzt gründlich begutachtet? Wie lautet das Urteil?"

„Auch zu dünn", brummte Leo mit vollem Mund, während Mila und Tommy wie aus einem Mund sagten: „Perfekt."

Isabell verschränkte die Arme vor der Brust und zwinkerte Leo zu. „Ich glaube, du bist überstimmt. Und lass die arme Mila in Ruhe. Sie ist perfekt, wie sie ist. Mach dir keine Sorgen." Sie schenkte ihm ein warmes Lächeln, das er nach einem kurzen Moment erwiderte.

Leo zog es vor, zu schweigen, aber Milas durchdringender Blick ließ ihn aufstöhnen. „Na gut. Ihr habt gewonnen, ich halte ab jetzt meine Klappe."

Mila wechselte einen verschwörerischen Blick mit Isabell und grinste zufrieden.

Abends saßen sie in der gemütlichen Lounge des Cafés und sahen der Band zu, die auf der Bühne abrockte. Ein verstohlener Blick auf Mila sagte Isabell, dass sie sich wohlfühlte. Immer noch fühlte sie sich verantwortlich für Milas Wohlergehen, sie befürchtete, dass sich ihre Freundin ihnen zuliebe zu viel zumutete. Aber es schien für sie in Ordnung zu sein. Eine dicht gedrängte Menschenmasse auf einem gewöhnlichen Konzert hätte Mila sicherlich überfordert. So saß sie im geschützten Rahmen mit ihren Freunden beisammen und sie hörten coole Musik.

Obwohl sie sich erst geärgert hatte, Tommy ihre Ängste gestehen zu müssen, war sie nun doch froh darüber. Zwischen ihnen war die Stimmung wieder ausgelassen und ungetrübt. Es wäre schade gewesen, wenn ihr Aufenthalt einen faden Beigeschmack bekommen hätte, weil Isabell sich nicht zusammenreißen konnte. Und Tommy war einfach zu aufmerksam, als dass sie ihm etwas hätte vorspielen können.

Als ob er spüren konnte, dass sie an ihn dachte, beugte er sich zu ihr, seine Hand wanderte in ihren Nacken und er zog sie zu sich heran. Mit geschlossenen Augen näherte er sich ihrem Mund. Isabells Schmetterlinge begannen im Beat der Musik zu tanzen und sie öffnete ihre Lippen für ihn. Schon saugte er sich an ihrer Lippe fest und Isabell erwiderte den Kuss ebenso hungrig. Viel zu lang war der letzte Kuss schon her. Mila und Leo, die Band, die Umgebung, die anderen Gäste, alles verschwand zu einer verschwommenen Masse und Tommy war das Einzige von Bedeutung. Sein Kuss, seine Leidenschaft, seine Liebe, Isabell schwebte auf einer Wolke der Glückseligkeit. So musste sich ein vollkommener Moment anfühlen.

Isabells Gedanken verloren sich und sie dachte nicht weiter nach, sondern gab sich mit allen Sinnen Tommy hin.

Sie hatte keine Ahnung, wie lang der Kuss andauerte, als er sich sanft von ihr löste, hielt sie die Augen noch für einen kurzen Moment geschlossen, noch nicht bereit, wieder im Raum anzukommen.

Erst als sie Tommys Atem an ihrem Ohr spürte, riss sie die Augen auf. „Dein Slip ist bestimmt schon komplett nass, Isabell. Gib es zu, du kannst es kaum erwarten, dass wir nach Hause gehen."

Ihre Augen funkelten ihn an, sie konnte sich allerdings nicht entscheiden, ob ihr Blick eher aufgebracht oder doch verheißungsvoll auf Tommy wirkte. Denn er hatte recht. Nichts lieber würde sie gerade tun. Sogar die Toilette erschien ihr gerade als annehmbare Alternative. Dieser Mann war noch ihr Untergang. In seiner Gesellschaft wurde sie zum willenlosen Flittchen.

Sie nahm sein Gesicht zwischen ihre Hände und küsste ihn ebenso heiß und leidenschaftlich zurück. Ihre Zunge wanderte in seinen Mund und liebkoste seine. Tommy ließ seine Hand auf ihrem Rücken Richtung Po wandern und Isabell erschauerte wohlig.

„Das war die richtige Antwort. Gut gemacht", lobte er sie, indem er ihren Kopf tätschelte wie einem kleinen Kind.

Isabell ließ ihren Blick zur Band schweifen und machte dabei den Fehler zu Leo und Mila zu sehen, der einen Arm um seine Freundin gelegt hatte. Beide starrten sie an und grinsten ertappt, als Isabell die Augenbrauen hochzog. Leo reckte frech den Daumen nach oben und Isabell zog es vor, der Band ihre Aufmerksamkeit zu schenken.

Sie konnte sich schon denken, was den beiden gerade durch den Kopf schwirrte. Aber Isabell beschloss, darüber zu stehen, denn sie war so heiß auf Tommy, dass sie sich heute ganz sicherlich nicht zurückhalten konnte. Und es war ihr scheißegal, ob einer der beiden etwas mitbekäme.

Wieder beugte sich Tommy zu ihr und fragte neugierig: „Warum grinst du so?"

Isabell bedachte ihn mit einem amüsierten Blick. „Ich habe nur gerade dran gedacht, dass es mir egal wäre, wenn Leo und Mila mitbekommen sollten, wie du es mir besorgst."

Tommy verschluckte sich glatt an seinem Drink und Isabell klopfte ihm mitfühlend zwischen die Schulterblätter.

„Sorry, ich wollte dich jetzt nicht aus der Fassung bringen", säuselte sie mit falscher Stimme.

„Du kleines Biest, das macht dir doch Spaß", grollte Tommy mit dunkler Stimme. „Ich finde, dafür ist eine kleine Bestrafung fällig." Er warf einen kurzen Blick auf die Uhr und entschied: „Zeit für einen Szenenwechsel. Bitte Mila um einen Haustürschlüssel und warte im Zimmer auf mich. Nackt."

„Spinnst du?", entfuhr es Isabell lauter als beabsichtigt, was ihr neugierige Blicke ihrer Freunde einhandelte. Tommy lachte derweil lauthals. Dieser kleine Mistkerl, dachte Isabell wütend, fühlte sich aber zugleich ziemlich aufgeheizt, als sie sich vorstellte, wie sie seiner Aufforderung nachkam.

Sie ignorierte ihn einfach, ging zu Mila herüber, um ein Gespräch mit ihr zu beginnen. Seine Blicke beachtete sie ebenfalls nicht, aber ihr war klar, dass er sie ihre kleine Frechheit nachher bestimmt büßen lassen würde, und konnte es kaum noch erwarten.

Nach einer Weile kam sie zu ihrem Platz zurück und leerte ihren Cocktail mit einem Zug.

„Musst du dir Mut antrinken?", forderte Tommy sie heraus.

Eine ganze Weile hielt sie seinem herausfordernden Blick stand, dann blinzelte sie und Tommy grinste schon wieder frech. „Du solltest endlich meiner Aufforderung nachkommen, wenn du nicht riskieren möchtest, dass ich dir nachher deinen Orgasmus verweigere."

Isabell blies die Backen auf und fuhr ihn an: „Das wagst du nicht!"

„Willst du es wirklich herausfordern?"

Isabell bemerkte aus den Augenwinkeln, dass Leo und Mila sie schon wieder beobachteten. Das Blut schoss ihr in die Wangen und sie war dankbar, dass das Licht angenehm gedimmt war und es wohl nicht weiter auffiel. Hoffentlich hatten sie nicht verstanden, worüber sie gerade gesprochen hatten.

Isabell rutschte unruhig auf dem Sessel hin und her. Zerrissen, ob sie nachgeben oder ihn in seine Schranken weisen sollte. Aber seine Drohung war wirklich fies und sie war sich ziemlich sicher, dass er es durchziehen würde.

„Isabell, die Zeit läuft", wisperte er ihr provokant ins Ohr, was umgehend dazu führte, dass sie auf stur schaltete.

Sie lehnte sich wieder zurück und kniff die Lippen zusammen.

Nach zwei Minuten hielt sie es nicht mehr aus. Sie warf einen demonstrativen Blick auf die Uhr und gähnte auffällig.

„Sorry, seid mir nicht böse, aber ich bin ziemlich müde. Ihr könnt gern noch hierbleiben, wenn ihr mir den Schlüssel gebt, dann gehe ich schon mal vor und lege ihn anschließend unter die Fußmatte."

„Ich komme mit", schlug Mila vor. „Dann könnten wir noch ein Gläschen Wein trinken und quatschen."

Hastig sah Isabell zu Tommy, der sie herrisch ansah und ein Kopfschütteln andeutete.

Isabell wurde ziemlich heiß und sie beschloss, ehrlich zu sein. Sie ging zu Mila und flüsterte ihr etwas ins Ohr.

Ihre Freundin sagte nur „Oh" und strich sich verlegen eine Haarsträhne hinters Ohr.

„Jetzt sind wir neugierig. Was hat Isabell dir da gerade ins Ohr gesäuselt?", fragte Leo und Isabell wäre am liebsten im Erdboden versunken. Das würde Tommy noch büßen, warum musste er sie in so eine prekäre Lage manövrieren? Zu ihrem Ärger sah er weniger schuldbewusst als vielmehr erheitert aus. Ihn schien die Situation zu amüsieren.

„Frauenprobleme", schlug Mila geistesgegenwärtig vor und wies Leo damit in seine Schranken. Zu Isabells Erleichterung hörte er auf, nachzubohren.

Endlich konnte sie sich auf den Weg machen. Es waren nur fünf Gehminuten nach Hause und sie war gespannt, wie lange Tommy sie zappeln lassen würde. In seinem eigenen Interesse hoffte sie nicht allzu lang.

Kaum in ihrem Zimmer angekommen, riss sie sich die Klamotten vom Körper und legte sich nackt ins Bett. Erwartungsvoll lauschte sie, aber noch konnte sie nichts hören. Nach ungefähr zehn Minuten wurde sie ungeduldig. Sie lief schon auf Hochtouren, und wenn Tommy nicht bald käme, würde sie es sich eben selbst machen und anschließend schlafen. Das hätte er dann davon.

Fünf Minuten später hörte sie die Haustür ins Schloss fallen. Nachdem es leise blieb, war sie sich sicher, dass Tommy alleine zurückkam. Schon öffnete sich die Schlafzimmertür und Tommys raue Stimme ertönte. „Bereit, Isabell?"

„Schon seit über fünfzehn Minuten." Sie hörte selbst, dass sie leicht angepisst klang.

Er kam näher und setzte sich an ihr Bett, da sie die Fensterläden geschlossen hatte, war es ziemlich dunkel im Raum. Tommys Finger vergewisserten sich, dass sie seine Anweisung befolgt hatte. Sie stöhnte leise auf, als er sacht zwischen ihren Brüsten beginnend, bis zu ihrem Schoss hinunterfuhr.

„Brav, Isabell, du hast dir deine Belohnung verdient."

Sie atmete hörbar durch die Nase aus, setzte sich auf und fragte dann sicherheitshalber: „Das heißt, ich bekomme meinen Orgasmus?"

Tommy lachte laut und sagte: „Ich verspreche es dir." Er stand auf, um das Nachtlicht anzuschalten.

Isabells nackter Anblick schien sein Verlangen noch zu steigern. „Du siehst echt verboten scharf aus, Prinzessin."

Er kniete sich über sie und küsste sie erst sanft, dann mit zunehmendem Druck. Isabell schoss die Leidenschaft direkt zwischen die Beine. Die Warterei hatte sie schon ganz hibbelig gemacht, jetzt würde sie ihn am liebsten anbetteln, sie gleich zu nehmen. Da sie sich aber sicher war, dass Tommy sowieso nicht auf sie hören würde, unterließ sie es und nahm seinen Rhythmus an. Während er sie weiterhin feurig küsste, liebkoste er mit der Hand abwechselnd ihre Brüste, das Zwirbeln ihrer Knospen ließ sie noch unruhiger werden. Sie presste ihre Beine zusammen, um sie aneinander zu reiben.

Tommy schob ihre Beine mit seinem Knie wieder auseinander und murmelte an ihren Lippen. „Vergiss es Isabell. Du wirst dich gedulden müssen." Sie stöhnte auf, diesmal aber weil sie genervt war und nicht aus Verlangen, was ihm ein Glucksen entlockte.

Während Tommy sie in aller Ruhe verwöhnte, verkniff sich Isabell ein Stöhnen und hoffte, dass er sich ein wenig beeilen würde.

Als er zärtlich ihre Knospen liebkoste, schoss es aus ihr heraus. „Jetzt mach schon." Als Antwort biss er zu, was ihr ein Keuchen entlockte, der Schmerz fühlte sich süß an, sie wurde immer nasser und es pochte zwischen ihren Beinen.

Energisch griff sie zu Tommys Gürtelschnalle und öffnete die Hose, sie ließ ihre Hand hineingleiten, um seinen Schwanz zu verwöhnen. Sie beschloss, das Ganze zu beschleunigen, und würde Tommy einfach mit seinen eigenen Waffen schlagen.

Kurz ließ er sie gewähren, schloss die Augen und warf den Kopf in den Nacken, leise stöhnte er, und dieses pure animalische Geräusch versprach großartigen Sex. Sein Anblick erregte Isabell erst recht, und obwohl sie es genoss, ihm dabei zuzusehen, wie er sich gehen ließ, wollte sie nichts lieber, als endlich mit ihm zu schlafen.

Plötzlich hielt er ihre Hand fest und öffnete die Augen. „Netter Versuch."

Er packte sie an den Handgelenken, drückte sie zurück aufs Bett und hielt ihre Hände über ihrem Kopf fest. „Du bekommst heute das komplette Verwöhnprogramm. Also halte still, schließ die Augen und genieße."

Sie gab auf und beschloss, sich ihm völlig hinzugeben.

Schließlich ließ er von ihr ab und zog sich rasch aus.

„Endlich", entfuhr es Isabell erleichtert.

Sein Glied sprang wohl ebenfalls erlöst aus seiner Boxershorts und konnte es kaum erwarten, sich endlich in Isabell zu versenken. Zu ihrer Überraschung nahm er ihre Unterschenkel und legte sie sich über die Schulter.

Ganz langsam ließ er sich in sie gleiten, so quälend langsam, dass es Isabell wirklich schwerfiel, ihre Klappe zu halten und ihn nicht anzuherrschen, es ihr endlich zu besorgen.

Er spielte mit ihr und machte sie dabei vor Verlangen fast wahnsinnig. Er schob seine Hände unter ihr Gesäß und hob sie noch ein wenig an, sodass er noch tiefer in sie glitt, obwohl sie nicht für möglich gehalten hätte, dass es anatomisch möglich wäre. Sein Becken ließ er kreisen und Isabell krallte sich in seinen Unterarmen fest, die er jetzt neben ihren Hüften auf der Matratze abgestützt hatte. Immer wieder spürte sie, wie sich ihre Mitte lustvoll zusammenzog, aber Tommy verhinderte jedes Mal geschickt ihren Orgasmus. Wahrscheinlich trieben sie es schon viele Minuten miteinander, Isabell hatte das Zeitgefühl verloren, sie fühlte nur sich, Tommy und die schmerzliche Süße, die immer wieder heranrollte und wieder abebbte, so wie es Tommy eben gefiel.

„Bitte Tommy", flehte sie irgendwann, obwohl sie sich lieber auf die Zunge gebissen hätte. Aber sie brauchte den Orgasmus. Jetzt. Sofort. Sonst würde sie den Verstand verlieren. „Wie lange willst du mich noch büßen lassen?", stieß sie abgehakt hervor.

„Empfindest du es etwa als Strafe, was ich gerade mit dir mache?", fragte er doch allen Ernstes erstaunt, während er sich vorbeugte, ihre Beine somit extrem an ihren Oberkörper presste, um an ihrem Ohrläppchen zu knabbern.

Isabell japste und meinte: „Ich bin keine zwanzig mehr."

„Das hältst du schon aus."

Während er ihre Beine weiterhin Richtung Oberkörper presste, stieß er nun das erste Mal energischer zu und Isabell dachte erleichtert, dass sie nun endlich kommen durfte. Nach drei harten Stößen verlangsamte er das Tempo und Isabell schlug ihm empört auf die Schulter. „Du Mistkerl. Hör sofort auf damit."

Was zur Folge hatte, dass Tommy sich nun aus ihr herauszog und feixend fragte: „Recht so? Hast du genug?"

Isabell starrte ihn erst sprachlos an, dann fing sie sich wieder und meinte pokernd: „Das wagst du nicht. Damit bestrafst du nicht nur mich, sondern auch dich."

„Du könntest mir zum Abschluss einen blasen", schlug er dreist vor. Isabell sah verlegen weg und versteifte sich. Tommy glitt erneut unvermittelt in sie, was sie nach Luft schnappen ließ. Nachdem sie wieder einen gemeinsamen Rhythmus gefunden hatten, fragte er mit einem Mal: „Hast du ein Problem damit, meinen Schwanz zu lutschen?"

Aufgrund seiner derben Ausdrucksweise riss sie die Augen auf, spürte aber gleichzeitig, wie sehr es sie erregte.

„Ich sehe dich vor mir knien, wie du langsam meinen Schwanz in deinem Mund aufnimmst. Da es mir zu langsam geht, packe ich deinen Kopf und drücke ihn nah an mich heran, sodass er komplett in deinem Rachen verschwindet. Ich fordere dich auf, dir beim Saugen Mühe zu geben, und nach kurzer Zeit komme ich gewaltig in deinem Mund."

Isabell konnte sich nicht entscheiden, ob sie seine Worte widerwärtig oder doch erregend finden sollte. Ihr Körper nahm ihr die Entscheidung ab. Beim nächsten kräftigeren Stoß explodierte sie so plötzlich, dass der Orgasmus sie völlig überrollte und in der Intensität komplett überforderte. Sie spürte, dass auch Tommy losließ und seinen Samen in sie pumpte. Isabell zitterte, ihr Unterleib pulsierte heftig und Sternchen traten vor ihre Augen.

Als sie aus den glückseligen Sphären wieder bei Tommy ankam, schlug die Erinnerung mit aller Macht zu und sie senkte peinlich berührt ihre Augenlider. Hoffentlich hatte Tommy vergessen, was er sie vorhin gefragt hatte.

Sanft hob er ihre Beine herunter und Isabell spürte einen leichten Schmerz nachhallen. Vorsichtig legte er seinen Kopf auf ihre Brust und nach einer Weile beschwerte sie sich, dass er zu schwer sei. Er rollte sich knurrend von ihr, stützte den Kopf mit der Hand ab und sah sie an.

„Du hast meine Frage noch nicht beantwortet, obwohl mir dein Körper schon eine Antwort gegeben hat." Anzüglich grinste er sie an und weckte in Isabell unverzüglich Mordgelüste.

„Du Arsch", entfuhr ihr ganz undamenhaft.

„Isabell, so vulgär kenne ich dich gar nicht." Spöttisch betrachtete er sie.

„Du wirst mich gleich noch kennenlernen", fauchte Isabell, die sich mittlerweile aufgesetzt hatte.

„Du musst mir nicht antworten, dein Körper hat mir schon klar und deutlich gezeigt, dass es dich anmacht", ritt er weiterhin dreist auf dem Thema rum.

Heiße Wut schoss durch ihren Körper und stieg ihr zu Kopf. Am liebsten hätte sie ihm eine gescheuert, aber dann sah sie ihm in die Augen und beruhigte sich wieder. Denn er betrachtete sie nicht mehr anzüglich, sondern vielmehr fragend.

Dennoch hielt sie seinem Blick nicht lange stand und ihre Augen wanderten ein kleines Stück nach oben und fixierten nun seine Stirn. Es fiel ihr leichter zu antworten, wenn sie ihn nicht direkt ansah, vielleicht schaffte er es dann nicht gleich, sie zu durchschauen.

Sie biss sich auf die Unterlippe und wäre am liebsten aus dem Bett aufgesprungen. „Ich …" Ihre Stimme versagte und ihr brach der Schweiß aus. Was für eine peinliche Situation.

Nachdem sie sich geräuspert hatte, atmete sie tief durch und riskierte doch einen Blick in seine Augen, in denen sie sich sofort verlor. Und beruhigte. Halt fand. Sie war so bescheuert. Tommy forderte sie heraus, er brachte sie in Verlegenheit, aber er liebte sie und nichts, was sie sagte, würde ihn schockieren oder dazu führen, dass er sie weniger begehrte.

Sein Blick schien tief in ihrem Inneren zu wühlen, um die Wahrheit von selbst herauszufinden.

Ihr Herzschlag beruhigte sich und ließ ihn nicht aus den Augen, als sie zugab: „Ich habe das noch nie gemacht."

Kurz war sie verleitet, sich die Hände vors Gesicht zu schlagen, als sich Tommys Augen ein Stück weiteten, aber das empfand sie dann doch als etwas albern.

Sie hob die Arme und bekannte: „Ein Armutszeugnis, ich weiß. Jetzt bin ich dreiundvierzig Jahre alt und habe noch nie einem Mann den Schwanz gelutscht."

Tommy lachte lauthals und ließ sich auf den Rücken fallen. „Das lässt sich ändern, Isabell. Mach dir mal keinen Kopf. Ich stelle mich gerne als Versuchsobjekt zur Verfügung."

Bevor sie antworten konnte, fuhr er fort: „Und, ich weiß endlich, wie alt du bist." Frech grinste er sie an, und es schien ihn nicht im Mindesten zu schockieren, was wohl der Tatsache geschuldet war, dass er es sich ungefähr hatte denken können.

„Schockiert?", fragte sie herausfordernd.

„Sprichst du nun vom Alter oder von der Tatsache, dass du beim Oralsex noch jungfräulich bist?"

Isabell glühten die Ohren und sie murmelte: „Beides?"

Tommy richtete sich auf, schlang seine Arme um sie und sie versteckte ihre Nase in seiner Armbeuge und atmete seinen vertrauten, herben Geruch ein, der ihr augenblicklich Sicherheit schenkte.

Er küsste sie auf die Stirn und meinte: „Mir ist beides egal. Wenn du das nicht magst, musst du es nicht machen. Ich würde es dir gerne zeigen, aber wenn du nicht willst, ist das für mich okay."

„Ehrlich gesagt, fand ich die Vorstellung immer ziemlich eklig. Allerdings hat mich mein Mann auch ungern mit der Zunge verwöhnt. Ich kann nicht nachvollziehen, dass Männer gern dort unten rumschlecken." Isabell verzog das Gesicht und Tommy lachte erneut.

„Lass das mal meine Sorge sein. Ich mache das zufällig wirklich gern. Das schmeckt köstlich."

Isabell rümpfte die Nase, kommentierte es aber nicht.

„Vielleicht gibst du mir ein wenig Zeit, mich mit dem Gedanken anzufreunden?", gab sie ihm ein kleines Zugeständnis.

„Natürlich. Ich werde nichts von dir verlangen, was du nicht möchtest. Das verspreche ich dir", sagte er so eindringlich, dass Isabells Herz sich weitete. So weit, um all die Liebe und Fürsorge, die Tommy ihr schenkte, aufnehmen zu können. Es weitete sich für das unverschämte Glück, das ihr einfach so in den Schoss gefallen war, ohne etwas dafür zu tun. Bei dem Wortspiel musste sie wieder grinsen und Tommy kniff sie in die Seite. „Du hast wieder diesen Blick drauf. Gib es zu, du hast an etwas Unanständiges gedacht."

Isabell rekelte sich lasziv und fuhr sich durch die Haare.

„Du hast heute davon gesprochen, dir eine kleine Bestrafung einfallen zu lassen. Vielleicht möchtest du sie jetzt ausführen?", fragte sie mit einem unterwürfigen Blick.

Tommys Kiefer klappten auseinander und er sah ein wenig konfus aus. Um wohl ein wenig Zeit zu schinden, fuhr er sich durch die kurzen Haare und ließ sie nicht aus den Augen.

„Was schwebt dir denn da so vor?"

„Ich fand es gerade wunderschön, wie wir Liebe gemacht haben, aber jetzt würde ich vorschlagen, dass du mich hart fickst, so wie ich das mag."

„Isabell!" Er sah sie ein wenig konsterniert an, und diesmal brach sie in Lachen aus. „Ich kann auch Dirty Talk." Schmollend presste sie die Lippen zusammen, und so schnell konnte sie gar nicht reagieren, wie Tommy sie gepackt und auf den Bauch geworfen hatte.

„Und ich steh drauf", grollte er gefährlich. „Geh auf die Knie", wies er sie an, was sie augenblicklich befolgte.

Er drückte energisch ihre Schultern runter, sodass ihr Gesicht auf dem Laken lag, während ihr Hintern in die Luft reckte. Ganz kurz nahm er sich die Zeit, das Kondom zu erneuern.

Sie erschauerte, während sie aufgeregt wartete und seine Hände, die sie etwas grob an den Hüften packten, ließen ihre Härchen aufstellen.

Sie stöhnte laut und wackelte provozierend mit ihrem Po. Tommy stieß sich ohne Vorwarnung hart in sie und füllte sie nach nur einem einzigen Stoß komplett aus, was sie erneut aufschreien ließ. Oh mein Gott, das fühlte sich einfach großartig an. Keine Zeit durchzuatmen, Tommy legte gleich los, aber sie genoss es, hart rangenommen zu werden, und versuchte sich seinem Rhythmus anzupassen und ihm entgegenzukommen. Aber sie hatte keine Chance, mit jedem einzelnen Stoß rammte er sie gnadenlos in die Matratze und schob sie immer weiter nach oben. Isabell japste nach Luft, und obwohl die Stellung alles andere als angenehm war und ihre Muskeln schon zu brennen begannen, wollte sie jede einzelne Sekunde auskosten. Dieses Gefühl benutzt zu werden, erregte sie, gleichwohl sie genau wusste, dass Tommy darauf bedacht war, sie auf ihre Kosten kommen zu lassen. Ein schmerzhafter Ruck in ihren Haaren ließ sie stöhnen, als sie begriff, dass Tommy einen Büschel Haare gepackt hatte und ihren Kopf somit überstreckte. Im selben Moment des Schocks spürte sie, wie die Wellen der Lust auf den Schmerz trafen, sie überspülten und mit sich rissen in die Tiefe des dunklen, aber geheimnisvollen Ozeans. Tommy stieß immer schneller zu, sie hatte zuvor keine Ahnung gehabt, wie viel Ausdauer er besaß.

„Isabell, du bist einfach so verflucht heiß. Entweder vögel ich dir den Verstand raus oder du mir." Tommy keuchte und während sie seine Worte kaum wahrnahm, da die Wellen sie unter Wasser hielten und ihre Lungen nach Sauerstoff bettelten, folgte er ihr ebenfalls und ließ sich von den Wellen treiben. Heftig keuchend ließ sich Tommy neben ihr fallen, wofür sie ihm dankbar war. Sein schwerer Körper auf ihr hätte ihr die letzten Sauerstoffreserven geraubt.

„Meinst du, Mila und Leo sind schon zuhause? Ich befürchte, wir waren gerade unüberhörbar." Isabell kicherte und sah dabei kein bisschen verlegen aus. Der intensive Sex hatte sie tiefenentspannt. Die Frage war, ob das morgen auch noch der Fall wäre, wenn sie die belustigten Blicke der anderen auffingen. Aber darüber wollte sie sich jetzt keine Gedanken machen.

„Habe ich deine Erwartungen erfüllen können?"

Sie schlug dem feixenden Tommy auf den Arm und meinte gnädig: „Du hast dir zumindest wirklich Mühe gegeben. Hoffentlich hast du dich jetzt nicht zu sehr verausgabt." Sie sah ihn ein wenig ängstlich an, als wäre diese Vorstellung unerträglich.

„Für heute hast du mich außer Gefecht gesetzt, aber morgen stehe ich dir wieder vollumfänglich zur Verfügung."

„Dann ist ja gut", murmelte Isabell schläfrig und es dauerte nicht lang, da schlief sie völlig losgelöst in seinen Armen ein.

33

Die gemeinsamen Tage mit seinen Freunden und Isabell waren genau die richtige Entscheidung gewesen. Seine Vorfreude, Mila und Leo wiederzusehen, hatte auch seine geheime Befürchtung, dass Milas Gegenwart ihn aus der Bahn werfen könnte, in den Schatten gestellt. Möglichst unauffällig warf er Mila einen Seitenblick zu, die beim Frühstück neben ihm saß und gerade fröhlich auflachte, als Isabell etwas erzählte, was Tommy durch seine gedankliche Abwesenheit nicht mitbekommen hatte.

Zwar hatte er nicht mit Bestimmtheit sagen können, dass Mila ihn kalt lassen würde, aber irgendwie war er tief im Inneren davon überzeugt, dass Isabell die Richtige für ihn war. Dennoch fühlte er sich ein wenig schwach vor Erleichterung, als er feststellte, dass sich seine Gefühle zu Mila wirklich gravierend verändert hatten. Zum Schluss war seine Liebe abgeflaut, aber immer noch vorhanden gewesen. Er hatte gelernt loszulassen. Jetzt war sie weg, als wäre sie nur noch ein leiser Hauch einer längst vergangenen Erinnerung. Seine Liebe war einer tiefgehenden Freundschaft gewichen. Mila war ihm immer noch genauso wichtig wie zuvor, aber sie hatten eine neue Ebene erreicht. Ein stabiles Fundament, das sich durch nichts und niemanden zerstören lassen würde. Aber sein Herz gehörte nicht mehr ihr allein. Sein Herz hatte er nun an Isabell verschenkt. Die Gewissheit, dass er sich auch in sie verliebt hätte, wenn Mila in Berlin geblieben wäre, gab ihm zusätzlichen Halt.

An den letzten beiden Tagen hatten sie es ruhiger angehen lassen. Als das Wetter umschlug, waren sie ins Hafenviertel gefahren, in dem es eine der ungewöhnlichsten Saunen Schwedens gab. Den Schwitzkasten, der inmitten des Industrieviertels Frihamnen in einem öffentlichen Park beheimatet war. Von außen eine rostige Skulptur, im Inneren eine imposante Sauna.

„Das Architektenteam stammt aus Berlin", hatte Mila stolz erzählt, die sich als angehende Architektin natürlich besonders für das architektonische Bauwerk interessierte.

Einen Tag verbrachten sie im Naturschutzgebiet, wohin Mila und Isabell auch heute fahren wollten. Da es wieder warm geworden war, wollten sie diesmal am Badesee relaxen, statt wandern zu gehen. Die Jungs hingegen suchten ein wenig Action und wollten den Vergnügungspark in Liseberg aufsuchen. Erstmals würde er heute Zeit finden, in Ruhe mit Leo zu sprechen. Zumindest in den Pausen, wenn sie sich nicht gerade auf einer Achterbahnfahrt befanden. Sosehr er die gemeinsame Zeit genoss, freute er sich nun besonders darauf, mit seinem Kumpel loszuziehen und sich an frühere Zeiten zu erinnern.

Nach vergnüglichen drei Stunden, in denen sie die größte Holzachterbahn Schwedens und zugleich die steilste der Welt, den Free-Fall-Tower und noch einige weitere Bahnen getestet hatten, benötigten sie eine kleine Pause.

„Du siehst ein wenig grün im Gesicht aus", feixte Leo, als Tommy sich kurz an der Wand abstützen musste.

„Mir ist gerade echt schwindlig. Ich werde halt auch nicht jünger", bekannte er schonungslos.

„Ich könnte auch eine Pause vertragen", stimmte sein Kumpel ihm zu seiner Erleichterung zu. Noch eine Fahrt hätte er beim besten Willen nicht vertragen.

Nach kurzer Wartezeit konnten sie einen Tisch ergattern und Tommy streckte genüsslich seine langen Beine unter dem Tisch aus und reckte sich.

„Es macht Spaß, wieder mal mit dir abzuhängen."

„Von abhängen würde ich ja nicht gerade reden", ärgerte Leo ihn, stimmte dann aber friedfertig zu: „Ich habe dich auch vermisst, Bro."

„Lass uns versuchen, dass wir uns wenigstens alle paar

Monate sehen. Vielleicht plant ihr ja, demnächst mal nach Deutschland zu kommen?"

Leo versprach, sein Möglichstes zu tun, immerhin vermisste er Sonja und Mila wollte sicherlich neben ihren Freunden auch ihre Schwester besuchen.

Kurz darauf hatten sie sich nacheinander etwas zu Essen und Trinken geholt und Tommy spürte erst jetzt, wie viel Hunger er hatte. In weiser Voraussicht hatte er morgens kaum etwas gegessen, um den Mageninhalt nicht in einer der Achterbahnen wieder loszuwerden.

Jetzt stopfte er die Nudeln in sich rein, als wäre es seine Henkersmahlzeit. Leo schien es nicht anders zu ergehen, und so verbrachten sie einige Minuten in freundschaftlichem Schweigen, während sie ihren Hunger stillten.

Nach einer Weile wurde Tommys Neugierde größer als sein Appetit, denn er wollte Leos ehrliche Meinung hören.

„Sag mal, was hältst du von mir und Isabell, jetzt, wo du uns zusammen erlebt hast?"

Leo ließ sich Zeit mit seiner Antwort, in aller Seelenruhe kaute er zu Ende und Tommy traute ihm zu, dass er es mit Absicht machte.

„Ich glaube, ich gehe vorher noch schnell aufs Klo, das Gespräch dauert bestimmt länger", sagte er doch allen Ernstes, stand feixend auf und ließ Tommy fassungslos zurück.

„Du Arsch", rief Tommy ihm wütend hinterher und war froh, dass der Großteil der Restaurantbesucher bestimmt kein Deutsch verstanden, so laut, wie er es durch den Raum geschrien hatte.

Tommy erwartete ihn mit verschränkten Armen und warf ihm einen bösen Blick zu.

„Was heißt Arschloch auf Schwedisch?", knurrte er, als sich Leo neben ihn fallen ließ.

„Keine Ahnung?"

„Dann lass uns mal nachsehen, ich kann kaum glauben, dass du das Wort nicht kennst, so oft, wie du es wahrscheinlich zu hören bekommst", konnte sich Tommy einen kleinen

Seitenhieb nicht verkneifen und öffnete eine Übersetzungs-app auf seinem Handy.

„Mal sehen. Mamaknullare klingt toll oder dajmkryss oder rövhatt. Wobei Ersteres auch mit Mutterficker übersetzt wird, das lassen wir lieber. Ist doch etwas arg derb."

„Bist du dann mal fertig mit deinen Beleidigungen?", brummte Leo. „Ich dachte, dir läge etwas an meiner Meinung."

Tommy wippte lässig mit seinem Stuhl nach hinten, zog die Augenbraue nach oben und fragte sarkastisch: „Ach, und ich dachte, du wolltest dich feige um eine Antwort drücken."

„Ich bin positiv überrascht."

Gerade noch konnte Tommy verhindern, mitsamt dem Stuhl nach hinten zu kippen, als er Leos Worte hörte.

Hastig setzte er sich wieder ordentlich hin, schob seinen Teller weg und stützte die Unterarme auf dem Tisch auf.

„Hättest du die Güte, das etwas genauer auszuschmücken?"

Leo seufzte theatralisch. „Es ist für mich echt eine Scheiß-situation gewesen. Ehrlich gesagt konnte ich mir euch beide einfach nicht als Paar vorstellen. Das war zu abstrakt, zu un-wirklich. Kannst du das nachvollziehen?" Tommy warf ein neutrales Brummen ein, um Leo nicht vom Weitersprechen abzuhalten. „Ich habe euch nie miteinander erlebt, nicht mit-bekommen, wie ihr euch nähergekommen seid, und plötzlich bäm, knallst du mir an den Kopf, dass da etwas zwischen euch läuft." Leo schüttelte vehement den Kopf, als könne er es immer noch nicht begreifen. „Zwischen meinem besten Kumpel und meiner ehemaligen Chefin. Die doch um einiges älter ist und mir manchmal echt das Leben schwer gemacht hat. Nicht auf die fiese Art, sondern auf die ganz spezielle Isabellart. Man muss lernen, mit ihrem direkten Auftreten zu-rechtzukommen. Und du weißt, dass ich Mila meistens mit ihr alleine gelassen habe und keinen gesteigerten Wert darauf gelegt habe, sie privat zu treffen, auch wenn ich ihr für vieles dankbar war."

Er stoppte abrupt, vielleicht war ihm die Puste ausgegangen, so schnell, wie er seinen Monolog gepredigt hatte.

„Kommt irgendwann die goldene Seite der Medaille noch zur Sprache?", grollte Tommy, der nicht umhinkam, doch etwas getroffen von Leos ehrlichen Worten zu sein. Obwohl er ihn verstehen konnte, umgekehrt wäre es ihm sicherlich nicht anders ergangen.

„Ich bin dein Freund und egal, für welche Frau du dich entscheidest, ich stehe hinter dir."

Tommy verkniff sich einzuwerfen, *außer Mila*, denn das heikle Thema wollte er jetzt keinesfalls aufbringen und beschloss daher nicht kleinlich zu sein.

„Danke, das bedeutet mir viel, aber ich habe den Eindruck, dass du Isabell jetzt von einer anderen Seite kennengelernt hast", wagte er sich vorsichtig vor.

„Vor allem sehe ich, dass du total verknallt in sie bist. Du würdest sie auf Händen tragen. Dir ist es ernst mit ihr. Bei Isabell war ich mir da erst nicht ganz sicher. Es hätte ja sein können, dass sie ein wenig unverbindlichen Spaß sucht, aber niemals zu dir stehen würde. Immerhin hat sie einen Ruf zu verlieren." Leo sah ihn neugierig an.

„Die Kollegen wissen über uns Bescheid."

Jetzt starrte Leo ihn ungläubig an. „Was?! Das hätte ich Isabell nicht zugetraut." Mehr sagte er nicht, anscheinend hatte er an der Schieflage seines Weltbildes gehörig zu knabbern.

Tommy grinste. „Ich habe dir doch von meinem Mountainbike-Sturz erzählt, da habe ich allerdings ein paar Details ausgelassen." Er erzählte Leo in wenigen Worten von seinem und Isabells Auftritt im Krankenhaus.

Leo lachte aus vollem Hals. „Wie geil ist das denn? Das hätte ich zu gern miterlebt. Schade, dass ich da schon weg war." Er schüttelte den Kopf, als könne er es nicht glauben. „Okay, jetzt hat Isabell endgültig meinen Respekt gewonnen. Wenn das kein Liebesbeweis ist, dann weiß ich auch nicht."

Wieder schien er sich die Szene vorzustellen, dann wurde er unvermittelt ernst und meinte: „Ihr seid ein schönes Paar.

Der Altersunterschied fällt kaum auf. Wahrscheinlich würde man dich höchstens fünf Jahre jünger schätzen. Isabell wirkte anfangs auf mich etwas reserviert, aber ich kann auch verstehen, dass es ihr schwerfiel, vor mir aus sich herauszugehen. Dennoch sind mir ihre Blicke aufgefallen, die sie dir immer wieder schenkt."

Tommy verschluckte sich, als er sich gerade Isabell vor Augen führte, wie sie zu ihm gesagt hatte, er sollte sie hart ficken und wäre fast rot geworden.

Etwas anzüglich erwiderte er: „Isabell ist alles andere als zurückhaltend, glaub mir, ich weiß, wovon ich spreche."

„Herrgott Tommy, bitte plaudere jetzt nicht Isabells geheime Sexvorlieben aus." Er schüttelte sich, als wäre der Gedanke, dass Tommy und Isabell Sex hatten, unvorstellbar für ihn.

„Ich verschone dich, will ja mal nicht so sein. Nicht, dass du neidisch wirst."

Leos empörtes Schnauben ließ ihn grinsen, bei Leos Antwort ging ihm seine Souveränität allerdings schlagartig abhanden.

Das spitzfindige Grinsen ließ Tommy innerlich tief durchatmen, und er wartete schon auf eine Attacke.

„Wir haben euch neulich gehört, du musst mir gar nichts mehr über Isabells Vorlieben verraten", plauderte Leo anzüglich, während Tommy ihn nur kopfschüttelnd anstarrte. „Und was war das bitte neulich auf dem Konzert? Ich hätte ja nie gedacht, dass Isabell sich so rumkommandieren lässt."

Unschlüssig, ob er Leo eine reinhauen oder doch lieber in sein Lachen einstimmen sollte, entschied er sich für Letzteres.

„Ein Gentleman genießt und schweigt." Leos neugierigem Blick zum Trotz führte er seine und Isabells Vorlieben nicht weiter aus. Er stand auf, haute Leo kräftig auf die Schulter und schlug vor, noch ein paar ruhigere Fahrgeschäfte auszuprobieren, bevor sie den Mädels an den See folgten, um dort abends am Lagerfeuer zu grillen.

34

Der Alltag hatte sie nach ihrer Rückkehr schnell wieder eingeholt. Beide arbeiteten viel und hart. Momentan war es schwierig, sich gemeinsame Momente zu stehlen, denn der Herbst hatte Einzug gehalten und die damit einhergehende Grippewelle machte auch vor Tommys und Isabells Kollegen nicht Halt. Sie legte die letzte Akte zur Seite und streckte die Arme über den Kopf, um ihren schmerzenden Rücken zu entspannen.

Heute Abend hätten sie sich eigentlich das erste Mal seit über eine Woche wiedergesehen, aber Tommy musste kurzfristig für einen Kollegen einspringen, dessen Frau einen schweren Autounfall erlitten hatte. Natürlich war sie enttäuscht, aber sie konnte ihm kaum böse sein. Sie wusste schließlich, wie es derzeit um das Klinikpersonal bestellt war und wer wusste schon, wie lange Doktor Reger ausfallen würde.

Fest entschlossen nicht Trübsal zu blasen, hatte sie kurzerhand Julia gefragt, ob sie Lust hätte, sich mit ihr zu treffen. Ihre Freundin hatte sie nicht mehr gesehen, seitdem sie vor drei Wochen aus Schweden zurückgekehrt waren. Sie hatte einfach keine Zeit gefunden, denn auch Julia war gerade an einer großen Story dran und war derzeit fast immer im Zeitungsverlag anzutreffen.

Eigentlich müsste Julia arbeiten, aber sie hatte beschlossen, dass morgen auch noch ein Tag wäre und sie sich endlich wieder einmal treffen sollten. Deshalb würde sie nachher auf ein Glas Wein vorbeikommen.

Vorher würde Isabell allerdings einen kleinen Abstecher auf die gynäkologische Station machen, in der Hoffnung, Tommy einen Kuss zu stehlen, dessen Schicht gerade begonnen hatte. Allein der Gedanke ihn gleich zu sehen, ließ ihren

Puls rasant ansteigen und ein warmes Gefühl breitete sich in ihr aus. Endlich war sie bereit, sich seiner Liebe vollständig hinzugeben. Die letzten Zweifel waren ausgeräumt und sie sollte ihr unfassbares Glück einfach uneingeschränkt genießen. Ihre Sehnsucht nach seinen sanften Berührungen, nach seinen heißen Lippen, die jedes Mal ein glutvolles Verlangen in ihr auslösten, war so groß, dass sie sogar ihre übliche Zurückhaltung aufgab, als sie ihn im Gang erblickte, während er gerade in ein Gespräch mit Linda, der Chefärztin, vertieft war. Sie nahm sich einen Moment Zeit, ihn zu beobachten. Er sah so unfassbar gut aus in seinem weißen T-Shirt, das seine sonnengebräunten, muskulösen Oberarme in Szene setzte. Seine blonden Haare trug er gerade etwas länger als üblich, sodass sie ihm ein verwegenes Aussehen gaben. Und sein charmantes Lächeln ließ sie wie immer dahinschmelzen, obwohl es in dem Fall nicht einmal ihr galt. Die kleinen Grübchen waren so süß, dass sie ihm am liebsten einen Kuss darauf gegeben hätte.

Als sie näherkam, wandte er sich ihr zu und seine Augen blitzten erfreut auf. Obwohl er sich gerade inmitten eines Gesprächs befand, unterbrach er die Ausführungen seiner Chefin ein wenig unhöflich, indem er herausplatzte: „Isabell, wie schön dich zu sehen."

Frau Doktor Winkelbauer hatte ihren Monolog unterbrochen und wirkte, als verkneife sie sich ein Grinsen. Linda war eindeutig viel lockerer als sie selbst, die einen derart respektlosen Kollegen sicherlich zurechtgewiesen hätte.

Kurz wandte er seine Aufmerksamkeit der Chefärztin zu. „Entschuldige bitte, ich wollte dich nicht unterbrechen, aber ich habe Isabell schon viel zu lang nicht mehr gesehen. Du weißt ja selbst, wie viele Sonderschichten ich gerade schiebe."

Damit hatte er seine Chefin geschickt mundtot gemacht. Denn sie konnte ihm kaum einen Vorwurf machen, innerhalb seines Dienstes sich kurz Zeit für seine Freundin zu nehmen, nachdem er nie Nein sagte, wenn er gebeten wurde, einzuspringen. Heute hatte er zugesagt, obwohl er eine Nachtschicht hinter sich hatte und die reguläre Ruhezeit kaum einhalten konnte. Aber was sollte er tun, wenn Not am Mann war?

Linda winkte beruhigend ab. „Du hast fünf Minuten Zeit, dann erwarte ich dich im Ärztezimmer. Hallo Isabell", wandte sie sich lächelnd an ihre Kollegin. Ihr blieb keine Zeit zum Antworten, da Tommy sie gerade stürmisch in den Arm nahm und sie hob kurz die Hand zum Gruß, bevor Tommy sie einfach küsste und somit ihre weitere Gehirntätigkeit lahmlegte. Wie in Trance legten sich ihre Arme um seinen breiten Oberkörper und sie schmiegte sich so eng an ihn, um so viel wie nur irgendwie möglich von ihm aufzusaugen, um die nächsten Stunden oder auch Tage ohne ihn zu überstehen. Sie würde seine Berührungen, seinen Geruch, seine Stimme vakuumieren, damit sie ihn immer bei sich hatte.

Sie fühlte seinen Herzschlag heftig pochen, anscheinend brachte ihn der Kuss ebenfalls gehörig in Fahrt.

Stundenlang könnte sie so dastehen. Sie hatte ganz vergessen, wo sie sich befanden, und konnte sich einen leisen Seufzer nicht verkneifen, als Tommys Lippen ihre allein zurückließen. Immer noch hielt er sie im Arm.

„Schön, dass ich dich noch sehe. Jetzt wird die Schicht bestimmt wie im Flug vergehen." Sein sanftes Lächeln bescherte ihr eine angenehme Gänsehaut. Sie wusste, dass er sich über ihren öffentlichen Liebesbeweis unbändig freute.

Erst jetzt nahm sie wahr, dass sie unter Beobachtung standen. Ausgerechnet Michaela und eine junge Assistenzärztin standen nicht weit von ihnen entfernt.

Zu ihrer Verwunderung sah Michaela eher verlegen als unwirsch aus.

„Kannst du nachher mal kommen, wenn du dich verabschiedet hast? Ich würde dich bitten, einen Blick auf Frau Wanner zu werfen. Irgendwie gefällt sie mir nicht."

Tommy nickte und meinte: „Bin gleich bei dir."

Er gab seiner Freundin einen Kuss auf die Stirn und seufzte ergeben: „Ich vermisse dich, Isabell. Hoffentlich finden wir bald wieder mehr Zeit füreinander."

Sein überraschend sehnsüchtiger Tonfall ließ Isabells Herz Flickflacks schlagen und sie benötigte einen Moment, bis sie sich wieder gefangen hatte.

„Ich kann es auch kaum erwarten. Wir müssen schließlich noch auf deinen bestandenen Facharzt anstoßen." Sie strich ihm zärtlich über die Wange und nahm erleichtert aus den Augenwinkeln wahr, dass sie ungestört waren. Deshalb nahm sie rasch sein Gesicht zwischen ihre Hände und gab ihm einen zarten Abschiedskuss.

Als sie gehen wollte, ließ er ihre Hand nicht los und zog sie schwungvoll noch einmal an sich heran. „Einen Kuss noch", murmelte er leidenschaftlicher, als es angebracht wäre.

Nach einem schier unendlich andauernden Moment durfte sie gehen, was sie allerdings gehörig Überwindung kostete. Tommy hielt sie zurück, als würde ein unsichtbares Band sie miteinander verbinden. Aus einer Eingebung heraus rief sie nach einigen Schritten: „Tommy!"

Er drehte sich um und warf ihr ein fragendes Lächeln zu, bevor er ihr wieder entgegenkam. Sie trafen sich auf halbem Weg und Isabell stellte sich auf Zehenspitzen, um ihm ins Ohr zu flüstern: „Ich liebe dich."

Nun küsste er sie kurz, aber innig und antwortete bewegt: „Du bist süß. Genau das habe ich gebraucht. Du bist mein heutiger Energieschub. Ich liebe dich auch." Dann war er weg, verschwand im Ärztezimmer und Isabell blieb noch einen Moment reglos stehen, um wieder Luft zu bekommen. Bedauerte, keine angemesseneren Worte gefunden zu haben, um auszudrücken, was er ihr bedeutete. Das würde sie eben beim nächsten Mal nachholen.

„Julia, komm rein. Schön, dich zu sehen." Nachdem sie ihre Freundin in die Wohnung gezogen hatte, drückte sie Julia erst einmal ausgiebig.

Julia ließ sich auf einen Sessel plumpsen und nahm dankbar ein Glas Rotwein entgegen. „Danke für deinen Vorschlag. Ansonsten hätte ich mir wieder im Büro die Nacht um die Ohren geschlagen. Was bin ich froh, wenn die Story endlich fertig ist. Sonst kannst du mich bald auf dem Friedhof besuchen."

Isabell kicherte, als sie den theatralischen Tonfall ihrer Freundin hörte.

„Vielleicht solltest du auf die Schauspielerei umsatteln. Das würde dir bestimmt gut liegen."

„Dir aber auch. Immer setzt du dein Pokerface auf. Ich möchte jetzt endlich mal Fakten hören. Was tut sich mit dir und Doktor Charming? Ihr wart doch gemeinsam bei Mila und Leo. Langsam kannst du mir nicht mehr verkaufen, dass ihr kein Paar seid."

Isabell grinste, als ihr aufging, wie lange sie nicht mehr mit Julia gequatscht hatte. Am Telefon hatte sie sich immer in Ausflüchte gestürzt. Einziges Zugeständnis, das sie Julia gemacht hatte, war ihr von dem Trip nach Göteborg zu erzählen. Auch ihre geheimen Ängste hatte sie nicht unerwähnt gelassen.

Isabell ließ sich ebenfalls auf der Couch nieder, als sie ein paar Schüsseln mit Knabberzeug auf dem Beistelltisch abgestellt hatte. Beherzt griff sie nach einem Schokoladenriegel. Sie musste unbedingt ihren Blutzuckerspiegel heben, bevor sie über Tommy sprach.

„Ich glaube, ich habe den Jackpot gezogen", gab Isabell schließlich zu und knüllte das leere Papier zusammen. Währenddessen konnte sie nicht verhindern, dass sie Julia anstrahlte.

„Aww", kreischte Julia ein wenig hysterisch. „Und, wer hat es dir gleich gesagt?", fragte sie ein wenig Beifall heischend.

„Du", gab Isabell friedfertig zu. „Ehrlich gesagt, läuft es schon seit einer Weile richtig gut, aber ich hatte Angst, wenn ich es ausspreche, gleich die Quittung dafür zu erhalten. Und vor dem Besuch bei Mila und Leo hatte ich echt Schiss."

„So, wie du gerade strahlst, ist Mila kein Thema mehr?", vergewisserte sich ihre Freundin mit einem vielsagenden Grinsen.

Isabell schüttelte den Kopf und dachte ein wenig verlegen daran, wie sehr sie sich geängstigt hatte, als schlechte Kopie herhalten zum müssen. Als sie Julia ihre Ängste gestanden hatte, lachte diese lauthals, was Isabells Ärger schürte.

„Du hast leicht reden. Verlieb dich doch selbst mal in so einen jungen, gut aussehenden Kerl, dessen große Liebe eine jüngere Ausgabe von dir darstellt. Da möchte ich sehen, wie viel von deiner Coolness noch übrigbleibt."

Julia zog ihre Freundin zu sich heran und gab ihr einen dicken Schmatzer auf die Wange. „Sorry, ich wollte mich nicht lustig machen. Aber es ist so typisch für dich, überall Probleme zu sehen. Wie gut, dass Tommy sie endlich ausräumen konnte."

Isabell lehnte sich an der Schulter ihrer Freundin an. „Der Besuch war das Beste, was wir tun konnten. Sonst hätten mich meine Ängste noch ewig geplagt. Außerdem war es natürlich toll, Mila endlich wiederzusehen."

Isabell erzählte noch ein wenig von ihrem Schwedentrip und die Zeit verging im Flug. Als ihr Telefon plötzlich klingelte, verriet ihr ein Blick auf die Uhr, dass es schon nach Mitternacht war. Wer rief sie so spät noch an? Ihre Beunruhigung erhöhte sich, als sie sah, dass es die Klinik war, die versuchte, sie zu erreichen. An der Durchwahlnummer erkannte sie, dass es sich nicht um ihre Station handelte. Rasch hob sie ab. „Niedermayer."

„Hallo Frau Doktor Niedermayer, entschuldigen Sie bitte, dass ich Sie so spät anrufe. Hoffentlich habe ich Sie nicht geweckt", stammelte eine unsichere Stimme, die Isabell auf die Schnelle nicht zuordnen konnte.

„Nein, ich war noch wach. Mit wem spreche ich denn?"

Sie sah rasch zu Julia und hob die Schultern, als sie deren fragenden Blick auffing.

„Entschuldigen Sie bitte, ich bin etwas durcheinander, hier spricht Michaela, Frau Doktor Mayer", fügte sie hastig an.

Was wollte sie von ihr? Isabell konnte sich keinen Reim darauf machen, aber ihr ungutes Gefühl verstärkte sich rapide. War etwas mit Tommy? Warum sonst sollte sie seine Kollegin anrufen? Ein medizinisches Problem konnte es wohl kaum sein. Sie schluckte mehrmals, da sich ihre Kehle plötzlich rasant zuschnürte.

„Was ist denn los? Nun sprechen Sie schon", kam ihr ruppiger als gewollt über die Lippen, aber gerade riss ihr der Geduldsfaden und Isabell war froh, dass sie irgendwie funktionierte.

„Tommy", flüsterte Michaela leise und versetzte Isabell einen herben Schlag, der sie fast taumeln ließ. Ihr Herz zog sich so krampfhaft zusammen, was sie nach Luft schnappen ließ.

„Was ist mit ihm?", fragte sie atemlos und hörte selbst, wie panisch sie klang.

„Er hat heute Nacht im OP eine Patientin verloren. Eine völlig unkompliziert wirkende Schwangerschaft und beginnende Geburt, aber Tommy machte sich Sorgen, weil ihm der Zustand der Patientin, während der Entbindung Kopfzerbrechen bereitete. Er überlegte, das Kind per Kaiserschnitt zu holen, aber dann ging alles so schnell. Die Patientin erlitt plötzlich einen Herzstillstand und blutete heftig, weil sich die Plazenta gelöst hatte. Der Notkaiserschnitt konnte das Baby retten, aber die Mutter starb dem OP-Team unter den Händen weg. Tommy ist völlig am Boden, er gibt sich die Schuld daran. Niemand hatte damit gerechnet, dass es zu solchen Komplikationen kommen könnte."

Isabell hatte wie erstarrt zugehört. Sie wusste, wie hart es war, einen Patienten zu verlieren, aber als Chirurgin passierte ihr das zwangsläufig häufiger als Tommy. Auf der Gynäkologie kam es selten zu Todesfällen. Sie wischte sich die schweißnassen Hände an der Hose ab und versuchte, ihr Zittern zu unterdrücken, das aufgetreten war. Wie musste Tommy sich jetzt fühlen?

„Könnten Sie mit ihm sprechen? Vielleicht tut es ihm gut, wenn Sie an seiner Seite sind. Ich glaube, er steht unter Schock."

„Natürlich, ich mache mich sofort auf den Weg", beeilte sich Isabell einzuwerfen, bevor sie auflegte.

„Was ist denn los, Isabell?"

Sie zuckte heftig zusammen, Julia hatte sie ganz vergessen.

„Sorry Süße. Ich muss ins Krankenhaus. Es hat einen Notfall gegeben." Sie hatte jetzt keine Zeit für nähere Erklärung und drängte Julia zum Aufbruch.

Im Auto versuchte sie, sich zusammenzureißen und den Fall aus medizinischer Perspektive zu betrachten. Sie musste herausfinden, was passiert war. Bevor sie mit Tommy sprach, würde sie noch mal das Gespräch mit Michaela suchen.

Sie bremste scharf vor dem Krankenhaus, da sie fast einen Parkplatz übersehen hätte. Die wenigen Schritte in die Klinik brachte sie halb rennend hinter sich und begab sich umgehend auf die Gynäkologie. Als sie ihren Kopf ins Ärztezimmer streckte, sah Michaela auf und kam erleichtert auf sie zu.

„Gut, dass Sie da sind."

„Wo ist Tommy?"

„Immer noch im OP-Bereich. Er weigert sich, dort wegzugehen."

„Waren Sie bei der OP anwesend?"

Michaela schüttelte den Kopf. „Ich bin nach Tommys Zusammenbruch angerufen worden. So kann er nicht weiterarbeiten. Lisa hatte heute Nacht Dienst, er hatte sie hinzugerufen. Aber da war es schon zu spät. Es musste schnell gehen und Lisa war ebenfalls in einem Kreißsaal."

„Hat er etwas übersehen?", fragte Isabell, obwohl es sie alle Kraft kostete.

„Wir vermuten eine Fruchtwasserembolie. Er hat alles für die Patientin getan. Aber er sieht das anders. Er meinte, es wären Anzeichen da gewesen, er hätte schneller reagieren und eine umgehende Diagnostik anfordern müssen."

„Scheiße", entfuhr es Isabell, aber sie fühlte auch, wie sich der Knoten ein wenig auflöste. Fruchtwasserembolien verliefen meistens tödlich und das war Tommy natürlich geläufig.

„Wir haben das Kriseninterventionsteam verständigt, aber er wollte nicht mit ihnen sprechen, sondern meinte lediglich, sie sollten sich um den Ehemann kümmern." Michaela hob ihre Schultern und warf ihr einen besorgten Blick zu.

„Ich sehe mal nach ihm. Danke, Michaela." Sie lächelte die jüngere Kollegin ein wenig schief an.

Ihr Herz schlug immer heftiger, je näher sie dem OP-Bereich kam. Keine noch so komplizierte Operation hatte sie jemals vor so eine gewaltige Herausforderung gestellt. Vor der Tür atmete sie einige Male tief durch, bis sie eintrat und Tommy in einem kleinen Vorraum erblickte, der zusammengekauert auf dem Boden saß. Er hatte die Knie angezogen, den Kopf aber an der Wand angelehnt und hielt die Augen geschlossen. Der immense Schmerz, den er ausstrahlte, trieb Isabell die Tränen in die Augen. Es tat ihr weh, ihn so zu sehen. Tommy, der Sonnyboy, der immer ein freundliches Wort für alle hatte, der alle Niederlagen wegsteckte und dabei seine gute Laune niemals verlor, sah vollkommen zerstört aus.

„Tommy", sagte sie leise, um ihn nicht zu erschrecken. Erst reagierte er nicht, als sie näher herantrat, öffnete er die Augen und Isabell schluckte wieder hart, als er sie für einen kurzen Augenblick tief bis in seine Seele blicken ließ. Rabenschwarz und komplett zerrissen. Ausgebombt. Dann zwinkerte er ein paar Mal, als könne er nicht glauben, dass sie da war.

Sie ließ sich neben ihn nieder und zog ihn zu sich heran. Ihr war es egal, dass er sich zwar die OP-Kleidung ausgezogen hatte, aber ihn immer noch einige Blutspritzer zierten, die er nicht abgewaschen hatte.

Tommy erwiderte die Umarmung nicht, legte aber seine Wange an ihre Schulter. Beruhigend streichelte sie ihm immer wieder über den Rücken, bis er irgendwann sagte: „Sie ist tot und ich bin schuld."

„Schhh. Hör auf damit. Du bist nicht schuld. Eine Fruchtwasserembolie verläuft meistens tödlich. Wahrscheinlich hätte sie kein Arzt retten können, egal wie erfahren er auch gewesen wäre."

„Aber sie hatte Anzeichen." Tommy fuhr ruckartig in die Höhe. „Ich habe sie nicht rechtzeitig erkannt. Sie klagte über heftige Brustschmerzen, Atemnot und war kaltschweißig. Das Baby hatte abfallende Herztöne, deshalb wollte ich einen Kaiserschnitt machen, um auf Nummer sicherzugehen. Aber ich war zu langsam." Er sackte wieder in sich zusammen, während Isabell nicht aufgehört hatte, ihm mit ruhigen Bewegungen über den Rücken zu streicheln.

„Ich weiß, wie du dich fühlst. Es ist schlimm, einen Patienten zu verlieren, aber es gehört zu unserem Job dazu."

„Sein qualvoller Blick." Tommy war kaum zu verstehen, er stöhnte auf. „Ich musste es ihm wenigstens selbst sagen. Schließlich hatte er die ganze Zeit vor dem OP gewartet." Tommy legte den Kopf auf seinen angezogenen Knien ab und konnte anscheinend für einen Moment nicht weitersprechen.

„Er hat seine Frau verloren, die noch quicklebendig war, als er sie hierherbrachte. Und nun ist sie tot. Und er steht allein mit zwei kleinen Kindern da, wovon eins vielleicht behindert sein wird. Wer weiß, ob es das Baby überhaupt schafft." Tommy wurde immer lauter, aber plötzlich brach seine Stimme und er konnte ein Schluchzen nicht unterdrücken. Isabell liefen ebenfalls die Tränen über die Wangen. Sein Schmerz war ihrer, seine Qualen durchlitt sie ebenfalls. Sie würde alles tun, um ihm den Schmerz abzunehmen, aber das war unmöglich. Sie umschlang ihn noch ein wenig fester. Er musste einfach spüren, dass sie für ihn da war, dass sie uneingeschränkt hinter ihm stand, egal, ob er einen Fehler begangen hatte oder nicht. Das würde das Untersuchungskomitee bestimmt in Erfahrung bringen.

Sein Körper bebte, sosehr wurde er von seinen Schluchzern geschüttelt. Nach einer Weile fand er seine Fassung wieder und meinte mit heiserer Stimme: „Danke Isabell."

Sie löste sich ein wenig von ihm und suchte seinen Blick. „Ich bin immer für dich da. Jederzeit. Egal, was passiert ist. Ich hoffe, das weißt du."

Tommy sah sie an, aber sie wusste nicht, ob er gehört hatte, was sie gesagt hatte. Es wirkte, als starre er durch sie hindurch.

Seine Augen wurden wieder klar und verdunkelten sich: „Ich war so verdammt müde. Die anstrengende Nachtschicht steckte mir noch in den Knochen. Ich habe kaum geschlafen, als ich schon wieder zum Dienst erscheinen musste. Es war unverantwortlich. Ich hätte ablehnen müssen."

„Unterbesetzung ist keine Alternative, Tommy. Bestrafe dich nicht dafür, dass du helfen wolltest!" Isabell sprach energisch. Übermüdete Ärzte waren keine Seltenheit, aber in diesem Fall verstärkte es Tommys Gewissensbisse, er könnte etwas übersehen haben.

„Ich bringe dich nach Hause", sagte Isabell in die Stille hinein.

Tommy schüttelte den Kopf und lehnte den Kopf wieder an der Wand an.

„Du kannst hier doch sowieso nichts ausrichten. Fahr nach Hause und erhol dich ein wenig."

„Ich will abwarten, ob das Baby die Nacht übersteht", brachte Tommy über die trockenen Lippen.

„Hier?!"

Diesmal erhielt sie keine Antwort, es schien, als hätte Tommy keinerlei Kraftreserven mehr, um von hier wegzugehen. Wahrscheinlich plagte ihn die Angst, auf Kollegen zu treffen, deren Fragen oder Mitleid er gerade bestimmt nicht ertrug. Deshalb setzte sie sich wieder neben ihn. „Dann warte ich mit dir."

Sie war schon dankbar, dass er nicht widersprach, aber vielleicht fehlte ihm auch nur die Kraft, sie wegzuschicken. Nach einer Weile stand sie auf und murmelte: „Ich hole was zu trinken."

Zwar wollte sie ihn ungern alleine lassen, aber er benötigte dringend einen Schluck Wasser und am besten holte sie noch was zu essen, auch wenn sie befürchtete, dass er es sowieso ablehnen würde.

Nach zehn Minuten war sie wieder zurück und Tommy hatte sich keinen Millimeter gerührt. Wieder durchfuhr sie ein heftiger Dolchstoß, der sie ganz leise aufstöhnen ließ. Sie würde ihm nicht von der Seite weichen, bis es ihm wieder besser ging.

Er nahm die Wasserflasche und trank sie durstig komplett leer. Den Kaffee und das Sandwich lehnte er ab, aber Isabell konnte ihn überreden, doch ein paar Schlucke zu nehmen.

Schweigend verbrachten sie die meiste Zeit nebeneinander an der Wand gelehnt. Isabell schmerzten schon nach einer Stunde die Glieder, aber sie verbot sich aufzustehen und lehnte sich ein wenig an Tommy an.

Sie musste eingeschlafen sein, denn er weckte sie, indem er sagte: „Isabell, wach auf, ich erkundige mich nach dem Kleinen. Jetzt wissen die Ärzte vielleicht schon mehr."

Schnell stand sie auf und konnte sich einen Schmerzenslaut nicht verkneifen, da ihr Bein eingeschlafen war. Kurz blitzte in Tommys Augen Sorge auf, war aber so schnell verschwunden, dass sie es fast für eine Fata Morgana hielt.

„Ich komme mit", rief sie ihm hinterher, während sie ihn humpelnd einholte.

Auf der Säuglingsintensivstation verlangte Tommy einen Arzt zu sprechen. Isabell stand daneben, während er erfuhr, dass der kleine Junge stabil war. Über Folgeschäden konnten die Ärzte keine Prognose äußern, dafür war es viel zu früh.

Auf den mitleidigen Schulterklopfer und die trostspendenden Worte des Kollegen reagierte Tommy nicht, sondern bedankte sich knapp, bevor er Isabell einen kurzen Blick zuwarf.

„Ich fahr dich heim", bot Isabell an und diesmal lehnte Tommy nicht ab. Auf der Fahrt sprach er kein einziges Wort mit ihr, und sie gab es irgendwann auf, ihm etwas zu entlocken.

„Soll ich mit hochkommen?", fragte sie vorsichtig, als er vor seinem Haus ausstieg.

„Ich möchte lieber allein sein. Danke, Isabell, dass du für mich da warst." In seinem Gesicht arbeitete es und kurz sah es so aus, als würde er zögern. Für den Bruchteil einer Sekunde stand er reglos da. Aber als sie ihn überreden wollte, dass es besser wäre, nicht alleine zu sein, verschloss er sich umgehend. Sie spürte, dass er eine Abwehrmauer errichtet hatte, durch die er ihr keinen Einlass gewähren würde. Es tat weh, aber sie musste seinen Wunsch respektieren. Alles in ihr schrie, ihn zurückzuhalten, alles in ihr forderte sie auf, ihm zu folgen, ihn nicht allein zu lassen, und dennoch tat sie es. Ließ ihn allein mit seiner Last, seinem Kummer, weil er sie nicht bei sich haben wollte. Er hatte sie auf die Reservebank am Spielfeldrand verbannt, obwohl sie doch das perfekte Team gewesen waren. Ab heute war sie zur Zuschauerin degradiert worden, die an seinem Leben zumindest im Augenblick nicht mehr teilhaben durfte. Ausgerechnet jetzt, wo sie glaubte, dass er sie am meisten brauchte. Aber so allmächtig das Gefühl war, sich dagegen zu wehren, sie ließ es bleiben, weil sie machtlos gegen die unheilvolle Wolke war, die ihn nicht mehr losließ und seine Gedanken vergiftete.

Wortlos sah sie ihm zu, wie er mit schlurfenden Schritten zum Eingang lief und kurz darauf aus ihrem Blickfeld entschwand.

35

TOMMY

Mechanisch setzte er einen Schritt vor den anderen, hob den Arm, um den Schlüssel ins Schloss zu stecken, drehte ihn um, trat ein und schloss die Tür. Funktionierte wie ein Roboter. Äußerlich vollkommen emotionslos tat er einen Schritt nach dem anderen, während ein Orkan in ihm tobte. Eine gefährliche Windhose hatte sich gebildet, die alles mitriss, was ihm jemals etwas bedeutet hatte, was ihm heilig gewesen war. So etwas hatte er noch nie erlebt. So ein Gefühl war ihm fremd. Eigentlich müsste es ihm Angst machen, aber dafür fühlte er sich gerade viel zu kaputt, zu zerstört.

Das Einzige, was momentan zu funktionieren schien, war sein Gehirn, das sendete ihm in einem fort nur ein einziges, immer wiederkehrendes Signal: *Du bist schuld. Du bist schuld.*

Mitten im Wohnzimmer blieb er stehen, schlug sich mit beiden Händen gegen den Kopf, als wollte er sein Gedankenkarussell stoppen und realisierte erst jetzt, dass er zu Hause war. Wie war er hierhergekommen? Vage konnte er sich an Isabell erinnern. Sie war bei ihm im Krankenhaus gewesen und hatte mit ihm zusammen gewartet. Obwohl er so etwas wie Dankbarkeit verspürte, kam das Gefühl nicht gegen die immense Schuld an, die ihn in die tiefste Verzweiflung stürzte. Wegen ihm war eine Frau gestorben. Hatte ein Mann seine Frau verloren, zwei Kinder ihre Mutter. Da half es auch nichts, wenn ihm alle beipflichteten, dass es nicht vermeidbar gewesen war. Das konnte doch keiner sagen.

Tommy brüllte die Wut über seine Hilflosigkeit, in der er gefangen war, hinaus. Auch wenn die meisten Verläufe einer Fruchtwasserembolie tödlich verliefen, überlebten immerhin knapp zwanzig Prozent. Dieses Wissen drang wie tödliches Gift immer tiefer in seinen Organismus ein und die Zerstörung nahm seinen Lauf.

Wäre er nicht überarbeitet und todmüde gewesen, hätte er die Anzeichen sicherlich rechtzeitig gedeutet und die Frau würde jetzt noch leben. Immer noch stand er wie festgewachsen mitten im Zimmer, völlig überfordert, eine Entscheidung zu treffen. Im letzten Winkel seines Gehirns blitzte immer wieder der kleine Funke auf, dass er Isabell nicht hätte wegschicken sollen, aber er ertrug ihr Mitleid nicht. Er wollte einfach nur allein sein. Am besten ertränkte er seinen Kummer, bis er sich an nichts mehr erinnern konnte.

Endlich setzte er sich in Bewegung und griff automatisch nach einer Flasche Wodka, die er noch von einer Party übrighatte. Die kam ihm gerade recht, er benötigte harten Stoff, Wein oder Bier half ihm gerade nicht weiter. Er setzte die Flasche an und verzog angewidert das Gesicht, als der pure, hochprozentige Stoff seine Kehle hinabbrann.

Etwas Hartes drückte ihm unangenehm gegen die Wange. Tommy stöhnte und versuchte, seine Augen zu öffnen. Was ihm nicht gelang. Er döste noch eine Weile, unfähig, den Kopf zu heben, um das lästige Teil zu entfernen, auf dem er offensichtlich lag. Unfähig einen klaren Gedanken zu fassen, ließ er sich in seiner verschwommenen Wahrnehmung einfach treiben.

Irgendwann schreckte er erneut auf, er hatte etwas Unangenehmes geträumt, das ihm Herzrasen beschert hatte. Obwohl er sich nicht mehr daran erinnern konnte, wusste er, dass es sich um etwas Reales handelte, dass er nicht einfach als Albtraum abtun konnte.

Endlich bekam er die Augen auf. Er musste einige Male blinzeln, um seine Umgebung wieder deutlich zu erkennen. Warum zum Teufel lag er mitten auf dem Wohnzimmerboden? Mühsam hob er den Kopf und zog die Fernbedienung hervor. Der Fernseher dudelte fröhlich vor sich hin. Wahrscheinlich war er die ganze Nacht gelaufen. Wie spät war es eigentlich? Tommy hatte jedes Zeitgefühl verloren. Vorsichtig richtete er sich auf, und eine Welle der Übelkeit erfasste ihn.

Sein Kopf wummerte so heftig, dass er das Gefühl hatte, er würde jeden Moment in hundert Teile explodieren.

Ungläubig betrachtete er das Chaos am Boden. Eine leere Wodkaflasche, unzählige Bier- und Weinflaschen lagen herum. Hatte er eine Party gefeiert, die ausgeufert war? Irgendwie musste er ins Badezimmer kommen, um mindestens einen ganzen Blister Tabletten einzuwerfen. Anschließend würde er einen Liter Kaffee trinken. Vielleicht wäre er dann in der Lage, seinen Filmriss wieder zu kitten und die verloren gegangenen Szenen zu rekonstruieren.

Er wartete noch einen Moment ab, bis sich sein Magen beruhigt hatte, dann stützte er sich am Boden ab und erhob sich wie ein alter Mann. Taumelnd hielt er sich an der Wand fest, während er den Weg ins Badezimmer antrat. Auf halber Strecke würgte es ihn so heftig, dass er dachte, sich inmitten des Flurs zu erbrechen. Gerade noch rechtzeitig hastete er zur Toilette und kotzte sich die Seele aus dem Leib. Nach einer gefühlten Ewigkeit brach er auf dem Boden zusammen. So elend hatte er sich noch nie gefühlt. Warum hatte er so viel gesoffen? Langsam nahm ihn die erschreckende Erkenntnis in Beschlag, dass er die Flaschen alle alleine getrunken hatte. Es grenzte an ein Wunder, dass er sich keine Alkoholvergiftung zugezogen hatte.

Anscheinend hatte sich seine Wahrnehmung wieder verabschiedet, denn er erwachte mitten auf dem Boden im Badezimmer, allerdings fühlte er sich nun ein klein wenig besser. Keine Ahnung, wie lange er wieder weggewesen war.

Endlich konnte er sich erheben, und er warf eine Medikamentenschachtel nach der anderen achtlos aus dem Medikamentenschrank, bis er endlich die Kopfschmerztabletten gefunden hatte. Erleichtert nahm er zwei Stück und schlurfte in die Küche, um sich einen extrastarken Espresso zuzubereiten.

Genießerisch trank er die erste Tasse und machte sich gleich eine zweite. Während er wartete, suchte er sein Handy, das er unter einem Sofakissen fand. Keine Ahnung, wie es dorthin kam. Es wirkte, als hätte er es verstecken wollen. Sehr strange das Ganze. Tommy schrak zusammen, als er das Datum sah. Das Letzte, an das er sich erinnern konnte, war, dass er am Freitag Dienst im Krankenhaus hatte und jetzt war Sonntag. Wo bitte war er dazwischen gewesen und was war geschehen? Der ungute Klumpen in seinem Magen wuchs rasant an, als er spürte, dass er dicht an der Wahrheit kratzte, aber die letzte Eisschicht hartnäckig dem Eiskratzer widerstand. Und warum zum Teufel hatte er so viele WhatsApp Nachrichten erhalten? Völlig überfordert, sie zu lesen, warf er das Handy so hastig auf die Couch, als hätte er sich daran verbrannt und ging in die Küche zurück, um die nächste Tasse Kaffee zu trinken.

Seine Erinnerung wollte sich immer noch nicht einstellen und ihn überfiel eine unerklärliche Unruhe, der er endlich auf den Grund gehen sollte. Zögerlich holte er sein Handy und setzte sich sicherheitshalber auf einen Stuhl, bevor er den Messenger öffnete.

Allein Isabell hatte ihm bestimmt fünfzehn Nachrichten geschrieben und mehrmals versucht, ihn anzurufen. Und warum hatte er so viele Nachrichten seiner Kollegen erhalten? Mit einem nervösen Magengrummeln öffnete er Isabells Ordner und begann zu lesen. Erst kapierte er nicht, was sie da geschrieben hatte, dann mit jeder weiteren Nachricht setzte sich das Puzzle in seinem Kopf langsam zusammen. Die Erkenntnis, dass er eine Patientin auf dem Gewissen hatte, überfiel ihn in solch rasender Geschwindigkeit, dass er laut aufstöhnte. Wie hatte er das vergessen können? Gottverdammte Scheiße. Mit voller Wucht knallten seine verdrängten Gefühle, sein Schuldbewusstsein, seine Trauer auf seinen zerstörten Körper und marterten ihn wie faustgroße Hagelkörner.

Bevor ihn der Schmerz fast wahnsinnig machte, fiel sein Blick auf den Namen eines Kinderarztes. Hastig öffnete Tommy die Nachricht. Klaus hatte sich wohl seine Nummer besorgt, um ihm mitzuteilen, dass es dem kleinen Jonas den Umständen entsprechend gut ging. Wenigstens eine gute

Nachricht bei all der Scheiße. Tommy fühlte Dankbarkeit aufsteigen, dass seine Kollegen an ihn dachten, und natürlich war er erleichtert, dass wenigstens der Zustand des Babys stabil war. Dennoch kehrte der Schmerz zurück und überdeckte rasch das positive Gefühl, welches er verspürt hatte, als er gelesen hatte, dass es dem Zwerg besser ging. Denn er würde seine Mutter niemals kennenlernen. Seine Schwester würde später ebenfalls keine Erinnerungen haben, denn sie war erst zwei Jahre alt. Und wie sollte der Vater mit zwei kleinen Kindern klarkommen, gefangen in seiner Trauer? Dagegen war doch sein eigener Kummer ein einziger Witz. Er konnte einfach nicht aufhören, sich gedanklich die verschiedensten Szenarien auszumalen. Immer wieder sah er den jungen Kerl vor sich, der zusammengebrochen war, als Tommy ihm den Tod seiner Frau mitteilen musste.

Bevor er sich ganz verlor, sah er, dass Professor Doktor Dressler, der ärztliche Direktor versucht hatte, ihn zu erreichen. Das bedeutete bestimmt nichts Gutes. Tommy hatte eigentlich keine Lust, sich mit ihm auseinanderzusetzen, aber er befürchtete, dass sein Chef nicht lockerlassen würde.

Er biss die Zähne zusammen und rief zurück. Die Sekretärin vertröstete ihn und er musste einige Minuten in der Leitung warten, bis sein Chef endlich Zeit für ihn hatte. Der Würgereiz nahm wieder überhand, und gerade, als er auflegen wollte, meldete sich der ältere Mann.

„Herr Doktor Sander, wir haben uns Sorgen gemacht. Niemand konnte Sie erreichen."

„Mir geht es soweit gut. Sie haben versucht, mich anzurufen?" Tommy ließ es als Frage klingen. Keinesfalls wollte er mit ihm über seinen seelischen Zustand diskutieren.

Das lang anhaltende Seufzen verhieß nichts Gutes. „Ich will ehrlich zu Ihnen sein. Ihr Fall wird gerade untersucht und ich würde Sie bitten, sich frei zunehmen, bis es ein Ergebnis gibt."

Das kam nicht ganz unerwartet, Tommy musste dennoch hart schlucken und konnte sich nicht verkneifen, provokant zu fragen: „Und, wenn ich lieber arbeiten möchte?"

„Das war keine Bitte, Doktor Sander! Ich bin mir sicher, dass Sie für die Patientin alles getan haben, was in Ihrer Macht stand, aber es ist rausgekommen, dass sie Ihre Ruhezeiten nicht eingehalten haben, und das könnte zu einem Problem werden, falls der Ehemann eine Klage in Erwägung zieht."

Wie betäubt hörte er gar nicht mehr, was sein Chef noch alles von sich gab, bevor das Gespräch endete. Jetzt wurde ihm tatsächlich seine Gutmütigkeit zum Verhängnis? Heiße Galle stieg in ihm auf und erneut schaffte er es gerade noch so ins Badezimmer.

Drei weitere Tage war er für niemanden zu sprechen, er verließ nur einmal seine Bude, um einkaufen zu gehen. Wobei das ein hochtrabender Begriff darstellte, da er vor allem alkoholische Getränke besorgte.

Nachdem er den halben Tag verschlafen hatte, wachte er am Spätnachmittag auf. Es fühlte sich erstaunlich fit, entweder hatte er sich an den Alkoholpegel gewöhnt oder er hatte letzte Nacht nicht so viel wie die Tage zuvor gesoffen.

Zwei Stunden hing er vor dem Fernseher ab und hatte sich sogar aufgerafft, sich eine Tiefkühlpizza in den Ofen zu schieben, die er hungrig verschlang. Er hatte keine Ahnung, wann er das letzte Mal etwas gegessen hatte.

Wieder warf er einen seiner zahllosen Blicke auf die Uhr. Zehn Uhr abends, und er war hellwach, kein Wunder, wenn er den halben Tag verpennte. Unruhig lief er durch die Wohnung, er wusste nichts mit sich anzufangen. Ohne bewusst darüber nachzudenken, stieg er seit Tagen das erste Mal unter die Dusche, wahrscheinlich stank er auf hundert Meter Entfernung.

Nachdem er sich erfrischt hatte, fühlte er sich etwas besser. Wieder handelte er unbewusst, und folgte seiner Intuition, die ihn vor Isabells Wohnungstüre katapultierte.

Immerhin hatte er sich imstande gefühlt, sich hinters Steuer zu setzen, denn keine zehn Pferde hätten ihn in eine U-Bahn gebracht.

Energisch drückte er die Klingel und es dauerte eine Weile, bis sich die Tür öffnete. Er hatte die Hände in die Hosentasche geschoben, als er Isabell gegenüberstand.

Ihre Augen weiteten sich und umgehend bildeten sich darin Tränen, die ihn augenblicklich überforderten. Tommy fühlte leichte Gereiztheit in sich aufsteigen, denn er wollte sich nicht auch noch mit dem Gedanken befassen, schuld an ihrem Gemütszustand zu sein. Er konnte sich ja nicht mal mit seinem eigenen auseinandersetzen.

„Tommy. Ich habe mir solche Sorgen gemacht." Isabell trat einen Schritt hinaus auf den Flur und berührte ihn so vorsichtig an der Schulter, als müsse sie sich erst einmal vergewissern, dass er echt war und keine optische Täuschung.

Ganz sanft nahm sie ihn an der Hand und zog ihn hinein. Er stand mit hängenden Armen vor ihr und Isabell wiederholte mit zittriger Stimme: „Ich habe mir solche Sorgen gemacht. Nachdem du auf keine Nachricht reagiert hast und sie nicht mal gelesen hast, bin ich zu dir gefahren und habe bis zum Umfallen geklingelt. Wenn du nicht reagiert hättest, wäre ich reingekommen."

„Warum hast du das nicht getan?", fragte er sie mit kratziger Stimme, die es nicht mehr gewohnt war, zu sprechen.

Isabell sah verlegen zu Boden. „Ich wollte deinen Wunsch respektieren, in Ruhe gelassen zu werden. Und als du gesagt hast, dass ich abhauen soll, wusste ich, dass ich richtig entschieden habe. Allerdings hätte ich nach dir gesehen, wenn ich nichts gehört hätte, aus Sorge, dir könnte etwas passiert sein."

Auch wenn Isabell versuchte, ihre Verletzlichkeit zu überspielen, merkte Tommy sofort, dass Isabell gekränkt war, weil er sie ausgeschlossen hatte.

„Es tut mir leid. Ich war nicht ich selbst."

„Ich weiß. Du musst dich nicht entschuldigen."

Tommy sah sie verzweifelt an. „Isabell, ich brauche dich!"

Schon schloss sie ihn in die Arme und ihr vertrauter blumiger Geruch beruhigte ihn augenblicklich.

Wie von selbst suchten seine Lippen ihren Mund und er versank in ihrem weichen, sanften Kuss, den sie ihm augenblicklich schenkte. Er drängte sich näher an Isabell und rieb seine Lenden an ihrem perfekten Körper. Vergessen! Sich fallen lassen! Tommys einziger Wunsch war Isabell zu spüren, ihre Hände sollten all seine Wunden versorgen. Ihn gesund pflegen. Ohne darüber nachzudenken, wanderte er mit seinen Händen unter ihr kurzes Nachthemd und kniffen in ihre Pobacken, was ihr einen süßen Seufzer entlockte. Tommy schoss dieses Geräusch direkt in den Schwanz, sein Gehirn hingegen schaltete es ab und er drängte Isabell etwas grob gegen die Wand. Schon zog er sich das Oberteil aus und streifte sich rasch die Hose runter. Er musste sich augenblicklich in Isabell versenken, ansonsten würde seine Anspannung in einem großen Knall enden, deren Auswirkungen unabsehbar waren.

Sie schien zu spüren, welches Bedürfnis er befriedigen wollte, und zog sich ebenfalls das Nachthemd vom Körper, sodass sie lediglich im Slip vor ihm stand.

Er strich über ihren Körper, beginnend am Hals, über ihre Brüste, zwischen ihre Beine. Wie immer war Isabell schon feucht. Alleine die Tatsache, dass er mit ihr schlafen wollte, schien auszureichen, sie scharfzumachen.

Ihm kam es gerade recht, denn heute hatte er absolut keinen Nerv für Isabells Bedürfnisse, es ging ihm einzig und allein darum, sich den Verstand heraus zu vögeln. Zu vergessen und sich für einen Moment im freien Fall zu befinden, der ihm den gewissen Kick versprach.

Bestimmend griff er nach der Unterwäsche und mit einem Ruck zog er sie runter. Isabell hob einen Fuß, damit sie den Slip loswurde. Immer noch hatten sie kein einziges Wort gesprochen.

„Umdrehen!", befahl Tommy mit dunkler Stimme, und bevor Isabell seiner Aufforderung nachkam, sah er Überraschung in ihren Augen aufblitzen. Aber auch damit wollte er sich gerade nicht beschäftigen.

Mit dem rechten Knie schob er ihre Beine weiter auseinander und drückte ihre Arme über ihren Kopf gegen die Wand. Isabell wusste, was sie zu tun hatte, und streckte ihm ihr Hinterteil entgegen, sodass er leichter in sie eindringen konnte, was er mit einem harten, rücksichtslosen Stoß auch tat.

Hart, schnell und unbarmherzig vögelte er Isabell, die er mit jedem Stoß heftig gegen die Wand presste. Es dauerte nicht lang, da kam er heftig und lang anhaltend in ihr. Keuchend stand er hinter ihr, seinen Kopf auf ihrem Rücken abgelegt. Er hatte keine Ahnung, ob Isabell gekommen war, und heute war es ihm scheißegal. Nachdem sich sein Herzschlag etwas beruhigt hatte, glitt er aus Isabell und sie drehte sich zu ihm um. Kurz standen sie sich gegenüber und fixierten sich. Dann überraschte sie ihn, indem sie sein Gesicht zwischen ihre Hände nahm und ihn zärtlich küsste, als ob sie sagen wollte: Es ist okay, Tommy.

Erneutes Verlangen stieg in ihm auf. Heute konnte er nicht genug von Isabell haben. Er musste sie mit Haut und Haaren besitzen. Er nahm sie an der Hand und zog sie mit sich ins Schlafzimmer. Dort schubste er sie aufs Bett und stürzte sich auf sie, während sie ihn schon mit geöffneten Beinen empfing.

Morgens wachte er ein wenig desorientiert auf. Es dauerte einen Moment, bis er begriff, dass er sich bei Isabell befand. Kurz gestattete er sich, Isabell zu beobachten, die noch friedlich schlummerte. Sie sah völlig entspannt aus und ein kleines Lächeln zierte ihre Lippen, als träumte sie etwas Schönes. Sein Herz zog sich zusammen und das erste Mal seit dem schrecklichen Ereignis spürte er so etwas wie Zärtlichkeit in sich aufsteigen. Für einen kurzen Moment schien es die Kraft zu besitzen, seine düsteren Gedanken zu vertreiben. Aber schon schob sich eine dunkle Wolke davor und verdrängte den liebreizenden Anblick der Person, die er liebte und nicht verletzen wollte. Er konnte nicht bei ihr bleiben. Sein gestriges

Auftreten hatte deutlich gemacht, dass er Isabell verletzen und von sich stoßen würde, wenn er bei ihr blieb. Sein Schmerz war zu groß, um ihr gegenüber gerecht zu bleiben. Er würde sie benutzen und achtlos im Dreck liegen lassen. Solch eine Behandlung hatte sie einfach nicht verdient. Automatisch streckte er eine Hand aus, um Isabell über die Wange zu streicheln, im letzten Moment zog er sie zurück.

In seinem Kopf drehte sich alles. Sein Herz konnte nicht mehr arbeiten, weil der Tod seiner Patientin im Operationssaal einem Attentat darauf geglichen hatte. Es vollständig zerstört hatte, und seine Seele war von einer fleischfressenden Pflanze verschlungen worden, die nicht vorhatte, sie noch einmal freizugeben. Zumindest kannte er momentan die Zauberformel nicht und wusste nicht, ob er es überhaupt jemals schaffen würde, sie wieder zu befreien.

In diesem Ausnahmezustand konnte er unmöglich Isabells Nähe zulassen. Ihre Liebe war rein und tiefgehend, aber seine Attacken würden sie schlussendlich zermürben und irgendwann untergehen lassen. Lieber zog er gleich die Reißleine und hoffte, dass ihnen die Distanz half, diese furchtbare Zeit zu überstehen. Vielleicht würden sie anschließend durch verschiedene Wege am gemeinsamen Ziel ankommen, das sie wieder vereinen würde.

Froh, dass Isabell nicht aufgewacht war, schlich er sich wie ein Dieb aus der Wohnung. Nichts anderes war er. Er hatte Isabell ihr Herz gestohlen und jetzt auch noch ihren Körper.

Für einen kurzen Moment war es ihm besser gegangen. Für den Bruchteil einer Ewigkeit hatte er alles vergessen können. Isabell hatte den Schmerz zwar nicht ungeschehen gemacht, aber betäubt, sodass er sich hatte fallen lassen können. Und jetzt erwischte ihn seine Verachtung wie eine eiskalte Dusche. Was hatte er sich nur dabei gedacht? Jetzt hatte er Isabell Hoffnungen gemacht, dass alles gut werden würde. Eine einzige Lüge! Und anschließend ließ er sie noch ein wenig tiefer fallen. Das hatte sie nicht verdient.

Aber er war unfähig, mit ihr zu sprechen. Er fand keine Worte. Wusste nicht, was sie hören wollte. Wusste nicht, was er sagen sollte, damit sie sich besser fühlte. Zuerst musste er sich selbst davon überzeugen, dass es einen Weg aus dem tiefen Krater gab, in den dieses schreckliche Ereignis ihn katapultiert hatte. Noch hatte er absolut keinen blassen Schimmer, wie er das bewerkstelligen sollte, aber sein Verstand sagte ihm, dass die Zeit für ihn arbeitete, auch wenn die Bruchstücke seines Herzens darüber höhnisch lachten. Dennoch sagte ihm sein Verstand, dass es ihm helfen würde, darüber zu sprechen, vielleicht mit jemandem vom Fach. Aber momentan blieb ihm nichts anderes übrig, als abzuwarten.

Als er seine eigene Haustür hinter sich zuwarf, überfiel ihn unvermittelt eine Erinnerung, die ihn zusammenzucken ließ.

Fuck! Obwohl er gerade noch der Meinung war, besser keinen Kontakt mit Isabell zu haben, holte er sein Handy heraus, um ihr eine Nachricht zu schreiben. Das war er ihr schuldig.

Mach dir keine Sorgen. Ich bin sauber. Und schwanger kannst du schließlich nicht mehr werden. Kurz bevor er auf Senden drückte, löschte er den letzten Satz wieder. Gerade noch rechtzeitig war ihm aufgegangen, dass es äußerst unsensibel klang.

Natürlich hatte er gestern kein Kondom dabeigehabt, und auch das war ihm in dem Moment scheißegal gewesen. Isabell war es bestimmt aufgefallen, doch sie schien ihm zu vertrauen, sonst hätte sie ihn gestoppt. Dennoch wäre es ungerecht, ihr nicht noch mal zu vergewissern, dass er gesund war. Außerhalb seiner Beziehungen hatte er noch nie ohne Kondom Sex gehabt. Und bei Isabell hatte er sowieso vorgehabt, vorzuschlagen, darauf zu verzichten. Aber dazu war es nicht mehr gekommen.

Die letzten Tage hatte er Isabell konsequent ignoriert. Gestern hatte sie sich nicht mehr gemeldet, anscheinend sah sie ein, dass sie ihn nervte.

Zudem hatte er gestern ein persönliches Gespräch mit der Klinikleitung führen müssen und dabei erfahren, dass er wieder arbeiten durfte, aber aufgrund des Vorfalls noch nicht wieder in den OP durfte, was ihm gerade recht kam.

Er hatte eine Abmahnung erhalten wegen seines Nichteinhaltens der vorgeschriebenen Ruhezeiten und hatte verzichtet, darauf hinzuweisen, was es denn sonst für eine Alternative gegeben hätte. Wahrscheinlich hatten sie ihn zum Sündenbock erklärt, damit die Klinik keinen Schaden erlitt. Immerhin hatte Linda seinen Dienst abgesegnet. Seine Faust war wieder einmal unkontrolliert gegen die Wand gekracht, der Schmerz hatte ihn in einer Welle überrollt, die er nicht hatte kommen sehen. Dennoch schaffte es nicht einmal die Verletzung, seine immense Wut zu verdrängen. Gleichgültig hatte er auf seine blutende Hand gesehen.

Er wollte einfach seine Ruhe und sollte froh sein, mit einem blauen Auge davongekommen zu sein. Wahrscheinlich hätte es anders ausgesehen, wenn der Ehemann eine Klage eingereicht hätte. Aber das hatte er unterlassen. Wahrscheinlich war ihm erklärt worden, dass eine derartige Diagnose meistens zum Tod führte. Außerdem hatten die Überlebenden häufig Folgeerkrankungen, unter denen sie zeitlebens litten. Aber dieses Wissen tröstete Tommy ebenso wenig wie die prozentuale Sterblichkeitsrate.

Er würde lernen müssen, damit zu leben. Vielleicht würde er im Laufe seiner Karriere noch weitere Patientinnen oder auch Babys verlieren, aber daran wagte er gerade nicht zu denken.

Heute war sein erster Arbeitstag seit der Tragödie. Während er sich mechanisch fertiggemacht hatte, wuchs nun seine Aufregung mit jedem Meter, den er sich dem Klinikgebäude näherte. Sein Herz hämmerte so heftig, dass er nur mühsam Luft bekam. Er war so ein jämmerlicher Waschlappen. Wütend versuchte er, das Zittern seiner Hände unter Kontrolle zu bekommen, als er eintrat.

Die Kollegen ließen ihn weitgehend in Ruhe. Ein paar aufmunternde Schulterklopfer, hier und da ein freundliches

Wort, à la „Schön, dass du wieder da bist, wir haben dich vermisst", taten ihm gut und er gewann ein wenig Sicherheit zurück.

Linda, seine Vorgesetzte, sprach kurz mit ihm unter vier Augen und fragte eindringlich, wie es ihm ging. Auf seine ausweichende Antwort meinte sie freundlich, dass sie jederzeit für ihn da wäre, wenn er reden wollte.

Der Umgang mit den Patientinnen tat ihm gut und er war erleichtert, sich heute weitgehend nicht um Schwangere kümmern zu müssen.

Leider bestätigte sich am späten Nachmittag seine heimliche Angst, dass Isabell ihn aufsuchen würde. Natürlich hatte sie in Erfahrung gebracht, dass er heute wieder arbeitete. Wahrscheinlich war es über sämtliche Flure getratscht worden und hatte nicht einmal vor ihrer Bürotür haltgemacht.

Er sah sie im Gespräch mit Frau Doktor Winkelbauer, als er gerade aus einem Patientenzimmer trat. Wie erstarrt blieb seine Hand reglos auf der Klinke liegen, und im ersten Affekt hätte er sich gern bei der Patientin im Zimmer versteckt, um Isabell aus dem Weg zu gehen. Sein Magen verknotete sich, und der unangenehme Druck führte dazu, seinen Ärger zu schüren. Warum kapierte sie nicht, dass er seine Ruhe haben wollte? Warum musste sie wieder ihr Ass aus dem Ärmel ziehen? Sie, die unfehlbare Chefärztin, auf deren Befehl hin er zu springen hatte.

Zu seinem Leidwesen hatten ihn die Frauen erblickt und unwillig nahm er die Hand von der Klinke und setzte sich in Bewegung. Wahrscheinlich war es seiner Mimik zu entnehmen, dass er alles andere als erfreut war, denn Isabell kniff ein wenig die Augen zusammen, als sie seinen Blick einfing.

Seine Chefin drückte ihm eine Akte in die Hand und erklärte in ruhigem Tonfall: „Bei Frau Aichinger ist der Krebs zurückgekehrt. Allerdings ist es diesmal ein Gehirntumor. Noch ist nicht entschieden, ob operiert oder eine Strahlentherapie durchgeführt wird. Könntest du Isabell bitte über den bisherigen Krankheitsverlauf aufklären?"

Kurzzeitig erreichten die Worte seiner Chefin sein Herz und er presste verbittert die Lippen zusammen. Natürlich erinnerte er sich an die Patientin. Es war bitter, dass sie erneut erkrankt war, obwohl ihre Prognosen gut ausgesehen hatten. Dann schob Tommy sein Mitgefühl ganz weit in die hinterste Ecke seines Herzens, wirbelte zu Isabell herum und funkelte sie böse an. Sie erwiderte seinen kalten Blick vollkommen ungerührt. Er knirschte mit den Zähnen, bevor er sich wieder Linda zuwandte.

„Kann das nicht jemand anderes übernehmen? Bitte!“, fügte er ein wenig flehentlich hinzu.

Frau Doktor Winkelbauer verschränkte die Arme und erwiderte: „Tommy, es ist deine Patientin. Es geht nicht an, dass du Berufliches und Privates nicht trennen kannst.“ Ihr Tonfall bezeugte nichts Gutes und ganz sicherlich keine Widerworte, dennoch polterte es aus ihm heraus: „Ach ja? Und was genau tut Isabell gerade? Gelten für sie Extraregeln, weil sie Chefärztin ist, oder was?“ Isabell bedachte er mit einem aufgebrachten Seitenblick, obwohl sie ganz ruhig blieb, sah er es in ihren Augen aufblitzen. War es Wut? Oder doch eher Besorgnis?

„Isabell will deinen medizinischen Rat. Sie verhält sich professionell, indem sie versucht, eine berufliche Basis zu finden.“

Gerade noch rechtzeitig konnte er ein höhnisches Lachen unterdrücken. Glaubte Linda allen Ernstes, dass Isabell die Gelegenheit ungenutzt ließ, ihm wieder näherzukommen? Isabell legte es sich doch so zurecht, wie es ihr gerade in den Kram passte.

Wutentbrannt stapfte er Richtung Ärztezimmer, da hielt Isabell ihn auf. „In meinem Büro!“

Er spürte den bohrenden Blick seiner Chefin im Rücken, als er sekundenlang stockstreif dastand. Nachdem er einige Male tief durchgeatmet hatte, drehte er sich betont langsam um und folgte Isabell wortlos, nachdem er ihr einen tödlichen Blick zugeworfen hatte.

„Was wird das Isabell?", knurrte er aufgebracht, nachdem sie die Tür geschlossen hatte, die er absichtlich offengelassen hatte, um ihr zu demonstrieren, dass er nicht gedachte, irgendetwas mit ihr zu besprechen, was nicht alle hören konnten.

Isabell positionierte sich erhaben auf ihrem Bürostuhl, und er blieb an der Tür stehen und lehnte sich mit verschränkten Armen dagegen.

„Du lässt mir ja keine andere Wahl. Außer einer einzigen Nachricht habe ich die ganze Zeit nichts von dir gehört." Nun stand Isabell auf und lehnte sich auf der anderen Seite des Schreibtischs an und sah ihn bittend an.

„Stoß mich nicht weg. Ich bin für dich da. Lass uns doch gemeinsam diese schwierige Zeit bewältigen."

„Wolltest du nicht Berufliches und Privates trennen? Lass uns über Frau Aichinger sprechen. Sie hat jetzt Priorität", fuhr er Isabell mit harter Stimme an.

„Tommy bitte!", bat Isabell, während ihre Stimme leicht kippte. Sie stieß sich vom Schreibtisch ab und kam zwei Schritte auf ihn zu. Dann blieb sie stehen und sah ihn abwartend an. Als er nicht reagierte, trat sie ganz vorsichtig an ihn heran und strich ihm über die Wange.

Tommy packte sie am Handgelenk und zwang sie, damit aufzuhören.

„Fass mich nicht an!"

Isabell zuckte aufgrund seines autoritären Tonfalls zusammen, straffte dann aber die Schultern und sagte: „Lass mich dir helfen."

Diese Frau würde ihn noch in den Wahnsinn treiben. Jetzt versuchte er, sie mit allen Mitteln von sich fernzuhalten, und sie forderte ihn geradezu heraus, sie mit in den Untergang zu ziehen. Denn genau das erwartete Isabell, wenn sie sich weiterhin wie eine Klette an ihn hängte. Warum verstand sie nicht, dass er ihr nicht guttat?

Jetzt starrte sie ihn auch noch aus großen Augen an und biss sich auf die Unterlippe. Wusste sie denn nicht, wie verführerisch sie aussah?

Ohne über weitere Konsequenzen nachzudenken, zog er sie zu sich heran, immer noch umklammerte er ihr Handgelenk, was bestimmt schmerzen musste.

Eine Hand wanderte zu ihrem Rücken und er presste sie an sich. Küsste sie hart und wild. Isabell schob ihr Bein zwischen seine und drückte sich eng an ihn. Tommy riss ihr die Kleidung vom Leib und schob sie umgehend zum Schreibtisch. Er gebärdete sich wie ein wildes Tier. Aber momentan war der Sexualtrieb, seine Lust, das einzige Gefühl, was er spürte. Was ihm zeigte, dass er noch lebendig war und nicht nur als Marionette funktionierte, deren Fäden seine Umwelt in den Händen hielt und ihn willenlos dahin dirigierte, wohin es ihnen beliebte.

Hektisch riss er ihr den Slip runter und hob sie auf den Schreibtisch, ohne sich die Mühe zu machen, ihr Oberteil auszuziehen. Ein schneller Fick war alles, was ihn interessierte.

Seine Hose zog er gerade einmal so weit runter, dass er genügend Bewegungsfreiheit zum Stoßen hatte und drängte sich zwischen ihre Beine. Isabell umschlang ihn mit ihren langen Beinen und verhakte sie hinter seinem Rücken. Sie packte mit den Händen in sein Haar und zog ihn nicht gerade sanft heran, als ob sie ihm damit sagen wollte, dass er endlich anfangen sollte.

Diesmal machte er sich nicht einmal die Mühe, sich zu vergewissern, ob sie schon bereit war, ihr Startsignal überzeugte ihn, sich in sie zu stoßen.

Während er sie hart rannahm, stützte sie sich mit den Händen auf dem Tisch auf, um seine Stöße besser erwidern zu können.

Wiederholt rammte er seinen Schwanz wie von Sinnen in sie und hörte sie leise stöhnen. Als er seinen Samen in ihr vergossen hatte, zog er sich rasch zurück, schloss seine Hose und ging zur Tür, als wäre nichts gewesen.

Bevor er sie öffnete, hielt ihn Isabell zurück. „Tommy!"

Er drehte sich unwillig um. Sie saß immer noch mit geöffneten Beinen da und sein Saft lief an ihr herunter. Kurz durchzuckte ihn wieder das schlechte Gewissen, dann wies er sich zurecht. Isabell hatte genau das provoziert, sie hätte ihn jederzeit stoppen können und hatte es dennoch nicht getan.

„Ist das unser neuer Status? Wir ficken nur noch und reden nicht mehr miteinander?" Isabell drückte sich wahrscheinlich absichtlich so vulgär aus, um ihm zu zeigen, was sie davon hielt.

„Deine Entscheidung", erwiderte er völlig ungerührt, und als er die Tür schloss, hörte er Isabell leise fluchen.

Immerhin hatte er darauf geachtet, dass keiner hereinschauen konnte, falls zufällig jemand vorbeigekommen wäre. Vorhin war es ihnen im Rausch völlig gleichgültig gewesen, ob jemand ins Büro hätte kommen können. Aber er würde Isabell niemals absichtlich bloß stellen. Und dass das Gespräch jemand anderes mit ihr führen sollte, hatte sie jetzt hoffentlich auch eingesehen.

36

Langsam hegte sie die Befürchtung, dass Tommy den Verstand verlor. Sie erkannte ihn kaum wieder und wusste zeitgleich, dass sie sich von ihm nicht vertreiben lassen durfte.

Hilflos musste sie mitansehen, dass er sie entweder mit Nichtbeachtung strafte oder als Sexobjekt degradierte. Niemals hätte sie es für möglich gehalten, sich so ausnutzen zu lassen. Aber sie musste auch ehrlich zugeben, dass ihr der Sex trotz allen niederen Umständen gefiel. Ihr war klar, dass es Tommy gerade völlig egal war, ob sie kam. Wahrscheinlich achtete er gar nicht darauf, ob sie einen Orgasmus bekommen hatte, aber das hielt sie nicht davon ab, sich währenddessen völlig fallen zu lassen. Aber der bittere Beigeschmack blieb. Und wurde mit jeder Minute, die verging immer unangenehmer. So wollte sie nicht weitermachen, so konnte sie auch nicht. Trotz Tommys niederträchtigen Auftretens wurde Isabell immer klarer, dass sie alles für ihn tun würde, was er verlangte, in der Hoffnung, dass es ihm besser ging. Leider sagte Isabell ihr Verstand, dass sie ihm nur kurzfristig half. Sie kannte ihn, seine eigene Verachtung würde mit jedem Mal, mit dem er sie benutzt hatte, größer werden. Das war nicht er. Es würde ihn kaputtmachen.

Deshalb hatte sie ihr Handy zur Hand genommen und Leo angerufen. So konnte es einfach nicht weitergehen, und wenn Tommy sich nicht selbst Hilfe holte, dann würde sie ihn eben dazu zwingen. Der Zweifel, ob er es zu schätzen wusste, nagte an ihr, aber schlimmer konnte es nicht mehr werden.

Jetzt wartete sie ungeduldig auf Leos Rückruf. Er hatte versprochen, sich bei ihr zu melden, sobald er mit Tommy gesprochen hatte.

Isabell zog sich Sportkleidung und Laufschuhe an. Sie hielt die Warterei einfach nicht mehr aus und beschloss, eine

Runde joggen zu gehen. Nachdem sie ein paar Minuten gelaufen war, klingelte ihr Handy.

Vor Aufregung fiel es ihr herunter. „Verdammt", entfuhr es Isabell, während sie es eilig aufhob und endlich abhob.

„Leo?"

„Die gute Nachricht ist, dass er mit mir gesprochen hat, die schlechte, das er weiterhin daran festhält, schuld am Tod der Frau zu sein."

„Es ist ja schon ein Fortschritt, dass er mit dir gesprochen hat", murmelte Isabell, die darüber sehr erleichtert war.

Leo schwieg eine Weile, als müsste er sich erst einen Text bereitlegen, bevor er sprach. Isabells Herzschlag beschleunigte weiter, obwohl sie der Meinung war, das wäre kaum möglich.

„Gib ihn bitte nicht auf. Es ist viel verlangt, ich weiß, aber ich befürchte, wenn du ihn wegstößt, ist das sein Ende."

Isabell räusperte sich, weil sie einen Frosch im Hals hatte. Sie wippte mit dem Fuß hin und her, bevor sie den Mut fand, direkt zu fragen. „Hat er dir erzählt, wie er mich behandelt?" Sie merkte selbst, wie erstaunt ihre Stimme klang.

„Ich bin sein bester Freund", gab Leo zurück, als würde diese Tatsache ihm das Recht einräumen, dass Tommy derart intime Details offenbarte.

Isabell beschloss, ihr Schamgefühl zu verdrängen und erwiderte: „Was glaubst du denn, warum ich das alles wortlos mitmache?" Sie schnaubte wütend, weil Tommy sie in eine Ecke drängte, die ihr nicht bekam. „Mir ist klar, dass es Tommy darauf anlegt, es so weit zu treiben, dass ich ihn aufgebe. Vielleicht benötigt er die Trennung, um sich endgültig in den Abgrund zu katapultieren."

„Er behauptet, dass er auf Rückzug geht, um dich nicht zu verletzen. Ansonsten würde er dich mit in die Scheiße ziehen und er will dich auch nicht ausnutzen."

Isabell schwieg und musste die Worte erst einmal verarbeiten.

„Hältst du das für sinnvoll?", fragte sie Leo schließlich.

Sie hörte ihn seufzen, anscheinend konnte er ihr keinen Rat geben.

„Ich weiß es ehrlich gesagt nicht. Tommy ist mein bester Freund, aber gerade weiß ich einfach nicht, wie er tickt. So kenne ich ihn nicht. Habe ihn noch nie so egoistisch erlebt. Halte dich zurück, aber versuche, immer wieder auf ihn zu zugehen. Vielleicht ohne das ihr im Bett landet?"

Isabell schnaubte erneut, Leo hatte gut reden. Anders funktionierte es doch zwischen ihr und Tommy gerade überhaupt nicht.

„Weiß Mila Bescheid?", fragte er plötzlich.

„Nein, ich wusste nicht, inwieweit ich es ihr erzählen kann. Ich möchte nicht, dass sie ein falsches Bild von Tommy erhält. Durch ihre Erfahrungen mit Hallinger wird sie es kaum gutheißen, dass mich Tommy gerade derart benutzt, auch wenn ich einverstanden bin."

Zwar war es Isabell ziemlich peinlich, mit Leo darüber zu sprechen, aber sie hätte es unverantwortlich gefunden, Mila ohne seine Rücksprache damit zu konfrontieren.

„Erzähl es ihr. Du musst ja nicht ins Detail gehen und ich bin mir sicher, du findest weniger schockierende Worte dafür, als ..." Leo stoppte abrupt und Isabell schoss das Blut ins Gesicht. Was zum Teufel hatte Tommy seinem Freund erzählt?

„Ich rufe sie nachher an", rief sie hastig, ohne auf Leos Äußerung einzugehen.

Als sie aufgelegt hatte, benötigte sie ein paar Minuten, bis sie sich soweit gefangen hatte, dass sie weiterjoggen konnte. Das Gespräch hatte ihr jegliche Energie geraubt und sie beschloss nach kurzer Zeit, umzudrehen.

Zu Hause nahm sie sich nur für eine kurze Dusche Zeit, da sie kaum geschwitzt hatte, verzichtete sie darauf Haare zu waschen, um das Gespräch mit Mila hinter sich zu bringen.

Es war das erste Mal, dass sie sich unwohl fühlte, mit ihrer Freundin zu sprechen. Sie fühlte sich gerade überfordert, der Verantwortung gerecht zu werden, ihr gegenüber ehrlich zu sein, ohne ihre Freundschaft zu Tommy zu riskieren.

Am besten würde sie gar nicht darauf eingehen, sondern nur erwähnen, dass Tommy sie von sich stieß.

Nachdem sie ein wenig über unverfängliche Dinge geplaudert hatten und sie Mila ein wenig hatte erzählen lassen, lenkte sie das Gespräch vorsichtig in entsprechende Bahnen. „Ich habe vorhin mit Leo telefoniert. Tommy macht gerade eine schwere Zeit durch, und ich denke, es tut ihm gut, wenn ihr mit ihm sprecht."

Auf Milas erschrockene Nachfrage berichtete sie von dem Vorfall im Krankenhaus und Mila entschied umgehend: „Ich spreche mit Leo. Wir wollten sowieso in einem Monat nach Deutschland kommen. Jetzt müssen wir es eben nach vorne verlegen. Tommy war immer für mich da, jetzt werde ich ihn sicherlich nicht im Stich lassen. Warum meldet sich der Hornochse eigentlich nicht bei mir?"

Isabell war nicht dazu gekommen, Mila zu unterbrechen, und ein leichtes Lächeln zuckte in ihren Mundwinkeln. Augenblicklich fühlte sie sich leichter, als hätte Mila ihr gerade einen schweren Rucksack abgenommen.

„Das wäre schön. Tommy würde es sicherlich guttun. Ich komme einfach nicht an ihn heran."

„Warum tut er das?", meinte Mila verblüfft.

Isabell seufzte, und es klang mehr wie ein Schluchzen. Sie konnte kaum sprechen, wollte aber nicht in Tränen ausbrechen. „Ich weiß es nicht. Er weigert sich, mit mir zu reden und alle unsere Zusammenkünfte enden …" Mist, jetzt hatte sie sich verplappert. Hoffentlich fiel es Mila nicht auf. „Im Streit?", warf sie nach einer kurzen Pause hastig ein, was eher wie eine Frage klang.

Mila schwieg und schien zu überlegen. „Hast du nicht gerade gesagt, er spricht nicht mit dir?"

„Streiten gilt nicht als Gespräch", presste Isabell heraus und verfluchte sich, weil ihre Stimme unnatürlich hoch klang.

„Isabell, was verheimlichst du mir?", fragte Mila streng.

Sie schnaufte hörbar durch und versuchte, vorsichtig zu erklären: „Ich möchte einfach nicht, dass du ein falsches Bild von Tommy bekommst. Er ist einer der Guten, egal wie er sich gerade verhält."

„Was macht er denn?" Isabell hörte zeitgleich Neugierde, aber auch Misstrauen.

„Wenn wir uns treffen, endet es immer damit, dass wir Sex haben. Das ist das Einzige, was uns gerade noch verbindet."

„Er benutzt dich, um zu vergessen?"

„So könnte man es nennen", gab Isabell zu.

„Warum lässt du das zu? Du bist eine toughe Frau, die mit beiden Beinen im Leben steht", fragte Mila ein wenig verwirrt.

„Für Tommy würde ich alles tun. Er ist mir zu wichtig, als dass ich riskiere, ihn ganz zu verlieren."

„Und das nutzt er aus." Jetzt klang Mila wütend.

Verdammt, das Gespräch nahm eine falsche Wendung.

„Er hat selbst gesagt, ich soll mich einfach von ihm fernhalten. Es ist meine Entscheidung." Wieder zögerte sie, dann druckste sie hervor: „Tommy übt den dominanten Part aus. Also nur im Bett." Jetzt wurde ihr heiß und sie hätte alles für einen Fächer gegeben. Sie benötigte dringend Sauerstoff.

Zu ihrer Verwunderung hörte sie Mila lachen. „Wir haben euch gehört, als wir von dem Konzert nach Hause kamen. Es klang, als ginge es zwischen euch gehörig zur Sache."

Isabell stöhnte entsetzt auf. „Gott, ist das peinlich. Das tut mir so leid."

„Quatsch, wir fanden es lustig. Habe ich richtig interpretiert, dass es dir einen Kick gibt, wenn er dich rumkommandiert?"

„So könnte man es ausdrücken", gab sie zu und war froh, dass Mila nicht mehr auf dem damaligen Erlebnis rumritt. „Ich wollte dir damit nur sagen, dass es mich nicht stört, wenn er mich benutzt und ich dabei auch auf meine Kosten komme. Aber ich befürchte, dass es ihn immer weiter in den Strudel aus Schuldgefühlen treibt. Denn egal, wie hart er gerade tut, er weiß genau, dass es nicht richtig ist. Aber wenn ich ihm aus dem Weg gehe, denkt er, ich hätte ihn aufgegeben. Egal, was ich gerade tue, es wird immer das Falsche sein", meinte Isabell erstickt.

„Ich rufe ihn gleich mal an. Dann sehen wir weiter. Heute Abend spreche ich mit Leo, wann wir kommen können."

Isabell fühlte sich nach dem Gespräch etwas zuversichtlicher und hoffte, dass die beiden bald nach Berlin kämen. Es würde Tommy bestimmt guttun, seine besten Freunde, um sich zu haben.

Fast eine Woche lang war sie Tommy aus dem Weg gegangen, um ihn nicht zu provozieren. Sie hoffte, dass sie einen Waffenstillstand halten konnten, bis Mila und Leo kämen. Jetzt dauerte es nur noch vier Tage, dann würde sie die beiden vom Flughafen abholen. Tommy hatten sie nichts gesagt, wahrscheinlich hätte er ihnen befohlen, bloß nicht wegen ihm zu kommen.

Heute hatte Isabell frei, sie hatte es sich gerade in der Badewanne gemütlich gemacht und lehnte sich mit geschlossenen Augen zurück. Nachdem sie sich heute Mittag zum Essen mit ihrem Vater getroffen hatte, musste nun ein wenig Entspannung her. Bisher hatte sie nicht den Mut gefunden, ihm von Tommy zu erzählen, und gerade war sie unglaublich froh, es unterlassen zu haben. Ihr Vater schaffte es jedes Mal, sämtliche ihrer Energiequellen anzuzapfen und leer zu saugen, sodass sie anschließend völlig erschöpft war. Nachdem ihre Mutter vor zwei Jahren gestorben war, war er neben Sarah, die als ältere Schwester einen anderen Vater hatte, ihre einzige Familie. Vielleicht hielt sie deshalb so krampfhaft an der Beziehung fest, die keine wirkliche Basis hatte, außer ein paar gemeinsamen Genen.

Anschließend hatte sie sich als Trostpflaster ein paar neue Klamotten gegönnt und nun ließ sie den Abend entspannt ausklingen.

Ihr friedliches Dösen wurde empfindsam gestört, als ihr Handy klingelte. Isabell richtete sich so hastig auf, dass die Badewanne überschwappte. Immer schwebte die Angst über ihr, dass etwas mit Tommy war, so unberechenbar, wie er sich gerade verhielt. Sie stieg aus der Wanne, schlang notdürftig ein Handtuch um sich und fand ihr Handy in der Küche.

„Hallo?", rief sie atemlos hinein, ohne nachzusehen, wer dran war.

„Hallo Isabell, hier ist Linda. Unser Sorgenkind ist nicht zum Dienst erschienen und nun wollte ich fragen, ob er bei dir ist oder du etwas weißt?"

Isabells Gehirn ratterte und bevor sie nachdenken konnte, antwortete sie: „Tommy ist krank. Er schläft gerade. Hohes Fieber. Wahrscheinlich hat er vergessen anzurufen. Bitte sieh es ihm nach."

Frau Doktor Winkelbauer seufzte lang anhaltend. „Isabell, so geht das nicht weiter. Er kann nicht einfach unentschuldigt fehlen. So ein unzuverlässiges Verhalten dulde ich nicht. Egal ob er krank ist oder nicht." Ihr Tonfall machte Isabell deutlich, dass sie ihr kein Wort geglaubt hatte.

„Bring ihn wieder auf Spur, sonst ist er seinen Job schneller los, als ihm lieb ist. Er hat eine Verantwortung seinen Patienten gegenüber. Sag ihm das!"

Isabell unterdrückte ein höhnisches Lachen. Als ob sie dafür die Richtige wäre. Anschließend würde er sie einen Kopf kürzer machen, wenn sie es wagte, ihn zu kritisieren.

„Mach ich. Danke, Linda."

Umgehend versuchte sie, Tommy zu erreichen, der oh Wunder nicht dranging.

Isabells Wut schoss in ungeahnte Höhen. Jetzt reichte es endgültig. Sie würde zu ihm fahren und ihm die Meinung sagen. Was bildete er sich eigentlich ein? Jetzt schwindelte sie schon für ihn, um ihn zu decken.

Sie rubbelte sich so energisch trocken, dass ihre Haut lauter rote Flecken zurückbehielt. Sie zog die nächstbeste Jeans und ein T-Shirt an, das ihr in die Hände fiel und nahm sich nicht einmal die Zeit, ihre Haare zu föhnen, die noch nass waren. Musste es eben eine Mütze tun, es war an diesem Oktoberabend schon empfindlich kalt.

Diesmal ließ er sie nicht rein. Egal wie lange und anhaltend sie klingelte, er reagierte einfach nicht. Na warte, mit mir nicht Freundchen. Wahrscheinlich rechnete er nicht damit, dass sie den Schlüssel benutzen würde.

Kurz darauf stand sie bei ihm in der Wohnung und rief erst leise, dann etwas lauter: „Tommy? Bist du da?"

Sie lauschte in die Stille, als es plötzlich gehörig schepperte und ihr Herz erschrocken zu hüpfen begann.

Sie ging Richtung Wohnzimmer, aus der das Geräusch ertönt war, und stand unvermittelt Tommy gegenüber, der sie total verschlafen anstarrte. Seine Haare waren verwuschelt und standen ihm zu Berge. Den Bart konnte man auch wohlwollend nicht mehr als Dreitagebart betiteln. Zu Isabells Leidwesen trug er nur eine Boxershorts, was nicht dazu beitrug, dass ihr Vorhaben, heute standhaft zu bleiben, allzu lange Bestand haben würde.

Endlich konnte sie die Augen von ihm loseisen und sah sich im Raum um. Obwohl sie geahnt hatte, dass Tommy einen erneuten Absturz erlitten hatte, hatte sie es zuvor nicht wahrhaben wollen. Aber die Alkoholflaschen erzählten eine Geschichte, ohne dass sie sie überhaupt hören wollte.

„Bist du total bescheuert? Deine Chefin hat mich gerade angerufen, weil du unentschuldigt gefehlt hast. Ich habe für dich gelogen. Das war das erste und letzte Mal. Herrgott Tommy, du hast deinen Patienten eine Verantwortung gegenüber, ist dir das plötzlich alles scheißegal?"

Sein gequältes Zusammenzucken war wohl eher ihrer Stimmlage als ihren Worten geschuldet, wahrscheinlich brummte sein Kopf ordentlich. Was ihn allerdings nicht davon abhielt, verbal auszuteilen.

„Ich kann mich nicht erinnern, dich darum gebetn zu habn. Jetzt hab ich einmal was vergessn, und du machsgleich so einen Sttt ... Schdats ... Drama draus." Ganz sicher konnte er sich nicht mehr ausdrücken, ansonsten schien sein Verstand relativ klar zu sein.

„Was fällt dir überhaupt ein, einfach reinzukommen?", brüllte er plötzlich so aggressiv, dass Isabell instinktiv zwei Schritte zurückwich und die Hände hob. Immer noch fehlten ihr die Worte und sie sah ihn einfach nur an.

Tommy riss die Augen auf und sagte mit ruhigerer Stimme: „Hasdu etwa Angst vor mir?" Jetzt sah er ein wenig verunsichert aus, was Isabell augenblicklich beruhigte. Das war ihr Tommy. Natürlich würde er ihr nichts tun. Egal, wie wütend er auch auf sie war. Sie ließ die Hände sinken und fühlte sich ein wenig schwach auf den Beinen. Die ganze Situation wuchs ihr über den Kopf und die Wohnung drehte sich vor ihren Augen.

Plötzlich fühlte sie Tommys Arme, die sie auffingen. „Nicht umkippen. Isabell, bleib da."

Beherzt fasste er ihr unter die Kniekehlen und nahm sie auf den Arm, als würde sie nichts wiegen und als wäre er nicht stockbesoffen.

Sie spürte, dass er sie sachte auf dem Sofa ablegte, und nichts würde sie dazu bringen, ihre Augen zu öffnen, um die unverhoffte Nähe zwischen sich nicht gleich wieder zu zerstören. Sie spürte sein Gewicht neben sich, wie er vorsichtig ihren Kopf hob und auf seinem Schoss bettete.

Seine Finger strichen sanft über ihre Wange und sie hörte ihn flüstern: „Es tut mir leid." Nun zog er vorsichtig ihre Mütze vom Kopf, die sie ganz vergessen hatte, und massierte zärtlich ihre Kopfhaut, trotz der immer noch feuchten Haare.

Eine Weile saßen sie friedlich da, bis Tommy fragte: „Isabell, hörsdu mich?"

Nachdem er ihr leicht gegen die Wangen klatschte, erwiderte sie unwillig: „Ja." Unterließ es aber, die Augen zu öffnen. Er gab ihr noch einen Moment Zeit, dann forderte er sie auf, ihn anzusehen.

Isabell blinzelte vorsichtig, zu ihrer Erleichterung war der wütende Tommy verschwunden und hatte einem erleichterten Platz gemacht.

Unwillig richtete sie sich auf und saß jetzt neben ihm, peinlich bemüht, ihn nicht versehentlich zu berühren.

„Danke, dassdu mich gedeckt hast. Wird nich wieder vorkommen", quetschte Tommy hervor und sie sah, wie schwer ihm das Zugeständnis fiel.

Isabell winkte ab. „Schon vergessen."

Für einen Moment herrschte vollkommene Stille, in der lediglich ihre Atemgeräusche zu hören waren.

Tommy räusperte sich und brummte ein wenig unfreundlich: „Du sollsjetzt gehen."

Isabell warf ihm einen raschen Seitenblick zu. Er hatte die Kiefer fest zusammengepresst und sah so ungehalten aus, wie er gerade geklungen hatte.

Isabell versuchte, den leisen Stachel zu verdrängen. Es hatte sich nichts geändert. Er wollte sie nicht bei sich haben.

„Warum legst du es darauf an, mich zu vertreiben?", fragte sie ratlos, als sie sich wieder gefangen hatte.

„Isabell!", grollte Tommy und klang ziemlich bedrohlich. „Tu einfach, was ich dir gesagt habe."

Einen verblüfften Blick später wusste sie, was Sache war. Sie seufzte und entgegen aller Vernunft rutschte ihr heraus: „Tommy, du weißt genau, dass ich alles für dich tun würde. Warum schickst du mich weg? Damit ich nicht mitbekomme, dass du einen Ständer hast?"

Tommy sprang auf und packte sie am Handgelenk und zog sie unsanft hinter sich her, bis zur Wohnungstür, die er ihr aufhielt.

„Ich sags jetzt zum letztnMal. Geh!" Sein Zorn und sein Begehren kämpften in seinen Augen um die Wette.

Isabell schlug einfach dreist die Tür wieder zu, stellte sich davor und meinte frech: „Und, wenn ich es nicht tue?"

„Was soll das? Legst du es darauf an, dass ich dich packe und es dir hier gleich besorge?" Tommy atmete lautstark aus, als würde ihm sämtliche Luft entweichen.

„Ich tue alles, damit es dir besser geht. Begreif das doch

endlich mal, du Sturkopf", fauchte Isabell ihn wie eine Wildkatze an.

Sie sah, dass Tommy einen inneren Kampf focht, aber seine Aufforderung verschlug ihr glatt die Sprache.

„Du tust alles, was mir guttut? Wirklich alles?", vergewisserte er sich, und sein scheinheiliger Tonfall machte sie misstrauisch, aber sie würde jetzt sicherlich keinen Rückzieher machen. Deshalb nickte sie mutiger, als sie sich fühlte.

„Dann blas mir einen!" Tommy sah sie ungerührt an, als ihre Fassade fiel. Ihr Mund klappte auf und sie starrte ihn fassungslos an. Schweiß brach ihr aus und sie konnte sich gerade noch beherrschen, sich verräterisch über die Stirn zu wischen. Das war die pure Machtdemonstration, und sosehr Isabell sein unverschämter Befehl im ersten Moment abstieß, erregte er sie zeitgleich. Ihr war doch nicht mehr zu helfen. Tommy behandelte sie wie Abschaum, und sie fuhr auch noch darauf ab.

Er behielt sie die ganze Zeit im Auge, um bloß kein nonverbales Zeichen zu verpassen. Nun grinste er unverschämt und öffnete provokant die Tür. „Ich wusste, dass ich dich damit loswerde."

Wieder stieg ihr die Wut auf ihn zu Kopf, aber sie beherrschte sich. Kühl und besonnen würde sie vorgehen und sich unter gar keinen Umständen provozieren lassen.

Sie wusste, dass sie nicht die Kraft besaß, ihm die Tür aus der Hand zu reißen, deshalb kniete sie sich einfach vor ihn in dem Wissen, dass den Aufzug sonst keiner benutzte und sie somit auch keine ungebetenen Zuschauer bekämen.

Sie sah noch, wie Tommy die Augen aufriss, bevor sie ihren Blick nach unten wandern ließ. Ihre Hände zitterten leicht, als sie den Bund seiner Shorts nach unten zog. Sie war nervöser als vor jeder anspruchsvollen Operation. Herrje, das konnte doch wirklich nicht so schwer sein. Augen zu und durch befahl sie sich, und wieder stieg ein hysterisches Kichern in ihr auf, das sie schleunigst unterdrückte.

Anscheinend hatte die Vorstellung, was sie gleich zu tun gedachte, ausgereicht, um sein Glied wieder aufrichten zu lassen.

Steil ragte es ihr entgegen und Isabell schindete noch etwas Zeit, indem sie es erst mal in die Hand nahm und sanft massierte.

„Isabell, hör auf damit." Tommy hielt ihre Hand fest, sodass sie ihn nicht weiter bearbeiten konnte.

„Ich nehme ihn ja gleich in den Mund", empörte sie sich, was dazu führte, dass er zu lachen begann, was ihr zugegebenermaßen gerade sehr skurril vorkam.

„Das meinte ich nicht. Du sollst ganz aufhören, du willst das nicht tun", erklärte er überraschend sanft.

Nun legte sie den Kopf in den Nacken, um ihn anzusehen. Ein wenig überlegen betrachtete er sie von oben. Überlegen und amüsiert. Na, warte mit mir nicht, drohte sie ihm im Stillen.

„Du hast mich gefragt, und ich habe zugestimmt. Es ist nicht fair, wenn du nun einen Rückzieher machst. Dann wirst du mir immer vorwerfen, dass ich nicht wollte."

„Aber …", fing Tommy an, während sie die Spitze seines Schwanzes in den Mund nahm und leicht zu saugen begann.

Aus seinen Widerworten wurde schnell ein Stöhnen, als sie etwas forscher zu lecken begann. Abwechselnd leckte und saugte sie und nahm ihn Stück für Stück weiter in den Mund.

„Isabell", stöhnte er erstickt, während er den Kopf in den Nacken warf. Sie konnte nicht erkennen, ob er sich an ihrem Anblick ergötzte oder die Augen geschlossen hielt. Okay, das war weniger schlimm als befürchtet. Warum hatte sie sich solange dagegen gewehrt? Sie fühlte, wie sich Feuchtigkeit zwischen ihren Beinen ausbreitete, die Vorstellung, wie sie gerade die Macht über seine Lust innehatte, erregte sie.

Unvermittelt riss Tommy sie aus ihren abschweifenden Gedanken, als er sie ein wenig unsanft an den Haaren packte und näher an seine Lenden drückte, sodass sie kurzzeitig Panik überfiel, keine Luft mehr zu bekommen. Zudem fing er nun an, seinen Schwanz unerbittlich in ihren Rachen zu stoßen, was einen leichten Würgereiz auslöste. Isabell versuchte, ruhig zu bleiben, sie bekam durch die Nase immer noch genügend Luft. Langsam entspannte sie sich wieder und begann zusätzlich seinen Schwanz mit ihrer Zunge zu verwöhnen und saugte zwischendurch immer wieder. Ihre Bemühungen führten schnell zum Ziel, er zuckte einige Male, dann spritzte er seinen Samen in ihren Mund und Isabell musste sich mit aller Macht beherrschen, nicht zurückzuzucken. Nachdem sie sich überwunden hatte, seinen Saft zu schlucken, stellte sie fest, dass auch das nicht weiter schlimm war. Es würde vielleicht nicht ihre Lieblingsbeschäftigung werden, aber sie konnte sich vorstellen, sich damit ab und zu bei ihm für seine Dienste zu revanchieren. Vorsichtig ließ sie seinen erschlafften Penis aus dem Mund gleiten und stand ungelenk auf. Tommy stand einfach da und sagte kein Wort.

Isabell zog eine Augenbraue hoch und wischte sich den restlichen Samen einfach mit dem T-Shirt von Wange und Mund ab. Der Anblick schien Tommy den Rest zu geben. Er wandte sich ab und zog sich endlich die Hose hoch.

„Ich hoffe, dir geht es jetzt besser, Tommy." Obwohl er von ihr abgewandt war, sah sie, wie sich seine Schulterblätter verkrampften, und aus einer Intuition heraus ging sie zu ihm und gab ihm ein zartes Wangenküsschen.

Dann ging sie und hörte noch, wie er rief: „Isabell, warte."

Aber sie hielt nicht an und er kam ihr auch nicht nach. Tommy sollte erst mal nüchtern werden und dann wäre es an ihm, den nächsten Schritt zu gehen. Sie würde ihm nicht mehr hinterherrennen, das endete jedes Mal darin, dass sie sich wie eine läufige Hündin gebärdete. Damit war jetzt ein für alle Mal Schluss.

37

Reglos verharrte er an derselben Stelle, obwohl Isabell schon lange verschwunden war. Fassungslos stierte er in die Luft, als würde er Isabell vor seinem geistigen Auge sehen. Unfähig sich den Kopf über das Geschehene zu zerbrechen, wankte er ins Schlafzimmer und ließ sich bäuchlings auf die Matratze fallen. Bevor er allerdings einschlief, klingelte plötzlich sein Telefon. Tommy stöhnte laut auf. Aber der Klingelton nervte ihn und im hintersten Eck seines Gewissens hatte er Bedenken, dass es Isabell wäre, der es nach ihrer letzten Begegnung bestimmt nicht gut ging.

Deshalb nahm er sich zusammen, schwang die Beine über die Bettkante und wankte ins Wohnzimmer. Gerade noch rechtzeitig hob er ab.

„Sag mal, warum reagierst du eigentlich auf keine meiner hundert Nachrichten?"

„Leo?"

„Schön, dass du mich wenigstens noch erkennst, wenn du mich schon gekonnt ignorierst", brummte sein Freund missmutig in den Hörer.

„Sorry, ich habe mir wohl was eingefangen", nuschelte er, um seine etwas undeutliche Artikulation zu vertuschen.

„Hast du getrunken?", kam schon Leos hellsichtige Frage.

„Und, wenn schon? Ist das etwa verboten?" Er merkte selbst, dass sein Tonfall völlig überzogen war, aber er schaffte es einfach nicht, sich zu kontrollieren. Leo hatte schließlich recht, aber seinen Totalabsturz wollte er keinesfalls zugeben.

„Ich dachte, du arbeitest wieder." Leo ließ einfach nicht locker, wobei seine Stimme diesmal eher beunruhigt als wütend klang.

„Verdammt, Leo, du bist nicht mein Kindermädchen. Ich kann selbst auf mich aufpassen. Ja, dann war ich halt nicht arbeiten. Wen interessierts?"

Leo schwieg und das machte Tommy zugegebenermaßen nervös. Er begann im Wohnzimmer auf und ab zu laufen und fuhr sich aufgebracht durch die Haare.

„Tommy, ich verstehe wirklich, dass es dir nicht gut geht. Aber wenn du deinen Job aufs Spiel setzt, tust du dir damit ganz sicher keinen Gefallen. Du liebst deine Arbeit und über kurz oder lang wird dir die Aufgabe über die Tragödie hinweghelfen."

„Bist du fertig mit deinem Psychologenscheiß?"

Leo ging überhaupt nicht auf seine Konfrontation ein, sondern bohrte in der nächsten Wunde. „Was ist mit Isabell? Lass wenigstens sie dir beistehen. Es geht ihr nicht besonders gut."

„Isabell war heute hier und durfte mir einen blasen." Völlig ungerührt knallte er diese Tatsache Leo an den Kopf.

„Verdammt Tommy, wage es ja nicht, Isabell zu vergraulen. Diese Frau tut alles für dich, weil sie dich liebt. Aber das begreift dein Spatzenhirn nicht, weil deine Gedanken nur noch um den Tod deiner Patientin kreisen. Alles andere ist bedeutungslos geworden. Es ist deine Entscheidung, und du weißt, ich bin dein Freund und werde immer zu dir stehen, aber ich nehme mir auch heraus, dir zu sagen, wenn ich was nicht in Ordnung finde. Und wie du Isabell behandelst, ist überhaupt nicht in Ordnung."

Leo wurde zunehmend lauter und Tommy begriff, dass er wirklich sauer auf ihn war. Das nervte ihn zusätzlich, denn Leo sollte zu ihm halten, hinter ihm stehen und ihn nicht mit Vorwürfen überhäufen.

„Du kannst mich wieder anrufen, wenn du aufhörst, mich blöd anzumachen. Ich geh pennen."

Dann legte er einfach auf, weil er Leos Gelaber nicht länger ertragen konnte. Rasch warf er sich eine Kopfschmerztablette ein und ließ sich erneut auf die Matratze fallen.

Der Gedanke an Isabell war das Letzte, was ihm durch seine verwirrten Gehirnwindungen schwirrte, bevor er ins Reich der Träume abdriftete.

Am nächsten Morgen wachte er mit dem wohlbekannten Dröhnen im Schädel auf, das ihm schon fast ein alltäglicher Begleiter war, zumindest, solange er nicht arbeiten musste.

Ein ungutes Gefühl breitete sich rasend schnell in seinem Magen aus. Kurz musste er überlegen, dann fiel ihm sein Telefonat mit Leo wieder ein. Vage konnte er sich erinnern, dass er alles andere als freundlich gewesen war. Leo meinte es nur gut und auch wenn es ihm nicht schmeckte, gute Freunde durften sich auf mal die Meinung sagen. Tommy setzte sich auf die Bettkante und rieb sich über die Stirn.

Heute hatte er Dienst, kam ihm plötzlich siedend heiß in den Sinn. Er hatte keine Ahnung, ob Isabell ihn für länger entschuldigt hatte, deshalb rief er umgehend in der Klinik an und meldete sich auch für die kommenden Tage krank. So konnte es nicht weitergehen. In diesem Punkt musste er Leo recht geben. Solange er dermaßen neben sich stand, war er eine Gefahr für jede Patientin. Er musste endlich zusehen, sein Leben wieder auf die Reihe zu bekommen. Wie hatte er nur zulassen können, dass es ihm komplett entglitten war? Nichts hatte er mehr im Griff. Die Reißleine hatte er schon längst verloren. Vom Wind weggetragen. Niemals hätte er gedacht, so schwach zu sein. Ja, es war furchtbar, was passiert war, aber als Arzt musste er lernen, damit umzugehen, sonst konnte er sich gleich nach einem neuen Job umsehen. Er musste endlich aufhören, ständig darüber zu grübeln, und vor allem musste er endlich aufhören, die Frau, die er liebte, wie Dreck zu behandeln.

Nach einer erfrischenden Dusche machte ihm ein Blick in den Kühlschrank klar, dass es mit dem ausgiebigen Frühstück nichts wurde, deshalb beschloss er kurzerhand, ins Café zu gehen.

„Tommy! Wie schön dich zu sehen. Du hast dich ja ewig nicht mehr blicken lassen", ertönte eine freudige Stimme.

Lachend ließ er sich von der blonden Frau in den Arm nehmen. Lara war Milas ehemalige Mitbewohnerin und beste Freundin, die er früher oft gesehen hatte. Seit Mila weggezogen war, hatte er Lara nur einmal getroffen, als er Sonja nach Hause gefahren hatte, die nun ihre Mitbewohnerin war.

„Ich gelobe Besserung", schwor er, als sie ihn endlich losgelassen hatte. „Mein Kühlschrank hat nichts hergegeben, da dachte ich, ich schaue mal bei dir vorbei, um mich verwöhnen zu lassen." Er zwinkerte ihr spielerisch zu und sie haute ihm auf die Finger.

„Setz dich, du siehst so aus, als könntest du das extragroße Frühstück vertragen." Sie bohrte ihm mit einem Finger in die Seite und sah ihn neugierig an.

Tommy war gar nicht aufgefallen, dass er in den letzten Wochen wohl etliche Kilogramm verloren hatte. Kein Wunder, nachdem er sich fast ausschließlich von Alkohol ernährt hatte.

„Habe eine schlechte Phase hinter mir", winkte er ab und Lara setzte sich kurz zu ihm.

„Eine Frau?"

Tommy lachte. „Immer sind die Weiber schuld. Nein, in dem Fall stimmt das nur indirekt. Ich hatte Probleme im Krankenhaus." Er stockte kurz, dann sprach er weiter, weil er ehrlich sein wollte. „Mir ist eine Patientin unter den Händen weggestorben und ich gebe mir die Schuld."

Lara schlug sich die Hände vor den Mund. „Das ist ja furchtbar, Tommy. Es tut mir so leid, so eine Erfahrung muss schwer sein. Irgendwie denkt man nie daran, wie hart das für den behandelnden Arzt sein muss."

Ihr Zuspruch wirkte wie ein kleines Wunder auf ihn, sie fragte auch gar nicht weiter nach, ob er wirklich Schuld daran hatte, denn es schien nicht wichtig zu sein. Er war wichtig. Sein Wohlergehen und genau das tat ihm gerade einfach nur gut.

„Danke, Lara", sagte er lächelnd, während er ihre Hand drückte.

Kurz darauf kam sie mit einem üppigen Frühstück zurück. „Dann wollen wir dich mal ein wenig aufpäppeln." Sie klopfte ihm aufmunternd auf die Schulter und er beobachtete Lara, wie sie die anderen Gäste bediente. Er hätte schon längst mal vorbeischauen sollen, denn er hatte Lara schon immer gemocht und das nicht nur, weil sie für Mila ein großer Halt gewesen war. Ihr quirliges, sonniges Auftreten zauberte jedem ein Lächeln ins Gesicht.

Hungrig verspeiste er fast das gesamte Frühstück. Lara kam grinsend vorbei und setzte sich zu ihm.

„Hat´s geschmeckt?" Sie wies auf den fast leeren Teller.

„Genau das habe ich jetzt gebraucht." Tommy lehnte sich entspannt zurück und streichelte seinen Bauch.

„Gibt es keine Frau in deinem Leben, die sich darum kümmert?" Diesmal stupste sie ihm in den Magen, und er schlug lachend ihre Hand weg.

„Doch. Aber gerade läuft es nicht gut zwischen uns", brummte er und Lara schien unsicher zu sein, ob sie weiterfragen sollte.

„Wegen des Vorfalls?", fragte sie vorsichtig.

„Ich stand völlig neben mir und habe niemanden an mich herangelassen. Ehrlich gesagt habe ich sie wie Scheiße behandelt und ich habe keine Ahnung, ob sie mir das verzeihen wird." Tommys Unbekümmertheit war mit einem Mal wie fortgewischt, und sein Gesicht verzog sich schmerzlich.

„Rede mit ihr, sag ihr das Gleiche wie mir. Wenn sie dich liebt, wird sie Verständnis haben." Laras eindringliche Worte erreichten ihn, allerdings hatte sie nicht die geringste Ahnung, wie scheiße er Isabell tatsächlich behandelt hatte. Isabell, die ihn über alles liebte, die immer für ihn da gewesen war. Und jetzt war er endgültig übers Ziel hinausgeschossen. Er hätte verhindern müssen, dass er sie in diese demütigende Situation manövrierte. Ihre stolze Haltung hätte ihm sagen müssen, dass sie niemals einen Rückzieher machen würde. Aber er war so besoffen gewesen. Sein einziger Wunsch war gewesen, sie zu vertreiben. Und was hatte sich da besser geeignet als ein Druckmittel, das sie verabscheute?

„Wo warst du gerade?" Lara lächelte ihn ein kleines bisschen besorgt an.

Tommy verzog das Gesicht zu einer gequälten Grimasse und bekannte: „Bei meinen Verfehlungen."

Lara zog ihn am Arm nach oben und wies auf den Ausgang. „Jetzt geh schon und bring das wieder in Ordnung."

Als Tommy sein Portemonnaie herauszog, winkte sie ab.

„Geht aufs Haus." Seine Proteste ignorierte sie einfach und verschränkte die Hände hinter dem Rücken. Tommy beschloss, das nächste Mal im Gegenzug ein großzügiges Trinkgeld dazulassen. Gerade noch rechtzeitig fiel ihm ein zu sagen: „Mila kommt bald, das weißt du bestimmt." Lara nickte eifrig und ihre Augen leuchteten glücklich. Mila hatte es ihm beim letzten Telefonat verraten, obwohl sie ihn eigentlich überraschen wollten. Zu Milas Erstaunen hatte er sich darüber gefreut und es nicht versucht, ihnen auszureden.

„Am besten treffen wir uns dann alle mal", schlug er vor. „Sonja hat bestimmt auch Lust." Immerhin wohnte Leos Schwester mit Lara zusammen.

„Wir können uns ja hier treffen, da ist genügend Platz", schlug Lara vor.

„Mach doch was mit Mila aus, sie gibt mir dann Bescheid."

Er hob noch einmal die Hand zum Gruß und ging endgültig. Als er die klare, kalte Luft des nebligen Herbsttages einatmete, fühlte er sich mit einem Mal wie neugeboren. Gerade war es so unbeschwert gewesen, er hatte sich leicht gefühlt. Das Leben war schön. Natürlich hatte es seine Schattenseiten. Es war ja nicht so, als hätte er zuvor noch nie die Scheiße erlebt, die es produzieren konnte. Da reichte es an Milas und Sonjas Schicksale zu denken, aber in den letzten Wochen hatte er den Glauben an das Gute verloren. Er war zu tief in der Scheiße gewatet. Die Trauer, die Schuldgefühle hatten alles überlagert. Hatten die Sicht auf das Positive verstellt und ihm war nichts anderes übriggeblieben als abzuwarten. Nun war es endlich soweit. Sein Innerstes wärmte sich bei dem Gedanken, dass er bald seine Freunde in die Arme schließen konnte. Sein Herz blubberte fröhlich, wenn er sich vorstellte, wie sie stundenlang zusammensaßen und die Nächte durchmachten.

Tommy schlenderte gemütlich durch die leeren Straßen, anscheinend hatte das unwirtliche Wetter fast alle Menschen vertrieben, sodass er genügend Freiraum bekam, seine Gedanken fließen zu lassen.

Isabell! Es gab auch noch Isabell. Sein Halt. Der Mittelpunkt seines Lebens. Die Frau, die ihm sein Herz gestohlen hatte, obwohl er anfangs niemals damit gerechnet hätte. Energisch kickte er einen Ast weg, den der Herbststurm von einem Baum gerissen hatte. Warum hatte Isabell nicht einfach auf ihn gehört und ihn in Ruhe gelassen? Dann wäre es gar nicht erst so weit gekommen.

Kurz blieb er stehen, um ein paar spielenden Kindern zuzusehen, die auf einem Spielplatz tobten. Er fühlte sich ein wenig bedrückt, auch wenn ihn das Bild der Kinder zum Lächeln brachte.

Isabell hatte das getan, weil ihr sein Herz eine Geschichte erzählt hatte. Sein Herz hatte sie angefleht, ihn nicht alleine zu lassen. Aber das hatte sein Verstand nicht begriffen. Sein Gehirn stand auf Dauersenden. *Isabell muss weg. Ich muss das alleine schaffen.* Warum? Egal, wie lange er darüber nachdachte, er fand keine Antwort. Lag es daran, dass sie die unfehlbare Chirurgin war, der gewiss noch nie ein einziger Fehler unterlaufen war? Oder doch eher, weil er nicht wollte, dass sie ihn so schwach sah? Sie war so stark, zwar tief in ihrem Inneren sehr sensibel und verletzlich, aber wenn es darauf ankam, war sie stark und beständig wie ein tief verwurzelter Baum. Isabell wusste, was sie tat, und das sehr gut. Sie stand für Perfektion. Tommy seufzte. Vielleicht war die einfache Erklärung, dass der Schmerz alles zugedeckt hatte und ihn nichts anderes hatte spüren lassen. Wie er es auch drehte und wendete, Tatsache war, dass er etwas gut zu machen hatte. Am besten so schnell wie möglich. Lara hatte recht. Er musste endlich mit Isabell sprechen. Hoffentlich hatte er sich nicht die Chance verspielt, dass sie ihm auch zuhören würde.

Am nächsten Tag hatte er sich soweit erholt, dass er sich in der Lage sah, Isabell gegenüberzutreten. Er hatte gestern nach dem ausgiebigen Brunch in der Klinik angerufen und erfahren, dass sie heute frei hatte. Deshalb war er gleich morgens zum Bäcker gefahren, um Brötchen zu besorgen, und stand nun vor ihrem Haus. Wahrscheinlich weckte er sie, aber er hatte Angst, sie zu verpassen, deshalb klingelte er um acht Uhr morgens bei ihr. Noch länger abzuwarten, kam für ihn nicht infrage. Sein nervöser Magen würde revoltieren und sein rasendes Herz irgendwann kollabieren.

Äußerlich völlig ruhig wartete er ab, aber als Isabells verschlafene Stimme in der Gegensprechanlage ertönte, blieb sein Herz für einen Moment stehen. Es versagte einfach den Dienst und er bekam kein Wort über die Lippen.

„Hallo? Wer ist denn da?", fragte sie nun ziemlich ungeduldig.

„Ich bin`s, Tommy", brachte er endlich krächzend hervor.

„Tommy?", fragte sie ungläubig, wahrscheinlich hatte sie seine Stimme kaum erkannt. Oder sie war fassungslos, dass er sich erdreistete, bei ihr aufzutauchen. Die Erklärung schob er ganz schnell von sich, um die Nervosität nicht überhandnehmen zu lassen.

„Ich würde gern mit dir sprechen." Stille. Er hörte rein gar nichts. War Isabell überhaupt noch da oder hatte sie sich einfach wieder ins Bett gelegt?

„Wenn es dir jetzt nicht passt, ich kann auch später noch mal vorbeikommen", schlug er stotternd vor, nachdem sie immer noch keinen Ton von sich gab.

Er hörte den Türsummer und begriff zuerst gar nicht, dass Isabell ihn hereinließ. Sein Glück kaum fassend, sprang er die Stufen geschwind nach oben, bis in den dritten Stock.

Wie unfassbar süß sie doch aussah, als sie ihn noch total verschlafen an der Tür erwartete. Ihr Gesicht zierte ein Abdruck, wahrscheinlich von einer Kopfkissenkante, und sie sah etwas zerknautscht aus. Aber die nicht perfekte Isabell ließ sein Herz aufgehen. Das war das echte Leben. Das war seine Isabell, so, wie er sie liebte.

Sie sah ihm tief in die Augen, als wollte sie dort herauslesen, was er von ihr wollte. Wahrscheinlich suchte sie die Antwort, ob er sich wieder im Griff hatte oder sein Aufrappeln nur eine Momentaufnahme darstellte, die Morgen schon wieder um hundertachtzig Grad Richtung Absturz drehte.

Was er ihr nicht verdenken konnte. Er studierte ihre Gesichtszüge ebenfalls und erkannte in ihren Augen Verwunderung, Freude, aber vor allem Verletzlichkeit. Er sah ihr an, dass sie versuchte, sich innerlich vor ihm und seiner Unberechenbarkeit und den Gemeinheiten zu schützen.

„Komm rein. Ich gehe kurz ins Bad. Du weißt ja, wo das Wohnzimmer ist."

Isabell drehte sich abrupt um und wartete nicht ab, ob er ihrer Aufforderung Folge leistete, sondern verschwand einfach im Badezimmer.

Tommy ging in die offene Wohnküche und bereitete zwei Tassen Cappuccino zu, deckte den Tisch und die bedächtigen Handgriffe erdeten ihn ein wenig. Zumindest wurde er ruhiger, bis er Isabell im Türrahmen stehen sah, die ihn beobachtete. Vor Überraschung fiel ihm die Bäckertüte aus der Hand, die er gerade in einen Brotkorb leeren wollte, und die Brötchen verteilten sich über den Boden. Hastig bückte er sich und klaubte sie auf.

„Musst du dich so anschleichen? Mein Herz wäre fast stehen geblieben", murmelte er ein wenig unsicher, während er noch am Boden kauerte.

„Ich wollte mir einen Eindruck über deine Verfassung verschaffen", knallte Isabell ihm an den Kopf.

„Den körperlichen oder den geistigen Zustand?", fragte er mit einem gezwungenen Lächeln.

„Wohl beides", seufzte Isabell, während sie nähertrat, aber darauf bedacht schien, Abstand zu halten.

Er konnte es ihr nicht verdenken. Wahrscheinlich hegte sie die Befürchtung, er könnte sich wieder etwas Fieses ausdenken.

„Es tut mir leid, Isabell", fing er etwas lahm an, aber die zurechtgelegten Worte waren vergessen. Im Universum verschwunden, aufgelöst, zersetzt. Der einzige Wunsch in ihm war, sie in den Arm zu nehmen. Dieser Wunsch überlagerte alles. Sie spüren, ihren vertrauten Duft inhalieren, ihre wärmende und geborgene Umarmung, das war alles, nach dem er sich sehnte.

Isabell seufzte und erwiderte ergeben: „So weit waren wir schon mal. Was willst du, Tommy?"

„Dich!" Sein Magen verkrampfte sich, als er sich ausmalte, Isabell verloren zu haben. Nur mühsam quetschte er hervor: „Ich will dich glücklich sehen. Und genau das habe ich verbockt. Und zwar so richtig. Und das tut mir unendlich leid. Ich will dich lachen sehen, deine Augen sollen vor Glück leuchten. Ich will nur, dass du mich noch einmal so voller Liebe und Vertrauen ansiehst, wie du es früher getan hast." Jetzt brach seine Stimme und er musste ein paar Mal tief einatmen, bevor er sich traute, einen Schritt auf sie zuzugehen. Bittend streckte er ihr die Hand entgegen, die sie ganz zögerlich ergriff. Langsam, um sie nicht zu überfordern, zog er sie zu sich heran, und als Isabell dicht vor ihm stand, gestand er: „Ohne dich bin ich ein Nichts. Ich bin ein Arschloch, das dich gar nicht verdient hat." Mit der freien Hand fuhr er sich aufgewühlt durchs Haar.

„Aber ich liebe dich von ganzem Herzen und hoffe so sehr, dass du mich nicht aufgegeben hast. Lass uns gemeinsam das Licht wiederentdecken, die schönen Seiten des Lebens wiederfinden."

Isabell lief eine einzelne Träne über die Wange und Tommy wischte sie vorsichtig weg, während sein Herz vor Aufregung raste. War das jetzt ein schlechtes Zeichen? Wollte Isabell ihm etwa den Laufpass geben? Seine Gedanken drehten sich immer schneller und ihm wurde ein wenig schwindlig vor Sauerstoffmangel.

„Du siehst ganz blass aus", stellte Isabell plötzlich besorgt fest.

„Mir geht es gut", winkte er ab. Als sie ihn weiterhin nicht aus den Augen ließ, erklärte er: „Ich habe nicht getrunken. Die Angst, dass du mich gleich rausschmeißen könntest, lässt mich ein wenig kurzatmig werden." Er zog die Schultern hoch und sah sie entschuldigend an.

„Du weißt doch genau, dass ich das niemals tun würde", fuhr sie ihn unerwartet laut an.

„Weiß ich nicht", empörte er sich, während sich gleichzeitig eine wohltuende Wärme in ihm ausbreitete.

Isabell seufzte laut, als ob sie diese Tatsache nicht gutheißen würde.

„Ich liebe dich und würde alles für dich tun. In den letzten Wochen habe ich alles getan, damit du das begreifst. Aber manchmal denke ich, du begreifst gar nichts. Wie kann ein intelligenter Mann wie du nur so dermaßen blöd sein?"

Tommy zuckte zusammen, als Isabell ihn im harschen Tonfall zusammenstauchte, aber sie hatte ja recht.

„Wollen wir uns nicht erst mal setzen? Wir können uns ja nach dem Frühstück immer noch an die Gurgel gehen", schlug er vor.

Isabell setzte sich, ohne darauf einzugehen, bestrich sich schweigend ein Brötchen, legte es dann aber unberührt wieder auf den Teller und sah ihn ein wenig traurig an.

„Warum hast du mich ständig weggestoßen? Ich wäre so gern für dich da gewesen." Sie schwieg und sah ihn mit traurigem Ausdruck an. Er rutschte auf seinem Stuhl hin und her. Er fühlte sich gerade alles andere als wohl in seiner Haut.

„Tommy, es hat mir das Herz zerrissen, dich so zu sehen und dir nicht beistehen zu dürfen."

Tommy zuckte mit den Schultern, während er von seinem Brötchen abbiss. Erst als er runtergeschluckt hatte, bekannte er leise: „Vielleicht liegt es daran, dass du die perfekte Chefärztin bist, der nie ein Fehler unterlaufen würde."

Isabells Augen weiteten sich und sie presste die Lippen aufeinander. „Glaubst du das wirklich? Ich bin auch nur ein Mensch, auch wenn du mich scheinbar für ein göttliches Wesen hältst." Jetzt verzogen sich ihre Mundwinkel zu einem leichten Lächeln, das Tommys Herz zum Schwingen brachte.

„Prinzessin muss reichen", gab er grinsend zurück. „Wobei Engelchen auch ganz nett wäre."

Isabell funkelte ihn aufgebracht an. „Untersteh dich. Jetzt habe ich mich gerade wohl oder übel mit der Prinzessin abgefunden, da musst du mich nicht erneut reizen."

Tommy zwinkerte ihr zu und war unendlich froh, dass sich die angespannte Stimmung endlich lockerte.

„Ich habe übrigens auch schon Fehler gemacht. Sogar einen Gravierenden. Und wer war schuld daran? Du!"

Jetzt fiel Tommy alles aus dem Gesicht und er starrte Isabell perplex an.

Ihre Wangen röteten sich ein wenig, dann nahm sie sich zusammen und erzählte ihm von dem Vorfall, als sie ein kleines Gerinnsel übersehen hatte, was ihr Kollege zum Glück entdeckt hatte.

„Wir sind im OP ein Team, das zusammenarbeiten muss. Wir machen zusammen Fehler und zusammen retten wir Menschenleben."

Tommy sah sie verlegen an und ihre angespannten Züge wurden wieder weicher. „Sonst noch Gründe?", fragte sie ihn.

„Ich habe mir selbst den Kopf darüber zerbrochen. Aber ich war total überfordert mit meinem Schmerz, ich war überfordert damit, Trost anzunehmen. Ich war unfähig, ihn mit jemandem zu teilen. Deshalb habe ich dich weggestoßen. Und zeitgleich wusste ich, dass du die Einzige bist, die mich retten wird."

Isabell stand auf, ging zu ihm und setzte sich auf seinen Schoß. Zärtlich fuhr sie ihm durch die Haare und über sein Gesicht, als müsste sie ihn neu kennenlernen.

Sie gab ihm einen hauchzarten Kuss, den er nur ganz sacht spürte, wie eine feine Meeresbrise, aber der zeitgleich die Wucht eines Orkans hatte, der ihn fast vom Stuhl fegte.

„Ich wusste einfach nicht, was ich tun sollte. Dein Herz hat mir gesagt, dass es ein Fehler wäre, dich alleine zu lassen. Aber ich wusste auch, dass es dich immer weiter in den Abgrund treibt, wenn ich zulasse, mich so von dir behandeln zu lassen."

Isabells Verzweiflung konnte er nicht nur ihrer Stimme entnehmen, er konnte sie in ihrem gequälten Blick sehen, er konnte es spüren. Sie zitterte leicht in seinen Armen und er strich ihr beruhigend über den Rücken. Schuldgefühle stiegen wie eine Rakete in den Himmel auf, aber dort würden sie nicht im Universum verschwinden, sondern explosionsartig in tausend Einzelteilen zurückkommen, um ihn zu erschlagen.

„Ich habe mich selbst nicht wiedererkannt. Es hat mir Angst gemacht, die Kontrolle zu verlieren. Deshalb habe ich dich auf Abstand gehalten. Weil ich mir selbst nicht mehr getraut habe. Weil ich unberechenbar geworden war. Ich verstehe selbst nicht, wie es soweit kommen konnte. Aber die Trauer, die immensen Schuldgefühle haben mich nicht mehr klardenken lassen, ich dachte, dass ich den Verstand verlieren würde." Tommy verzog das Gesicht und schüttelte leicht den Kopf. „Und ich brauchte Zeit, bis ich begriffen habe, dass ich mich aus dem Loch rauskämpfen muss, um für die Menschen, die mir etwas bedeuten, da zu sein. Für meine Patienten, für meinen Job. Für meine Freunde. Für mein Leben. Für dich. Für die Liebe meines Lebens."

Nun nahm er ihr Gesicht zwischen seine großen Hände, und er hörte sie leise seufzen. Zärtlich küsste er ihre weichen Lippen und fühlte sich angekommen. Als ob es diesen Kuss benötigt hätte, den Fluch, der auf ihm lastete, zu vertreiben.

Ein Kuss, der Liebe und Zärtlichkeit bezeugte und nicht der reinen Lust entsprang.

Lange Zeit saßen sie einträchtig da, die Stirn aneinander gelehnt und Tommy hielt Isabell fest im Arm, als hätte er Angst, sie könnte aus seinem Leben entschwinden.

„Wirst du mir verzeihen?", traute sich Tommy irgendwann in die Stille hinein zu fragen, und spürte sofort, wie sich Isabell verkrampfte.

„Es gibt nichts zu verzeihen. Aber ich müsste lügen, wenn ich behaupten würde, dass es mich nicht verletzt hat. Und daran habe ich bestimmt noch eine Weile zu knabbern. Tu so etwas einfach nie wieder. Versprich mir das!"

„Ich verspreche es dir. Ich werde dich nie wieder verletzen."

Ihr ernster Ausdruck wandelte sich in einen amüsierten und sie klopfte ihm ein wenig herablassend auf die Schulter.

„Das ist eine ziemlich gewagte Behauptung. Typisch Tommy. Immer einen Hang zur Übertreibung."

Versöhnlich hielt er ihr seine zweite Brötchenhälfte hin und ließ sie abbeißen. Während sie kaute, fragte er schelmisch: „Wann wolltest du mir eigentlich sagen, dass Mila und Leo zu Besuch kommen?"

Isabell verschluckte sich glatt an ihrem Bissen und Tommy klopfte ihr fürsorglich auf den Rücken.

„Ist das ein abgekartetes Spiel? Ein perfider Plan? In Wirklichkeit willst du mich aus dem Weg räumen. Das war ein Mordversuch." Sie schüttelte gespielt schockiert den Kopf.

Er küsste sie versöhnlich auf die Wange und murmelte in ihr Ohr. „Danke Prinzessin."

„Woher weißt du eigentlich davon?"

„Mila hat es verraten. Sie hat es nicht übers Herz gebracht, mich im Ungewissen zu lassen." Tommy lachte auf, als er sich an sein Telefonat erinnerte.

„Und, du hast es den beiden nicht ausgeredet und behauptet, du kämst zurecht?", fragte Isabell zweifelnd.

„Das hätte ich wahrscheinlich noch vor einer oder zwei Wochen gemacht. Jetzt freue ich mich wahnsinnig, die beiden wiederzusehen. Auch wenn ich auf Leo echt sauer war, weil er mich ziemlich blöd von der Seite angemacht hat. Aber Freunde sind füreinander da, hat Mila gesagt und sie hat recht. Ich muss nur lernen, es anzunehmen."

Bisher hatte sich Tommy immer in der Rolle des Tröstenden gesehen, derjenige, der allen bedingungslos zur Seite stand. Es hatte gedauert, bis er akzeptiert hatte, dass er die Seite gewechselt hatte und nun er es war, der Trost annehmen musste. Es war ihm nicht leichtgefallen, aber nun erkannte er, wie viel nicht nur das Geben bedeutete, sondern wie viel Dankbarkeit auch das Nehmen in ihm weckte. Ohne Nehmen kein Geben, sie bedingten sich gegenseitig, so wie die Nacht nicht ohne den Tag bestehen konnte. Und dieses pure Gefühl des Glücks, weil seine Freunde bedingungslos an seiner Seite standen und für ihn da waren, war so befreiend, als ob er endgültig die letzten Seile, die ihn mit dem Unglück verbanden, gekappt hätte.

38

Die Leuchtziffern des Weckers zeigten 04.00 Uhr nachts an. Isabell wälzte sich von einer auf die andere Seite, während Tommy schon seit Stunden friedlich wie ein Säugling neben ihr schlummerte. Sie war viel zu aufgedreht, als dass sie in den Schlaf finden würde. Aber sie brachte es nicht über sich, aufzustehen. Zu groß war ihr Bedürfnis, in Tommys Nähe zu bleiben. Ihr Herz war übergeströmt, als er mit ihr in den Armen eingeschlafen war. Das pure Glück putschte sie wie eine starke Droge auf. Sie liebte ihn so sehr, dass sie keine Worte dafür fand, was es ihr bedeutete, als er auf sie zugegangen war. Nicht im Entferntesten hätte sie damit gerechnet, dass er heute vor ihrer Tür stehen würde. Niemals hätte sie gedacht, ihn vor dem Treffen mit Mila und Leo zu sehen. Den Besuch ihrer Freunde hatte sie herbeigesehnt und zugleich gefürchtet. Ihre Hoffnung, dass Mila und Leo ihm helfen würden, wieder zu seiner Mitte zurückzufinden, stand im ständigen Kampf mit ihrer Angst, Tommy anschließend ganz zu verlieren. Seine Unberechenbarkeit hatte ihn zu einer tickenden Zeitbombe gemacht.

Nun hatte er von selbst den Weg zu ihr wiederentdeckt. Auf Umwegen und über etliche Steine stolpernd, aber er hatte sich wieder aufgerappelt und begriffen, was sie ihm bedeutete.

Der heutige Abend war perfekt gewesen. Sie und Tommy waren perfekt und endlich hatte er eingesehen, dass nichts und niemand daran etwas ändern würde, egal wie bescheuert er sich auch verhielt.

Und nun konnte sie fast nicht glauben, dass er echt war. Dieser perfekte Mann, der sich in seinen sturen Kopf gesetzt hatte, sie zu erobern und ihr Vertrauen zu gewinnen. Kaum war es zwischen ihnen unkompliziert geworden, passierte das Unglück, das Tommy von ihr fortgetrieben hatte. Die letzten Wochen waren hart gewesen, aber sie war sich sicher, dass es sie noch näher zusammenschweißte. Sie brauchten sich nicht nur in guten, sondern auch in schlechten Zeiten. Isabell war froh, so hartnäckig geblieben zu sein, auch wenn Tommy sie mit seinem Verhalten an ihre Grenzen gebracht hatte.

Sie beugte sich ein wenig zu ihm, zwar konnte sie ihn nur schemenhaft erkennen, aber er sah vollkommen entspannt aus. Als hätte er alle Lasten vor der Haustür zurückgelassen, damit ihr geschütztes Reich nicht bedroht wurde.

Zärtlich strich sie ihm über die Wange. Tommy bewegte seinen Kopf in ihre Richtung und sie zog hastig die Hand weg, da sie befürchtete, ihn aufzuwecken.

Ganz vorsichtig legte sie den Kopf auf seinen Oberkörper. Sein Herzschlag hallte in ihrem Ohr und hatte eine beruhigende Wirkung auf sie.

Nur über den Vorfall wollte er nicht sprechen. Isabell hatte ihn gefragt, ob er reden möchte, aber er hatte den Kopf geschüttelt, nur „Heute nicht", gemurmelt und sie in den Nacken geküsst.

Zarte Schauer waren über ihren Rücken gehuscht, aber sie hatte sich beherrscht, in irgendeiner Form Tommys Leidenschaft zu wecken. Es war wichtig, dass sie heute einfach Zeit miteinander verbrachten. In der letzten Zeit hatte der Sex einen zu großen Stellenwert gewonnen und Isabell benötigte die Gewissheit, dass es nicht nur das war, was er bei ihr suchte und womit sie ihm Ablenkung schenken konnte. Er wollte sie haben. Die komplette Isabell mit all ihren Facetten. Das hatte sie unglaublich beruhigt und sie war erleichtert, dass er keine Anstalten gemacht hatte, weiterzugehen. Als wäre es ihr erstes Date, das er nicht vermasseln wollte.

Wenn er soweit wäre, würde er mit ihr reden. Solange würde sie sich in Geduld üben und ihm die Zeit geben, die er benötigte.

Ungeduldig warteten sie am Flughafen auf ihre Freunde, deren Flug Verspätung hatte. Endlich kamen sie heraus. Isabell las in Milas perplexer Miene, dass sie vollkommen überrascht war, die beiden zusammen zu sehen. Kurzzeitig überkam sie ein schlechtes Gewissen, die beiden nicht informiert zu haben, aber gestern hatte sie es glatt vergessen. Sie hatte den ganzen Tag mit Tommy verbracht, sie waren kaum aus dem Bett gekommen. Es hatte ihre Sinne so sehr vernebelt, dass sie keinen klaren Gedanken mehr hatte fassen können.

Leos Pokerface war schwerer zu durchschauen, aber Isabell hatte ein leichtes Zucken seiner Augenbrauen bemerkt, was ihr sagte, dass auch er nicht nur erstaunt, sondern vor allem erleichtert wirkte.

Mila warf ihre Reisetasche zu Boden und fiel erst Tommy, dann Isabell um den Hals. Sie drückte Tommy ewig, sodass er sie irgendwann lachend von sich schob. „Lass mich bitte leben."

Während Isabell einen ganz leichten Stich einfach nicht unterdrücken konnte, sah Leo amüsiert aus. Aber er hatte auch gut lachen. Milas Interesse an Tommy war über rein freundschaftliche Gefühle nie hinausgegangen. Sie hingegen hatte zwar akzeptiert, dass Mila seine große, unerwiderte Liebe gewesen war, aber dennoch wurde ihr Herz für einen kleinen Augenblick viel zu schwer, als dass ihre zierliche Figur es tragen konnte. Sie musste aufpassen, es schleunigst zu erleichtern, nicht, dass sie unter der Last zusammenbrach.

Wie immer schien Tommy zu spüren, was sie fühlte, als ob sie es mit einem Zauberstift in die Luft schreiben würde, nur sichtbar für ihn. Über Milas Kopf hinweg suchte er ihren Blick, der sie augenblicklich wieder erdete.

Nur du! Nichts anderes sagte er ihr. Mila würde immer einen besonderen Platz in seinem Herzen innehaben, den sie ihr auch gar nicht streitig machen wollte. Sie hatte begriffen, dass dort genügend Platz für sie beide war. Und sie nahm einen ganz anderen Raum ein als Mila. Sie war nun die Frau, die sein Herz zum Beben und seine Seele zum Schwingen brachte. Die Frau, an die er als Letztes dachte, wenn er einschlief und als Erstes, wenn er erwachte. Was wollte sie denn mehr? Ein Lächeln überfiel sie. Nicht nur auf ihrem Gesicht und in ihren Augen, nein, sie strahlte von innen und Tommy fing es auf und erwiderte es.

Endlich durfte auch Leo ihn begrüßen. Sie umarmten sich herzlich und mit einem derben Schulterschlag brummte Leo: „Sieht so aus, als hättet ihr euch wieder versöhnt."

„Es war ein wenig schwierig zwischen uns, aber ich habe die Kurve gerade noch rechtzeitig bekommen, bevor ich Isabell endgültig vertrieben habe. Ich weiß, dass ich ein riesengroßes Arschloch war, und mir ist es ein Rätsel, wie sie mich ertragen hat. Warum genau hast du mich nicht gekillt?", fragte er interessiert an Isabell gewandt.

„Es war ja nicht so, als wäre ich nicht auf meine Kosten gekommen", rutschte ihr heraus, bevor sie sich am liebsten geohrfeigt hätte.

Während Tommy dreist in Gelächter ausbrach, zog Leo amüsiert eine Augenbraue hoch, als dachte er sich gerade seinen Teil und Isabell hegte die Befürchtung, dass er genau wusste, wovon sie sprach. Mila schlug sich die Hand vor den Mund, aber ihr entschlüpfte dennoch ein Kichern.

„Sonst würdest du jetzt wohl nicht mehr leben", schob sie hinterher. Als er gar nicht mehr aufhörte zu lachen, fauchte Isabell: „Aber es könnte sein, dass ich dich jetzt gleich auf der Stelle vor deinen Freunden umbringe."

Mila schob ihren besten Freund vehement Richtung Ausgang, während Leo sich um das Gepäck kümmern durfte.

„Jetzt lass uns lieber fahren, bevor das Ganze hier noch eskaliert." Mila sah Tommy kopfschüttelnd an.

Während Leo auf dem Beifahrersitz Platz nahm, setzten sich die Frauen hinten auf die Rückbank und beobachteten, wie sich die Jungs über das geplante Treffen mit ihren Freunden austauschten.

Mila beugte sich zu Isabell und flüsterte verschwörerisch:

„Hast du ihn doch mit den Waffen einer Frau schlagen können?"

Isabell zuckte mit den Achseln und antwortete ebenso leise: „Das weiß ich nicht so genau. Aber ich glaube, Tommy hat irgendwann begriffen, dass er mich nicht loswird, egal wie widerwärtig er sich verhält. Und das hat ihn zur Einsicht gebracht, als er endlich mal nüchtern wurde."

Als Tommy sich misstrauisch erkundigte, worüber sie tuschelten, fragte sie herausfordernd: „Was denkst du denn?"

Über den Rückspiegel konnte sie sehen, wie er die Augen verdrehte und sie lachte. „Nimm dich bitte nicht so wichtig. Wir haben auch noch andere Gesprächsthemen."

„Dann bin ich ja beruhigt!" Tommy klang alles andere als das, aber als er ihr zuzwinkerte, wusste sie, dass er nur scherzte.

Für einen winzigen Moment verschmolzen ihre Blicke, dann löste er seine Augen von ihr, weil er sich auf den Verkehr konzentrieren musste. Isabell lehnte sich entspannt zurück und genoss den unverhofften Frieden.

39

TOMMY

Er hielt sich ein wenig abseits und beobachte seine Freunde, die gesellig beisammenstanden. Heute trafen sie sich in Laras Café und neben Mila und Leo waren natürlich Lara, Sonja und Milas Schwester Alina da, die die Gelegenheit genutzt hatte, für ein paar Tage nach Berlin zu kommen, um ihre Schwester zu sehen. Mit drei kleinen Kindern war es schwierig, sich Auszeiten zu nehmen, daher war sie bisher noch nicht in Schweden zu Besuch gewesen. Umso mehr freute sich Mila, dass sie heute da war. Tommy wusste natürlich, welch große Stütze Alina ihr während der schweren Zeit nach der Entführung und dem Missbrauch gewesen war.

Ihm war gerade nicht nach Reden, deshalb stand er mit einer Flasche Bier unbemerkt im Schatten einer Ecke an einen Tisch gelehnt und ließ seinen Blick von Mila träge weiterschweifen.

Leo stand seiner Freundin in der Freude, seine Schwester in den Arm zu nehmen, in nichts nach. Auch sie hatten eine enge Bindung, und Leo hatten arge Sorgen geplagt, dass Sonja ohne ihn nicht zurechtkommen würde, was sich zum Glück in Wohlgefallen aufgelöst hatte. Lara hatte sich ihrer angenommen und genau wie Mila war es ihr auch bei Sonja gelungen, sie aus ihrem Schneckenhaus herauszuholen. Und auch Tommy traf sich in regelmäßigen Abständen mit ihr. Seitdem sie in Berlin wohnte, sahen sie sich wieder häufiger.

Es tat so gut, seinen besten Freund, der ihm wie ein Bruder war, zu sehen. Gestern waren sie auf ein Bier in eine Kneipe gegangen, um ein wenig in Ruhe zu quatschen, während es sich die Mädels zuhause gemütlich gemacht hatten. Leo hatte ihn nicht gedrängt, sondern Tommy selbst das Tempo bestimmen lassen. Er wusste, es wäre für Leo auch okay gewesen, den ganzen Abend im einträchtigen Schweigen beisammenzusitzen, da sie sich wortlos verstanden.

Nach dem zweiten Bier hatte er selbst das Bedürfnis verspürt, sich Leo mitzuteilen. Zuerst hatte er sich für sein ruppiges Verhalten am Telefon entschuldigt und anschließend hatte es ihm gutgetan, sich mit ihm auszutauschen. Leo hatte auch schon Patienten verloren, aber das waren entweder ältere Patienten, Schwerkranke oder Schwerstverletzte, wo die Chancen leider gering gewesen waren. Dennoch gab Leo zu, dass es niemals spurlos an ihm vorüberging und hoffentlich auch nie zur Gewohnheit werden würde. Trotz Leos Worten fiel es Tommy schwer, die Haltung seines Freundes anzunehmen, der zwar Zeit benötigte, um so ein Erlebnis zu verarbeiten, aber es im Anschluss abhaken konnte.

Leo hatte ihn beschwichtigt, dass es in seinem Fall eine ganz andere Herausforderung darstellte. Er musste sich Zeit geben, egal ob er sich schuldig fühlte oder es einfach eine Verkettung unglücklicher Umstände war. Tommy hatte begriffen, dass er nicht erzwingen konnte, sich selbst Absolution zu erteilen.

Endlich fing er mit seinem Blick Isabell ein. Ein tiefer, zufriedener Seufzer kam ihm über die Lippen. Erstmals seit dem Vorfall war er einfach glücklich. Keine Trauer, die ihn im eisernen Griff hielt, keine trübseligen Gedanken, keine verschwommene Wahrnehmung, weil er sich wieder einmal abgeschossen hatte. Sie unterhielt sich gerade mit Lara, während Mila mit einem vollgeladenen Teller auf sie zukam und ihr irgendeine Köstlichkeit aufschwatzte, die sie anscheinend unbedingt probieren musste. Isabell konnte Mila noch nie einen Wunsch abschlagen und nahm lächelnd irgendein Häppchen vom Teller, was Tommy auf die Entfernung nicht erkennen konnte. Sie öffnete ihre wunderschönen Lippen und ließ es in ihren Mund gleiten. Gleichzeitig glaubte Tommy, noch nie eine derart erotische Geste gesehen zu haben. Isabell sah sogar verflucht heiß aus, wenn sie so etwas Profanes tat wie Essen. Wenn sie weiterhin so eine Wirkung auf ihn hatte, würde er über kurz oder lang wohl an einem

Herzinfarkt sterben, vor Überanstrengung oder aufgrund einer Dauererektion.

Isabell spürte wie immer seinen Blick auf sich ruhen und drehte sich ein wenig zur Seite, um ihn anzusehen. Ihr Blick fuhr tief in sein Innerstes, schien sich dort erst zu verlieren, dann sammelte er sich in seinem Herzen, in seiner Seele, und in diesem Moment wusste er, Isabell war die Frau, mit der er alt werden wollte.

Er hatte sich in sie verliebt, er begehrte sie und wollte sie besitzen, aber genau in diesem einzigartigen Moment explodierte seine Liebe zu ihr förmlich in seinem Inneren. Sie war die eine. Die Frau fürs Leben. Er würde sterben, wenn sie ihn verlassen würde. Er würde sterben, wenn ihre Liebe irgendwann erlosch, zur Gewohnheit wurde, und er schwor sich alles dranzusetzen, dass es niemals passieren würde. Sie war seine Prinzessin, die es verdiente, auf Händen getragen zu werden.

Immer noch hatte er sich in ihren Augen verloren, dieses geheimnisvolle Grün, das nichts preisgeben wollte. Aber er hatte es geschafft, durch das Dickicht zu dringen, mit seiner Hartnäckigkeit, seiner Liebe, und irgendwann hatte Isabell kapituliert und begriffen, dass sie machtlos dagegen war. Etwas, das zusammengehörte, ließ sich so leicht nicht trennen. Sie konnte ihm nicht widerstehen, er nickte ihr ganz leicht zu, kaum wahrnehmbar, und sie setzte sich augenblicklich in Bewegung und kam zu ihm herüber, als hätte er sie an Ketten zu sich gezogen. Es wäre undenkbar, dass sie ihm nicht Folge leistete. Obwohl Isabell sich nichts befehlen ließ, war sie gegen seine Liebe, seine Macht der Gefühle chancenlos, was sie scheinbar akzeptierte, denn ihre Mundwinkel verzogen sich ganz leicht, als sie näherkam.

„Na Prinzessin, amüsierst du dich?"

Sie sah sich hektisch um. „Nenn mich nicht so in der Öffentlichkeit", fuhr sie ihn an.

„Was gedenkst du zu tun, wenn ich mich nicht daran halte?", fragte er interessiert.

Isabell sah ihn ein wenig verunsichert an, weil er sie so frech angrinste. „Sexentzug?", schlug sie vor.

Tommy zog sie zu sich heran und kniff ihr in den prallen Po. Er spürte sie in seinen Armen erschauern und ließ seine Hand blitzschnell unter ihr kurzes Kleid wandern. Sie ließ einen ihrer entzückenden Seufzer verlauten, als er mit seiner Hand zwischen ihre Beine wanderte. Sie schloss die Augen und warf den Kopf in den Nacken und ihre Gesichtszüge wurden weich, sie schien völlig entspannt und auf ihn fokussiert zu sein. Für eine Sekunde schien sie vergessen zu haben, wo sie gerade war.

Als er aus den Augenwinkeln einen Schatten wahrnahm, zog er seine Hand zurück und legte sie ihr auf den Rücken und blinzelte sie an. Ihr Blick war ein wenig lustverschleiert und sie benötigte noch einen Moment, um zu realisieren, wo sie sich gerade befand. Kopfschüttelnd stand sie da, als könne sie nicht fassen, wie willenlos sie in seinen Armen wurde, und nun sahen ihre Augen wieder klar wie reine Bergseen aus. Sie funkelte ihn an und schien nicht vorzuhaben, das Blickduell zu verlieren. Milas Augen wanderten von einem zum anderen und sie meinte ein wenig theatralisch: „Seid ihr dann irgendwann mal fertig und wieder ansprechbar? Oder wollt ihr lieber nach Hause fahren und wir sehen uns morgen zum Brunch?"

Weder Tommy noch Isabell reagierten, und sie schnaubte spöttisch. „Hallo?!"

Nun gab Isabell klein bei und warf ihr einen leicht verwirrten Blick zu. „Was meinst du?"

„Ihr seid echt süß zusammen", schwärmte Mila und Tommy knuffte sie grinsend gegen den Oberarm.

„Meine Rede, nur Isabell hält solche Worte für unter ihrer Würde." Wieder wurde er mit einem Giftpfeil bedacht.

Tommy zog sie einfach zu sich heran und ihr Widerstand löste sich im Nu auf, als seine heißen Lippen auf ihre trafen. Er gedachte, sie mit seinen Küssen zu malträtieren, bis sie nach Luft schnappte.

Mila stand neben ihnen und beobachtete sie weiterhin interessiert, als wären sie ein wissenschaftliches Forschungsobjekt.

„Ich sag doch, ihr solltet besser auf der Stelle nach Hause fahren. Nicht, dass ihr gleich vor allen Leuten übereinander herfallt. Ihr leidet eindeutig unter Entzugserscheinungen", stellte Mila ernstlich besorgt fest.

Seine Freundin löste sich bedauernd aus seinen Armen, er konnte ihre innerliche Abwehr spüren, weil das genau ihr Platz war, an dem sie gerade sein wollte. Er kannte sie, niemals würde sie diese Tatsache zugeben. Und er musste ihr bedauernd recht geben. Sie konnten doch nicht von der Party verschwinden, kaum dass sie eine halbe Stunde da waren. Heute wurde gefeiert, gelacht und gemeinsam gegessen. Sie würden bis in die frühen Morgenstunden zusammensitzen und jede gottverdammte einzelne Minute genießen. Für alles andere wäre noch genug Zeit. Er ertappte sich bei dem Gedanken, dass er nichts dagegen hätte, jeden Morgen an Isabells Seite aufzuwachen, um noch vor dem Aufstehen eine Runde zu vögeln. Mila musterte ihn kritisch und rollte gespielt entrüstet die Augen, als hätte sie seine geheimen Wünsche erraten.

Isabell erlöste ihn, indem sie Mila einhakte und zu deren Schwester zog, um sie zu begrüßen.

Da die Mädels wahrscheinlich kein anderes Thema als Alinas Kinder hätten, verzichtete er dankend und ging zu Leo hinüber, um mit seinem Kumpel ihre Freundschaft zu feiern.

Weit nach Mitternacht zog er die beschwipste Isabell in seine Wohnung, wobei er sie dabei halb tragen musste, da sie ziemlich fertig wirkte. „Ich bin nicht betrunken, ich bin nur todmüde", stellte sie in würdevollem Tonfall fest.

„Schade, dann wird das heute nichts mehr mit Sex. Aber ich kann verzichten, dein Wohlergehen geht vor."

Ihr entsetzter Blick ließ ihn schallend lachen und sie boxte ihm den Ellenbogen in die Rippen, was ziemlich schmerzte.

Vermutlich war sie nicht mehr in der Lage, einzuschätzen, wie heftig sie zugestoßen hatte.

„Was denn? Ich wollte nur fürsorglich sein. Und dann ist es auch wieder nicht recht", zog er sie auf.

Sie verzog schmollend die Lippen. „Fürsorglich wäre, wenn du mich ins Zimmer tragen würdest, mir beim Ausziehen behilflich wärst und mich dann einfach vögelst, ohne dass ich groß was tun muss. Am besten so lange, bis ich selig einschlafe", schlug sie hoffnungsvoll vor.

„Den ersten Teil segne ich gerne ab, das Letzte nicht. Du musst schon etwas dafür tun, dass ich dir Glückseligkeit schenke." Diesmal wich er ihrem Stoß aus, und sie wäre fast auf ihren mörderischen High Heels umgefallen, als sie ins Leere traf. Tommy fing sie gerade noch rechtzeitig auf und machte sein Versprechen wahr, indem er sie ins Schlafzimmer trug und quälend langsam entkleidete.

Sie sah ihm aus halbgeöffneten Augen zu und schien fast wegzudämmern. Das änderte sich schlagartig, als er zwei Finger in sie gleiten ließ und erst vorsichtig, dann heftiger in ihr bewegte. Ruckartig flogen ihre Lider auf und sie sah ihn wieder mit verschleiertem Blick an. „Ja, genauso Tommy. Wunderbar." Immer wieder entkam ihr ein Stöhnen und er ersetzte kurzerhand seine Finger durch seinen Schwanz, was auf Isabells Zustimmung traf. Es dauerte nicht lange, da traf er durch gezielte heftige Stöße ihren Lustpunkt und ließ sie kommen. Als sie stöhnend ihren Kopf nach hinten fallenließ und ihren Rücken überstreckte, um ihm noch näher zu sein, musste er sich sehr beherrschen, um nicht ebenfalls zu kommen. Noch war er nicht fertig mit Isabell. Noch lange nicht.

Ihr Beben war noch nicht abgeebbt, da drehte er sie mit sich schwungvoll um, sodass sie auf ihm saß. Verwundert blickte sie ihn an und ließ ihre Hände über seine muskulöse Brust gleiten. Anscheinend kam ihr Gehirn seinen Handlungen nicht hinterher.

„Jetzt drehen wir den Spieß um. Du arbeitest, ich genieße."

Er grinste sie frech an und Isabell blies empört die Backen auf, sagte aber nichts. Wahrscheinlich war ihr gerade rechtzeitig aufgegangen, dass sein Vorschlag auf ausgleichender Gerechtigkeit beruhte.

„Beweg dich, Isabell. Ich will deine Lust sehen. Ich will sie spüren."

Wieder sah sie ihn einfach nur an, und es kam ihm wie eine Ewigkeit vor, die sie auf ihm saß, in ihr seinen schmerzenden, bettelnden Penis.

Dann fing sie an, sich auf und ab zu bewegen, und es fühlte sich einfach nur gut an. Himmlisch. Isabell wusste, was sie tat und das tat sie gut. Immer tiefer glitt er in sie und Isabell strich sich mit beiden Händen durch ihr wallendes Haar und warf den Kopf in den Nacken. Nun kam er ihr mit seinem Becken entgegen und entlockte ihr ein lautes Stöhnen, dass ihm noch mehr einheizte. Noch ein paar gezielte Stöße, und Isabell kam erneut und er folgte ihr. Dankbar. Demütig. Explodierend. Und wunschlos glücklich.

Sie legte ihren Oberkörper auf seinem ab, während er immer noch in ihr war. Er spürte ihr Gewicht kaum, schloss die Augen und genoss ihre Wärme, ihren Herzschlag. Ihr eins sein.

„Was hättest du eigentlich gemacht, wenn aus dir und Mila ein Paar geworden wäre?", fragte Isabell unvermittelt, und Tommys wohliges Schlummern war mit einem Mal wie fortgeblasen.

„Was?! Was hat Mila bei uns im Bett verloren?" Er hörte selbst, dass seine Stimme ein wenig verstört klang.

Isabell sah ein wenig verlegen aus, wie er gerade feststellte, als er sie fragend ansah.

„Ich dachte mir nur, dass es schwierig geworden wäre, weil …" Sie verstummte und druckste dann erneut herum. „Deine Dominanz, ich kann mir nicht vorstellen … Ich denke, das wäre problematisch geworden."

Tommy warf Isabell fast von sich runter, als er sie etwas unsanft neben sich beförderte.

„Isabell, dir gehört echt der Hintern versohlt." Er warf ihr einen vielsagenden Blick zu, der sie nach Luft schnappen ließ.

„Das wagst du nicht", murmelte sie unsicher.

Er ließ sie zappeln und meinte stattdessen etwas resigniert. „Warum musst du jeden romantischen Moment zerstören? Es war gerade perfekt. Wir waren perfekt. Und dann kommst du mit so was ums Eck. Echt, ich begreife es nicht."

„Ich war doch nur neugierig. Es ist mir eben gerade durch den Kopf gegangen. Sorry. Ich wollte den Moment nicht zerstören." Sie sah so zerknirscht aus, dass er sie einfach küsste.

An ihrem Mund knurrte er: „Am besten verschließe ich dauerhaft deinen Mund, damit da nicht noch mehr Blödsinn rauskommt." Wieder fand seine Zunge den Weg in ihren Mund und er küsste sie hart und herausfordernd. Plötzlich ließ er sie los und sie blickte ihn ein wenig verwirrt an.

„Ich hätte mich dann natürlich zurückgenommen. Was denkst du denn? Dass ich sie ans Bett gefesselt hätte?"

Er wollte nicht verletzt klingen, aber was hatte sich Isabell bei ihrer taktlosen Frage nur gedacht?

Er spürte ihre sanften Fingerspitzen auf seinem Arm, zärtlich strich sie entlang, bis ihre Finger den Weg in seine Hand fanden. Sie nahm sie und drückte seinen Handrücken an ihren Mund.

„Das war gar nicht böse gemeint. Ich war nur neugierig. Würde es dir denn nicht fehlen?"

Tommy schnaufte laut durch. Sein Ärger verflog. Er verstand den Gedanken hinter ihrer Frage, dennoch hätte er sich gewünscht, dass sie ihn das nicht gerade gefragt hätte, als sein Schwanz noch in ihr steckte.

„Es macht mir Spaß, mit dir zu spielen, auszuloten, wie weit ich gehen kann. Aber das ist nicht das Wichtigste. Kannst du dich erinnern, dass ich dir anfangs auch gesagt habe, wenn du etwas nicht magst, lassen wir es? Das war ernst gemeint. Dein Wohlergehen ist mir wichtiger. Milas Wohlergehen wäre mir wichtiger gewesen. Und ich würde dennoch auf meine Kosten kommen, keine Sorge." Seine Stimme klang ziemlich hart und Isabells Augenlider zuckten. Ansonsten blieb sie ruhig und zeigte keine Regung. Tommy hielt die Luft an. Sie hatte damit angefangen, jetzt würde sie es hoffentlich unterlassen, ihm eine Szene zu machen, weil er ein Kopfkino bei ihr ausgelöst hatte.

Als sie ihn wieder ansah, erkannte er Reue, was ihn überraschte. Sie küsste ihn auf die Wange und entschuldigte sich. „Das hätte ich mir gleich denken können. Es tut mir leid."

„Du kannst es ja wieder gutmachen", meinte er im anzüglichen Tonfall und Isabell stöhnte gespielt entsetzt auf, während sie ihm zeitgleich einen verheißungsvollen Blick zuwarf und sich ihre Wangen röteten.

40

„Warum geht denn der Scheißkoffer nicht zu?", fluchte Isabell lautstark, während sie zum wiederholten Mal vergeblich versuchte, das Gepäckstück zu schließen.

Tommy stand im Türrahmen und beobachtete sie erheitert.

„Anstatt so dämlich vor dich hin zu grinsen, könntest du mir wirklich mal deine Hilfe anbieten." Nun bekam er ihren Unmut zu spüren. Sah er denn nicht, dass sie es allein niemals schaffen würde? Er würde doch kaum den Flieger verpassen wollen.

„Isabell, du glaubst doch nicht ernsthaft, dass der zugeht? Wir sind eine Woche bei meinen Eltern, du hast den halben Kleiderschrank eingepackt. Ich kann es gerne versuchen, aber dann beschwer dich hinterher nicht, wenn ich ihn kaputtgemacht habe."

Jetzt bedachte er sie auch noch mit einem selbstgefälligen Blick, der sie die Augen rollen ließ.

„Na gut", gab sie klein bei und öffnete unwillig den Koffer. Zögerlich warf sie einige Kleidungstücke raus, bedachte Tommy mit einem flehentlichen Blick, den er mit einem Kopfschütteln kommentierte. Sie seufzte laut auf und trennte sich auch noch von zwei Paar Schuhen. Endlich bequemte er sich, ihr zu Hilfe zu eilen, und schaffte es, das verdammte Ding zu schließen.

„Jetzt müssen wir uns beeilen, ansonsten geht der Flieger ohne uns", japste Isabell genervt.

Tommy zog die Augenbraue nach oben und fragte gedehnt: „Und warum genau, packst du erst jetzt?"

Isabell unterbrach den Blickkontakt, sie genierte sich ein wenig dafür, dass sie untypischerweise vergessen hatte, ihre Klamotten rechtzeitig zu waschen.

„Bin vorher nicht dazugekommen", murmelte sie, bevor sie sich kurz die Zeit nahm, ihn als Ablenkung zu küssen.

Kaum saßen sie im Auto auf dem Weg zum Flughafen, ritt er erneut auf ihrer Verfehlung herum.

„Ich hätte ja ehrlich gesagt erwartet, dass du schon Stunden zuvor komplett gestylt mit gepackten Koffern dasitzt und ungeduldig auf mich wartest."

„Ich bin halt doch nicht so perfekt, wie du dachtest", erwiderte sie mit einem kleinen Lächeln.

„Mir gefällt die unperfekte Isabell."

Er legte seine Hand auf ihren Oberschenkel und streichelte sie zärtlich. Isabell schloss die Augen und wohlige Schauer huschten über ihren Rücken. Das angenehme Gefühl täuschte sie aber nicht darüber hinweg, dass sie angespannt war. Das freundschaftliche Geplänkel hatte sie kurzzeitig abgelenkt, aber jetzt überrannten sie ihre Ängste mit voller Wucht.

Sie würde Tommys Eltern kennenlernen. Nachdem er ihnen von ihr erzählt hatte, waren sie natürlich neugierig auf seine Auserwählte und hatten sie kurzerhand nach Südfrankreich eingeladen. Seitdem Tommy ihr den Vorschlag unterbreitet hatte, plagte sie nun die Befürchtung, dass seine Eltern gelinde gesagt, entsetzt sein würden. Wahrscheinlich rechneten sie mit einem jungen Mädel Mitte zwanzig und dann tauchte sie auf. Ihr wäre es lieber gewesen, er hätte sie vorgewarnt, aber er hatte argumentiert, dass er damit ihrem Alter eine Bedeutung beimaß, die es niemals hatte.

Als Tommy scharf bremste, schreckte sie kurz aus ihren Gedanken auf.

„Sorry, aber der Idiot vor mir hat fast einen Auffahrunfall provoziert."

Sie lächelte ihn beruhigend an und driftete gedanklich wieder ab. Es ärgerte sie maßlos, dass sie es einfach nicht schaffte, darüber zu stehen, aber sie hatte es noch nicht einmal geschafft, ihrem Vater von Tommy zu erzählen. Aber im

Gegenzug zu ihr stand er seinen Eltern sehr nahe und brannte darauf, sie endlich vorzustellen. Seitdem sie vor einem Jahr in die Nähe von Nizza gezogen waren, hatte er sie nur noch selten gesehen. Deshalb hatte sie es einfach nicht übers Herz gebracht, den erwartungsvollen Tommy zu enttäuschen. Seine unbändige Freude über ihr Ja hatte sie kurzzeitig mit dem Gedanken auf Ablehnung stoßen zu können, versöhnt, aber mit jedem Tag, der ihre Abreise näher rücken ließ, wuchs das ungute Gefühl zu einem ausgewachsenen Magengeschwür.

„Wir sind da. Möchtest du im Auto sitzen bleiben oder fliegst du mit mir gemeinsam nach Nizza?"

Tommys Grinsen konnte den besorgten Ausdruck nicht ganz verdecken. Anscheinend hatte er ihre Unruhe doch bemerkt, auch wenn sie nicht mit ihm darüber geredet hatte.

„Ich war nur in Gedanken." Isabell winkte ein wenig unwirsch ab, während sie ausstieg.

Einige Stunden später saßen sie in einem Mietwagen und befanden sich auf dem Weg zu dem Anwesen seiner Eltern, das etwas außerhalb von Nizza lag. Isabell war froh, dass er seinen Eltern ausgeredet hatte, sie abzuholen, da sie sowieso ein Auto mieten wollten, um unabhängig zu sein.

So konnte sie sich gedanklich noch kurz auf die Begegnung einstimmen.

Ihre Augen weiteten sich ein wenig, als Tommy vor einem Eisentor hielt, das ein beeindruckendes Anwesen beherbergte.

Natürlich hatte er ihr erzählt, dass seine Eltern wohlhabend waren, aber die imposante Villa ließ sie doch kurzzeitig in Schnappatmung verfallen.

„Keine Sorge. Zwar sieht das ziemlich abgehoben aus, aber meine Eltern sind völlig bodenständig geblieben. Mein Vater hat die Firma damals aus dem Nichts aufgebaut. Er hat trotz des Reichtums nie vergessen, wo er herkommt." Tommy nahm ihr Gesicht in seine Hände und küsste sie beruhigend auf die Stirn. Das Tor öffnete sich und er ließ bedauernd von ihr ab, um die Einfahrt zu passieren.

„Bereit?", fragte Tommy und warf ihr einen forschenden Blick zu. Sie nickte lediglich, weil ihr ausgedörrter Hals sie am Sprechen hinderte.

Zu ihrem grenzenlosen Erstaunen öffnete keine Hausangestellte, sondern Tommys Mutter. Deren Stimme kippte beinah, als sie ausrief: „Tommy, ich freue mich so, dass ihr endlich da seid. Wir haben uns so lange nicht gesehen und ich bin so gespannt auf deine Freundin."

Mit diesen Worten wandte sie ihren Blick von ihrem Sohn ab und betrachtete Isabell neugierig, deren Innerstes gerade gehörig durcheinandergewirbelt wurde.

„Ich freue mich, dich kennenzulernen, ist es in Ordnung, wenn wir uns duzen? Ich bin Marion." Etwas überrumpelt griff Isabell nach der ausgestreckten Hand und hörte Tommys erheitertes Lachen. Hoffentlich würde er es sich vor seiner Mutter verkneifen, zu erwähnen, dass sie des Öfteren ein Problem damit hatte, jemandem das Du anzubieten.

„Gern, ich bin Isabell. Vielen Dank für die Einladung." Gerade noch rechtzeitig erinnerte sie sich an ihre guten Manieren.

Nachdem Marion ihren Sohn endlich wieder aus ihren Fängen entlassen hatte, forderte sie die beiden auf, ihr zu folgen.

Im geräumigen Wohnzimmer legte der Hausherr seine Zeitung beiseite und trat auf sie zu, um sie zu begrüßen.

Tommy sah seinem Vater ähnlich. Ludwig trug noch sein volles Haar, das aber mittlerweile ergraut war. Er war ein gut aussehender Mann, dem das Alter nicht schadete. Auch seine Mutter sah jünger als Anfang sechzig aus.

Nachdem sie Zeit hatten, sich frisch zu machen, nahmen sie an einer reich gedeckten Kaffeetafel Platz. Während Marion den Kuchen verteilte, fragte Ludwig leicht anzüglich: „Warum hast du uns deine bezaubernde Freundin so lange vorenthalten?" Er bedachte Tommy über den Rand seiner

Brille mit einem strengen Blick, den sein Sohn ungerührt erwiderte.

Während er den Kuchen reinschaufelte, meinte er mit vollem Mund: „Ich wollte sie mit niemandem teilen."

„Das kann ich gut nachvollziehen", gab Ludwig augenzwinkernd zurück, was ihm einen finsteren Blick von Marion einhandelte.

Isabell tat, als hätte sie es nicht bemerkt und lächelte Tommys Vater an. „Vielen Dank, das ist ein nettes Kompliment. Ich war auch sehr gespannt auf Tommys Familie. Wohnt ihr schon lange hier?"

„Erst seit einem knappen Jahr", erklärte Marion und erzählte ihr ein wenig aus ihrem ruhigen Leben an der Côte d`Azur.

Etwas später verabschiedeten sie sich vom Ehepaar Sander, um einen Strandspaziergang zu machen.

Zwar handelte es sich um einen warmen Spätherbsttag im November, aber zum Baden war es eindeutig zu kalt. Tommy legte ihr einen Arm um die Schultern, während sie durch den imposanten Park liefen, der einen direkten Zugang zum Strand hatte. Isabell spürte förmlich die Blicke seiner Eltern an ihnen haften, die es sich bestimmt nicht nehmen ließen, ihnen hinterher zu sehen. Sobald sie außer Sichtweite waren, sackten ihre angespannten Schultern nach unten und sie stieß befreit den Atem aus.

Tommy löste den Arm von ihren Schultern und zog sie zu sich heran. „War doch gar nicht so schlimm, oder? Ich habe dir doch gleich gesagt, dass dich meine Eltern mögen werden." Er gab ihr einen zärtlichen Kuss auf die Nase, bevor sein Mund auf ihre Lippen traf, was ihr ein kleines Lächeln entlockte. Was konnte es Schöneres geben, als sich in Tommys Armen die Meeresbrise um die Ohren wehen zu lassen? Der Wind sollte all ihre Sorgen und Nöte wegwehen und sie davon befreien, damit sie den Aufenthalt uneingeschränkt genießen konnte. Ihr Herz hatte sich noch ein Stück geweitet, als sie gesehen hatte, wie glücklich Tommy darüber war, sie endlich seinen Eltern vorstellen zu können. Allein ihm zuliebe sollte sie endlich uneingeschränkt zu ihm stehen, was beinhaltete, dass es ihr egal sein sollte, wenn andere ein Problem mit ihnen hätten.

„Deine Eltern sind wirklich nett. Ich fühle mich wohl bei ihnen und bin mir sicher, dass wir schnell vertraut miteinander werden." Isabell kuschelte sich an Tommys Schulter und sie gingen ein paar Schritte weiter.

Die nächsten Tage verbrachten sie Zeit mit seinen Eltern, aber machten auch einige Ausflüge nach Nizza, um durch die beschaulichen kleinen Gassen zu schlendern, die einem verwinkelten Labyrinth glichen. Isabell konnte es nicht unterlassen, Souvenirs an den vielen Ständen einzukaufen, die die Altstadt zierten. Natürlich ließen sie es sich nicht nehmen, die Aussichtsplattform auf dem Colline du Château zu erklimmen. Isabell genoss den sagenhaften Blick in Tommys Armen.

„Einfach nur wunderschön. Ich bin gerade unglaublich froh, dass du mich zu dem Besuch überzeugt hast. Natürlich war ich schon mal in Nizza, aber jetzt hier in deinen Armen diesen sagenhaften Blick zu genießen, ist einfach einmalig. Was könnte es Schöneres geben?" Isabell drehte sich zu ihm um, da sie nichts davon abhalten konnte, ihn anzusehen. Sie könnte Stunden damit zubringen, ihn einfach nur anzusehen.

Zart strich er ihr mit den Fingerspitzen über die Wange und Isabell schenkte ihm ein glückseliges Lächeln, das in einem leidenschaftlichen Kuss endete.

Abends speisten sie in einem bezaubernden Restaurant in der Altstadt, fernab jeglichen Tourismus. Besonderes Schmuckstück der Altstadt war der „Place Rosetti" eine helle, freundliche Lichtung inmitten der schattigen, dunklen Gassen. Dort aßen sie zum Dessert ein erfrischendes Eis. Abschließend machten sie einen gemächlichen Spaziergang in der lauen Herbstnacht an der Strandpromenade de Anglais. Das raue Geräusch der brechenden Wellen erinnerte an die immense Kraft des Wassers und verlockte zum Baden, und Isabell bedauerte, dass es dazu wohl zu kalt wäre.

Auch einen Abstecher nach Monaco unternahmen sie und hatten Spaß daran, ein wenig Geld im Spielcasino zu verprassen.

Mittlerweile fühlte sich Isabell in der Anwesenheit von Marion und Ludwig zunehmend wohler, da sie ihr gegenüber immer freundlich und unvoreingenommen auftraten. Mit Marion hatte sie einen längeren Spaziergang unternommen und sie hatte ihr erzählt, wie sie und Tommy zueinandergefunden hatten. Seit dem Gespräch fühlte sie sich wie erlöst und befreit. Scheinbar hatten seine Eltern nichts gegen sie. Tommys Wohl stand für sie im Vordergrund. Andererseits ließ sich Isabell auch nicht täuschen. Tatsache war, dass sie bestimmt nicht wussten, dass sie und Tommy zwölf Jahre trennten. Sie hielten sie bestimmt nicht für älter als höchstens Ende dreißig.

An ihrem vorletzten Abend entschuldigte sich Isabell kurz nach dem Abendessen, da sie starke Kopfschmerzen verspürte.

Tommy gab ihr ein besorgtes Küsschen auf die Schläfe und Marion meinte mitfühlend: „Gute Besserung, meine Liebe. Hoffentlich geht es dir morgen wieder besser."

Isabell zog sich ins Schlafzimmer zurück. Nachdem sie eine Weile gesucht hatte, stellte sie fest, dass sie ihre Kopfschmerztabletten nicht fand, und Tommy hatte anscheinend auch keine Medikamente eingepackt. Sie seufzte ergeben, ohne Schmerzmittel würde sie die hämmernden Schmerzen nicht eindämmen können und keinen Schlaf finden.

Entschlossen ging sie die Treppe ins Erdgeschoss hinunter, um Marion um ein Schmerzmittel zu bitten. Schon ein Witz, da waren sie beide Ärzte und hatten kein Medikament dabei, dachte Isabell grinsend.

Das Grinsen verging ihr allerdings schlagartig, als sie Marions erhitzte Stimme hörte, die sie mitten in der Bewegung erstarren ließ.

„Tommy, hast du dir das wirklich gut überlegt? Versteh mich nicht falsch, Isabell ist reizend, ich mag sie, aber sie ist doch um einiges älter als du."

„Was spielt das für eine Rolle?", antwortete Tommy ruhig, aber sie konnte seiner Tonlage entnehmen, dass es innerlich in ihm brodelte. Isabells Knie wurden weich und sie setzte sich auf eine Stufe, unfähig, wieder nach oben zu verschwinden.

„Ihr könnt keine Familie mehr gründen. Ich habe nicht gewusst, dass sie schon über vierzig ist. Kannst du jetzt schon absehen, ob du darauf ein Leben lang verzichten willst? Schatz, du bist doch erst einunddreißig." Ihr bittender Tonfall sagte Isabell deutlicher als jedes Wort, wie sehr sie sich eigene Enkelkinder wünschte.

„Genau, ich bin einunddreißig und kein kleines Kind mehr. Ich denke, ich kann die Tragweite meiner Entscheidungen sehr wohl einschätzen." Immer noch blieb seine Stimme beherrscht. „Du hast mir mal erzählt, was für ein beschwerlicher Weg hinter euch lag, ein Kind zu bekommen. Hättest du denn gewollt, dass dich Papa verlässt, wenn du kein Kind bekommen hättest?"

„Das wäre für mich nie infrage gekommen, und das wusste deine Mutter." Ludwigs Stimme klang bestimmend.

„Es ist doch ein gravierender Unterschied, ob sich das im Laufe einer Beziehung herausstellt oder du dich von Beginn an für diesen Weg entscheidest", warf Marion nicht ganz ungerechtfertigt ein.

„Ich liebe Isabell, egal was ihr davon haltet. Ganz sicher werde ich sie nicht verlassen, nur damit ich euch irgendwann ein Enkelkind schenken kann. Das ist mein Leben nicht eures. Vielleicht möchte ich gar keine Kinder." Jetzt klang Tommys Stimme hart und unnachgiebig und schenkte Isabell zugleich so viel Gewissheit, dass sie sich die Hand vor den Mund schlug, um keinen Schluchzer entweichen zu lassen.

„Wir meinen es doch nur gut mit dir und auch mit Isabell. Es ist doch nicht fair, dass du ihr Hoffnungen machst und sie dann in ein paar Jahren für eine Jüngere verlässt."

„Papa, hör auf damit. Ich finde es äußerst unfair von dir, mir solch niederen Absichten zu unterstellen. Eigentlich solltest du mich besser kennen."

Seine Eltern saßen außerhalb ihres Blickfeldes, aber Tommy war aufgesprungen und lief aufgebracht durch den Raum. Nun trat Marion zu ihm und legte ihren Arm um seine Schultern.

„Wir meinen es doch nur gut mit dir. Denk doch wenigstens darüber nach."

Tommy schüttelte ein wenig rüde den Arm seiner Mutter ab und trat einen Schritt zurück. Sogar aus der Entfernung konnte Isabell seinen wütenden Gesichtsausdruck erkennen.

„Und wenn nicht, was gedenkt ihr dann zu tun? Mich zu enterben?"

„Tommy, das ist doch lächerlich", begann Marion, die umgehend von der dröhnenden Stimme ihres Mannes unterbrochen wurde. „Wäre gar keine schlechte Idee."

Tommy schüttelte ungläubig den Kopf. „Ich denke, das Beste wird sein, wir reisen ab. Ihr könnt euch bei mir melden, wenn ihr wieder bei Verstand seid."

„Merkst du nicht, wie unglücklich du deine Mutter machst?", fuhr Ludwig ihn an.

Isabell spürte, dass Tommys Vater so hart auftrat, um seine Frau zu schützen. Zwar brachte sie durchaus Verständnis für ihren Wunsch nach Enkelkindern auf, aber das war nun einmal Tommys Leben und somit auch seine Entscheidung.

Gerade noch rechtzeitig sprang sie auf und schlich hastig zurück ins Zimmer, bevor Tommy heraufstürmte und erst mal im Badezimmer verschwand. Prima, die Kopfschmerztablette konnte sie jetzt auch vergessen. Keine zehn Pferde würden sie jetzt nach unten bringen. Ihr Herz schmerzte allerdings so sehr, dass das Kopfweh dadurch in den Hintergrund gedrängt wurde. Sie schluckte mehrmals, um die Schluchzer zu unterdrücken, die nach oben drängten. Sie musste irgendwie die Fassung wahren, denn sie hatte keine Ahnung, wie sie reagieren sollte. Tommy tat ihr so unendlich leid. Nur wegen ihr hatte sich sein gutes Verhältnis zu seinen Eltern so drastisch verschlechtert. Wahrscheinlich war er das erste Mal in seinem Leben ernsthaft von seinen Eltern enttäuscht worden. Und den Gedanken, dass sie indirekt daran schuld war, ertrug sie gerade nicht.

Als er leise das Schlafzimmer betrat, stellte sie sich schlafend. Sie spürte sein Gewicht, als er sich neben sie legte. Nachdem er ihr allerdings zärtlich über die Wange strich und ihr ein Küsschen auf die Stirn gab, war es mit ihrer Beherrschung fast vorbei. Krampfhaft schluckte sie mehrmals und versuchte, weiterhin gleichmäßig zu atmen.

Sie hörte Tommy leise seufzen, dann drehte er sich von ihr weg und Isabell lauschte noch lange in die Dunkelheit, ob er Schlaf fand. Sie war mehrmals versucht, ihn darauf anzusprechen, aber dann verließ sie jedes Mal der Mut.

Am nächsten Morgen begrüßte Tommy sie gut gelaunt, er war anscheinend schon unten gewesen und hatte nochmals mit seinen Eltern gesprochen, denn von einem Aufbruch war plötzlich keine Rede mehr. Wahrscheinlich war ihm rechtzeitig aufgegangen, dass er Isabell dann die Wahrheit sagen musste.

Deshalb spielten alle Beteiligten mit und Isabell wunderte sich über ihre eigenen schauspielerischen Fähigkeiten, sie verhielt sich vollkommen unbefangen Tommy und seinen Eltern gegenüber.

Erst als sie später im Badezimmer war, um sich für einen Ausflug ins Hinterland fertigzumachen, sah sie, wie ihre Hände zitterten. Diese Farce kostete sie alle Kraft, und irgendwie entsetzte es sie, wie abgebrüht sich alle verhielten. Nur Tommys Augen hatten sie nicht ganz täuschen können. Darin spiegelte sich leise Besorgnis, aber auch Wut, die er zu überdecken versuchte. Und genau dieser Ausdruck verstärkte ihre Übelkeit. Vielleicht war es Tommys angespanntem Verhältnis zu seinen Eltern geschuldet, aber in Isabell tobte die

Angst, dass die Worte seiner Mutter in ihm arbeiten, ihn beeinflussten, seinen Willen fehlleiteten, bis er begriff, dass er einen riesigen Fehler beging.

„Bist du fertig?"

Isabell konnte einen kleinen Schreckenslaut nicht unterdrücken, als Tommy ins Bad lugte.

„Sorry, ich hatte angeklopft", entschuldigte er sich ein wenig reumütig.

„Kein Problem, ich war nur in Gedanken", wiegelte sie ab und wandte ihren Blick erneut ihrem Spiegelbild zu. Da sie Sorge hatte, dass Tommy ihr Zittern bemerken würde, legte sie die Wimperntusche wieder ab und verzichtete lieber aufs Schminken.

Die beständigen Bewegungen, während sie ihre Haare bürstete, ließen sie wieder ruhiger werden. Aus den Augenwinkeln sah sie Tommy nähertreten, er nahm ihr die Bürste ab und küsste sie auf ihren Scheitel. Vorsichtig ließ er seine Hand durch ihre Haare gleiten und meinte bewundernd: „Die sind so wunderschön, ich liebe dein Haar. Am liebsten mag ich es, wenn sie meinen nackten Körper kitzeln, während wir Sex haben."

Dabei grinste er sie über den Spiegel derart unbekümmert an, dass Isabell einen Moment ernstlich daran zweifelte, ob die Szene gestern Abend wirklich real oder nur ein böser Traum gewesen war.

Sie zwang sich, sein Lächeln zu erwidern, und ohne es zu sehen, wusste sie, dass es wie festgetackert wirken musste.

Wahrscheinlich war es Tommy aufgefallen, aber er würde sich sicherlich hüten, sie darauf anzusprechen.

Kurz darauf befanden sie sich auf einer kleinen, kurvigen Nebenstraße ins Umland von Nizza, um einige der zahlreichen Bergdörfer bei einer kleinen Wanderung zu besuchen. Dörfer, die sich ihren eigenen authentischen Charme bewahrt hatten. Dabei wollten sie den Duft von Rosmarin und Thymian auf sich wirken lassen, während sie entlang der Wanderwege die Gegend erkunden wollten.

Zwei Stunden später gab es Isabell auf, sich von dem besonderen Flair verzaubern zu lassen. Sie fand einfach nicht die Ruhe, um sich vollständig auf die wunderschöne Landschaft einzulassen. Die Dämonen der Zukunft lasteten zu sehr auf ihren schmalen Schultern. Sie würde diese unvergessliche Zeit an der Seite ihres Traummannes so gern genießen, aber seit gestern Abend waren ihre Ängste wieder voll ausgebrochen. Wieder überfiel sie das beklemmende Gefühl, sich die ganze Zeit nur etwas vorgemacht zu haben. In einer Seifenblase der Verklärung gelebt zu haben. Sich von Tommys beruhigenden Worten einlullen zu lassen, die ihren logischen Verstand ausgeschaltet hatten.

Tommy griff nach ihrer Hand und zog sie zu sich heran. Er wies auf eine kleine Aussichtsplattform, umarmte sie von hinten und gab ihr einen Kuss in den Nacken. Fast hatte Isabell das Gefühl, als fiele ihm ihre geistige Abwesenheit gar nicht auf. Wahrscheinlich war er selbst so sehr in seinen düsteren Gedanken gefangen und seine gewohnt feinen Antennen dadurch ausgeschaltet.

Sie spürte seinen Atem, schloss die Augen und fühlte sich kurzzeitig wieder losgelöst und zufrieden. Tommy erdete sie und holte sie wieder aus ihrer Dauerschleife an Eventualitäten zurück.

Als er jedoch seufzte, riss dieser klägliche Ton sie augenblicklich wieder aus ihrer Zufriedenheit. Sie spannte sich an und er begann zögerlich zu sprechen.

„Ich wollte dir den Aufenthalt nicht verderben, aber ...", Tommy hörte schlagartig auf zu sprechen, und sie konnte spüren, dass er sie ein wenig fester umarmte, als wolle er sie vor den Worten beschützen, die gleich folgen würden.

Stumm und reglos wartete sie ab, bis er fortfuhr, sich zu erklären: „Aber ich möchte ehrlich zu dir sein. Ich möchte nicht, dass Geheimnisse zwischen uns stehen, auch wenn ich dich dadurch verletzen werde."

Isabell löste sich abrupt aus seinen Armen, aber sie hielt

es keinen Augenblick länger aus. Sie musste seine Augen sehen, sie wollte eine Vorwarnung, was er gleich zu sagen hatte. Rasch suchte sie seinen Blick und erkannte … nichts. Rein gar nichts ließ er durchblicken. Bevor ihr Gehirn gleich wieder Amok lief, warf sie hastig ein: „Ich habe euch gehört."

Tommy wich einen Schritt zurück und fuhr sich durchs Haar. „Was hast du gehört?", fragte er angespannt.

„Als dich deine Eltern vor einem großen Fehler bewahren wollten. Es tut mir leid, ich wollte nicht lauschen, aber ich hatte keine Kopfschmerztabletten eingesteckt und wollte deine Mutter bitten …" Isabell brach ab, als sie Tommys mitleidigen Blick wahrnahm.

Schon schloss er die Lücke, die sich räumlich zwischen ihnen aufgetan hatte, und drückte sie fest an sich. Isabells Kopf ruhte in der Kuhle unterhalb seines Halses, während er seinen Kopf auf ihrem abgestützt hatte.

„Es tut mir so leid. Ich habe nicht im Entferntesten damit gerechnet, dass sie ein Problem damit haben könnten. Sonst hätte ich dich doch nicht zu dem Besuch überredet."

„Deine Eltern haben nichts gegen mich persönlich. Das ist mir klar, ich glaube sogar, dass sie mich als Person mögen. Aber sie haben ein Problem damit, dass du ihnen keine Enkelkinder schenken kannst", murmelte sie gegen seine Schulter.

Tommy löste sich ein wenig von ihr und hob aufgebracht die Arme. „Verdammt noch mal, ich lass mir doch von ihnen nicht mein Leben diktieren. Vielleicht will ich gar keine Kinder. Da würde ihnen die Fünfundzwanzigjährige an meiner Seite auch nichts helfen." Tommy kniff die Lippen zusammen, und erst jetzt erkannte sie, wie sehr ihn die Wut im Griff hielt.

„Du musst deiner Mutter aber schon recht geben, dass du dir das jetzt noch nicht vorstellen kannst. In fünf Jahren empfindest du es vielleicht anders, und dann könntest du mit einer Jüngeren sehr wohl noch Kinder bekommen." Isabell seufzte laut und versuchte damit ihr Schluchzen zu unterdrücken, das sie vehement zurückhielt.

„Ich will dich, Isabell. Nur dich. Ich will kein Kind, wenn das heißt, dass ich dich nicht haben kann. Ein eigenes Kind ist mir egal, meine Eltern sind mir scheißegal. Du bist das Wichtigste in meinem Leben. Niemals würde ich freiwillig auf dich verzichten."

Tommys leidenschaftlicher Appell ließ Isabell sprachlos zurück. Sie öffnete den Mund, aber es kam kein Laut hervor. Ihr Innerstes fuhr gerade Karussell und ihr Gehirn war ein einziger Eintopf. Er nutzte ihren desolaten Zustand eiskalt aus und presste seine Lippen auf ihre. Sie verlor sich in seinem Kuss und entspannte sich schlagartig. Schon immer hatte er es geschafft, sie durch Berührungen jeglicher Art willenlos zu machen.

„Wow", hauchte sie schließlich, als sie wieder zu Atem fand.

Tommy grinste frech und fragte: „Meinst du jetzt meine Ansprache oder den Kuss?"

„Beides", gab Isabell lächelnd zurück. Sie kuschelte sich an ihn und zuckte bei Tommys nächsten Worten zusammen.

„Ich hoffe, du bist nicht sauer auf mich, aber ich habe meiner Mutter erzählt, dass du keine Kinder bekommen kannst."

Isabell schnappte nach Luft und riss den Kopf ruckartig nach oben. Gerade konnte sie ihre Gefühle nicht in Worte fassen. Warum hatte er das getan?

„Versteh mich nicht falsch, ich wollte dich nicht bloßstellen, sondern Verständnis wecken. Meine Mutter kam doch heute Morgen auf den glorreichen Einfall, dass wir es doch gleich probieren könnten, vielleicht würde es ja noch klappen."

Isabell war so verblüfft, dass sie in schallendes Gelächter über diesen absurden Vorschlag ausbrach. Tommys zweifelnder Blick ließ sie noch mehr lachen. Anscheinend hegte er gerade arge Zweifel an ihrem gesunden Geisteszustand.

„Deine Mutter tut mir wirklich leid. Sie muss sich wirklich sehr Enkelkinder wünschen", meinte sie schließlich, als sie sich wieder halbwegs beruhigt hatte.

„Deshalb habe ich ihr von deiner Vergangenheit erzählt. Sie war wirklich betroffen darüber, was du mitgemacht hast, immerhin hat sie sich in einer ähnlichen Lage befunden, bevor es endlich mit mir geklappt hatte. Gib ihnen Zeit, sie werden es irgendwann akzeptieren, da bin ich mir sicher."

„Glaubst du, wir werden es dauerhaft schaffen? Immerhin hast du viel mehr zu verlieren als ich. Deine Familie, ein Kind, eine jüngere Partnerin. Vielleicht sah es anfangs genau anders herum aus. Aber seitdem die Kollegen Bescheid wissen und es akzeptieren, habe ich nichts zu verlieren. Du hingegen alles." Isabell ärgerte sich über ihre verzagte Stimme, sie wollte stark sein, aber die Vorstellung, Tommy zu verlieren, raubte ihr jeden Lebenssinn.

„Verdammt, Isabell, wann begreifst du endlich, dass das Einzige, was mir wirklich Angst macht, ist, dich zu verlieren? Allein die Horrorvorstellung, ohne dich leben zu müssen, lässt mein Herz stillstehen. Dieser Schmerz ist unbeschreiblich. Du bist alles, was ich mir jemals gewünscht habe. Ich liebe dich. Ich will nur dich. Du bist das Einzige, was von Bedeutung ist."

Tommy griff etwas grob nach ihrem Gesicht und zog sie ganz nah zu sich heran. Isabell wurde unter seinem wilden, eindringlichen Blick ein wenig schwindlig und ihr Herz zog sich schmerzlich zusammen. Aber es war ein Schmerz, der sich gut anfühlte, der ihr sagte, dass sie lebte, dass sie fühlte, dass sie liebte. Dass sie den perfekten Partner an ihrer Seite hatte. Und in diesem Moment begriff sie endlich, was es bedeutete, sich vollständig fallen zu lassen, sich vollständig zu öffnen. Dem anderen uneingeschränkt zu vertrauen. Sie verlor sich in seinem warmen, aufrichtigen Blick und fühlte sich das erste Mal in ihrem Leben vollkommen im Reinen. Sie waren eins. Tommy und Isabell waren perfekt. Sie waren das Glück, die Liebe und die Zukunft.

Epilog

Aufgeregt huschte Isabell an ihren Freunden vorbei und ließ ihren Blick konzentriert durch alle Räume gleiten. Perfekt. Alles war zu ihrer vollkommenen Zufriedenheit. Sie klatschte begeistert in die Hände und zuckte zusammen, als sie die erstaunte Stimme ihrer Freundin hörte: „Bist du nervös? So kenne ich dich gar nicht."

Isabell drehte sich zu Mila um und nahm sich die Zeit, ihre Freundin kurz zu drücken.

„Nein bin ich nicht. Eher überdreht. Ich freue mich so auf die neue Herausforderung."

Milas neugierigem Blick hielt sie stand, die kurz darauf fragte: „Tut es dir nicht leid, deine Stelle aufgegeben zu haben? Karrieretechnisch bedeutet es ja einen Rückschritt." Mila riss die Augen auf und schüttelte lächelnd den Kopf. „Sorry, das klang jetzt irgendwie herablassend. Ich möchte eure Pläne nicht schlechtmachen."

Isabell streichelte ihr beruhigend über den Arm. „Deine Frage ist berechtigt. Natürlich habe ich mir den Schritt lange überlegt. Immerhin werde ich nun nur noch ambulante kleine Eingriffe übernehmen und musste dafür sogar noch einmal eine Zusatzqualifikation nachweisen, weil die Allgemeinchirurgie nicht meinem eigentlichen Fachgebiet entspricht. Aber die Gemeinschaftspraxis war die richtige Entscheidung. Tommy und ich haben uns durch die unregelmäßigen Arbeitszeiten viel zu selten gesehen. Das war es uns einfach nicht wert. Natürlich stand erst die Überlegung im Raum, ob nur er eine Praxis aufmacht, aber das macht es nur bedingt leichter. Dann hätten wir uns nicht einmal mehr im Krankenhaus gesehen. Ich habe mich für unsere Beziehung entschieden. Und ich freue mich auf die neue Herausforderung. Selbstständig war ich noch nie im Leben, das birgt auch Risiken, aber wir werden das schon schaffen. Die gemeinsame Zeit ist uns wichtiger."

Nachdem Mila ihr aus vollem Herzen zugestimmt hatte, suchte Isabell nach Tommy, um gemeinsam an seiner Seite die ersten Gäste in Empfang zu nehmen. Die Einweihungsfeier ihrer neuen Praxis sollte ein voller Erfolg werden.

Kurz verloren sie sich in einem liebevollen Blick, der durch ein dezentes Räuspern unterbrochen wurde.

Beide wandten ein wenig bedauernd ihren Blick auf den Neuankömmling und Tommy schloss Lara begeistert in die Arme. Als er jedoch Milas Jubelschrei hörte, ließ er sie hastig los, damit diese ihre beste Freundin umarmen konnte. Mila und Leo waren direkt vom Flughafen hergekommen, da Mila noch eine wichtige Abschlussprüfung hatte absolvieren müssen. Nun war ihr Studium beendet und sie spielten mit dem Gedanken, nach Berlin zurückzukehren, da Leos dreijähriger Vertrag bald auslief. Kurz darauf begrüßten sie Julia, die Tommy auch in ihr Herz geschlossen hatte.

Tommy hatte neben Jonas noch weitere Freunde eingeladen sowie zahlreiche Kollegen aus der Klinik. Einziger Wermutstropfen war die Absage ihres Vaters. Seine unverständliche Reaktion hatte Isabell damals hart getroffen, zumal ihr Verhältnis seit der Bekanntmachung ihrer Beziehung zu Tommy sowieso angespannt geblieben war. Er hatte es geradewegs so dargestellt, als würde sie ihn mit ihrer Entscheidung ärgern wollen. Ihn bloßstellen. Ihr Vater gab Tommy die Schuld an ihrem Karriereende. So hatte er es betitelt. Isabell hatte gelernt, damit umzugehen. Sie würde nichts mehr in eine Beziehung investieren, die ihr niemals etwas Positives gegeben hatte, sondern ihr nur Lebensenergie geraubt hatte. Umso größer war ihre Freude, als sie ihre Schwester erblickte, mit der sie sich im letzten Jahr wieder häufiger getroffen hatte. Und im Gegenzug zu ihrem Vater hatten es sich Tommys Eltern nicht nehmen lassen, mit ihnen auf den gemeinsamen beruflichen Neuanfang anzustoßen.

Mittlerweile füllte sich der Raum ziemlich und Isabell unterbrach ihr Gespräch mit Sarah, da Tommy eine kurze Ansprache hielt, um sich bei den fleißigen Helfern zu bedanken. Er eröffnete das Buffet und die Menge begann sich zu verteilen, da alle neugierig waren und die Praxisräume besichtigen wollten.

Stunden später hatte sich die Feier aufgelöst und nur noch der harte Kern blieb zurück. Sie hatten es sich gemütlich gemacht und Tommy holte eine neue Flasche Champagner, um auf die gelungene Party anzustoßen.

Leo stand auf und nahm sie ihm aus der Hand. „Kannst du Gedanken lesen, Bro?" Auf Tommys verdutzten Blick hin begann er zu lachen.

Er öffnete geschickt die Flasche und erklärte nebenher: „Mila und ich haben etwas mit euch zu feiern. Ich hoffe, ihr verzeiht uns, dass wir dafür euren feierlichen Rahmen missbrauchen."

„Du machst es ja spannend", rief Isabell lachend. „Jetzt sag schon, was los ist, bevor wir vor Neugierde alle platzen." Insgeheim hoffte sie, dass die beiden ihnen mitteilten, wieder nach Berlin zurückzukehren. Als sie Tommys Blick auffing, der ein Stück entfernt neben Leo stand, erkannte sie darin dieselbe Hoffnung. Sie schenkte ihm ein sanftes Lächeln, das er erwiderte, bevor er sich wieder seinem besten Freund zuwandte.

Leo wechselte mit Mila einen verschwörerischen Blick, der sie erröten ließ. Sie schlug ihre Augen nieder und nickte fast unkenntlich.

Leos Gesicht zierte ein Strahlen, während er sein Glas hob. „Lasst uns darauf anstoßen, dass Mila und ich Eltern werden."

Isabells Kopf flog von Leo zu Mila und wieder zurück. Augenblicklich fühlte sie Tommys Blick auf sich ruhen. Sie erwiderte ihn und lächelte ihm beruhigend zu. Ihr Herz blubberte fröhlich, als sie erkannte, dass Tommys erster Gedanke ihrem Seelenheil galt und nicht ihren glücklichen Freunden. Wieder konnte sie ihr Glück nicht fassen, dass sie sich im Wirrwarr ihrer Gefühle gefunden und lieben gelernt hatten. Sie hatte gelernt, ihm ihr uneingeschränktes Vertrauen zu schenken, und die letzten Jahre an seiner Seite waren die glücklichsten ihres Lebens gewesen.

Auch seine Eltern hatten nach einer Weile Tommys Willen akzeptiert. Das Wohl ihres Sohnes stand schlussendlich doch an erster Stelle. Und sie hatten erkannt, dass Isabell ihn glücklich machte. Ihn vollständig machte. So wie er es mit ihrem Herzen getan hatte. Sie fühlte sich endlich vollständig. Und das auch ohne eigene Kinder. Dieser Gedanke ließ sie schlagartig wieder in der Gegenwart ankommen. Sie sah, wie Tommy gerade seinen Kumpel umarmte und ihm wohlwollend auf die Schulter klopfte.

Isabell sah aus den Augenwinkeln, wie Mila näherkam, und löste ihren Blick von den glücklichen Jungs.

Mila sah ein wenig zögerlich aus, als wisse sie nicht so recht, was sie sagen sollte.

Isabell nahm sie in den Arm. „Herzlichen Glückwunsch. Ich freue mich so für euch. Ihr habt es verdient, glücklich zu sein. Und dass jetzt ein kleines Würmchen euer Glück vollkommen macht, ist einfach nur wunderbar."

Milas Augen schimmerten verräterisch und sie hauchte: „Ich hatte Sorge, dass es dich verletzen könnte."

Isabell winkte ab. „So ein Blödsinn. Kurz nach der Diagnose wäre wahrscheinlich für mich eine Welt zusammengebrochen, wenn ich erfahren hätte, dass eine Freundin schwanger ist. Aber das habe ich überwunden. Ich habe Tommy, was will ich mehr? Und jetzt bekommst du ein Kind, darüber freue ich mich so unglaublich. Vielleicht dürfen Tommy und ich ein wenig an eurem Glück teilhaben?", fragte sie fast ein wenig schüchtern.

Mila lächelte sie unter Tränen an. „Natürlich dürft ihr das. Wir haben nämlich noch eine zweite Überraschung. Spätestens zur Geburt werden wir nach Berlin zurückkommen. Und Leo möchte Tommy fragen, ob er Pate werden möchte."

Isabell hätte es nicht für möglich gehalten, dass sie noch glücklicher werden könnte, als sie es sowieso schon war. Aber als sie Milas Worte hörte, wurde ihr klar, dass dieses Ungeborene für Tommy einem eigenen Kind am nächsten kommen würde. Er würde diesen Zwerg bestimmt genauso lieben wie ein eigenes Kind. Plötzlich schloss sich der ganze Kreis. Die winzige Lücke in ihrem perfekten Leben, in ihrem grenzenlosen Glück hatte sich soeben gefüllt. Sie strich Mila über die Schulter, bevor sie zu Tommy ging, der ihr schon durch den Raum entgegenkam. Sie warf sich ihm förmlich in die Arme und nahm mit jeder Faser seines Körpers dasselbe Glück wahr, das sie verspürte.

„Jetzt kommen wir doch noch zu unserem Kind", gab Tommy vergnügt von sich, während er ihr über den Rücken streichelte.

„Du meinst, die beiden werden uns ihren Schatz regelmäßig ausleihen?", schmunzelte Isabell.

„Sie werden froh sein, wenn sie mal Ruhe vor dem Terrorzwerg haben. Wenn er auch nur im Entferntesten nach seinem Vater kommt, dann werden die Armen nicht mehr viel zu lachen haben."

Isabell gab ihrem Freund einen kleinen Stoß und kicherte. „Sei nicht so unverschämt, sonst überlegen sie sich das mit der Patenschaft noch mal anders."

Tommy wurde schlagartig ernst und fragte nach einem kurzen Augenblick: „Macht es dir nicht aus, dass Sonja und ich Paten werden?"

Sie sah seinen besorgten Blick und schüttelte lächelnd den Kopf. „So ein Quatsch. Du bist Leo ältester und zudem Milas bester Freund und Sonja ist Leos Schwester. Klar, dass ihr beiden das Vorrecht habt. Ich freue mich so sehr für dich."

Kurz schien es, als forsche er in ihrem Blick nach dem Wahrheitsgehalt ihrer Aussage, aber dann entspannte er sich. Er konnte in ihren Zügen genauso gut lesen wie sie in seinen.

Sie ließ ihren Kopf an seine vertraute Brust sinken und fühlte wie das reine, unverfälschte Glück sie benetzte, sie umhüllte, sie nie mehr loslassen würde. Tommy und sie, Mila, Leo und das kleine Wunder waren alles, was in diesem unendlichen Universum von Bedeutung war.

ENDE

WEITERE BÜCHER VON ANJA LANGROCK

Das Flüstern unserer Herzen
(1. Teil Herzensreihe)

BEZAUBERND, PRICKELND, FESSENLD

Eine wundervolle Liebesgeschichte über große Gefühle, Vertrauen, Mut und die Erkenntnis, dass man die Hoffnung nie aufgeben sollte.

Raphael gibt sich hart, unnahbar und gefühlskalt. In seiner Welt sind Frauen lediglich dazu da, um ihm sexuelle Erfüllung zu verschaffen, sonst nichts. Er schwor sich einst niemals mehr Gefühle zuzulassen und hält sich seither an seine eiserne Regel mit keiner Frau öfter als einmal zu schlafen. Doch plötzlich tritt Emilia ungestüm in sein Leben und stellt es gehörig auf den Kopf. Sie beginnt an dem eisernen Schutzwall zu kratzen, den er vor Jahren errichtet hat. Schnell entsteht zwischen ihnen eine magische Anziehung, die beide aber nicht wahrhaben wollen.

Emilia trägt eine schwere Last aus ihrer Vergangenheit mit sich, die es ihr schwer macht sich vollständig zu öffnen. Wie soll sie einem Mann vertrauen, der die Macht besitzt, sie zutiefst zu verletzen?

Das Leuchten unserer Herzen
(2. Teil Herzensreihe)

EIN DUNKLES GEHEIMNIS. PACKENDE SEHNSUCHT. ATEMBERAUBENDE SINNLICHKEIT.

Luise und Henry kennen sich seit Kindertagen. Während Luises Herz bei seinem Anblick schneller schlägt, sieht der charmante Herzensbrecher in ihr lediglich die kleine Schwester seines besten Freundes. Ein oberflächliches Püppchen, das nicht erwachsen wird und ihn regelmäßig in den Wahnsinn treibt. Obwohl bei jedem Treffen die Fetzen fliegen, kann auch Henry das Knistern zwischen ihnen nicht mehr leugnen. Schließlich erfährt er ein Geheimnis über Luise, das seine Sichtweise gehörig auf den Kopf stellt. Doch auch Henry verschweigt ihr etwas, was Luise schnell spürt, als sie sich näherkommen. Ein folgenschweres Ereignis zwingt Luise, sich zu fragen, ob sie Henry jemals gekannt hat.

Das Beben unserer Herzen
(3. Teil Herzensreihe)

Sophies und Liams Welten könnten nicht unterschiedlicher sein. Unter normalen Umständen wären sie sich niemals begegnet. Während Sophie an einen schicksalshaften Zufall glaubt, weiß es der kalifornische Beachboy besser. Es gibt nur einen einzigen Grund, weshalb Liam sie angesprochen hat. Er möchte Rache üben, und für diesen Zweck benutzt er sie skrupellos. Als sich die süße und unschuldige Sophie unaufhaltsam in sein Herz schleicht, stellt das Liams Gefühlswelt vollkommen auf den Kopf. Denn eins ist klar. Sophie darf niemals erfahren, welchen perfiden Plan er verfolgt.

DANKSAGUNG

Es ist an der Zeit, mich bei vielen lieben Menschen zu bedanken, ohne die der Traum meine Bücher zu veröffentlichen, überhaupt nicht möglich wäre.

Ich möchte mich ganz herzlich bei jedem einzelnen Leser bedanken, der meine Bücher kauft. Ich hoffe sehr, dass ich dich für einige Stunden, in eine Welt der großen Emotionen, Romantik und Leidenschaft entführen kann. Falls dir meine Bücher gefallen, würde ich mich sehr über eine Rückmeldung freuen. Für einen Autor gibt es nichts Wichtigeres, als ein Feedback zu erhalten, sei es in Form einer Rezension oder auch per Mail oder über meine Facebookseite.

Ein ganz dickes Dankeschön geht an meine lieben Mädels aus meinem Bloggerteam, die mir mit Rat und Tat zur Seite stehen und dafür sorgen, dass mein Buch sichtbarer wird. Ohne euch wäre es ziemlich schwierig, als unbekannter Autor auf sich aufmerksam zu machen. Ich bin froh, dass ich euch habe.

Meine Lektorin Daniela Seiler hat mit vielen hilfreichen Tipps, dem Manuskript den letzten Schliff gegeben. Ich freue mich schon auf die weitere Zusammenarbeit.

Loredana Bursch kümmert sich um die wundervolle Verpackung meines Buches. Sie hat das zauberhafte Cover gestaltet, das perfekt auf das Cover des ersten Teils abgestimmt ist.

Und zu guter Letzt möchte ich mich bei meinem Mann bedanken, der meine Manuskripte liest und korrigiert. Vielen Dank, dass du mir den Rücken freihältst, und es mir verzeihst, wenn ich gedanklich in meinen Geschichten verweile und die Realität aus den Augen verliere.

Die Autorin

Anja Langrock wurde 1980 in Trier geboren und lebt heute mit ihrem Mann und zwei Kindern in Bayern. Seit ihrer Kindheit hat sie große Freude daran sich Geschichten auszudenken und sich in Träumen zu verlieren. Mit der Überlegung ihre Ideen auch aufzuschreiben, setzt sie sich erst seit einigen Jahren auseinander. Seitdem lässt sie die Leidenschaft nicht mehr los und sie nutzt jede freie Minute, um ihr nachzugehen. Sie liebt es bei einer Tasse Cappuccino und guter Musik ihre Gedanken und Emotionen zu Papier zu bringen.

Die Möglichkeit in die völlig unterschiedlichen Rollen und Charaktere ihrer Protagonisten zu schlüpfen, um diese zum Leben zu erwecken und sie auf ihrem Weg zu begleiten, ist für sie das Großartige am Schreiben.

Willst du keine Neuigkeiten verpassen? Möchtest du über neue Projekte und Gewinnspiele informiert werden? Dann melde dich bei meinem Newsletter an. Als kleines Dankeschön erhältst du ein kostenloses E-Book.

WWW.ANJA-LANGROCK.DE/NEWSLETTER/